中国电子政务发展报告

（2010年）

Report on China's E-Government (2010)

北京大学网络经济研究中心
北京大学光华管理学院

张维迎 /主编

北京大学出版社
PEKING UNIVERSITY PRESS

图书在版编目(CIP)数据

中国电子政务发展报告(2010 年)/张维迎主编. —北京:北京大学出版社,2011.1
ISBN 978 - 7 - 301 - 18065 - 5

Ⅰ. ①中⋯ Ⅱ. ①张⋯ Ⅲ. ①电子政务 – 研究报告 – 中国 – 2010 Ⅳ. ①D630.1 – 39

中国版本图书馆 CIP 数据核字(2010)第 218543 号

书　　　　名:中国电子政务发展报告(2010 年)

著作责任者:张维迎　主编

责 任 编 辑:何耀琴　王云龙

标 准 书 号:ISBN 978 – 7 – 301 – 18065 – 5/F・2636

出 版 发 行:北京大学出版社

地　　　　址:北京市海淀区成府路 205 号　100871

网　　　　址:http://www.pup.cn　电子邮箱:em@pup.cn

电　　　　话:邮购部 62752015　发行部 62750672　编辑部 62752926　出版部 62754962

印　刷　者:北京大学印刷厂

经　销　者:新华书店

　　　　　　787mm×1092mm　16 开本　21 印张　349 千字
　　　　　　2011 年 1 月第 1 版　2011 年 1 月第 1 次印刷

印　　　　数:0001—4000 册

定　　　　价:54.00 元

课题总负责人：

张维迎

课题组主要成员：

沈　懿　董小英　蔡　剑　李　东

龙军生　李　磊　甘向阳　祝效国

杨居正

课题执行成员：

沈　懿　顾全林　王思景　李　阳

刘　华　陈　琨　吴　琦

案例参与成员：

董小英　王　馨　李继学

张　娜　姚　乐　艾　睿

致　谢

《中国电子政务发展报告(2010年)》是国家自然科学基金重点项目"利用电子政务建设服务型政府的基础问题研究"(项目编号:70533020)的综合成果。该研究历时一年半,由北京大学网络经济研究中心、北京大学光华管理学院等课题成员首次完成了针对全国工商系统电子政务建设现状与服务能力的调查和评价,改变了传统电子政务评价"只侧重网站建设而非实际成效"的研究现状,在理论深度和实际应用层面进行充分的挖掘与探索,研究成果具有重要的理论创新意义和实证价值。

在本课题的调研过程中,得到了国家工商行政管理总局的大力支持,调研对象涵盖了153个市级工商行政管理局,包括各省会城市、自治区首府、直辖市、计划单列市,以及辽宁、山东、河南、湖北、浙江、江苏、福建、广东、四川9个省份所辖下的各个地级市(不包括县级市)工商行政管理局。

同时,本课题还得到了福建省武夷山市政府、北京市工商行政管理局、国家海关总署、厦门市政府、"中国国际投资贸易洽谈会"网站等单位及有关领导的大力支持与指导。没有他们的合作与理解,这份报告是无法达到今天的研究水平与研究成果的。

北京大学网络经济研究中心成立于 2000 年,是国内第一家致力于网络经济研究的专业学术机构,中心的宗旨是创建以经济学、管理学为导向的中国网络经济研究机构,使北大成为国内外重要的网络经济研究中心。北大网络经济研究中心从 2001 年开始关注电子政务研究,2002 年作为国家信息化领导小组专家咨询委员会成员,承接了《中国地级市电子政务研究报告》课题,研究成果经论证及发表后,以其独特的微观经济学视角与实证分析引起政府、学术界与社会媒体的高度重视与关注。2003 年 12 月,北大网络经济研究中心主任、北大光华管理学院院长张维迎教授应邀出席瑞典斯德哥尔摩"诺贝尔周"思科高峰论坛,作为首位代表中国的特邀演讲嘉宾,介绍了中心在电子政务领域的研究成果,引起国际上广泛关注。2004 年 1 月,北大网络经济研究中心再次承接国家信息化专家咨询委员会课题《中国电子政务与服务型政府研究》,从电子政务网站评测转向建立服务型政府的深度研究。

2005 年,北大网络经济研究中心与中科院软件所携手,成功申请了国家自然科学基金重点课题《利用电子政务建设服务型政府的基础问题研究》(项目编号:70533020),将微观经济学、计量经济学应用于电子政务研究领域,从理论与实证上揭示电子政务与政府绩效的关系,探索中国电子政务发展与提高政府执政水平的途径。该研究目前已经成为中国电子政务研究领域一项重要基础研究。

目 录

综 述 ………………………………………………………………… 1

第一篇 电子政务成效评价体系研究
——基于投入/产出、成效、影响因素的分析

第一章 研究背景 ……………………………………………… 23

第一节 引言 ………………………………………………… 23

第二节 我国电子政务发展的建设过程与现状 …………… 33

第三节 继续坚持和深化电子政务的发展方向 …………… 42

第二章 国内外电子政务绩效评价研究回顾 ………………… 58

第一节 国外电子政务绩效评价体系的公众服务导向 …… 59

第二节 国内电子政务绩效研究的现状 …………………… 61

第三节 中外电子政务绩效评价模式总结及分析 ………… 63

附录 2-1 国际重要电子政务评价体系汇总 ……………… 67

附录 2-2 国内重要电子政务评价体系汇总 ……………… 71

第三章 研究框架与体系 ……………………………………… 74

第一节 电子政务的全流程及相关影响因素描述 ………… 74

第二节 电子政务绩效评价体系 …………………………… 84

第三节 电子政务绩效评价指数的构造 …………………… 92

第四节 电子政务绩效评价体系的特点和贡献 …………… 95

第二篇　电子政务成效实证研究
——工商系统电子政务绩效评价

第四章　工商系统电子政务绩效评价体系的设计和实施 …………… 99
第一节　研究对象与思路 …………………………………………… 99
第二节　工商系统电子政务绩效评价体系 ……………………… 100
第三节　问卷设计 …………………………………………………… 105
第四节　调研对象的确定及问卷发放和回收 ………………… 110
附录4-1　工商系统电子政务实施与绩效调查问卷 ………… 116

第五章　工商系统电子政务发展状况初探
　　　　　——问卷结果统计 …………………………………… 129
第一节　工商系统电子政务建设整体情况统计 ……………… 130
第二节　网上登记注册和网上年检系统建设情况统计 …… 136
第三节　企业用户的使用和满意度统计 ……………………… 153

第六章　工商系统电子政务绩效评价结果分析 ……………… 163
第一节　工商系统电子政务实施绩效整体情况 ……………… 163
第二节　绩效评价差异成因分析 ………………………………… 170
第三节　地区电子政务成效差异情况 …………………………… 176
第四节　电子政务绩效调研的主要发现与判断 ……………… 183

第三篇　电子政务发展案例研究

第七章　"网商"时代的工商管理体制转型与服务型政府的构建 ……… 199
第一节　问题的提出 ……………………………………………… 199
第二节　对工商管理部门的挑战 ………………………………… 204
第三节　改制路径的探讨 ………………………………………… 207
第四节　北京市工商局的成功实践和改进空间 ……………… 214

第八章　从武夷山电子政务案例探索数字中国发展模式 ………… 230
第一节　武夷山市长领导力与动力机制 ……………………… 230
第二节　武夷山电子政务平台整体架构 ……………………… 246
第三节　武夷山电子政务的推进机制 …………………………… 268

第四节 农村信息化的组织管理体系 …………………… 276

第九章 关于我国中西部地级市农业网站研究 …………………… 284

第一节 课题研究目的,意义及对象 ……………… 284

第二节 研究方法和指标体系 …………………… 286

第三节 统计结果及分析 ………………………… 291

第四节 地级市政府农业网站建设的基本评价及政策建议

…………………………………………… 307

结 语 ………………………………………………… 311

综　述

一、研　究　背　景

（一）中国电子政务发展遭遇"瓶颈"

2002 年以来，国内电子政务建设取得了长足进步。各级政府均投入大量人力、物力和财力进行电子政务建设。根据 CNNIC 管理的 gov. cn 域名下的政府网站的统计数据，我国近十年来政府网站数量持续上升，在 2008 年更是增势强劲，全年增长率高达 81.6%，达到 2.5 万个。然而，在网站数量大幅增加、在线业务办理系统大批上线的同时，并没有让更多的民众看到与之相对应的成效。

在 2008 年赛迪咨询公布的中国电子政务门户网站绩效评价调查中，多数省级政府门户网站的综合指数都不理想。如果把推进公共服务作为电子政务建设的出发点和落脚点，那么从省级门户网站服务项目分类情况来看，明显的从用户角度为公众提供服务的意识和质量都偏低。

联合国 2003 年到 2007 年对世界各国电子政务调查报告所进行的 4 次调查情况则表明，中国电子政务在国际排名始终在 50 位外，2007 年我国 eGRI（电子政务准备度）指数为 0.5017，在被调查的联合国 192 个成员国中排名第 65，甚至较 2005 年的第 57 名绝对数值下降 8 个名次，这说明我国不仅在电子政务建设与应用整体水平上较先进国家存在差距，且 2005 年以后的发展进度已落后于世界的整体发展进度。中国电子政务与国际先进水平的差距,集中体现于高层次的互动、事务处理和互联互通方面。

如果说电子政务建设初期主要是政府高度的重视、大规模资金的投入与拉动,使中国电子政务取得了显著成就,那么在全国范围内大规模普及之后,如何加强后续的应用发展,如何从要产出转变为要成效,如何突破电子政务建设向纵深化发展所面临的"瓶颈",是电子政务建设下阶段的艰难任务和挑战,也是当前必须思考的问题。

(二)电子政务的投入与实际成效存在显著差距

近年来各级政府对电子政务建设均较为重视,投入均有专项资金的支持,并呈现逐年增长的趋势。据统计,我国电子政务投入资金总额从政府开始全面电子政务建设的 2002 年的约 300 亿迅速增长至 2007 年的约 600 亿,每年的投入增长率均在 10% 以上。即使在 2008 年,受金融危机和宏观经济下滑影响很多行业的 IT 开支出现紧缩,以政府为首的行业客户却并未受到大的影响。

然而高投入带来貌似高产出的背后,实际取得的绩效并不容乐观。

1. 办公项目实现在线办理的比例低

以行政许可项目在线处理的实现程度为例,根据《国家电子政务总体框架》的规划,到 2010 年我国要实现 50% 以上的行政许可项目能够实现在线处理,然而根据计世资讯 2008 年底的调查,即使以电子政务发展水平较高的广东省,截至 2008 年底,地市级行政许可项目中也仅有 47.4% 可在线办理,其中只有办事指南的办理率大于 50%(为 70.6%),而其他四个指标(网上咨询、网上查询、网上申请、表格下载)的办理率均在 50% 以下,在选取的 21 个城市中,共有 11 个城市的总办理率在 50% 以下,其中包括广州和深圳这样的核心城市。

电子政务发展水平较高的广东省尚且如此,其他地区的情况则不容乐观。各地为达到行政许可项目在线处理 50% 以上的目标,2008—2009 年大都采取了积极的行动。例如山东省在 2008 年 9 月份的全省信息化工作会议上提出"争取到 2010 年将行政许可事项在线办理比例由目前的 20% 大幅提高到 50% 左右"。湖南省则提出 2009 年和 2010 年分别要提高在线办理比例 20

和 21 个百分点。政府大规模推动系统建设的决心值得肯定,但在目标任务的紧逼之下上马,这种大跨步的发展产生的成效仍有一定的问题。

2. 电子政务系统的实际使用率偏低

2007 年 12 月中国互联网络信息中心(CNNIC)调查结果显示,仅 25.4% 的人访问过政府网站(包括中央政府或地方政府网站),其中比例最高的北京也不到 35%,与欧美国家相比明显偏低。而在访问政府网站的民众中,信息获取仍是他们的主要目的,而出于业务办理目的的访问者比例很低,仅分别有 2.5%、3.0%、2.1% 的访问者是为了网上办理税务和企业注册、网上在线咨询、在线投诉的目的。

3. 低使用率导致了低满意度

政府网站及电子政务系统的低使用率导致了政府对其的重视程度和后续投入降低,而这又导致了使用率的进一步降低,恶性循环之下相当比例的政府网站沦为没人去、没人管的休眠网站,相当多的政府网站的更新十分迟滞,甚至出现了有的省份国税局、国土资源局网站因域名欠费而变身游戏网、广告网站,甚至出现黄色链接等情况,更为严重的是上述情况是在存在相当一段时间后由网民提醒才被有关单位发现。

低使用率必然导致用户的低满意度。2008 年底,中国青年报社会调查中心通过新浪网对 1 110 人进行的一项调查显示,61.3% 的人对政府网站感到不满意,32.0% 的人感觉一般,不到 7% 的人表示满意。

(三)继续坚持和深化电子政务的建设与应用,走可持续发展的道路十分必要

当前中国电子政务发展所存在的种种不足和问题,并不意味着发展电子政务本身有问题,而是不断深化的电子政务建设和应用对政府所提出的更高要求与原有的电子政务架构间出现了矛盾和冲突。无论从国内电子政务建设具有成功经验的项目,如北京市工商系统的电子政务建设,还是电子政务先进国家的经验来看,树立"服务用户"、"以用户为中心"的核心理念非常重要,而跨部门的流程整合和重组则是实现以用户为中心而非以机构为中心的电子政务服务的前提和基础。

对服务用户、以用户为中心理念的认识不够、实践不足,是中国电子政务建设当前所存在问题的症结。从国内外电子政务建设领先者的成功经验我们可以发现,如何贯彻以用户为中心的理念,并在具体建设实践中得以不断深化,是关系到中国电子政务能否实现可持续发展的核心,对于提高政府管理水平,顺利实现面向公众、服务公众的服务型社会的转变具有重要意义。中国电子政务的应用与发展只有认真研究与突破以下四个重大问题,形成自己的特色与模式,政府的信息化建设与电子政务才有可能走向一个良性发展的轨道。

(1)对政府行政流程和组织结构进行必要的重组,是进一步深化电子政务的重要前提,而电子政务的发展又将改善政府内部的沟通阻断、合作缺失,促进政府向互联互通的整体化方向发展。

(2)重视电子政务系统的信息收集、传递和发布,是充分发挥电子政务系统功效的重要方面,而电子政务系统在政府决策中所发挥的作用,将有力促使政府由传统的被动、封闭的模式向通达性、参与型的决策及治理模式方向转变,为建设政务透明、法制化、规范化的政府提供动力。

(3)改变信息的高度垄断走向对外开放与积极外联,是发展电子政务的重要方面,而信息的充分开放与交流,将促进政府由故步自封的僵化状态走向不断改进的学习型组织。

(4)转变政府管理思路,正确认知电子政务系统的意义,是保证电子政务发展正确方向的重要保证,电子政务的顺利发展,也将有效促使政府向面向公众、服务公众的服务型政府角色的转变。

二、研究方法

(一) 重视对成效的评价是电子政务绩效研究的发展趋势

国内外已有的电子政务绩效评价体系,大致划分为三种模式:侧重政府网站的绩效评价;软硬件结合的绩效评价;侧重成效的绩效评价。

其中,侧重政府网站的绩效评价是电子政务评测模式中发展最早的一种模式,主要是通过对政府网站的绩效评价来反映电子政务建设的成果和绩效。政府网站作为电子政务建设中最重要的实际产出物，能够较为方便、直接的衡量绩效，是使用此类评测模式显而易见的优势，因而也得到了广泛的应用。这种评测模式的内在缺陷在于只是针对于网站的外在表现，而网站功能的强大与否并不能代表其给政府、公民以及社会带来的真实效益大小，而这才是电子政务的目标与意义所在。在电子政务的建设重点逐渐从功能建设转向服务提供的背景下，这种评测模式可能难以准确地对电子政务的绩效情况提供评价和提供指引方向。

软硬件结合的绩效评价模式不仅考察网站的建设与质量，同时还考察了对电子政务发展影响重大的一些社会基础背景如网络普及率、相关法律法规的建设等。联合国所实施的电子政务评测为此类模式的代表。这种模式较为适用于评测对象在电子政务建设上存在较大差距的情况，尽管基础环境可以在一定意义上与电子政务的效益相关，但终究无法代表电子政务的效益水平。

侧重成效的绩效评价在于考察电子政务对政府、公民以及社会带来的实在效益，从而评判电子政务成功与否。这种评测模式的前提是电子政务已经取得了产出，因此发展最晚，但这是评测模式发展的方向。这种模式的优点十分明显，它以电子政务最根本的效益为靶心，目标明确，从效益的角度真实的评判电子政务的成功与否。但目前这种模式仍在探索中，还没有一个非常成熟的框架。在国内已有的评价中，尚还没有这种模式的实际应用，仅有部分学者提出了一些概念性的框架。

本书针对工商系统所进行的电子政务绩效评价，是国内对这种模式的首次应用。

（二）基于电子政务从投入、产出到成效的全流程分析

电子政务的全流程可划分为投入、产出到成效三个阶段。在投入阶段，电子政务建设者主要需涉及的四个方面为：技术支持、流程改造、组织变化、领导力。投入阶段的相关因素并不直接代表电子政务的产出或成效，因此它们并不直接进入电子政务绩效评价的评价体系，但它们在很大程度上影响着电子政务所产生的绩效，可用于分析绩效评价结果差异的因素分析。

产出主要是指电子政务投入后的直接产出物，也就是政府网站或具体业

务模块的"有"或"无",这是绩效评价的基础。因为只有当某个功能模块的系统上线以后,才可能进一步考察该系统在各方面所产生的成效。本书针对工商系统进行的电子政务绩效评价中,结合工商系统的工作职能以及在日常工作中的重要程度,选取了10个地方工商系统较有共性的功能模块进行系统建设完备度方面的考察。其中,企业注册(登记)和企业年检是工商系统的两大基础职能,也是面对企业面最广、工作量最大的职能,因此我们将企业注册(登记)和企业年检的电子政务系统建设列为重点考察模块;其次,将社会需求较为迫切、较为受关注的企业信用管理、食品安全和电子商务监管三个职能列为考察模块;将广告管理、商标管理、市场监管、合同管理、12315投诉作为其他模块。在设计问卷及绩效评价上,我们也按照上述划分,对不同的模块给予了不同程度的关注。

而在电子政务所产生的成效方面,我们将电子政务所能产生的绩效和价值总结为四个方面:更好的服务、更有效率的政府、政府再造和社会效益。所谓更好的服务是指从需求导向出发的服务,除了服务在可获得性、便利程度、质量和有效率等方面的考量外,对用户的公平对待以及给予用户充分的选择自由也是非常重要的。更有效率的政府首先体现在节约开支层面,通过电子政务所实现的自助服务、更高的准确度、更短的业务办理流程等,能够在有效控制政府开支的前提下更多更好地满足公众的服务需求。其次,电子政务也能增强政府的责任感和透明度。政府再造是指政府与公众关系的重新定义。对于很多政府部门来讲,电子政务的目标不只是能够单纯地提高效率,更重要的是重新定义政府与社会的关系,重新定义公众与政府决策的关系,重新设计跨部门的工作流程,从企业的视角理解政府服务的提供,和其他政府部门一起为公众提供一站式无缝服务,和非政府组织一起开发新的更好的提供服务的方式,电子政务为这一切提供了巨大的潜力。电子政务还能帮助政府实现社会效益层面的很多目标,比如促进经济发展,提升公众对政府的认知,加强其与政府的联系,使更多的公民参与到知识社会中来,等等。

据此,我们将电子政务所能产生的绩效和价值分为内部管理、对外服务和社会影响三个方面,内部管理上的效率增进是电子政务为政府创造的价值,对外服务中的效率增进是电子政务为用户创造的价值,而社会影响是电子政务为总体创造的价值。在实际的绩效评价实施过程中,我们考虑通过客观可衡量可比较的指标,与使用者主观满意度调查相结合的方式,来具体体现对这三方面绩效和价值。

（三）构建以成效为核心的电子政务绩效评价体系

基于电子政务从投入、产出到成效全流程的分析，我们将以电子政务的成效为核心构造本书的电子政务绩效评价体系，电子政务在对内效率、对外服务和社会效益三个方面的成效均将在本电子政务绩效评价体系中得到体现。值得指出的是，我们对电子政务成效的划分以电子政务的成效作用而非政府工作种类作维度，这是符合我们设计指标体系架构的指导思路的。以电子政务的各种功效作用为维度，比如加快信息传递速度，增加交流沟通，提高数据处理能力等，实际上这些功能效用在各种不同的工作中都有体现。

因此，以成效为核心的评价体系的一个重要优势就在于它能够适用于大多数电子政务系统的评价体系。不同的政府部门由于其职责范围、层级结构等方面的不同，所涉及的电子政务建设在目标、内容等各方面都可能存在显著差异。但以成效为核心的评价体系不拘泥于具体的业务流程，而是以投入、产出到使用的概念化流程，并不断细化在每个环节的划分，具有很好的通用性与普适性。

对产出和成效每一方面的具体衡量上，我们都将通过对该指标全面而细致的分析，进行可直接度量和可比较。另外在指标细化的设计上同样注重通用性的问题，对于各种各样的电子政务项目，都可以根据其具体情况，从中选取全部或部分的评价指标，并运用本书的评价方法进行绩效评价。

例如，在对内管理效率的评价方面，我们梳理出电子化办公系统使用程度、内部业务效率、公务员满意度和决策效率四个二级指标，而在对外服务效率的评价方面，则区分为服务质量、服务效率和用户满意度三个二级指标，并均进一步细化为可衡量、可比较的指标。

在社会效益的评价方面，划分出民主扩展度、政府透明性、公民平等和政府形象四个方面，通过对公众感知调查的方式，对其中部分的指标尝试进行度量，从而实现对电子政务社会效益的一个虽不完善但仍具有指导和借鉴意义的衡量。

（四）本课题研究的创新点与学术贡献

1. 国内首个实际得以实施的侧重成效评价的电子政务绩效评价体系

侧重成效评价的评价模式是电子政务绩效评价的发展方向,但我国已有的电子政务评价体系由于评价手段和实现条件的制约,更多的还停留在网站功能等"产出"层面。我们通过对电子政务从投入、产出到成效全流程的分析,提出了一套较为完整的电子政务成效评价指标体系,并实际加以实施,填补了国内这方面的空白,为客观评价我国电子政务发展水平,指引未来发展方向提供了参考,同时我们的工作也为发展中国家在电子政务发展状况提供了实证经验。

2. 首次在电子政务绩效评价体系中引入了公务员满意度和决策效率,并对电子政务社会效益的评价进行了积极探索

通过对于政府内部管理效率、外部服务效率和社会效益三个方面全面考察了电子政务的实施成效。其中,公务员对于电子政务的满意度,以及电子政务对于政府决策效率的影响这两点,首次被纳入电子政务绩效评价体系中,使得电子政务绩效评价更加丰富、全面。

而电子政务的社会效益在已有的绩效评价体系中均鲜有涉及,主要是由于在定义和量化方面存在争议和困难,在本电子政务绩效评价体系中,给出了电子政务在民主扩展度、政府透明性、公民平等和政府形象四个方面共分26 个指标的指标系统,并对部分指标的量化进行了尝试和探索,另外还通过专题和案例的形式对一些重要指标进行了分析,为进一步的研究奠定了基础。

3. 电子政务绩效评价体系从指标设计到绩效评价指数都具有很强的通用性,为标准化评价电子政务绩效提供了模板

不同行政级别、不同类别的政府部门的电子政务系统在各方面都可能存在显著差异。在整个电子政务绩效评价体系的设计中,我们始终注意了通用性的问题,保证本绩效评价体系能够广泛地适用于各种规模以及不同种类的电子政务系统甚至于电子商务系统的全部以及部分模块的绩效评价。

4. 利用该指标体系针对工商局设计了问卷进行评价,利用实证研究方法对绩效影响因素进行了相关分析,在国内乃至国际都是一次重要的尝试

我们利用该体系针对工商局设计了问卷并进行评价,验证了指标体系的可用性与可靠性。同时,我们利用问卷调查时所收集的投入及使用阶段的相关影响因素,用计量的方法对相关影响因素与绩效评价结果间的关系进行了定量分析,为考核电子政务绩效现状的形成因素提供了重要大解释,这在国内和国际上的实证研究中都是比较少有的尝试。

5. 构造了电子政务价值链的完整模型,从价值链的全流程上对电子政务进行评价,并与政府部门具体业务流程紧密结合

电子政务价值的产生是一个过程,从建设投入、产出、取得成效最终到社会影响,每一个环节都影响着最终价值的创造。因此,电子政务绩效评价需要一种全局观念,能够对这所有环节进行有效评价,进而分析出电子政务绩效提升的方向。而当前的国内国际评价体系往往只针对电子政务前台功能性部分进行评价,缺乏从整个电子政务运营的价值链进行评价的全局意识。我们的研究给出了电子政务价值链的完整模型,并定义了价值链上的评价方式。建立起可以综合前台功能、后台整合以及其他相关决定因素的实证模型,从而构建了对于电子政务的使用效率和影响力可以指导性地进行计量分析的理论框架,在对工商系统所进行的实证研究中,各个环节指标设计紧紧围绕具体业务,突出了电子政务的"政务"本质,具有很强的实用性和指导意义。

三、主 要 成 果

(一)工商系统电子政务实证结果具有典型意义

2009 年 10 月,在国家工商总局以及各省、市工商局的大力支持和配合下,课题组顺利完成了问卷调查工作,调查对象包括各直辖市、省会城市、自治区首府、计划单列市,以及辽宁、江苏、浙江、福建、山东、河南、湖北、广东和四川共 9 省辖下各地级市(不包括县级市),共计 154 个市级工商行政管理局,工作量很大。其中政府问卷(包括企业登记/注册部门、企业年检部门、信息中心部门填写的问卷各 1 份)采用纸质问卷形式,企业问卷采用网络问卷形式,由各市局抽取辖下的 60 家企业用户(其中 2007 年及以后成立的企业 30 家,2006 年及以前成立的企业 30 家),由企业直接登录国家工商行政管理总局网页进行填写与递交。

所发放的 154 套政府问卷中,共计回收 151 个城市,回收比例达到 98.1%,问卷回收比例及填写质量均高于预期。其中分别由企业登记/注册部门、企业年检部门、信息中心部门填写的三份问卷中,信息部门问卷填写较完整(填写的问题占问卷所有问题 1/2 以上的,否则视为信息填写过少,下同)的问卷达到 145 份,网上年检问卷填写较完整的问卷 138 份,网上登记问卷 127 份,三份问卷均填写完整的城市达到 117 个,占比 76%。而在企业问卷方面,共计获得填写质量符合要求的企业反馈超过 5 000 份,占比问卷发放数量的 55%,问卷回收比例及填写质量同样高于预期。

通过对各城市工商系统三份调查问卷以及企业调查问卷调查结果的统计,本书进行了细致而深入的统计分析(详见第五章),主要从以下三个方面对工商系统电子政务建设的各个方面情况进行了了解和分析:一是工商系统电子政务建设的整体情况;二是此次重点调研的两个功能模块(即网上登记注册系统和网上年检系统)在系统建设的规划与实施整个过程、所实现的系统功能和效率、公务员评价等方面的情况;三是企业用户对于工商系统电子政务系统的评价情况。

通过对调查问卷的统计,我们发现:

(1)工商系统在电子政务发展建设上存在较为明显的地域(东、中、西部)差距。除了在最基础的信息化水平上差距不大以外,经济较发达、市场经济活动较为活跃的东部城市工商局的优势是全方位的,从电子政务系统建设时的规划、实施与执行,到业务模块上线情况以及系统整合和互联互通情况,再到公务员评价上,均较中部和西部具有明显的优势。

(2)在企业用户的认知以及评价方面,东、中、西部的地域差异则相对较小,企业用户对于电子政务的认知和评价差异主要与他们对电子政务系统的熟悉程度密切相关:对电子政务系统功能越了解的企业用户,使用电子政务系统的频率和依赖程度越高,对电子政务系统继续完善功能的期待也越高,对电子政务系统也具有更高的满意度和更好的评价。这表明了电子政务系统针对用户的功能宣传、介绍和培训的重要意义。

（二）电子政务绩效评价结果揭示深层次问题

综合政府调查问卷和企业调查问卷的反馈结果,我们得到了各个城市在功能建设完备性、内部管理效率、对外服务效率和社会效益四个方面的评价结果,以及综合上述四个指标的整体评价结果。本书表6-1列出了总指数排名前15位的城市在各个指标上的评价情况。

从表6-1可以看到,总指数排名靠前的城市高度集中于东部经济发达城市,占据了排名15位中的13位,而另外2个位置被昆明和郑州占据。从这些城市的各个一级指标的评价情况来看,按照基准分为1的设计,除了临沂、绍兴的服务效率及淄博的社会效益指标以外,其余所有城市的4个一级指标指数均在1以上,甚至大多数指数均达到了1.3以上,表明排名靠前的这些城市在电子政务的系统建设和成效发挥方面均较为全面。

另外,上述城市在功能建设完备度、内部管理效率、对外服务效率、社会效益四个一级指标的均值分别达到了1.42、1.55、1.17和1.52,这表明排名靠前城市在功能建设完备度、内部管理效率和社会效益三个方面发展水平相对较高,而在对外服务效率上则较基准水平高出不多。

同时,将全省范围发放问卷的九个省份的平均得分状况提取出来予以比较,如表6-6所示,九个省份的排名情况基本与各省经济发展状况相符,而且东部沿海地区明显居于前位。但同时也应该注意到,即便是得分最高的浙江省,平均指数也仅为约1.2。而中部及西部的三个省份中,湖北勉强达到基准值1,四川、河南则距离基准值1尚有一定差距,中部与西部电子政务成效状况堪忧。在后面将对这九个省份的绩效评价情况作更详细的介绍和分析。

从对一级指标做出的雷达图发现(见本书图6-1):最大可行分、平均分,均以服务效率为最低,表明对外服务仍然是电子政务的软肋;而社会效益的最大可行分、平均分得分均相对较高,说明社会整体对电子政务持有好感;以最大可行分组合来看,在当前的情况下,电子政务绩效还是可以做到较高水平的。

从对二级指标做出的雷达图我们可以进一步看到(见本书图6-2),在整体水平较低的服务效率中,又以服务质量最偏低,其分数远低于其他二级指标。电子政务的软肋所在不言自明。

对绩效评价指数的回归分析表明,电子政务系统建设的规划和实施对于电子政务绩效评价有非常明显的影响。首先,电子政务建设前有详细规划对电子政务绩效有非常显著的影响,相对于没有进行详细规划即进行电子政务建设的城市来说,在其他条件相同的情况下,绩效评价指数平均高出了约0.1;而存在业务需要驱动的,尤其是以企业用户迫切需要为驱动的城市,相对于仅出于自上而下政令推动或模仿的原因而进行电子政务系统建设的城市,电子政务绩效评价也相对较高;市局系统与区局系统统一开发的开发模式也能显著提高该城市电子政务的绩效评价。

其次,在电子政务的实施细节方面,业务人员和技术人员共同决策的决策模式,可能能够既充分体现业务部门的具体业务需求,也能够从系统架构和技术方案上更好的整体把握,回归结果表明采用这种决策模式的城市的电子政务绩效评价显著较高,相对于未采用此种模式的城市来说,在其他条件相同的情况下,绩效评价指数要高出约0.21。

而在电子政务系统的具体执行方面,对工作人员的激励(将电子政务系统运行效率和将企业服务质量列入考核)对于电子政务产生更大的成效也有较为显著的作用。

将针对全省地级市发放调查问卷的九个省份在内部管理效率、对外服务效率和社会效益三项与成效相关的绩效评价排名平均,与系统产出相关的功能建设完备度排名,做出散点图(见本书图6-5)。图中越靠近左下方的,表明其系统产出与成效取得情况均越好,越靠近右上方的则表明其系统产出与成效取得情况均越差。

从图6-5中我们可以发现,浙江和山东两省在系统产出和成效取得这两方面整体上看均表现最优;而广东和江苏两省在成效取得方面也取得了较好的排名,但在功能建设完备度方面的排名较为靠后;辽宁、福建和湖北三省则明显地表现出了"重系统"而"轻成效"的特点;四川和河南两省在系统产出和成效取得方面均相对较弱,表明中西部电子政务与东部电子政务仍存在明显且普遍的差距。

（三）电子政务建设项目成功率亟待提高

根据联合国关于电子政务建设的三种类型划分，即浪费型、无意义型和有价值型，具体为（见本书图6-15）：

- **浪费型（WASTEFUL）**：有投入，无产出（或者使用率极低）
- **无价值型（POINTLESS）**：有投入，有产出，无实际效用
- **有意义型（MEASNINGFUL）**：有投入，有产出，有实际效用

结合我们的绩效评价体系，我们对此次受调研的工商电子政务系统建设类型按照上述类型进行了划分，统计结果显示，浪费型电子政务所占比例为18.2%，无价值型电子政务为11.7%，而有意义的电子政务比例为70.1%，即工商系统电子政务项目成功率大约为三分之二，失败率约为三分之一。

按照建设项目失败的原因与动机，通过深入一步的拆分与统计，我们可以得到以下几个关于电子政务建设项目成功与失败率的重要发现（本书图6-16）：

第一类：买马不能上马型约占19.5%，即系统做完了无法上线，往往由于实施电子政务的思路一开始就存在问题，对IT期望过高，自身管理能力又过于单薄；同时，领导人更替、业务调整、组织变动以及预算不足都可能导致信息化夭折。

第二类：上马不能跑马型约占13.5%，能上线却不能正常使用，数据不准是重要因素，另外缺乏对于公务员和企业用户的培训，特别是在涉及业务流程调整的情况下。

第一类加第二类的失败率大约为33%。

第三类：赛马评比型，即能用但不管用、形象工程导向的占到29.2%。这种系统建设适合展示与参观评比，但在政府内部却基于信息孤岛流程不畅、缺乏全过程管理的情况，不得不再利用人工录入数据，维持系统之间的链接。一种很常见的情况是，只实施了某些核心业务系统，其他业务环节主要以手工管理为主，或只配备了初级系统。除了核心业务的可视性得到提高之外，电子政务的实际成效不明显，如果其他业务部门提供的数据不准确，实际运用能力就会大打折扣。

第四类：快马加鞭型，真正管用而且用户愿意用的，能够克服前面的三类

问题,只占 38.3% 。

第三类建设类型警示我们,尽管当前有些电子政务建设项目表面十分风光,展示十分成功,但是赛马型的建设动机不仅导致电子政务长期发展水平与效益低下,而且是目前工程建设中隐性浪费的主要根源,必须格外警惕。

长期以来,我国不少电子政务项目往往是自己决策、匆忙上马,造成了很多重复建设和浪费,特别在电子政务发展初期,电子政务项目"建而不成,成而不用,用而不多,稍用即弃"等现象比比皆是,形成了信息化项目的效益黑洞,效益低下,也造成那些并不很懂信息化的决策者在这种困境面前犹豫不决、踟蹰不前。

电子政务实施过程中遇到的体制和管理的障碍,有专家直言"三分政务、三分技术、四分协调"。在我国尤其需要高度重视电子政务项目的非技术风险,确保电子政务项目的成功率。这是因为我们很多地方政府通常缺少资金和技术,用于电子政务建设的资源非常宝贵,而且在规划初期,电子政务的项目成功与否,往往决定后续的发展。

(四) 单个环节的效率由于电子政务应用而明显提升,但全流程效率的改进尚不明显

随着电子政务的推广和应用,政府办公效率大幅提高,用户满意度也明显改善。但我们也发现政府部门与用户在电子政务在建设和使用过程中感知上却存在较大的差异。政府部门往往将大量的注意力集中在单点的效率提升上,即更多地从政府自身业务的角度出发来提高效率。但从用户的角度来说,效率是否提升则更多地取决于业务流程而非单点的效率提升,而我们的调查结果显示出以用户为中心进行考量的业务办理的全流程效率并未明显改善。

单点效率与全流程效率间差异的原因主要有两个方面。一方面,从业务层面上看,政府机构间的权责划分较为明确,业务边界定义也较为清晰。因此,各个政府机构在开展电子政务建设时也很自然地从自己的业务角度出发进行系统的设计与建设。电子政务系统的建设针对不同政府机构而言也主要采用的分散开发的模式,并非有具体的某个政府机构来协调不同政府结构间电子政务系统的设计与建设,各政府机构间业务流程的协调和优化往往进展不明显。另一方面,从物理层面上看,同一政府机构在不同城市的部门与

不同政府机构间电子政务系统建设的相对独立性,系统间的数据格式往往不统一,各系统间难以形成以数据共享为基础的业务互联互通。如果无法实现物理层面上的互联互通,即使业务层面的互联互通有所进展,全流程的效率仍难以大幅提升。

以工商网上登记业务为例,对于客户而言,他们考虑问题的出发点是基于办理事情或者解决问题,而现在政府服务与管理部门的服务出发点多数是以业务办理为出发点,这本身在用户需求和政府服务之间就竖起了一道理念或者感知上的"鸿沟"。我们在调查中发现,企业在办理网上登记注册时,整个业务流程往往需要涉及多个政府机构间的业务办理。例如,以开办餐馆为例。在办理网上登记的过程中,还需要往返于卫生、消防、检验、环保等部门,办理排污许可、卫生检查等相关手续。在这几个环节中,目前的业务办理都是相互独立的,且串行进行。并且在实际业务办理中,用户常常重复性地来回奔波于不同部门间。对于办理者而言,如果只是其中某一个环节效率有所提升,并没有实质性的价值。现在用户办理的多数业务,流程都往往涉及多个部门之间的来回穿梭。只有站在用户的角度去提供服务,通过跨部门的面向业务的流程优化的协调,才能真正为用户带来价值。

(五) 电子政务效益与效率指标的量化与获取

通过本次调研,我们还获取了相当珍贵的有关电子政务效益与效率的重要指标,虽然采集自工商系统,但对于其他政府网站也有相当的代表性:例如"电子政务使用率"(通过网络的业务办理数目占所有办公业务的比重)目前占到整个业务的62%;"电子政务渗透率/普及率(penetration rates)"(了解与使用过的公众比例)占到总体用户数量的85%;政府网站平均访问频率为1.5 次/月,完全一站式政府网站的比例只占到总体网站的13.45%。

另外,电子政务带来的政府办事成本下降了41.3%,其中:办公人员数量减少10%,办公开支节约15%,工作时间/强度下降率24%。电子政务导致对企业与公民的单位服务成本也在大幅下降,约为54%,其中:时间成本(处理时间 + 响应时间)下降了51%,服务费用成本下降20%,而失误率大幅下降了90%。用户应用成本,即用户搜索与筛选政府信息和服务所花费的成本和时间,也大幅下降了78.5%。

但是,通过电子政务能够创新的公共服务数量却仍然罕见,在这次工商调研中还没有发现明显成功的样本数。

根据大量的实证分析结果,我们可以初步判断出目前中国电子政务的发展阶段主要集中在在线政府服务的建设阶段(见本书图6-20),即将以往的柜台业务"转移"到了电子政务平台。绝大部分地区与部门(95%以上)已完成基础设施和网站建设初始期,大部分地区与部门(80%)处于建系统、业务电子化扩散期,有少数地区与部门(15%)正在进入跨部门集成创新的整合期,但很少地区和部门(不到5%)能够达到自主利用资源共享提供政府服务与管理的融合期。

四、案 例 研 究

本次课题研究除了针对全国工商系统的电子政务实证调研,同时也辅助于大量的案例研究工作。其中,在《关于我国中西部地级市农业网站研究》分课题研究中,以农业网站作为观察电子政务的窗口,我们看到大部分中西部政府农业网站还停留在系统功能建设和信息发布阶段,缺乏以用户为导向的系统的服务提供,这也或多或少地反映出中国电子政务发展中存在的问题。但我们也应该看到,电子政务的发展也在潜移默化地推动地方政务意识和政府服务的转变,从《"网商"时代的工商管理体制转型与服务型政府的构建》中,我们看到北京市工商部门作为电子政务建设的先行者,在经济生活网络化的背景下对工商管理体制转型和服务型政府建设中一系列实践和经验总结。另外,从《从武夷山电子政务案例探索数字中国发展模式》中,我们也欣喜地看到福建武夷山市在利用电子政务提升服务型政府绩效,推动农村信息化建设方面取得了长足的发展,提出了一系列创新的制度安排取得了不小的成绩。这些重要的案例调研结果与实证研究互为补充与启发,具有较大的理论价值。

五、总结与展望

近十年来,电子政务系统建设的快速发展。伴随着以电子政务为代表的信息化进程突飞猛进,电子政务的深度和广度都发生了巨大的变化。一方面电子政务带给政府公务人员办公效率的提高和办公环境的改善。以往的业务办理集中在较为拥挤和喧杂的办公大厅,信息的检索查询和存储也都主要采用人工的方式,有了电子政务,信息的检索变成了键盘和鼠标的简单组合操作,业务办理的响应时间大幅缩短,出错率也显著减小。电子政务已较好地融入政府公务人员的日常工作中,离开了电子政务,传统政府机构已经无法正常办公。另一方面,对电子政务系统的广大外部使用者——公众而言,电子政务系统的省时高效和公开透明也得到了大多数使用者的肯定,由于电子政务运行的跨地域、跨时域的特点,使得用户在业务办理时的自主性和差异性得到了较好的保留和体现,给予用户更大的选择权和支配权,提高了用户的满意度和客观感受。并且随着电子政务系统的推广,公众与政府的关系变得更加和谐,公众对政府的满意度和信任感也显著提高。

通过我们针对电子政务与服务型政府建设的系统研究,结合此次调研的案例分析,我们将电子政务与服务型政府建设的关系大致分为三个阶段:映射复制阶段、集成优化阶段和协同变革阶段。在映射复制阶段,信息技术的发展导致政府网站的建立,网站只是现实世界的简单映射复制。处于集成优化阶段时,信息网站集成度已大幅提高,政务平台中的多个网站逐渐减少为几个门户网站,且电子政务的发展对行政体制产生的影响逐渐加深,信息技术作为更成熟的服务手段渗入到服务型政府公共服务的诸多方面,直接提高了服务效率。当电子政府发展进入协同变革阶段后,电子政务的发展对行政体制产生变革性影响。信息网站互联互通能力提高,行政体制变得更加顺畅,且提高服务型政府公共服务的用户导向成为推动电子政务进一步发展的主旋律。目前,我国的电子政务与服务型政府的关系主要集中在映射复制阶段和集成优化阶段,同时个别地区和政府机构间的协同变革萌芽也开始显露出来。

总的来说,电子政务带给公众和政府公务人员的好处得到了较好的体现,电子政务系统的建设与发展已经不可逆转。从发展阶段上看,我们认为目前中国的电子政务已经逐渐告别了爆发式的发展期,进入了稳定增长期。信息化平台建设已初见成效,为电子政务的发展打下了良好的基础。另外,更为重要的是伴随着电子政务系统的建设,一些应用层面的创新和制度层面的探索也开始涌现,在某些领域一些新的服务开始被提供,政府的服务意识和角色也渐渐发生了变化。电子政务的发展与服务型政府的建设有着密切的关系,两者相互作用相互影响。

在电子政务与服务型政府建设相互作用的同时,更为深层次的制度层面也在潜移默化中发生着变化,在我们的案例分析中,发现电子政务的发展不仅推动者服务型政府的建设,并且对行政体制的改革起到了重要的推动和促进作用。我们将电子政务对行政体制改革的影响归纳为以下三个方面:一是电子政务的发展固化了行政体制的改革;二是电子政务的发展深化了行政体制改革;三是电子政务的发展催化了行政体制的下一步改革。

通过此次统计调研和案例分析,我们看到电子政务经过近十年的发展已经取得了部分的成绩,并且电子政务的发展推动服务型政府建设和行政体制改革的作用也渐渐开始显现。几乎可以肯定地说,未来电子政务的高速发展还将持续,大规模的电子政务建设也仍在不断进行之中。展望未来电子政务的发展,我们认为有以下发展趋势和主线。

- 一是电子政务与经济社会的广泛融合

信息化不光推动了电子政务的发展,也使得电子政务越来越广泛地融入经济社会中。利用信息网络技术建设电子政务系统,可以在政府部门之间、政府和企业之间、政府与社会之间建立起畅通的信息沟通渠道和快捷的响应机制。另外,电子政务系统的建设也提供了经济生活中重要基础数据的收集存储和分析体系,这一切都为政府进行宏观经济调节提供了新型的管理方式。

- 二是电子政务的发展与行政体制改革的不断融合

实现电子政务与行政体制改革的融合,即行政体制改革应该运用电子政务发展中摸索的规律和经验,以及暴露出来的问题作为蓝本,在组织上、机构上进行改革。它的战略意义不是简单的办公自动化,一个改进管理和服务的战术工具,更重要的是一项促进政府转型的战略举措,能够自动高效地实现政府服务管理的创新。

- 三是电子政务的发展与IT新技术的融合

电子政务的建设与发展离不开IT技术的发展与变革,网络、数据库等IT技术已经成为电子政务发展的重要支撑。IT技术的日新月异也将为电子政务系统的发展提供更为广阔的发展空间,特别是基于IT技术的一些新的应用创新也为电子政务的发展提供了新的思路。其中,云计算与电子政务的结合也成为学者和实践者讨论和探索的热门议题,显示出越来越多的IT新技术开始与电子政务进行着更为密切和深刻的融合。

首先,云计算可以避免政府的过度服务与政府资源的浪费;类比于云计算中的 SaaS,实际上是可以将政府的核心资源与信息以某种服务的方式提供给用户。就好比用户需要的是在墙上挂画,而不是需要保有一个锤子和钉子。同样的,用户使用电子政务也只是使用一些与政府核心职能相关的服务。使得政府的投入更具有针对性。具体而言,云计算的设计与实施需要利用云计算资源,架构政府的公共服务,政府无须再进行单独的网站的架构和设计,只需要利用已有的云计算资源(包括硬件和软件资源)按业务逻辑进行部署,避免政府陷入一味追求网站建设的怪圈,而将资源集中在用户最核心的需求上。

其次,云计算为政府资源的整合与互联互通提供了重要的契机。代表了IT 演进的最新潮流,云计算能够解决节能减排的问题,提高资源利用效率,符合科学发展理念。同时云计算带来的计算能力提供服务也可以作为地区软实力,甚至有利于招商引资。政府可以借发展云计算之机,实现电子政务的集约化与统一,将分散于各部门的孤岛统一到一个资源池内,云计算服务又可以提供标准的数据接口,统一的数据存储格式,从而在现实上扫清互联互通的障碍。

第一篇
电子政务成效评价体系研究
——基于投入/产出、成效、影响因素的分析

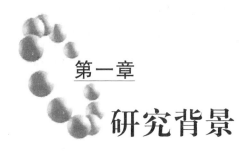

第一章
研究背景

主要内容

- 引　言
- 我国电子政务发展的建设过程及现状
- 继续坚持和深化电子政务的发展方向

第一节　引　言

1. 中国电子政务的高速发展与国际排名的相对倒退

电子政务的发展是全球化的潮流,也是电子信息技术、网络技术应用到政府管理的必然趋势。中国政府为了更好地应对加入世贸组织后对政府管理提出的挑战,提高政府管理能力和服务水平,近年来大力推动用政府信息化带动社会信息化的战略决策,并以此推动中国信息化产业的快速发展。

2002 年 17 号文[①]之后,国内电子政务建设取得了长足进步,国家金字工程中的"金审"、"金盾"(一期)通过验收,"金税"、"金关"、"金卡"、"金桥"工程等都充分显示出电子政务在行业发展中的独特价值。一些发达地区的电子政务水平迅

---

① 中共中央办公厅、国务院办公厅,《关于转发国家信息化领导小组关于我国电子政务建设指导意见的通知》。

速提高,比如北京、上海、广东等地的主要部门核心业务信息化都在85%以上。

从 CNNIC 管理的 gov.cn 域名下的政府网站来看,我国近十年来政府网站数量持续上升,在 2008 年更是增势强劲,全年增长率高达 81.6%,达到近 2.5 万个,如图 1-1 所示。

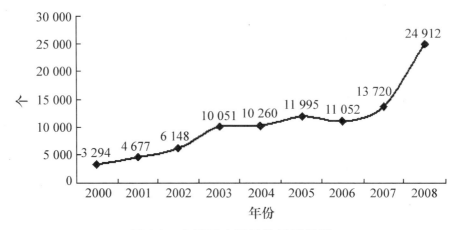

图 1-1 中国政府网站数量增长图

2008 年政府网站数量的大幅增加,得益于 2007 年 4 月发布的《中华人民共和国政府信息公开条例》以及 2008 年 4 月发布的《国务院办公厅关于施行〈中华人民共和国政府信息公开条例〉若干问题的意见》。而 2008 年发生的许多重大事件,比如汶川大地震、北京奥运会等,都促进了政府网站的建设和应用,成为全国乃至全世界人民了解这些事件的权威窗口。为此,业内有人曾预言 2008 年将是中国电子政务发展的"井喷点",然而,在网站数量大幅增加、在线业务办理系统大批上线的同时,人们并没有看到与之相对应的成效。

在 2008 年赛迪咨询公布的中国电子政务门户网站绩效评价调查中,多数省级政府门户网站的综合指数都不理想。如果把推进公共服务作为电子政务建设的出发点和落脚点,那么从省级门户网站服务项目分类情况来看,明显的从用户角度为公众提供服务的意识和质量都偏低。

而据联合国 2003—2007 年对世界各国电子政务调查报告所进行的 4 次调查情况(见表 1-1)可以发现,中国电子政务在国际排名始终在 50 位开外,2007 年我国 eGRI(电子政务准备度)指数为 0.5017,在被调查的联合国 192 个成员国中排名第 65,甚至较 2005 年的第 57 名下降 8 个名次,这说明我国不仅在电子政务建设与应用的整体水平上较先进国家存在差距,且 2005 年以后的发展进度已落后于世界的整体发展进度。

表 1-1 部分国家全球 eGRI 指数排名

	2003 年		2004 年		2005 年		2007 年	
	指数	名次	指数	名次	指数	名次	指数	名次
美国	0.927	1	0.9132	1	0.9062	1	0.8644	4
瑞典	0.840	2	0.8741	4	0.8983	3	0.9157	1
丹麦	0.820	4	0.9047	2	0.9058	2	0.9134	2
新加坡	0.746	12	0.8340	8	0.8503	7	0.7009	23
韩国	0.744	13	0.8575	5	0.8727	5	0.8317	6
日本	0.693	18	0.7260	18	0.7801	14	0.7703	11
中国	0.416	74	0.4356	67	0.5078	57	0.5017	65

数据来源：2003 年、2004 年、2005 年、2008 年《联合国电子政务调查报告》。

而具体在 eGRI 指数所构成的基础环境、人力资源、网站准备度三个细分指标的排名来看（如表 1-2 所示），2007 年排名较 2005 年全面下降，且除了网站准备度排名在 50 位左右外，基础环境和人力资源两项排名仅分别排在第 85 位和第 98 位，表明在电子政务所需要的"软环境"上，中国电子政务的发展现状更为落后。而在表现较好的网站准备度一项上，值得注意的是 2007 年的指数值较 2005 年出现了绝对值上的下降，表明水平甚至出现了绝对值上的下降。其中一个重要的原因，可能是 2007 年联合国网站准备度测评标准较以往出现了以下的变化：

（1）缩短测评时间，对于打不开的网站不给太多等候机会；

（2）强调从用户角度进行测评，即按照用户一般的时间与耐心进行检索，要求快和准；

（3）增加新问题，且集中于交互、事务处理、联通环节；

（4）对网站的考察更加深入，考验网站建设是否浮于表面；

（5）考察网站个数、网站内容大大增加。

表 1-2 中国在全球 eGRI 指数历年排名分析

调查时间	基础环境	排 名	人力资源	排 名	网站准备度	排 名	总指数
2003	0.12	83	0.80	94	0.32	61	0.42
2004	0.11	83	0.79	104	0.41	53	0.44
2005	0.12	76	0.83	88	0.57	42	0.51
2007	0.16	85	0.84	98	0.51	47	0.50

数据来源：同表 1-1。

中国电子政务网站在上述方面的欠缺导致失分较多,导致绝对指数也出现了下降。从上述分析我们可以发现,中国电子政务的建设虽然投入大,建设快,但在实际成效的发挥还相当欠缺,对用户的服务水平较为低下,相较国际先进水平的差距较大,且这种差距甚至有扩大的趋势。

联合国电子政务调查报告同时还对政府网站的发展阶段进行了划分,并对各国所处的阶段进行了定量衡量。如表1-3所示,中国电子政务在深层次的互动、事务处理和互联互通方面的欠缺,尤其是在事务处理阶段仅仅得到了100分中的4分,表明了中国电子政务建设当前所遭遇的"瓶颈"所在。

表1-3　部分国家政府网站发展阶段对比

	萌芽阶段	提高阶段	互动阶段	事务处理阶段	联通阶段	总　分
丹麦	100	97	89	80	93	89
美国	100	98	90	65	78	88
韩国	100	93	76	50	59	73
中国	100	76	52	4	26	45

数据来源:2008年《联合国电子政务调查报告》。

2. 电子政务建设的"增长谜思"

毋庸置疑,近年来政府对电子政务建设非常重视,投入了大量的人力物力,并实现了政府网站数量的大增长,以及在线政务系统的大量上线,然而,高投入、高增长、高产出并不一定真正带来了政府效率的提高、官员认知的进步、服务价值的提升和全民福利的增进。

近年来的电子政务建设明显呈现出政策因素驱动的特点。电子政务建什么、建多少、怎么建,在很大程度上是由统一规划好的电子政务建设任务目标所决定的。这种自上而下推行的电子政务建设方式,固然有能够保证整体发展方向,投入产出见效快等的优点,但如果脱离了基层机构的需求和实际情况,高产出未必能够带来对应的成效。

以最直接面对公众的政府网站为例,统计数据显示,到2008年,中央部委政府网站的普及率已达96.1%,省区市政府网站普及率为100%,地市级是99.1%。然而在这些已建成的网站中,相当部分的网站使用率极低,政府部门的重视程度和维护投入自然下降,而这又导致用户使用率和满意度的进一步下降,部分网站沦为没人看、没人管的休眠网站。

郑州多个政府网站休眠 房管局网站成广告网

十多年前,尼葛洛庞帝在他那本影响世界的《数字化生存》中,预言了信息技术对世界的影响,十多年后的今天,随着计算机和互联网的普及,电子商务、电子政务等概念早已深入人心。但是说到底,技术应该带来更便捷的生活,仅有概念是不够的。就拿郑州来说吧,我们的政府部门都开了网站,但是大多信息陈旧,功能简单;我们的80万中小学生也都有了智能的学籍管理IC卡,但仅仅能当学生证使,离所谓"一卡通"还远着呢……从今天开始,我们将刊发系列报道"关注省会'数字化生活'",我们想说的是,在利用信息技术创造更便捷的生活方面,郑州还有很长的路要走。

"现在已经5月份了,郑州市一些政府部门网站信息怎么还是去年的,甚至有些信息还是2006年的?"在广州工作的郑州人郭先生平时喜欢通过郑州市政府网站了解家乡发生的新闻。但他最近上了几次网,发现郑州市的多个政府部门网站内容陈旧,更新不及时,几乎形同虚设。

郭先生所述并非偶然,也有郑州市民认为郑州市的政府部门网站"一张老脸,常年不洗;内容陈旧,文件过时;现代工具,纯当摆设。"

5月5日,记者通过郑州市政府网站的搜索引擎,逐一点击进入网站链接的29个职能部门网站。确如郭先生所言,记者发现,多个网站内容处于"休眠"状态,信息陈旧,仅有9个部门网站内容能保持每周进行更新。另有9个部门网站发布的信息是1个月前的;7个部门网站发布的"最新消息"是去年的内容;而郑州市经委、郑州市科技局、郑州市公安局和郑州市卫生局4个部门的网站根本无法打开。此外,郑州市房管局网站变成售房广告的集中地。"交8万抵10万,前期认筹排号中"、"现房即买即住即收益",楼盘广告宣传、售房电话比比皆是。

采访中,许多市民认为,目前,郑州市政府部门的网站中,内容更新不及时,在线办事功能建设较差,"只能看、不能办"现象突出。市民马先生说,政府部门建立网站应该是为市民提供便利的服务,而不是赶时髦、做做样子。网民"我是大海"说,政府部门建了网站,就要投入精力办出特色、办出风格、办出宣传实效,让网络真正成为政府与市民之间快速交流信息的良好平台。

在采访中,不少市民对政府职能部门的网站表现了极大期待,建议加强信息更新,让网站能切实发挥应有的作用。

资料来源:李凤虎,《河南日报》,2009年5月6日。

穗教育局网站存在涉黄链接　电子政务不能成为"面子"工程

继广州市物价局之后,广州市教育局网站再度出现黄色链接。昨日广州市教育局网站链接到荔湾区教育信息网已经恢复正常。专家认为其背后是政府网站管理不善的问题。

5月12日,网友jonchen1在某论坛发帖《广州市教育局官方网站涉黄》,帖子中写道,"当你进入广州市教育局的官网,再进'单位概览—区县级市教育局—荔湾区教育信息网',你会发现此网站拼命弹出成人电影之类的网页,该情况一个多月前就是这样了"。此情况很快得到证实。

好在当日教育局网站迅速发现并及时改正。但即便如此,这样的链接,已经从2月20日一直挂到了5月13日。而根据英文域名注册新规,在停止续费后45天,是自动续费期,这段时间里不会取消原有域名。也就是说该网站的链接足足存在了四五个月之久。这不得不让人怀疑政府网站背后的管理问题。

网友怀疑这是如广州市物价局网站一样,受到攻击;但同时有网友质疑:"中毒不可怕,可怕的是这么多天没人管。网管在何处?网警在何处?"然而广州市教育局有关工作人员表示,"我们的网站每天都有维护,每天都有更新"。记者在广州市教育局网站看到最新的公告即是当日的,动态新闻的更新时间为5月5日。

在荔湾区教育信息网上,最新的一篇动态消息发布时间为5月13日,从发布时间看,大致为五六天更新一次。荔湾区教育局一位负责宣传的工作人员表示,其网站有两名工作人员负责更新,具体的更新频度和续费情况却并不知晓。

荔湾区的梁先生最近也遇到了政府网站滞后的困境。今年4月,广州市独生子女奖励金开始申请。家住荔湾区彩虹街的梁先生前往街道居委会领取的时候,被告知先要在网上填写申请表才能申领,而至今申领独生子女奖金的网站仍未开通。

资料来源:《南方日报》,2009年5月15日。

政府花大投入所建设的各类在线办理业务系统,统计数据显示,其实际使用率偏低甚至很低的情况非常普遍。系统开发未能贴近公众用户的需求,未能有效解决在线办理相对于传统办理方式的缺陷是其表象；而电子政务建设着眼于政府部门短期、单一目标的实现，而非立足于为公众提供全流程的服务，则是其内因。

作为电子政务建设的规划、实施和实际使用者，政府官员对于电子政务的态度，仅仅是工具、是"面子工程"，还是政府组织结构及行政流程重组的推动器和政府角色转变的载体，很大程度上决定着电子政务建设的实际成效。湖北应城市市长信箱面对网民的咨询给予"我办没时间跟你闲扯，你有意见到创建办来面谈"[①]的回复，并不是个案，而是反映出相当部分的政府部门尚未能充分意识到网络时代下电子政务建设和实施的重大意义。

如果说电子政务建设初期主要是政府高度的重视、大规模资金的投入与拉动，使中国电子政务取得了显著成就，那么如何加强后续的应用发展，如何从要产出转变为要成效，如何突破电子政务建设向纵深化发展所面临的"瓶颈"，中国政府不仅面临成本与效益方面的挑战，同时也面临来自公众的强大压力。很多电子政务建设项目"欲速而不达"、"建而不用"，表明如何提高电子政务建设项目的成功率是一个极具挑战性的工作。如何使电子政务建设真正为政务发挥作用功效，为政府的行政改革和职能转变发挥作用，成为当前必须思考的问题。

3. 体制结构上的跨部门跨地区的障碍，是当前电子政务发展面临"瓶颈"的最大症结

要让电子政务真正贴近、符合用户需求，全流程服务提供是必然的要求。从电子政务的发展趋势来看，各个部门独立做网站、建系统并非最优方案，而应该发挥跨部门合作整合的效果，走低成本高效益的发展道路，应强调直接、而非间接的服务能力，应强调统一的窗口，而非多界面。美国、英国等发达国家近年来在此方面已经进行了很多探索，对政府网站进行了大力整合，对不必要的网站予以关闭。

而在中国政府方面，2006 年 5 月，中共中央办公厅、国务院办公厅联合印发的《2006—2020 年国家信息化发展战略》中，把政务信息资源的整合列为电子政务建设的首要战略行动。文件在"推行电子政务"一节中指出，"加强社会管理，整合资源，形成全面覆盖、高效灵敏的社会管理信息网络，增强社会

---

① 消息来源：http://opinion.people.com.cn/GB/1036/9914678.html。

综合治理能力"。尽管政务信息资源整合已经逐渐成为政府电子政务建设的新的发展趋势,例如北京市、广州市的信息资源管理中心都提供了跨部门的协同,而福建在体系建设上,杭州、内蒙等在政务信息资源共享、业务协同方面都进行有力的尝试,但是,电子政务最大的阻力还是来自政府内部,突出的表现是信息共享比业务协同还要困难,因为业务协同是由流程来决定的,而信息共享没有流程可以依照。当前体制结构上的跨部门跨地区的障碍,实际是电子政务建设发展的最大"瓶颈",直接导致了中国电子政务在与用户互动、事务处理和互联互通方面的欠缺。

第一,"数"出多门,实现共享阻力大。

国际上公认政务信息应该占整个民众信息的80%以上。但是由于条块分割,造成了我国在采集和存储政务信息时产生了大量不一致,甚至是矛盾的信息,例如,工商、海关和税务系统各自在建设和拥有一个法人数据库,而没有互联互通,也没有统一的维护机制。另外,在已经形成的数据采集和维护的各自为政的局面下,相关政府部门出于维护和谋取本部门的利益,都千方百计保留自己形成的成果而取消他人的类似成果,不为其他部门和公众提供及时的高质量的信息共享,甚至意图通过信息共享而为本部门谋取不合理的利益的现象。

第二,职能和流程划分不清晰,协调成本高。

当前我国政府部门的某些具体职能划分不清晰甚至重复,造成政务流程不明确不唯一,跨部门协调的成本很高。因此,线下政务流程的不合理给电子政务系统的具体实施造成了先天的障碍,要使得电子政务系统真正发挥成效,职能和流程的调整和重新界定成为非常重要的因素。

第三,缺乏统一规划下的先期投入,成为整合障碍。

由于我国现有的政府信息化工程基本上是在不动政府原有结构的情况下由各个部门独立来建设的,缺乏整体统一规划。而实际上,在很多单个政府部门内部的电子政务实施中,也没有整体规划。由于政策因素驱动匆忙上马的各个项目技术标准五花八门,如果整合意味着大量先期投入势必"浪费",这也成为阻碍整合的一个现实情况。

所以,信息资源的整合是一件从认识、技术实现到操作实施都具有相当难度的事情。随着"大部制"改革的实施,从政府部门职能这一根本问题上正在对机构组织进行整合,有望打破部门间的信息障碍,促进信息资源共享和利用,但是要真正实现信息的整合还有待很多制度的改进与完善。

4. 改革和加强目前十分薄弱的面向基层和公众的窗口机构的服务能力，是当前发展电子政务、提高政府执政能力的重点

强调政府信息资源的整合、统一网站窗口，将分散在各个部门的电子政务服务平台上移至统一的网站服务平台，实际上仅仅是外在形式，必须与之对应地加强对基层和公众服务，实现"服务下延"，其重点是直接面向服务对象提供服务，特别是公共服务和基层服务层面。要做好公共服务，最重要的是要树立以人为本的理念，从服务对象的需求出发，选择技术、整合资源、梳理流程、考核效益。只有在此基础上实现的"平台上移"才能够真正发挥其成效，而不致成为无源之水、无本之木。

结合我国的电子政务发展需求来看，目前大部分电子政务在服务方式、服务内容、共性服务与差异性服务的关系，以及根据不同用户群的特点相应提供服务需求上，还有很大的改进空间。

当前体制改革的一个方向正是要解决具体职能划分不清晰甚至重复的问题，使得一件事情原则上由一个部门负责，对确实需要多个部门管理的事项，明确牵头部门，分清主次责任。例如，动漫和网络游戏管理职责统一由文化部承担，电影管理职责统一由广电总局承担，音像制品管理职责统一由新闻出版总署承担；在高校毕业生就业管理方面，则明确了由教育部负责毕业生离校前的就业指导和服务工作，人力资源和社会保障部负责毕业生离校后的就业指导和服务工作等。从纵向的各自为政向纵横协同的发展转变，实际上提供了解决具体职能划分不清的契机和平台，有利于提高政府执政能力。

5. 电子政务的大力推进与应用是建立和发展服务型政府的重要手段，通过网络参政议政、重视网络民意等方式实现对政府监督的方式、手段、效率的转变与创新，将深刻地改变政府与民众的关系

电子政务对于服务公众理念的强调，是建立和发展服务型政府的重要手段。传统的行政管理体制如何向现代新型的服务型政府转变，向大力创造良好发展环境转变、向有效提供优质公共服务转变、向注重维护社会公平正义转变、向实现科学化的公共治理转变，都离不开电子政务的推动。

就中央决策层面而言，电子政务到底如何管理、如何协调，始终没有特别清晰的解决思路,而在地方层面上,关键问题还是缺乏对电子政务目标的统一认识和认知。至今还有些省部级领导对电子政务的理解还是四个字——"花钱,没用";绝大部分领导认为"有用,但还没有到非用不可的时候",或者"不知道怎么样才能最有用"。在很多官员认知里面,政府的信息化虽然是个好东西,但看不见摸不着,不好定量,是软性的东西,不好出政绩,而主管官员对电子政务观念的理解对电子政务发展的影响程度、影响方式至关重要。

与此同时,这些年来网络民意日益加强,网络参政议政开始进入主流舆论渠道,并且逐步以制度化的形式影响每年的两会议程。

2010年2月27日下午3时,温家宝总理接受中国政府网、新华网联合专访,与广大网友在线交流。这是继2009年2月28日温家宝总理首次与网友在线交流之后,第二次与网友在线交流。

2009年2月21日大年初八,人民网微博上出现了国家主席胡锦涛的名字,标志着中国的网络参政议政方式得到最高层的认可。

电子政务作为一个政府与公众交流的重要平台,通过网络参政议政、重视网络民意等方式实现对政府监督的方式、手段、效率的转变与创新,将深刻地改变政府与民众的关系。

上述分析启示我们进一步思考探究以下几大问题:

(1)近年来电子政务建设领域的三高(高投入、高增长、高产出)是真正带来了政府效率的提高、官员认知的进步、服务价值的提升、全民福利的增进,还是电子政务"增长谜思"与信息化"虚假繁荣"的反映?

(2)电子政务的发展是真正落实到了为公共管理与基层服务的长期性国家目标,还是仅仅有助于政府部门短期、单一目标的实现,还无法摆脱发展瓶颈与体制性的障碍?

(3)中国政府正在切实关注与正视网络用户的成长和壮大,如何让网民与普通百姓感知到电子政务的建设与投入而带来的全民福利与公民收益的逐步提高,真正分享到政府信息化投入带来的社会进步。

第二节　我国电子政务发展的建设过程与现状

1. 依靠投入驱动模式催生了我国电子政务建设的快速发展

我国电子政务的发展自 20 世纪 80 年代及 90 年代初,大致经历了办公自动化、专业领域信息化建设、政府上网、电子政务全面建设、调整以及信息资源整合六个阶段。不同阶段在电子政务建设上有着不同的特点,从最初单纯的将计算机技术、通信技术、网络技术等引入办公过程中,到建设专门领域的信息系统,再到全面建设电子政务系统推到政府网络化,继而反思总结从规范化、制度化抓起,突出电子政务在网上办事、信息公开中的作用,中国电子政务建设在不断调整中向前发展(见图 1-2)。

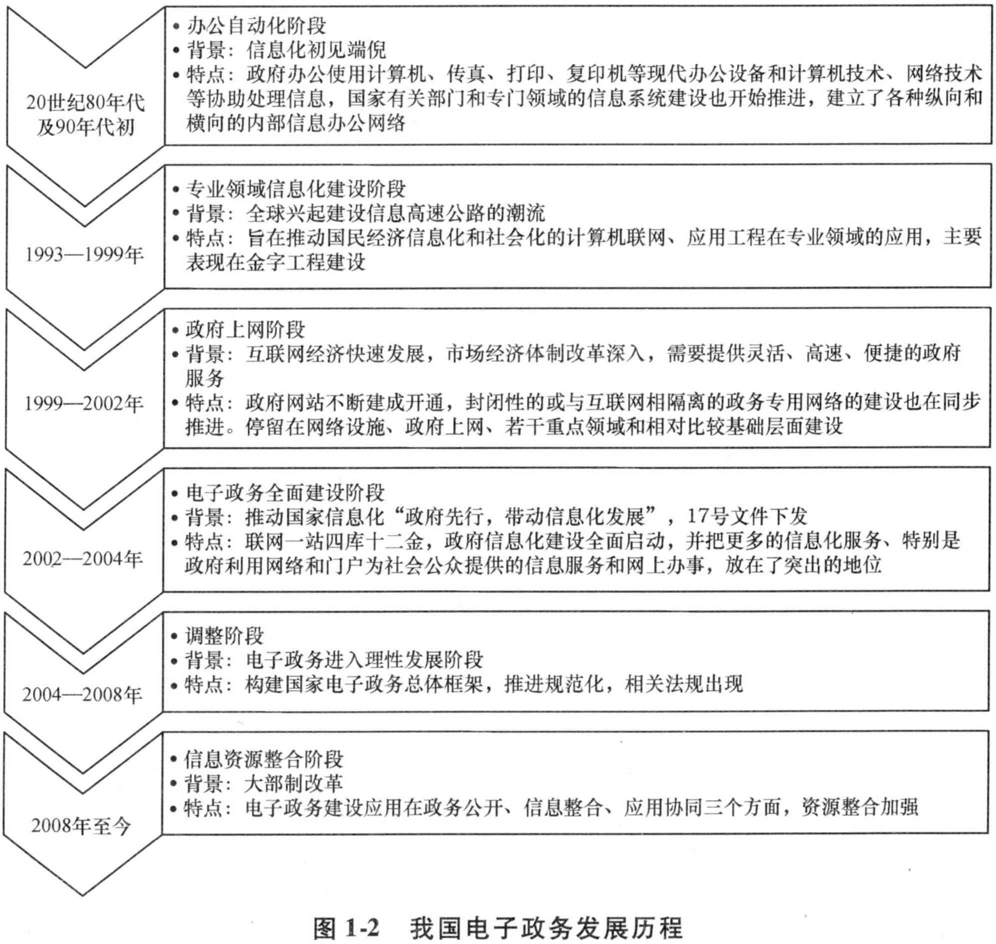

20世纪80年代及90年代初	• 办公自动化阶段 • 背景：信息化初见端倪 • 特点：政府办公使用计算机、传真、打印、复印机等现代办公设备和计算机技术、网络技术等协助处理信息,国家有关部门和专门领域的信息系统建设也开始推进,建立了各种纵向和横向的内部信息办公网络
1993—1999年	• 专业领域信息化建设阶段 • 背景：全球兴起建设信息高速公路的潮流 • 特点：旨在推动国民经济信息化和社会化的计算机联网、应用工程在专业领域的应用,主要表现在金字工程建设
1999—2002年	• 政府上网阶段 • 背景：互联网经济快速发展,市场经济体制改革深入,需要提供灵活、高速、便捷的政府服务 • 特点：政府网站不断建成开通,封闭性的或与互联网相隔离的政务专用网络的建设也在同步推进。停留在网络设施、政府上网、若干重点领域和相对比较基础层面建设
2002—2004年	• 电子政务全面建设阶段 • 背景：推动国家信息化"政府先行,带动信息化发展",17号文件下发 • 特点：联网一站四库十二金,政府信息化建设全面启动,并把更多的信息化服务、特别是政府利用网络和门户为社会公众提供的信息服务和网上办事,放在了突出的地位
2004—2008年	• 调整阶段 • 背景：电子政务进入理性发展阶段 • 特点：构建国家电子政务总体框架,推进规范化,相关法规出现
2008年至今	• 信息资源整合阶段 • 背景：大部制改革 • 特点：电子政务建设应用在政务公开、信息整合、应用协同三个方面,资源整合加强

图 1-2　我国电子政务发展历程

随着政府对电子政务重视的加大与推进力度的增强,电子政务的投入逐年增长,根据计世资讯的调查数据,我国电子政务投入资金总额从政府开始全面电子政务建设的 2002 年的约 300 亿元迅速增长至 2007 年的约 600 亿元,每年的投入增长率均在 10% 以上(见图 1-3)。

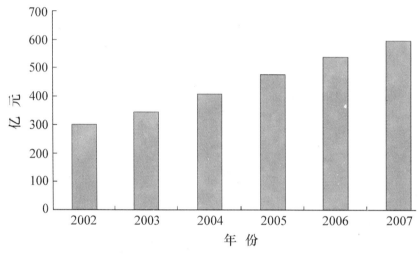

图 1-3　2002—2007 年我国电子政务投入资金情况

在具体的资金投放方面,软件及服务方面的投入比重显著上升,其中,软件投入所占比重由 2003 年的约 15% 上升到 2009 年的约 24%,而服务投入所占比重则由 2003 年的 12% 上升到 2009 年的约 20%。与之相对应地则是硬件投入所占比重出现明显下降,从 2003 年的 73% 下降到 2009 年的 56%,这可能表明了以下两点,一是我国电子政务硬件建设已取得基本成果,二是政府对于电子政务中软件及服务方面的重要性有了更深的认识,在此方面加大了投入。

在电子政务建设的资金来源方面,根据计世资讯的调查数据,地方政府是电子政务的主要资金来源方,如图 1-4 所示。且从 2004—2009 年地方政府投入资金的比例仍有小幅上升,从 2004 年的 84.7% 上升至 2009 年的 88.3%。

2. 中国电子政务建设受政策驱动的特点突出

回顾中国电子政务的发展历程,可以发现中国电子政务的建设投入与政府政策驱动紧密相关,而与国民经济、财政支出情况的相关性均不明显(见图 1-5)。

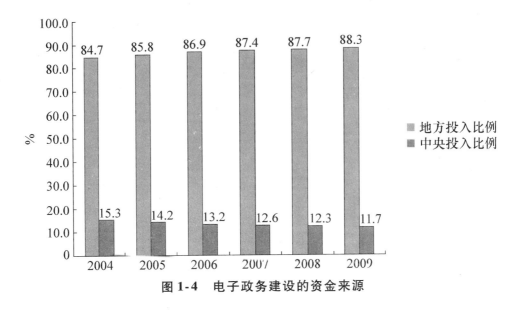

图1-4 电子政务建设的资金来源

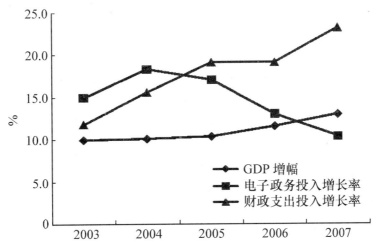

图1-5 2003—2007年我国电子政务投入资金增长率与
我国GDP增长率及财政支出增长率

图1-6所示的是从2001—2007年政府网站数量的变化情况。从图中可以发现,政府网站数量在2002年下半年到2004年出现了一个大幅的增长。回顾这段时间,我们会发现在2002年7月3日,国家信息部审议通过了《中国电子政务建设指导意见》,提出了"十五"期间我国电子政务建设的具体目标,明确提出要建设标准统一、功能完善、安全可靠的政务信息网络平台,并强调要建设重点业务系统,以及基础性、战略性政务信息库,提高信息资源共享程度。

而2005年随着"十五"规划进入到最后一年,大部分政府网站的建设计

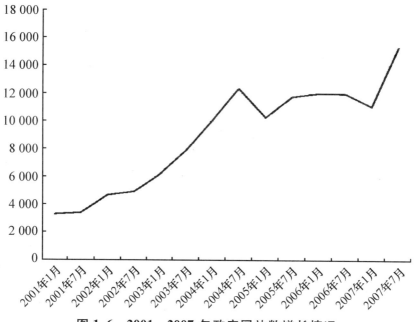

图 1-6   2001—2007 年政府网站数增长情况

划均已完成,电子政务建设进入了一个调整消化阶段。而"十一五"规划对电子政务建设提出了主要目标,即到 2010 年,基本建成覆盖全国的统一的电子政务网络,初步建立信息资源公开和共享机制,成为电子政务建设的新的驱动力。而 2007 年 4 月中央政府发布《中华人民共和国政府信息公开条例》以及 2007 年底召开的中共十七大又明确提出推行电子政务,强化社会管理和公共服务,也成为各地政府推进电子政务的重要因素。围绕于此,各地政府在政府门户网站系统、协同办公 OA 系统、网上审批系统、企业信用信息系统、电子印章系统、应用安全管理系统、电子监察系统等方面均进行了积极推动。

中办发文件《我国电子政务建设指导意见》明确要求,要充分利用现有资源和现有网络平台条件,逐步调整和规范各部门已经建设的业务系统和网络,加快整合分散的业务系统和信息资源。

2008 年受金融危机和宏观经济下滑影响,很多行业的 IT 开支出现紧缩(如图 1-7 所示的 IDC 关于中国 2009 年各行业 IT 支出增长率的预测情况),但以政府为首的行业客户并未受到大的影响。事实上,政府部门的 IT 信息化建设均是提前立项规划的,都有专项资金的支持。随着国家"十一五"规划关于建设全国统一的电子政务网络的贯彻落实,政府电子政务并不会受金融危机和宏观经济下滑的影响,事实上,2009 年 4 月,国家发改委、财政部还在发

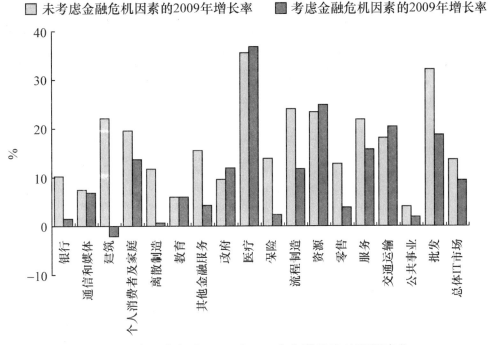

□ 未考虑金融危机因素的2009年增长率　　■ 考虑金融危机因素的2009年增长率

图 1-7　中国各行业 2009 年 IT 支出增长率的预测变化

出关于加快推进国家电子政务外网建设工作的通知。2009 年中国政府的 IT 开支增长幅度不仅不会下降,反而会因为政策的驱动而上升。

3. 电子政务的实际成效与投入存在差距

政府对电子政务的持续且不断增加的投入是否得到了相应的回报,是本书关心的核心问题。很多事实显示,电子政务的实际绩效并不容乐观。

在本书的开始我们已经提过,据联合国 2008 年度世界电子政务调查报告数据,2008 年我国电子政务准备度指数为 0.5017,在被调查的联合国 192 个成员国中排名第 65,较 2005 年的第 57 名下降 8 个名次,这不是中国电子政务发展本身在倒退,而应该是说相对于其他国家电子政务的发展来说,中国电子政务的速度相对慢了。电子政务发展的好与坏,简单地以网站的数量来衡量已经远远不够了,正如联合国 2008 年度调查所显示的,对于电子政务应用的广度、深度以及用户对电子政务的满意度,是衡量电子政务发展水平的更重要的标准。而这方面正是我国电子政务建设所相对欠缺的方面,也是电子政务的实际成效与投入存在差距的根源所在。

我们再次引用在联合国 2008 年度调查中关于部分国家政府网站发展阶

段的得分对比情况（见表 1-4）。表中非常明显的是，我国在"事务处理阶段"仅得 4 分！而根据《国家电子政务总体框架》的规划，到 2010 年，我国要实现 50% 以上的行政许可项目能够实现在线处理，我们不妨以此为切入点，调查我们目前行政许可项目在线处理的实现程度，探讨框架所规划的目标能否实现，同时也可管中窥豹，分析我国电子政务网上为民办事的成效究竟如何。

表 1-4　2008 年部分国家政府网站发展阶段得分对比

	萌芽阶段	提高阶段	互动阶段	事务处理阶段	联通阶段	总　分
丹麦	100	97	89	80	93	89
美国	100	98	90	65	78	88
韩国	100	93	76	50	59	73
中国	100	76	52	4	26	45

数据来源:《联合国电子政务调查报告 2008》。

（1）办公项目的在线办理率低

我们以电子政务发展水平较高的广东省为例。在中国软件评测中心发布的 2008 年中国政府网站绩效评价中，在地市级网站评比之中，前 10 名中有 2 个，前 20 名中有 4 个隶属广东省，而在 2006 年，地市级网站评比中，前 10 名中有 2 个，前 20 名中有 5 个隶属广东省。但即使在广东省，根据计世资讯 2008 年底的调查，地市级行政许可项目中也仅平均有 47.4% 可在线办理。其中仅有办事指南的平均办理率大于 50%（为 70.6%）而其他四个指标（网上咨询、网上查询、网上申请、表格下载）的办理率均在 50% 以下。在选取的 21 个城市中，共有 11 个城市的总办理率在 50% 以下，其中包括广州和深圳这样的核心城市。

而对于广东省的省直属部门，情况就要更差一些:行政许可项目在线办理率平均值仅为 30.6%，而五个分指标办事指南、网上咨询、网上查询、网上申请、表格下载的平均办理率分别为 78.8%、19.5%、22.8%、12.7%、36.8%，尤其是网上查询一项 33 个部门竟有 28 个办理率为 0。

到 2010 年,覆盖全国的统一的电子政务网络基本建成,目录体系与交换体系、信息安全基础设施初步建立,重点应用系统实现互联互通,政务信息资源公开和共享机制初步建立,法律法规体系初步形成,标准化体系基本满足业务发展需求,管理体制进一步完善,政府门户网站成为政府信息公开的重要渠道,50% 以上的行政许可项目能够实现在线处理,电子政务公众认知度和公众满意度进一步提高,有效降低行政成本,提高监管能力和公共服务水平。

——《国家电子政务总体框架(摘要)》

　　电子政务发展水平较高的广东省尚且如此,其他地区的情况则不容乐观。各地为达到行政许可项目 50% 以上的目标而在 2008 年、2009 年出台大幅部署的情况比比皆是。如山东省在 2008 年 9 月份的全省信息化工作会议上提出"争取到 2010 年将行政许可事项在线办理比例由目前的 20% 大幅提高到 50% 左右"。而湖南省则提出 2009 年和 2010 年分别要提高在线办理比例 20 个百分点和 21 个百分点。政府大规模推动系统建设的决心值得肯定,但在任务目标的紧逼之下匆忙上马,这种大跨步的发展产生的工程的效果存在很大的疑问。

山东省加快电子政务建设提高行政许可在线办理率

　　日前,山东省有关负责人在全省信息化工作会议上透露,山东省将扎实推进电子政务,促进政府职能转变,争取到 2010 年 50% 左右的行政许可项目实现在线办理。

　　据了解,电子政务是提高行政效率、深化行政管理体制改革的重要措施。然而,分散建设、重复投资已经成为电子政务建设的突出问题。山东省决定参照国家模式,加快建设全省电子政务网络,尽快建成基本满足各级政务部门应用需要的政务内网和政务外网体系,走出一条集约化、低成本的电子政务建设新路子。

在这次会议上,山东省决定,以跨部门信息交换为突破,加快规划和整合,建设省级政务信息资源共享交换平台,有序推进业务系统之间的信息共享和业务协同,大力推行网上行政审批,提高政府效能,争取到 2010 年将行政许可事项在线办理的比例由目前的 20% 大幅提高到 50% 左右。

资料来源:http://finance.sina.com.cn/roll/20080905/08002410977.shtml,2008 年 9 月 5 日。

"湖南省 2007—2008 年要实现 159 项行政许可项目在线办理;2008—2009 年新增 145 项行政许可项目在线办理;2009—2010 年要实现 462 项行政许可项目在线办理。"会上,省信息产业厅厅长贺仁雨介绍,2010 年实现 50% 以上行政许可项目网上办理的目标,是国家加强服务型政府建设的重大战略部署。湖南省共有行政许可项目 721 项,根据实际情况,湖南在线服务的总目标将分年度实施完成。

资料来源:http://hunan.pprd.org.cn/hunannews/200711/t20071106_29599.htm。

比较欧盟电子政务的发展规划,欧盟在 2006 年平均就已达到将近 50% 的办公项目(还不仅仅是行政许可项目)能够实现在线处理,到 2010 年,欧盟要求其成员国政府所有的办事项目都能够实现在线办理。可见我国电子政务网上办事的水平不高是一个不争的事实。

(2)电子政务系统的实际使用率偏低

政府网站的重要功能之一是提供政务信息,比如政策信息、违章查询和税务查询等,但 2007 年 12 月中国互联网络信息中心(CNNIC)的调查结果显示(见图 1-8),仅 25.4% 的人访问过政府网站(包括中央政府或地方政府网站),其中比例最高的北京也不到 35%,比例与欧美国家相比明显偏低。

如图 1-9 所示,在访问政府网站的民众中,信息获取仍是他们的主要目的,其中有 77.5% 的访问者会浏览政府动态或者新闻,有 21.3% 的访问者会查看相关法规,而出于业务办理目的的访问者比例很低,仅分别有 2.5%、3.0%、2.1% 的访问者是为了网上办理税务和企业注册、网上在线咨询、在线投诉的目的。

(3)低使用率导致了低满意度

电子政务及政府网站的低使用率导致了政府对其的重视程度和后续投入降低,而这又导致使用率的进一步降低,恶性循环之下相当比例的政府网站沦为没人去、没人管的休眠网站,相当多的政府网站的更新十分迟滞,甚至

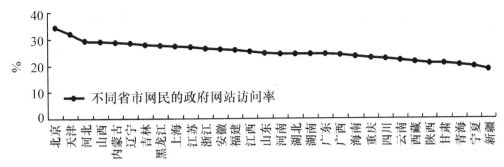

图 1-8 2007 年不同省市网民的政府网站访问率

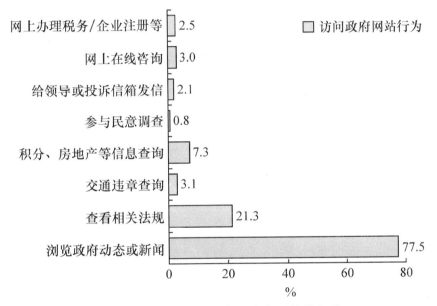

图 1-9 2007 年网民访问政府网站的行为

出现了中山市国税局、国土资源局网站因域名欠费而变身游戏网,郑州房管局网站成为广告网站,广州市物价局、教育局网站出现黄色链接等情况,更为严重的是这些情况均是在存在相当一段时间后由网民提醒才被有关单位发现的。

低使用率必然导致用户的低满意度,2008 年底,中国青年报社会调查中心通过新浪网,对 1 110 人进行的一项调查显示,61.3% 的人对政府网站感到不满意,32.0% 的人感觉一般,不到 7% 的人表示满意。

不可度量则无法监督,电子政务的成效不佳与电子政务评价体系的长期缺乏不无关系。一个好的电子政务绩效评价体系不仅仅是一个测度的手段,更是一个对于电子政务建设方向的指引。从后面的介绍中我们可以看到,目前我国已有的一些电子政务绩效评价体系重系统产出、功能而轻效益与功效,这也导致了这些体系的评价结果与真正网上办事水平以及民众评价存在差距。如何全面的判断电子政务的真实成效,监督电子政务的建设与实施情况,并进而为电子政务的发展方向提供依据,是本书所着重研究的方向。

第三节　继续坚持和深化电子政务的发展方向

1. 借鉴国内外电子政务建设领先者的宝贵经验,探索进一步深化电子政务建设与应用的正确方向

当前中国电子政务发展所存在的种种不足和问题,并不意味着发展电子政务本身有问题,而是不断深化的电子政务建设和应用对政府所提出的更高层次要求与原有的电子政务架构间出现了矛盾和冲突。实际上,从国内电子政务建设的经验来看,也不乏具有成功经验的项目。

以北京市工商系统的电子政务建设为例,北京市工商系统的电子政务建设于 2000 年起步,是全国工商系统中的先行者,率先提出了"大力推进工商行政管理市场监管模式的改革,构建与首都国际化大都市地位相适应的、专业化、数字化的工商行政管理体系"的发展方针和目标,并分别于 2001 年推出了网上登记注册系统,2003 年开发了 12315 系统,2004 年开发了网上年检、广告监管、食品安全、人力资源管理等系统等。

但系统运行之初,效果并不理想。以网上登记系统为例,在建设之初对信息化和电子政务理解尚不够深刻,以为信息化就是把纸质的、物理的流程完全照搬到网上,根本没有涉及任何对流程的重组和再造,导致网上办理并没有体现出时间和费用的优势,反而大大增加了办理业务的难度。该系统推出运行一年后,企业登录的次数仅几千次,完成审批的企业仅十几个。在总结经验得失的基础上,北京市工商局对系统进行了升级改造,着重注重了流程再造,不再是简单地把物理流程放在计算机上,而是以从服务用户、以用户为中心的角度出发,改造流程以更加适应在线办理业务的特点,最大程度地发挥在线办理业务的优势,取得了很好的效果。

又如网上年检业务,最初推出时分为了"个体工商户验照"和"企业年检"两部分,牵涉审批部门过多,程序繁复,成为普遍反映的问题。在各部门间

的彼此协调与合作下,对企业年检流程进行了大幅优化(见图1-10),年检项目由原来近百项内容缩减至十余项,每一项内容都做到有法可依,整合后的网上年检实现了完全的网上办理,企业每年只需要来工商局确认一次进行贴标,而且这也非强制要求,另外贴标的时间也不仅局限在3个月内,贴标的地点也可以在就近工商部门进行。以前年检集中在3个月以内,由于时间集中、企业数目多,年检时要往返工商局多次,每次来的时候还需要排队,现在企业完全不用往返于工商局,可以完全在网上进行,在时间和费用方面都得到了很大程度的节约。这也充分体现了北京市工商系统对于电子政务服务用户、以用户为中心理念的深刻理解。

目前,北京市工商系统电子政务系统已经成为企业用户常用、愿意用的电子政务系统,有调查显示,目前在首都之窗网站群的流量排名中,北京市工商局的登记注册业务和企业信用信息查询服务分别排名第2位和第7位,合计占总流量的约14.3%。而另一方面,在我们对北京市工商行政管理局的调查访问中,不管哪个部门的员工都会告诉我们,离开了电子政务,他们已经无法正常办公了。

服务用户、以用户为中心的电子政务建设理念同样也是发达国家电子政务建设的重要经验。例如,英国政府在电子政务建设中坚持的主导思想就是建立"以公众为中心"的政府,通过加强跨部门合作,提高政府工作效率并改进服务方式,以更好地满足公众需求,并据此确定了电子政务建设的具体可行的原则,包括提供更多服务方式供公众选择,建立电子化单一窗口连接政府各部门,通过信息技术提高行政效率,并快速回应公众的需求等。而在具体实施方面,专门成立了高级别的服务改革委员会,依照用户为中心的原则设计、改革政府公共服务,并推广优秀案例,关注服务改革的实践推进机制。美国政府也将能够显著提高行政效率的电子政务项目作为其重点发展和扶持对象,如进一步加强联邦政府门户网站的开发,推广网上金融交易的数字化签名,以及建设统一的联邦政府电子采购网站等。

加拿大政府在如何落实和体现以"客户为中心"理念上的经验非常值得借鉴,首先,加拿大政府网站按照用户对象和主题提供服务,按照不同用户如加拿大人、企业和国际人士,分别设立了"个人服务"、"企业服务"和"国际化服务",按照用户需求整合相应的服务事项,以"个人服务"项下为例,一共整合的服务事项包括了生育、教育、就业、婚姻、社会保险、住房等个人所需要的

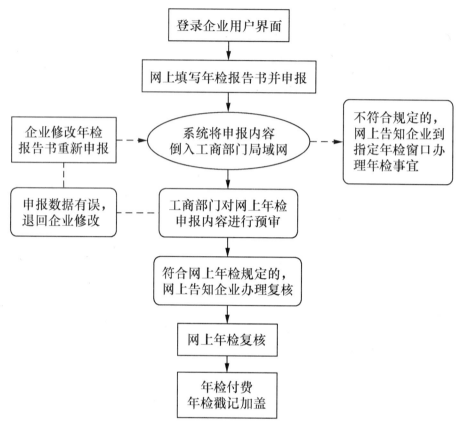

图 1-10　北京市工商系统网上年检办理流程示意图

方方面面的服务。其次,加拿大政府网站按照服务流程对原本复杂、分散的办事资源加以整合,使得办事程序更加清晰、大大提高了政府网站的服务效率和质量。

　　新加坡电子政务建设经验也是以"为公众提供最佳的公共服务"作为指导原则,根据这一原则,新加坡政府为电子政务发展确立了三个目标:一是每项可通过电子化方式提供的服务公众完全能够通过电子化途径获得;二是所有服务的提供都应"以用户为中心",而不是以机构为中心,在一项服务需要由多个机构联合提供的情况下,各机构应该自动提供一个"虚拟的一站式机构"来满足用户需求;三是建设社区自助服务终端,为不能在家上网的人提供政府接入服务,并帮助那些需要特别帮助的人(如老年人)上网。

　　要实现"用户为中心"的电子政务服务,必须要有良好的跨部门电子政务的合作与整合。这是电子政务发展到一定阶段以后所必然面临的任务和挑战。以美国联邦政府的电子政务建设历程为例,在克林顿政府时期,尽管确立了以电子政务促行政管理体制改革的方针,但与我国目前的情况相似,联邦机构在电子政务方面条块分割和重复建设的现象较为严重,进入 21 世纪以后,政府针对上述问题进行了一系列的改革,开始注重加强跨部门电子政务合作能力,重点推出了政府对企业、政府对政府、政府对民众以及内部效率四大类项目,而这些具体项目都需要开发部门之间的横向关系。为此,在白宫行政管理和预算局下特设了电子政务和信息技术办公室,办公室主任兼任行政管理和预算局助理局长,直接负责指导和监督跨部门的电子政务项目。这实际上是一种新型跨部门行政管理模式,通过这种方式有效解决了电子政务方面原来存在的条块分割问题。

英国政府也于 2007 年启动了大规模的电子政务项目的整合工作,将原先的 951 个网站整合为 26 个,以方便公众更为便捷地查找信息,提高了对公众的服务能力,同时,对政府网站大规模的精简、合并,关闭了那些流于形式但需要花钱维护的政府网站,大大节约了政府支出。而知识管理系统的建立,实现政府各部门的数据共享、交流以及跨部门协同工作,是上述电子政务项目大规模整合能够实现的重要保障。

英国电子政务高效便捷注重人性化

英国从 1994 年开始电子政务建设,目前英国政府的公共服务已实现全天候在线提供。英国政府长期重视信息化工作,大力推动电子政务的实施,在实践过程中形成了英国特色。

第一,发展战略明确。在电子政务建设方面,英国政府先后制定了《政府现代化白皮书》、《信息时代公共服务战略框架》、《21 世纪政府电子服务》等一系列政策规划。其主导思想是:建立"以公众为中心"的政府;加强跨部门合作,以更好地满足公众需求;通过实施电子政务,提高政府工作效率并改进服务方式。

第二,发展原则具体可行。为推行电子政务建设,英国政府首先确定了电子政务建设的原则:一是提供更多服务方式供公众选择。二是提供全天候快捷服务,建立电子化单一窗口,连接政府各部门。三是讲求效率,通过信息技术提高行政效率,并快速回应公众的需求。四是减少开支,合理配置政府资源,减少政府支出并简化系统。五是公开信息,使信息公开制度化,提高国家竞争力与政府开放性。六是获取公众信任,政府按有关法律收集和发布信息,保证信息收集过程的正当性和信息内容的准确性。七是关注电子安全,采取相关安全机制维护电子环境中的安全性与可靠性。

第三,政府高度重视。在电子政务建设初期,英国政府专门任命了两位负责信息化的高级官员:政府电子大臣和电子专员。电子大臣的主要工作是协调政府各部门,并有权直接向首相汇报有关信息化的事务。电子专员则具体负责信息化的实施,制定信息化的政策等。电子专员办公室每年递交国家电子政务进展年度报告。英国议会也成立了一个信息化办会室,负责监督政府信息化政策、标准、原则的实施。2006 年,英国成立了高级别的服务改革委员会,其主要职责是依照用户为中心的原则设计、改革政府公共服务,包括制定全局性的服务设计原则、推广优秀案例、挖掘技术发展潜能、关注服务改革的实践推进机制。为促使英国各级政府通力协同合作,政府还委任著名电子政务专家指导政府各部门和机构实施电子政务建设,并对相关人员进行全面培训。

第四,建立知识管理系统。在发展电子政务的过程中,英国政府创建了世界领先的知识管理系统。该系统的建设主要分四步:第一步侧重于知识网络系统布局,初步实现了政府各部门通过政府安全内域网,以浏览器或是其他客户终端的方式实现数据检索和查阅;第二步侧重政府部门在该网络系统的相互交流,为跨部门协同工作提供基础;第三步侧重于知识网络的管理。第四步侧重于推动各部门、各机构利用知识网络平台实现自己的目标。该系统从根本上改变了政府传统的事务流程与处理方式,从而最终实现政府职能转变。

第五,电子政务以公众为中心。"以公众为中心"的理念贯穿英国政府电子政务建设的始终。为实现全民上网目标,英国政府大力加强信息技术教育和基础设施建设,保证公民在家庭、工作单位和社区都能上网。早在 2002 年底,英国所有中小学就接入互联网,有效地推动了英国年轻一代掌握信息技术。英国政府还在全国建立了数千个"英国在线中心",这些中心遍布于商业街、大学、社区中心和公共图书馆等人群密集的场所,不仅为没有上网条件的人们提供上网服务,还为他们提供电脑技能培训和终身电子教育。英国政府在制定政府服务信息化的政策方案时强调照顾少数民族及残疾人,考虑他们的特殊要求,同时电子政务的实施要使海外公民同政府联系变成可能。

第六,电子政务"一站式"。为进一步提高电子政务质量,英国政府2007年初决定关闭90%的政府网站,将原有政府各部门的951个网站减至26个。英国政府在《转变策略报告》中说,合并政府网站是因为人们需要通过便捷的方式查找信息,而不愿花费时间搜索大量网站。今后,英国政府的信息将主要通过"政府直通车"和"商业连接"两个网站提供,使公众查找政府信息的过程大大简化。从英国"政府直通车"网站可以找到所有的政府部门的信息和各种公共服务项目。其特色在于:一是从用户的角度设计页面,网上政务按项目和人物两个类别来编排。项目类包括教育、家庭社区、金融移民、就业、司法条典、生活福利、汽车、旅行交通等主题;人物包括父母、残障人士、老年人、侨居海外英国人、护理工作者及年轻人等。二是内容几乎包含了所有政府服务项目,个人办理各种证件、纳税、缴纳各种罚款、选择学校、选民登记、预约驾照考试及交车牌税等。三是政府可与民众进行在线交流。四是搜索引擎功能增强。英国政府对政府网站进行精简、合并,削减了那些流于形式但需要花钱维护的政府网站,不仅节约了社会资源,也方便了公众获取信息。

第七,重视电子政务安全。公众通过网络与政府"交易",保证网络安全是非常重要的问题,尤其对涉及金融、保密、商业安全等方面的业务更是如此。为此,英国政府出台了《保密性和信息共享:提高公共服务质量的途径》的报告。报告指出,要为公众提供人性化的、有效的服务,必须首先处理好公众的个人信息,让公众相信他们的个人隐私得到了充分保护。为此,报告确定了四项主要工作:一是通过《公共服务信任宪章》建立公众信任;二是改善数据质量;三是借助先进技术提供安全服务;四是制定相关法律。在政府网站,公民只需凭借一个单一的用户身份,加上口令或者通过数字签名,便可登录多个政府部门网站。公民或企业可以用同一个身份认证与任何一个相链接的政府部门进行安全、合法的"交易"。

加拿大电子政务发展经验

全球领先的管理和信息科技顾问公司埃森哲(Accenture)公司最新对北美、欧洲和亚洲共22个国家的调查,在网络服务和电子政务成熟度上,加拿大名列第一。并且在埃森哲所区分的电子政务成熟级别中,加拿大是唯一一个进入第五个级别,也即最高级别,能够提供全面而完整的事务服务的国家。加拿大电子政务建设之所以能够取得如此的成绩,主要有以下两个方面的原因:

1. 加拿大政府高度重视电子政务建设,在电子政务建设进程中发挥着关键的作用

加拿大政府于1999年正式颁布了国家的电子政务战略计划"政府在线"(GovernmentOnline),提出政府要做使用信息技术和互联网的模范,实现政府所有的信息和服务全部上网。在电子政务建设过程中,加拿大政府发挥了强大的领导力作用,推行了"统一的政府"(A Whole of Government)实施策略,以加强各级政府和各部门的电子政务协同发展。同时,政府还委任首席信息官负责国家电子政务工程的整体规划和信息管理,制定及时、统一的法规政策和标准体系,该体系涉及隐私、安全、身份认证、信息管理和采购工具等问题。

另外,加拿大政府一直致力于确保所有的加拿大人都能享受到政府的电子服务,包括确保一些有先天上网障碍的人士,如身体上、视觉上或者听觉上有障碍的人上网。在1999年,加拿大通过"校园网"和"图书馆网"项目,成为全球第一个把国家所有的公共图书馆和学校通过互联网连接起来的国家。与此同时,社区互联计划(CAP)建立了覆盖全国城市、农村和偏远地区的8 800多个公共互联网接入点。CAP计划同时还帮助人们学习互联网、发展在线技能、从事研究、交流信息、社区广告和链接政府的战略规划和服务。加拿大政府通过与CAP计划、其他社会组织和许多政府部门机构的大力协作,率先实现了"以公民为中心"、"一站式"获取政府信息和服务的目标。加拿大政府高度重视电子政务建设的投入,在过去的5年中,加拿大政府为此投入8—10亿加元用于电子政务建设。

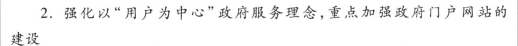

2. 强化以"用户为中心"政府服务理念,重点加强政府门户网站的建设

加拿大政府对待电子政务的态度始终是积极的、务实的。坚持以用户为中心,以应用需求为导向,开展电子政务系统建设。特别是通过加强加拿大的政府网站建设,推进电子政务的发展。在政府网站建设中,强化以"用户为中心"政府服务理念。2001 年 1 月,加拿大对政府门户网站进行了意义重大的改进和重新设计,全面推行"以客户为中心"的网上服务。目前加拿大政府网站已经成为发布政务信息,提供办事服务的重要平台。

首先,加拿大政府网站按照用户对象和主题提供服务。网站按照用户对象对服务事项进行划分,建立了一整套服务事项分类体系。网站将用户分成了加拿大人、企业和国际人士,分别设立了"个人服务"、"企业服务"和"国际化服务",按照用户需求整合相应的服务事项。为进一步方便用户使用,网站在此一级分类的基础上,继续细化服务对象,形成更加清晰的二级用户分类。例如,在"个人服务"栏目中,按照对象类别,设置了原住民、农民生产者、企业主、父母和子女、新移民、残疾人、老年人、退役军人、年轻人和学生、投资合作人等 11 个。每个二级服务栏目的服务事项仍有很多,以"所有加拿大人"服务为例,该栏目提供的服务事项有 979 项,涉及生育、教育、就业、婚姻、社会保险、住房等全体公民都需要的服务。但服务对象不能无止境的细分,因此,在服务对象细分的同时,网站根据用户需求设置服务主题,统一提供与该主题相关的服务内容。如,在"个人服务"栏目中,提供了教育培训、就业、医疗健康、住房、移民、收入理财、司法援助、个人档案、储蓄计划、开办企业、旅游和特殊事件等十大主题服务。这种用户分类和主题分类相结合的服务策划方式,充分利用了用户的身份信息和需求信息,主动将服务内容按照用户的思想习惯进行组织,提供了比较友善的服务导航,提高了服务效率。

其次,加拿大政府网站按照流程整合办事资源。加拿大政府面向本国公民设立企业所提供的全程服务(简称 ABC 服务),涉及申请、审核、备案等办事服务 40 多项。为了方便用户,加拿大政府网站将 ABC 服务资源在网上整合。根据网站受理过程,网站将企业设立申请服务划分为四个阶段,分别为设立前阶段、设立中阶段、已核准阶段和设立完阶段,将办事资源整合到相应的主题下面。为了提供更深层次、更广范围的办事资源,网站在企业设立完成以后,提供大量的跟踪服务,为企业提供更多的服务。加拿大政府网站按照流程整合办事资源的做法,能够将内容丰富、复杂、分散的办事资源按照服务流程整合起来,使办事程序更加清晰,提高了政府网站的服务效率和质量。

资料来源:邵德奇,《加拿大电子政务发展经验及启示》,《科技成果管理与研究》,2008 年第 3 期,采用时作了修改。

新加坡电子政务发展经验

一直以来,新加坡政府都在不遗余力推行各部门集成化、一体化的电子政务公共服务。目前,新加坡已经被公认为全球电子政务公共服务建设领先的国家之一。在新加坡电子政务建设的成功经验中,将对公众(公民与企业)的 G2C 与 G2B 服务放在核心位置是非常重要的一点。根据统计,新加坡共有 1 600 多种政府服务可以以电子化方式提供。而 AC 尼尔森公司 2003 年的电子政务用户调查则显示,与政府处理事务的新加坡公众中有 75% 至少使用过 1 次电子服务,其中 80% 的用户对服务比较满意。

(一) 政府对公民(G2C)

新加坡 G2C 的发展目标是:为适应信息通信技术的飞速发展,重新定义公民与政府之间的关系,通过建立一个"可连接的政府",实现政府随时随地对公民提供高效便捷的服务。"电子公民中心"(eCitizen Center)是 G2C 的门户网站,它是全球迄今为止发展最成熟的 G2C 模式之一,在全球享有极高的评价。除了大力推进服务的电子化传递外,新加坡政府还针对全国公众大力提倡"电子生活方式"(e-lifestyle)的新理念。

1997 年,新加坡初步提出了建立"电子公民中心"(www. ecitizen. gov. sg)的设想,并在同年提供了第一套完整服务。1999 年 4 月,新加坡正式建立了电子公民中心网站。电子公民中心是一个"一站式、无站式"的虚拟中心,在这里可以实现所有政府机构的信息与服务的完整集成的传递。它要求政府各机构、各组织间打破界限,集成各项信息、流程与系统,力争向公众提供无缝的在线服务与事务处理。该网站有三大特色:以人生的整个里程(从生到死)为依据,将物理世界中政府与公民的关系真实再现于虚拟的数字世界之中:以客户为中心,为公民提供一个完整集成的电子服务包;协同各部门、各机构的"一站式"、"一窗口式"服务。

到 2003 年底,该网站所提供的政府的信息与服务已包括 16 大类,这些服务与公民的工作、社会、生活息息相关,涵盖了公民在一生中所有与政府的关系。它们包括:艺术和文化遗产、商业、国防、教育、选举、劳动就业、家庭、医疗保健、住房、法律、图书馆、休闲娱乐、公共安全、体育、交通与旅游等。

目前公众通过 eCitizen 可以与政府在线处理大量业务,该网站受到公众的普遍欢迎,点击率不断提高,2001 年 10 月为每月 24 万人次,到 2003 年 6 月已增加到每月 1 440 万人次。eCitizen 成功的基础是新加坡的公共服务基础设施(PSi),这套设施使得电子 gR 务的广泛开展成为可能。为了提高用户对电子服务的接受程度,新加坡政府还将在电子公民中心和公共服务基础设施的成功基础上开发更多的用户导向型服务。

(二) 政府对企业(G2B)

目前,在线与政府处理业务已经成为一种规范。随时随地简捷地与政府进行在线交易,可以为企业节约很多时间和金钱。为此,新加坡政府努力创造环境,推动新加坡 G2B 的发展,所有的 G2B 业务都整合到了 G2B 的门户网站(www.business.gov.sg)中进行。G2B 门户网站是为所有本地和国际企业开办的第一个接入点,企业可以通过它获取一系列综合的 G2B 信息和服务。在 G2B 门户网站里,新加坡政府还根据业务和产业主题进行分类,建立了极具特色的企业服务栏目,如"政府支撑项目"、"保护企业文化"和"市场调查"等。这些栏目能够同时为当地与国外企业提供信息与服务,为企业的整个发展历程提供服务(公司的创立、发展到关闭),为企业的每一个发展阶段提供相应各种服务及信息传递。此外,通过这些栏目还可以获取对企业规划的指导,取得企业建设相关手续,完成一站式企业经营手续审批。

此外,新加坡政府电子采购网站 GeBIZ 是一个集成的、端对端公共部门在线采购系统。该网站内容覆盖了政府采购的整个流程,包括发布需求广告、竞价、谈判、签订合同和支付等。本地和国际供应商都可以通过它更有效、透明和安全地查询和参与政府采购活动。到 2001 年底,已有 138 个政府机构和 100 多个供应商在 GeBIZ 注册。2002 年,通过 GeBIZ 完成的交易总额达到了 2.62 亿新元。

新加坡政府还从 2001 年底开始实施 eBizFile 计划,这是一项针对企业、公司进行注册的电子服务。企业可以在线提交申请文本并递交公司相关文档,最终实现方便,便捷的在线注册,提升了政府工作效率,企业也从中大大受益。

资料来源:http://www.etiri.com.cn/research/article_show.php? id = 42861135520。

2. 坚持适合中国电子政务发展特点的可持续发展道路具有重大意义

对服务用户、以用户为中心理念的认识不够、实践不足,是中国电子政务当前所存在问题的症结,从国内外电子政务建设领先者的成功经验我们可以发现,如何贯彻以用户为中心的理念,并在具体建设实践中得以不断深化,是关系到中国电子政务能否实现可持续发展的核心,对于提高政府管理水平,顺利实现面向公众、服务公众的服务型社会的转变具有重要意义。

对政府行政流程和组织结构必要的重组,是进一步深化电子政务的重要前提,而电子政务的发展又将改善政府内部的沟通阻断、合作缺失,促进政府向互联互通的整体化方向发展。

电子政务在技术上具有扁平化、网状化结构的特点,这与传统政府的金字塔式层级结构存在重大差异。在电子政务中,以往完全由人工进行的中间层的上传下达和控制监督部门的大量职能被信息网络所取代,垂直性行政权力向扁平化网状的行政权力转变,行政责任由行政个体向行政全体转变。因此,深入推广和全面推进电子政务必然需要对政府的业务流程乃至组织结构进行相应的调整,重新明确行政职能权限,划清财权和事权的边界,扩大政府层级之间的协力合作能力,强化垂直管理方式。而体制结构上的跨部门跨地区的障碍,恰恰又是当前中国电子政务发展的最大瓶颈,这要求政府行政流程和组织架构上进行必要的重组。

对政府行政流程和组织结构必要的重组首先可能涉及的是单一政府机构内部上下层级间、同层级不同部门间的业务流程与工作职责边界的协调与划分。除此之外,政府机构间的互联互通也是重组政府行政流程和组织结构的重要部分。

业务流程的标准化和电子化使绩效考核和内部监督管理有了合理可靠的依据,这不仅增强了工作人员实现成本最小化和运转高效化的激励,而且加强了政府内部职员管理的效力。而通过业务流程和工作方式的改进,如减少审批环节、简化手续,取消不必要的审批权、办证权、检查权等权力设置,提高政务处理的效率及工作质量,降低了业务流程梗阻的发生几率,有利于政府工作的开展。

而电子政务的发展也能够反过来有效推动政府互联互通和机构改革,打通政府各部门间的屏障,为实现大部门体制下的信息及资源共享、统筹部署、协调合作创造条件,为政府由纵向支离、横向割断的组织转变为经脉疏通、信息顺畅、功能整合的一体化组织创造契机。

重视电子政务系统的信息收集、传递和发布作用,是充分发挥电子政务系统功效的重要方面,而电子政务系统在政府决策中所发挥的作用,将有力促使政府由传统的被动、封闭的模式向通达性、参与型的决策及治理模式方向转变,为建设政务透明、法制化、规范化的政府提供动力。

重视和充分发挥电子政务系统的信息收集、传递和发布功能,政府可以显著提升业务处理及公共治理能力,加强社会管理力度,提高公共服务质量,完善政府职能的发挥。

电子化、信息化建设不仅使政府能够获得更广泛的信息来源与更多元化的认知途径,方便了政府及时、准确、全面地收集信息,增强政府的认知能力、反应能力和决策能力,提高公共治理的速度和精度,而且能够加快信息在组织内部以及组织与外界之间的流动速度,使信息捕捉和处理更高效。更重要的是,电子政务系统的引入带来组织层级简化,减少了信息在层级间传递时发生缺失和扭曲的情况,使更高的信息质量成为可能。

政府信息化可提高政府反应能力和管理能力,强化政府影响和管理社会生活的作用,延展政策效力,提升政府的社会管理水平。一方面,利用政府门户网站发布政务信息、重大决策、法律法规等,扩大信息覆盖面以及满足公众的知情权,同时全面收集公众意见,为政府的管理决策提供充分的支持。另一方面,办公信息化方便政府积极参与网络社会,随时关注民生民情,获得必要的公共治理信息,以便及时解决出现的问题,提前消除隐患,防范不良事件的发生,并在突发事件到来时迅速将影响控制在最小范围内。同时,通过建立政务信息公开和官民互动机制,转变公众与政府过去的"迂回式沟通"为"面对面式沟通",可以提高政府对信息的主导能力,控制互联网信息传递中的扭曲和过度现象,增强政府的信息发布和决策传达能力,从而增强政府的应急响应能力和危机处置能力,实现政府对社会的良好管理。

通过对电子政务系统的信息收集、传递和发布作用的充分发挥,能够提高政府的工作效率和质量,加强政府的政务处理能力,促进政府计划、审批、监管、协调等职能的充分实现,将有力促使政府由传统的被动、封闭的模式向通达性、参与型的决策及治理模式方向转变。

而开放的信息网站是一个政府面向公众的窗口,它的良好运行将大大提高了政府行为的透明度,使公众得以更加充分地了解政府决策及行动,从决策和执行等环节监督和评价政府工作,从而强化了社会监督机制,提高行政透明度,加强对政府的外部约束,为建设作风优良、政务透明、法制化、规范化的政府提供动力。

阿坝州政府网站6人发布小组的留守时刻

编者按:在电力通信瘫痪的地震灾害中,位于震中的阿坝州政府网站通过互联网持续披露灾区信息,成为全球媒体和所有心系灾区的人们了解灾情的重要渠道之一。新浪科技辗转连线网站负责人,了解到惊魂未定的网站6人发布小组,是如何通过二十多个小时的工作,让几乎与世隔绝的灾区奇迹般地与外界互联的全过程。

2008年5月12日14时27分,遭遇7.8级强烈地震突袭的阿坝州,恰处震中区域,阿坝州的电力、通信网络全部陷入瘫痪。正当外界因无法获得震中区域灾情而万分焦急时,一个信息源神奇地绕过重重通信障碍,透过互联网开始源源不断地向外界披露重灾区最新数据。

天灾降临时互联网的力量

阿坝州政府网站,一个在平日只有几千人浏览的普通网站,灾难时刻冒险担负起新闻通信的使命,从核心区域向外界传递一手的灾区情况,为营救工作赢取了宝贵的资讯和时间。

"当时,所有的通信、电力设施也遭到了相当严重的破坏。除了互联网,全部中断了。"四川阿坝州政府副秘书长、州应急办主任何飚回忆起当时的情况时这样说。地震发生后,宋洪斌立即联系相关电信部门,得到的答复是光缆都已被震断成数截,访问互联网非常困难。但幸运的是,政府办公楼有一条绕过重灾区的备用网络线路,能和骨干网链接上,在应急电力的支撑下,宋洪斌艰难地上了网。这几乎成了当时阿坝区与外界通信唯一的救命稻草。

阿坝州政府网站还未"重启"前,外界仍然试图通过各种方式了解重灾区情况,然而谁都没有准确的数字,焦灼的情绪在蔓延。就在这时,阿坝州政府借助勉强能够使用的网络,开始向外界传递灾区信息。从地震公告,汶川地震救灾部成立,到急需空投帐篷、食品、药品的空降救援,阿坝州政府网站成为全球媒体关注的焦点,也成为阿坝州政府公布汶川最新情况的唯一窗口。

截至今日15:50时,阿坝州政府网已更新24次有关地震的最新信息。但阿坝州政府办公楼网络一直不稳定,上午11时,外界一度出现无法访问的情况,焦急的宋洪斌在内部也无法上网。约两个小时后,阿坝政府网才恢复正常并持续更新。

6人留守小组时刻发布灾情,3人一个小组的班次,进行24小时值班。在地震发生后的二十多个小时内,他们几乎全部没有休息。当各种通信方式中断后,他们只能借助阿坝州政府平时用来护林防火的一部卫星电话和重灾县区以及外界联系。

"我一直在打给重灾各区打电话,了解到最新情况后,马上记录下来,然后迅速在阿坝州政府网上发布。"这也是阿坝州政府网站消息的原始来源。

但是卫星电话的信号非常不好,受到的干扰很大,尽管他们一直拨打,但接通几率很低。但数亿的网民已经通过他们的努力,了解到灾情的最近进展。"我们网站平时的访问量一天只有几千人,而如今从昨天下午5点到今天上午10点半,我们统计的访问量是18万人次。"

资料来源:新浪科技,http://tech.sina.com.cn/i/2008-05-13/17202192237.shtml,2008年5月13日。

改变信息的高度垄断走向对外开放与积极外联,是发展电子政务的重要方面,而信息的充分开放与交流,将促进政府由故步自封的僵化状态走向不断改进的学习型组织。

政府部门掌握着大量有价值的信息资源,相对于社会公众而言,政府部门处于信息掌控的强势地位。目前,由于政务信息公开渠道和传播方式的不完善,多数信息未被有效利用,造成政府信息资源的极度浪费。而政府部门对信息的垄断不仅体现在不愿意将信息向公众开放,还体现在不愿意向其他政府部门共享其掌握的信息资源。很多政府部门均将其职责范围内所获取的信息作为其"私产",无论是对公众还是对其他政府部门提供这些信息,均以高于其成本的价格出售并从中获利。这实际上成为电子政务发挥互联互通优势的极大障碍。

但事实上,电子政务体系的引入对政府加速自身优化建设和职能转变提出客观要求。在信息时代,公民、企业和整个社会都正在发生深刻变革,互联网世界迅猛崛起,公民自治能力有效提升,原有的行政环境在增加网络要素之后就发展成为网络行政环境,政府的公共管理环境也发生了变化。传统的规模冗赘、效率低下、高度集权、信息垄断的政府已经不能与新的网络行政环境和公共管理环境相适应。电子化、网络化的办公体系具有信息流动实时畅通,流程操作紧凑高效,对外窗口随时开放的特点,恰好适合了结构变革和功能调整方面的要求。

转变政府管治思路,正确认知电子政务系统的意义,是保证电子政务发展正确方向的重要保证,电子政务的顺利发展,也将有效促使政府向面向公众、服务公众的服务型政府角色的转变。

电子化服务提供系统具有实时、高速、便捷、整合、交互的特性,电子政务也天然地要求政府在服务方式上的变革发展。

传统行政是一种管制型行政,整个管理体系以政府为中心,政府以社会管理者和统治者的身份对公民进行管理和制约,主要职能方式是自上而下地进行管理,政府与公民的关系不对等,职能无所不包,行政方式以强制性手段为主。而电子政务则借助网络信息技术希望能够达成这样一种理想的服务形态:公民无须走进政府机关即可获取丰富的信息;公民只需在单一机关办事,任何问题皆可随问随答,所办事情立等可取;即使公民申办事情涉及多个机关,也能在一处办理完成、全程服务。

　　因此,以传统行政的管治思路来规划和建设电子政务在根本上是冲突的,在电子政务状态下,"领导就是服务"、"管理就是服务"的口号不能再仅仅停留在口头与文字上,电子政务在本质上要求政府能够充分听取公众意见、了解社会需要、回应公民要求,并提供方便、快捷、完整、规范的公共服务。

　　换言之,建设电子政府要求政府创新其服务的方式,使政府服务更为快捷、方便,更为公平,具有更高的附加值,而借助电子政务所带来的公共服务空间的拓展、内容的增加和服务方式的改善,使政府的服务职能被赋予新的内容信息化社会政府再造和电子政府建设关系的审视和含义,为政府职能由管制型向管理服务型的转变提供了技术支持。

　　中国电子政务的应用与发展只有认真研究与突破上面四个重大问题,形成自己的特色与模式,政府的信息化建设与电子政务才有可能走向一个良性发展的轨道。

第二章

国内外电子政务绩效评价研究回顾

主要内容

- 国外电子政务绩效评价体系的公众服务导向
- 国内电子政务绩效研究的现状
- 中外电子政务绩效评价模式总结及分析

电子政务是一个新兴事物,因此对其绩效进行评价的历史也较短,评价体系还不够成熟,在我国则表现得更加明显。根据我们所掌握的文献,国外关于电子政务绩效评价的研究约从 2000 年开始,中国则大致从 2002 年开始。目前,在国外电子政务绩效评价和研究方面比较有影响和代表性的机构主要来自三个方面,一是美国、加拿大、印度等政府以及联合国等机构;二是以美国布朗大学、新泽西州立大学纽瓦克分校和韩国成均馆大学等为代表的大学及研究机构;三是以埃森哲、盖特纳(Gartner)、IBM 等为代表的第三方商业公司。据此,以下我们将根据研究主体的不同,着重从评价体系、评价范围和评价体系特点等几个方面,对国内外已有的电子政务绩效的评价体系进行回顾和分析。

第一节 国外电子政务绩效评价体系的公众服务导向

欧美等发达国家的电子政务起步早、发展速度快,为了适应、引导电子政务的发展,也为了提供一个合理的评价标准,国外的政府、大学及研究机构以及第三方商业公司等各方面的机构,陆续提出了一些电子政务绩效指标体系。其中,较为成熟且影响力较大的主要包括:联合国电子政务绩效指标体系、埃森哲电子政务绩效指标体系、布朗大学、美国新泽西州立大学纽瓦克分校和韩国成均馆大学等大学和机构发布的电子政务绩效指标体系等,详细列表请参见附录2-1。

由于这些机构在立足点、评判角度与偏好上存在天然的差异,这些指标体系也肯定是存在差异的,但对电子政务中公众服务方面的重视是它们普遍的特点。以美国新泽西州立大学纽瓦克分校和韩国成均馆大学发布的电子政务绩效指标体系为例,在该指标体系中一级指标有安全隐私、可用性、站点内容、在线服务及公众参与五项,每项所占比重各为20%。其中,安全隐私主要考察电子政务在安全与用户隐私保障等方面的情况;可用性主要考察网站的设计是否方便公众的使用;站点内容主要体现为信息的发布、文献出版物的获得等;在线处理主要包括在线业务处理和交易服务,也包括企业层面/个人层面与政府间的交流沟通;公众参与包括市民与政府在线约会、在线参与政策讨论、公众参与政府绩效测评等方面。从上述简单描述中,我们可以看出该体系实际上是从多维度对电子政务为公众服务的质量进行的评价。

联合国于2002年、2003年连续两年发布了全球电子政务发展报告,其中所提出的绩效指标体系兼顾了软硬件投入与公众服务,以兼顾全世界190多个国家在电子政务发展阶段上的显著差异,并将政府电子政务网站的发展分为从低到高五个阶段,而这五个阶段的划分依据正是依靠电子政务对公众的服务能力来划分的。另外,该绩效指标体系的具体设计上也非常注重对服务功能的考察,认为政府门户网站需要提供信息发布、互动性业务以及能够在线处理业务,尤其是在教育、医疗、劳动就业、社会福利、金融这五个特别贴近公众生活的部门和领域,需要建有网站和提供在线服务。

除了上述机构和大学发布的电子政务绩效评价指标体系外,各国政府也发布了自己国家的电子政务绩效评价指标体系用以指导、规范本国电子政务的发展。由于这些指标体系由各国政府以政府法令的形式直接发布,能够通过对各级政府、部门的强制约束来执行,因此具有很强的价值和参考意义。

加拿大是目前世界上电子政务发展最好的国家之一,在相关机构的评价排名中加拿大均排在前列。而从加拿大政府所制定的电子政务绩效指标体系来看,服务公众的理念贯穿其中,一个非常突出的特点是将公众对于电子政务的具体应用情况以及对电子政务各个方面的主观感知和满意度纳入了评价范围,体现了加拿大政府对电子政务的深刻理解。具体来说,加拿大政府的电子政务绩效指标体系分为三个部分。第一部分是产出层次,主要衡量政府电子政务网站对公众提供信息和服务的情况和能力。主要从便捷性、可访问性和可信性三个方面来进行考察。第二部分是结果层次,主要考察政府电子政务开展情况的成果,包括服务成熟度、服务转型、公众对于服务的接受度、安全性以及个人隐私保护等几个方面:服务成熟度主要考察政府电子政务所提供的服务的种类以及深度等;服务转型考察政府业务流程的再造情况以及政府间、部门间业务集成情况;服务的接受度主要是考察公众对各种电子政务的知晓情况以及接受程度;安全性一方面从客观上考察电子政务的安全措施和手段,另一方面也将公众对电子政务安全的感知纳入考核;个人隐私也是一方面从客观上考察电子政务的隐私保护措施,另一方面将公众的主观感受纳入考虑的范围。第三个部分是影响层次,考察电子政务的开展所带来的影响,分为公民满意度、效益以及创新三个方面:公民满意度主要考察公民通过使用电子政务所带来的对政府满意度的提升;效益回报主要测量电子政务开展所带来的政府成本的节约以及效率的提高;创新则要考察政府通过应用先进技术开创知识经济的新形象效果如何。

欧盟下属的相关机构在对电子政务的评价中则更加着重于电子政务服务于公众的情况,列出了 20 个与公众服务密切相关的方面作为各国开展电子政务的基准点,其中包括 12 项公民服务和 8 项企业服务。与加拿大类似的,公众使用政务网站的主观经历和感受同样被纳入了考核范围,从可到达性(accessibility)、可用性(usability)、用户满意度监控(user satisfaction monitoring)、一站式服务(one-stop-shop approach)、客户化设计(user-focused portal design)五个方面来进行考核。

而第三方商业公司对电子政务所进行的评价较为注重评价电子政务项

目的有效性,考察特定电子政务项目是否实际发挥了其应有的效果,因此电子政务项目对公众的服务水平,尤其是公众主观反馈在这些评价体系中同样也占据了非常核心的位置。例如埃森哲每年所发布的电子政务报告,坚持对政府端和用户端调查的兼顾,并强调在评价中纳入征询用户的主观看法。TNS所进行的电子政务评价是以问卷方式采集原始数据,重点考察政府在线的人口覆盖程度、在线服务应用程度和个人隐私安全等。

以上我们介绍了世界范围内的一些机构和相关国家政府的电子政务绩效评价体系。在这里我们可以看出,无论是独立机构给出的评价体系,还是相关电子政务开展得比较好的国家,虽然其评价涉及的范围、理念和对象有一定的差异,但是在这些指标体系中公众服务都占了比较重要的地位,在具体考察公众服务的手段方面,重视用户主观反馈是其重要特点。

第二节　国内电子政务绩效研究的现状

国内在电子政务绩效评价方面主要是通过建立网络化政府绩效评价管理体系,使各种政务活动及官员行为置于全社会的评价、监督和考核之中。目前,国内有突出研究成果的机构也包括了工业和信息化部信息化推进办公室、上海市互联网经济咨询中心、部分政府部门等政府机构;北京大学经济研究中心等研究机构;赛迪顾问、计世资讯等第三方商业公司。详细列表可参见附录2-2。

与国外对于电子政务绩效考察注重公众服务有所差异的,国内已有的电子政务绩效指标考核体系仍较多地注重网站功能与维护,而对电子政务系统的实际成效,尤其是实际使用者的反馈则没有太多涉及甚至缺乏,这与中国电子政务的发展相对滞后不无关系。

在北京市政府、广州市政府等政府机构对于电子政务建设所实施的评价来看,尽管评价综合了投入、产出和效果三个环节,但其总体思路是从政府本身出发,即主要考察建设任务是否完成,上级制定的政策和目标是否实现,电子政务为政府的工作带来了什么,而对于给用户、给社会带来多少效益则很少涉及。这与国外政府所进行的评价形成了鲜明对比。

而以第三方商业公司所主导的电子政务绩效指标考核体系(常是受某政

府部门委托而进行)来看,则基本均能够在评价中对公众服务加以体现。例如,中国软件测评中心所使用的电子政务绩效指标考核体系(受工信部委托)所进行的评价中,对地方市级政府考察中的一级指标及权重分别是:信息公开(26%)、在线办事(25%)、公众参与(15%)、网站性能设计(3%)、用户调查(6%)、日常保障(25%)。在中国信息化绩效评价中心(受国务院信息化办公室委托)对全国各部委、地方政府所进行的网站测评中,对于市级政府的绩效评价指标设置为:信息公开(40%)、在线办事(34%)、公众参与(20%)、网站设计(6%)。计世资讯连续几年对国内电子政务开展情况进行评价所使用的指标体系,包括网站建设维护(10%)、政务信息公开(15%)、公共信息服务(20%)、互动交流(25%)、网上个人办事(15%)、网上企业办事(15%)六部分。上述这些评价体系尽管在指标体系设计上较为注意体现服务于公众的理念,但对电子政务对政府及公民实际成效方面的考察有所欠缺,另外尽管对公众满意度有所涉及,但在实际的衡量上存在一定的不足。

此外,电子政务绩效评价也引起了国内众多学者浓厚的研究兴趣,如杨云飞、白庆华(2004),刘腾红、刘荣辉、赵鹏(2004),张成福、唐钧(2005),彭细正(2005),于施洋、杨道玲(2007)等,提出了一些概念性的测评框架,尽管由于条件限制而没有具体实施,但均结合了国外电子政务绩效评价的经验,从网站评价或者建设评价进入到电子政务真实绩效层面提供了有价值的理论建议。如刘腾红、刘荣辉、赵鹏(2004)提出从服务和应用的角度出发,根据电子政务的服务对象和职能,建立内部和外部两大指标体系;张成福、唐钧(2005)提出完善的电子政务绩效评价应该综合"产出绩效"、"结果绩效"和"影响绩效"三个层次。这些观点在如今依然具有很大的参考价值与指导意义。多样性也体现得非常明显。如杨云飞、白庆华(2004)提出测量电子政务发展水平的绩效评价指标体系在总体结构上应该反映政府的"电子集中"、"电子安全"、"电子管理"、"电子服务"、"电子决策"五大社会基本功能。采用"点面"结合的方法,把各省会城市的"点"得分,与各省市 GDP 和城市化率的"面"得分进行折合,从而得到比较客观的反映一国/地区电子政务发展水平的综合得分。于施洋、杨道玲(2007)则引入平衡计分卡提出一个较为独特的概念性框架,指出基于电子政务的使命,应以战略为核心,以投入产出、内在提升、公共价值及用户满意四个视角作为衡量电子政务绩效的维度;每个维度又分为视角、维度目标和评价指标三个层次。

北京大学网络经济研究中心在改进其 2004 年指标体系的基础上,于 2006 年提出了多层次、多维度的 PIT-EEE 体系,以此对各级政府网站予以评价。该体系将电子政务具体服务功能分为三类,信息公开、互动交流和在线办理,针对三种功能又分别给出了其初级、中级、高级三种发展水平,在此理论下设计出指标体系,主要一级指标有网站建设维护(10%)、财政信息上网(15%)、公共信息服务(20%)、互助交流平台(25%)、个人网上办事(15%)、企业网上办事(15%)。六个指标体系下再细化为纵向层次的细化指标,按照发展阶段理论分为初级指标、中级指标和高级指标三类。初级指标考察基本信息上网,中级指标在信息提供的基础上强调带有服务性质的功能,高级指标考察基于网络的服务功能。三类指标整体权重基本平衡。该体系针对电子政务不同的发展阶段设立指标,符合电子政务的发展规律,并着重考察了电子政务的互动交流与在线处理两大功能,具有一定的前瞻性。但其针对绩效的考察依然没有跳出功能考察的框架,因此所涉及的深度尚有所欠缺。

第三节　中外电子政务绩效评价模式总结及分析

张成福、唐钧(2005)在对电子政务绩效评价模式的研究中,提出了五种"理想类型"的绩效评价模式,分别为:聚焦政府网站的绩效评价;基础设施的技术指标;软硬件综合的绩效评价;关注全社会的网络绩效;提出基本的评价准则。在此基础上,根据上述对国内国外电子政务绩效评价体系的回顾和分析,我们可以更概括地把这些模式划分为三种模式:侧重网站的绩效评价,软硬件结合的绩效评价,侧重成效的绩效评价。这样的三种模式体现了电子政务绩效评价的发展过程,也均存在各自的优势和劣势。

模式一:侧重网站的评测

应该说,这种模式是电子政务评测模式中发展最早的一种模式,主要是通过对政府网站的绩效评价来反映电子政务建设的成果和绩效。政府网站作为电子政务建设中最重要的实际产出物,能够较为方便、直接地衡量绩效,是使用此类评测模式显而易见的优势,因而也得到了广泛的应用,例如国外的埃森哲公司、布朗大学等,而在国内已实施的评测中也多采用此类方法,例如计世资讯、中国软件评测中心等。网站测评利于量化，能够很好地对网站功能发展程度进行评价，突出电子政务为民服务的思想。经过多年的发展在国内外均比较成熟，对网站本身的测度指标已经涵盖得非常全面。特别是国内的一些测评体系与政府政策联系紧密，为我国的电子政务工程发展做出了许多贡献。

这种评测模式的内在缺陷在于只针对网站的外在表现，而网站功能的强大与否并不能代表其给政府、公民以及社会带来的真实效益大小，后者才是电子政务的目标与意义所在。在电子政务的建设重点逐渐从功能建设转向服务提供的背景下，这种评测模式可能难以准确地对电子政务的绩效情况提供评价和提供指引方向。当然，我们也注意到国外对使用此类评测模式的经验中，已经越来越重视以用户实际反馈，而非实施评测者自身的主观评价来进行评判，这能够对上述缺陷在一定程度上加以弥补。

模式二：软硬件结合的测评

这种测评模式不仅考察网站的建设与质量，同时还考察了对电子政务发展影响重大的一些社会基础背景如网络普及率、相关法律法规的建设等。联合国所实施的电子政务评测为此类模式的代表。而国内的上海市互联网经济咨询中心所进行的评测也属于这一评测模式。比网站测评更进了一步，增加一些社会基础因素来考察电子政务的发展，使得评价结果的可靠性增强。调查数据客观且容易获得。而杨云飞、白庆华（2004）对此类评测模式的理论研究则建议将公民参与电子决策的领域纳入进来，如果能够加以实施则能进一步拓展评测的涵盖面。

正如联合国的评测是为涵盖评测对象在电子政务建设上的巨大差距而设计一样，尽管基础环境可以在一定意义上相关于电子政务的效益，与网站质量考察结合在一定程度上增强了可靠性，但终究无法代表电子政务的效益水平。

模式三：侧重成效的测评

这种测评在于考察电子政务对政府、公民以及社会带来的实在效益，从而评判电子政务成功与否。这种评测模式的前提是电子政务已经获得了产出，因此发展最晚，但这是评测模式发展的方向，从前面对国外评测体系的介绍可以发现，加拿大、欧盟、盖特纳咨询公司等已经开始按照此模式实施评测。而国内已有的评测中，则还没有此类模式的实际应用，只有部分学者提出了一些概念性的框架。

此类模式的优点十分明显，它以电子政务最根本的效益为靶心，目标明确，从效益的角度评判电子政务的成功与否。但目前此类模式仍在探索中，还没有一个非常成熟的框架，原因是在成效的衡量尤其是如果想将电子政务在方方面面的成效均加以衡量的话，存在一定的实现难度，难以像评价网站那样能够有直观而详尽的指标体系。

三种模式的比较分析：

以上三种评价模式有一些共同特点：第一，以结果为导向，注重电子政务的建成结果。第二，以公民为中心，注重提升公共服务的质量。其中，国外的评价更注重这一原则。第三，注重可以量化的结果，对不能量化的内容较少涉及。第四，从宏观层面对建成的电子政务进行评价。这些评价模型反映了电子政务建设以公民为中心和以结果为导向的基本原则，这是各国电子政务发展和评价必须坚持的基本方向。

比较三种模式，优劣也是非常明显的。正如前面所指出的，针对网站的评测有着其明显的缺陷。政府门户网站不是电子政务的全部，事实上其只能是电子政务工程的一小部分，电子政务的成功至少由四部分组成：电子系统，电子政务应用基础和环境，电子政务管理和服务的应用，由此产生的用户感受和对公民、企业政府的影响。而这些显然不是针对网站的评价能够完全涵盖到的。其次，网站功能的强大与否并不等同于其给政府、公民以及社会带来的真实效益大小，后者才是电子政务的目标与意义所在。此外，对于我国特殊的国情，针对网站的评价还容易导致"千网一面"、华而不实甚至"面子工程"的产生，造成极大的浪费。而软硬件结合的评测，虽然加入的基础环境可以在一定意义上相关于电子政务的效益，与网站质量考察结合在一定程度上增强了可靠性，但终究无法代表电子政务的效益水平。只有针对电子政务成效的评价才是最根本也是最符合电子政务建设目标的评价方式。也是电子政务绩效评价发展的方向。然而正如我们所知，针对成效的评价起步最晚，实施难度也最大，因此还需要作进一步的研究和探索。而且与国际相比，我国在这一方面的研究需求更加迫切。

本章参考文献：

1. 郭洁敏，《世界主要电子政务评价指标比较——以联合国、埃森哲公司、布朗大学、早稻田大学相关评价为中心》，《信息化建设》，2008，（9）。

2．北京大学网络经济研究中心：《中国电子政务研究报告 2006》。

3．张成福，唐钧，《电子政务绩效评价的模式研究》，《电子政务》，2005，(24)。

4．杨云飞，白庆华，《电子政务评价指标体系》，《计算机应用与软件》，2004，(8)。

5．于施洋，杨道玲，《电子政务绩效评价的平衡计分卡模型》，《电子政务》，2007，(7)。

6．彭细正，《电子政务绩效评价体系探讨》，《信息化建设》，2005，(5)：12—13。

7．刘腾红，刘荣辉，赵鹏，《电子政务系统评价方法研究》，《武汉理工大学学报(信息与管理工程版)》，2004，(3)：61—63。

8．计世资讯：《2008 年广东省政府网站评价研究报告》、《2008 年广州市政务网站用户调查研究报告》。

9．上海市互联网经济咨询中心：《中国电子政务发展水平测评报告(2007)》。

10．于施洋，杨道玲，《对电子政务绩效评价的再认识——国际视角》，《电子政务》，2007，(7)。

11．于施洋，杨道玲，《国际电子政务绩效评价的特点及对我国的启示》，《现代情报》，2009，(2)。

12．《第八届(2009 年)中国政府网站绩效评价指标体系》，http://politics.people.com.cn/GB/8198/166006/166111/10369331.html。

附录 2-1 国际重要电子政务评价体系汇总

政府及相关机构内评价

评价机构	评价范围	体系特点与方法	指标体系
联合国 UNDESA（2002,2003,2005,2008）	全球的联合国成员国	2002 年,2003 年,2005 年,2008 年四年分别对联合国近 200 个成员国进行电子政务成熟度的评价,给出综合排名以及各分项指标的排名 2008 年报告提出从电子政务到整体治理的转变 将定量与定性相结合,侧重对各国政府网站建设、信息基础设施和人力资源三个方面进行评价 显示电子政务发展的 5 个阶段（初始、增强、交互、在线处理、无缝连接）	电子政务成熟度指数（网站测评指数、电信基础设施指数和人力资源能力指数）和参与度指数（信息状况、讨论交流和决策机制）
美国管理与预算办公室 OMB（2003）	美国的 IT 项目投资	绩效参考模型（Performance Reference Model）是美国 Federal Enterprise Architecture（FEA）项目的五大模型之一 用标准化方法来评测美国联邦政府信息化过程中的 IT 项目投资的绩效评价以及它们对政府战略目标的贡献情况 旨在阐明投入,产出和成果之间的因果关系,基于价值链和程序逻辑模型的基础上建立的框架体系	由测评领域、测评分类、测评分组和测评指标构成 其中测评领域和测评指标包括使命和业务成果、客户成果、过程和活动、技术、人力资本、其他固定资产等方面
美国管理与预算办公室 OMB（2007）	美国的 IT 项目投资	新模型强调将注意力放到电子政务的绩效和应用效果上	参与度、使用度、用户满意度
加拿大	加拿大	着眼于用户的满意度和政府服务品质的提升两方面 不仅要评测网站服务的可用性,还应同时评价效益的提升和对公民传递的价值,制定基于结果（results-based）的评价体系	强调产出（入口和集成 web 门户的绩效预期）,结果（在线服务和安全性的绩效预期）和影响（创新、用户满意度及回报的绩效预期）三个层次有机结合

（续 表）

评价机构	评价范围	体系特点与方法	指标体系
欧盟（2009）	EU27 + 欧盟成员国，克罗地亚，冰岛，挪威，瑞士.	2009 年 11 月欧盟在 i2010strategy 的战略下，提出了第八次关于电子政务绩效评价的标杆，对 EU27 +进行了社会信息化的全面评价：包括自 2001 年评价开始的 20 项基本服务；提出了 5 阶段的成熟度模型；新的测量指标：电子采购，五维度的用户服务指标；指标体系不断发展修改，在这次的报告中也提出了对体系进一步修改的建议	20 项基本服务（12 项公民服务和 8 项企业服务） 5 阶段的成熟度模型（（i）信息，（ii）单向交互，（iii）双向交互，（iv）事务处理（v）自动处理） 新的测量指标：电子采购；五维度的用户服务指标
印度（2004）	印度	电子政务评价框架（E-Government Assessment Framework）将电子政务分为城市政府对公民、农村政府对公民、政府对企业和政府对政府四种类型，每种又有总体评价和详细评价，共 8 套评价体系；体系考察目标全面，可操作性强	一级指标五个：服务、技术、可持续性、成本效率、可复用性 数十个二级和三级指标进行算术平均与加权平均计算得分。其中，服务占据 40% 权重

大学及研究机构外评价

评价机构	评价范围	体系特点与方法	指标体系
布朗大学公共政策研究中心（2007）	全球	以联合国成员国为对象的广泛调查来评价全球电子政务，侧重于定量分析和评价，测评方法较为简单，所有样本数据均通过互联网获取，即通过 20 多项覆盖电子政务各个领域的标志性考查指标进行测量。它立足于电子政务应用状况进行全球对比分析，所考察的大多是各国政府网站的建设情况	基于网站的"标志性特征"联系信息、出版物、数据库、门户网站和网上公共服务的数量

（续 表）

评价机构	评价范围	体系特点与方法	指标体系
美国新泽西州立大学纽瓦克分校/韩国成均馆大学（2003）	全球82个国家的84座最大城市的电子政务	首次提出电子政务评价的5分体系（安全/隐私、可用性、站点内容、在线服务、公众参与）。另外该研究侧重于评价城市电子政务，弥补基于地方的电子政务评价研究少的缺点	强调安全/隐私，可用性，站点内容，在线服务，公众参与等
早稻田大学电子政务研究中心（2007）	全球	以综合视点调查分析，进行了不同于其他机构以网站、CRM等为对象调查排名的做法，重视"客观性指标"，几乎没有用户的满意度调查指标	六大指标体系:网络基础设施完备程度、在线服务、最适化管理、主页状况、CIO导入情况、电子政府的战略、推进和振兴

第三方商业公司外评价

评价机构	评价范围	体系特点与方法	指标体系
IBM政府事务研究中心（2004）	电子政务项目	2004年提出一份《评价电子政务绩效》，将电子政务评价分为两个体系，技术导向型与服务导向型并将后者视为发展方向每一个体系又平行的分为投入、产出、效果三个部分，并全面地分别给出相应的测量指标	技术导向——投入、产出、效果服务导向——投入、产出、效果
埃森哲（2005，2006）	发达国家	从2000年开始，每年一份电子政务报告，对二十多个样本国家和地区电子政务的比较研究，揭示全球电子政务的进展和问题坚持兼顾政府端和用户端调查的做法，而且在用户调查时第一次开始征询用户的主观看法2005年,提出电子政务总成熟度的四类国家和地区趋势制定者、挑战者、跟随者和形成者	包括政府通过网站在线提供的服务的数量（即服务成熟的广度）和所提供每种政府服务的水平（即服务成熟度的深度）。服务成熟的广度和深度两方面结合起来,构成总的服务成熟度

（续　表）

评价机构	评价范围	体系特点与方法	指标体系
		大体是以总体成熟度考察政府网站绩效：从以往的电子政务领导力转变为聚焦客户服务的领衔程度 2006 年的报告《客户服务领导力——建立信任》，也明显反映了这种评价的导向和偏重	
盖特纳 咨询公司 （2006）	电子政务 项目	盖特纳咨询公司致力于对特定电子政务项目有效性的评价，从三个方面开展：对公民的服务水平、运行效益以及政治回报；每个大类又包含一系列具体参数	对某国特定的电子政务项目的有效性评价 对公民的服务水平、运行效益、政治回报
TNS	发达国家	以问卷方式采集原始数据，重点考察政府在线的人口覆盖程度、在线服务应用程度和个人隐私安全。并将问卷调查对象按照使用电子政务功能的不同进行分类	以公众反馈数据，市场资料为基础，以公众需求为导向 发展程度、应用程度、入口覆盖面、对个人隐私信息安全的关心

附录 2-2　国内重要电子政务评价体系汇总

政府及相关机构内评价

评价机构	评价范围	体系特点与方法	指标体系
北京市政府	北京市	政府内评价,形式简单,重点考察系统基本情况及服务成效(含服务深度、服务广度、服务创新、用户满意度),并对培训情况进行考察	系统基本情况、系统数据库情况、系统与业务关系、服务成效、培训情况、网络情况等
广州市政府	广州市	政府内评价,指标体系比较笼统,重点考察电子政务建设和应用情况(58%的比重),考虑了应用效果,但是比重相对较小(15%)	5 个一级指标:组织领导情况,建设和应用情况、应用效果、资金投入、使用情况和社会化 12 项二级指标和 28 项三级指标

大学及研究机构外评价

评价机构	评价范围	体系特点与方法	指标体系
北京大学网络经济研究中心(2006)	地级市、省会城市与计划单列市以及 31 家省级政府门户网站	提出多维度、多层次的网站测评法 PIT-EEE,初级指标考察基本信息上网情况,中级指标在信息提供的基础上强调带有服务性质的功能,高级指标考察基于网络的服务功能。将指标从应用功能的低等到高等给予上升权重	网站建设维护、财务信息上网、公共信息服务、互动交流平台、个人网上办事、企业网上办事
张成福、唐钧(2005)	中国	提出完善的电子政务绩效评价应该综合"产出绩效"、"结果绩效"和"影响绩效"三个层次,其中结果绩效涉及经济、效率,影响绩效更是提出了公平、效益等指标	产出绩效、结果绩效、影响绩效

（续　表）

评价机构	评价范围	体系特点与方法	指标体系
杨云飞、白庆华（2004）	国家/地区电子政务	比较初步地涉及了环境基础，认为测量电子政务发展水平的绩效评价指标体系应反映政府的"电子集中"、"电子安全"、"电子管理"、"电子服务"、"电子决策"五大社会基本功能。采用"点面"结合的方法，把各省会城市的"点"得分，与各省市GDP和城市化率的"面"得分进行折合，从而得到反映一国/地区电子政务发展水平的综合得分	电子集中、电子安全、电子管理、电子服务、电子决策
于施洋、杨道玲（2007）	电子政务项目	采用平衡计分卡，基于电子政务的使命，以战略为核心，以投入产出、内在提升、公共价值及用户满意四个视角作为衡量电子政务绩效的维度 每个维度又分为视角、维度目标和评价指标等三个层次	投入产出、内在提升、公共价值、用户满意
彭细正（2005）	电子政务项目	电子政务绩效评价的主要要素包括五个方面：评价指标体系、指标评价标准、指标权重、综合评分方法、数据采集方法 根据逻辑框架法基本模式的分析架构，对政府门户网站绩效评价指标体系做出了初步研究，建立了6个一级指标和18个二级指标以及80个三级指标的政府门户网站绩效评价指标体系	一级指标包括应用效果、网站内容、网站功能、网站质量、系统建设、投资绩效 二级指标包括用户满意度、政府满意度、信息化成熟度等
刘腾红、刘荣辉、赵鹏（2004）	中国	从服务和应用的角度出发，根据电子政务的服务对象和职能，建立内部和外部两大指标体系	网络办公、内部交流、信息资源整合、一站式服务、为企业和居民服务、信息共享

第三方商业公司的外评价

评价机构	评价范围	体系特点与方法	指标体系
中国软件评测中心(工业和信息化部委托)(2009)	部委、省级政府、地市级政府、区县政府网站	针对部委、省级政府、地市级政府、区县政府网站进行了分别评价,考察网站各个详细功能的有无,不同级别有一些项目与权重上的微调,并且重点在于信息公开、在线办事、公众参与,同时部分加入了公众满意度的调查。有很强的政策背景与时代背景	信息公开、在线办事、公众参与、网站性能及设计、用户调查、日常保障
计世资讯(2008)	国家各部委、地方政府的门户网站	曾经针对国家各部委、地方政府的门户网站进行全面评价,如今开始专业针对一些地域进行评价,考察各个功能的有无及指标的完成情况。最近的一次针对广东的一次全面网站评价,对信息公开及行政许可事项在线办理率和政府邮箱做重点考察,同时还考察了资源整合情况	网站内容服务、网站功能服务、公众互动、网站建设质量、资源整合、日常监测
上海市互联网经济咨询中心(2007)	省级政府以及省会、地级市、区县	评测目标为省级政府以及省会、地级市、区县,2007年采用独特的"五度"评价框架,将对电子政务的考察从到政府网站本身延展到法律法规、基础IT建设等环境支撑领域	基础支撑度、环境保障度、应用完善度、服务成熟度、公众参与度

第三章
研究框架与体系

主要内容

- 电子政务的全流程及相关影响因素描述
- 电子政务绩效评价体系
- 电子政务绩效评价指数的构造
- 电子政务绩效评价体系的特点和贡献

第一节　电子政务的全流程及相关影响因素描述

根据第二章对电子政务绩效评价模式的总结,国内外已有的电子政务绩效评价体系根据侧重点的不同可以大致分为侧重网站、侧重软硬件和侧重成效三类。其中,侧重成效的评价模式,以电子政务最根本的效益为评价重点,是电子政务绩效评价的发展方向。就我们所知,本书所进行的电子政务绩效评价,是国内对此模式的首次应用。

祝效国、张维迎、沈懿(2008)对电子政务的全流程及相关影响因素进行了总结归纳,如图 3-1 所示。将电子政务的全流程划分为投入、产出到成效三个阶段,并进一步勾勒出影响各个流程阶段的关键因素。其中,左侧部分总结的是在投入阶段的主要影响因素;中间的产出阶段代表着电子政务建设的具体产出即系统;而右侧代表的电子政务投入使用后在各个方面的绩效产生

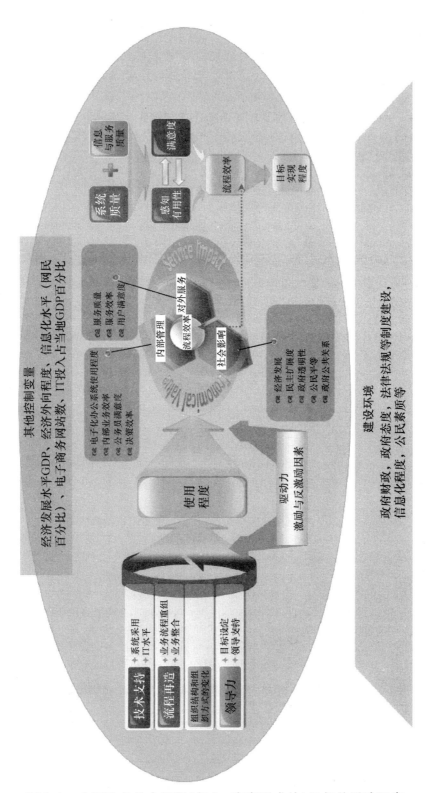

图 3-1　电子政务的全流程（投入、产出到成效）及相关影响因素

和价值创造。产出阶段较为直观且容易衡量,因此以下将着重分别对电子政务投入阶段和成效阶段进行分析阐述,作为电子政务绩效评价的理论基础和主体框架。

1. 电子政务投入阶段的影响因素与具体体现

首先,在图 3-1 的左侧部分总结的是在投入阶段电子政务建设者主要涉及的四个方面:技术支持、流程改造、组织结构和组织方式的变化、领导力。

电子政务与传统政务在技术手段上有着本质的区别。利用信息化手段构建电子政府平台,强大的 IT 环境与技术支持不可缺少。这使得电子政务的研究与电子商务的研究类似,**技术支持**是最基础的先决条件。在我们的框架中,技术支持描述的是政府在电子政务建设中所需的 IT 方面的人、财、物的投入,以及系统建设时在技术方案、具体实施者(开发商)等方面的选择。其中,

(1)**IT 水平**包括政府部门计算机、服务器、局域网等基础设施的数量,IT 技术人员/总的人数、全职负责电子政务的人数,以及各个系统软硬件投资额等基础数据。

(2)**建设模式**包括开发商的选择方式、原因及标准等,技术方案(包括数据库、网络接口等)的选择等。

从发达国家电子政务的建设经验来看,IT 系统建设中软件及服务方面的投入非常受重视,但在当前中国电子政务的建设模式中,"重电子、轻政务;重硬件、轻软件;重网络、轻应用"是一个普遍现象:在硬件投入中片面追求高性能配置,形成的资源能力远远超过实际应用的需要,个别项目的存储资源甚至可以支撑 10 年业务的增长需要;在已经建设的电子政务工程中,面向公众服务的应用功能不到 3%,面向决策支持的业务应用功能不到 8%,电子政务提高政府行政能力和普遍服务效能尚未充分显现。事实上,电子政务建设并不是简单的一次性的软硬件投入,而是一个包含硬件、软件、管理、流程、合作等的系统工程,随着电子政务建设和应用的深入开展以及跨部门的资源整合需求增加,需要开发商所提供的不仅仅是系统,而是从咨询规划到设计实施以及维护支持的一站式服务,这些问题都需要在电子政务绩效评价的问卷设计中有充分的反映。

在整个电子政务建设进程中,政府**流程再造**是最困难也是最关键的配套工作。从中国电子政务的建设实践也证明,真正在实际应用中取得理想成效的项目,如南宁财政的"金财"工程、北京税务的"金税"项目等,均是在流程再造方面下了大工夫。电子政务不是简单地把传统的政府办公模式和流程复制到信息化平台上,信息手段的高速、广泛和强大的处理能力在给政府的业务效率带来了巨大提升的同时,也要求政府对其传统业务流程进行重组,在信息化平台的基础上对业务进行整合,使得信息手段与电子政务更加有机的结合,充分发挥信息化的巨大力量。因此,政府能否根据电子政务的特点进行业务方式及流程的调整和重组很大程度上影响着电子政务的成效。这里具体包含两个方面:

(1)**业务流程重组**,重点关心的是在电子政务实施前政府是否进行了流程重组,重组的方案如何确定,实际重组的进度和效果如何等。

(2)**业务整合**,主要考察同一部门、不同部门之间业务的整合程度以及数据的联通共享程度。

电子政务作为一个系统工程,业务整合实际上存在着一个重要的前提条件,即不同政府机构间财权、事权、人权的调整和重新界定。因此,要发挥电子政务优势,政府所要做的不只是对业务本身进行再造,在**组织结构和方式的改变**也是必需的。从单个政府部门内部来说,可能需要考虑的是信息化部门的调整与地位改变,具体业务部门的新设、裁减和合并,经费来源是否改变等。对于需要共同负责同一业务的不同政府部门来说,则需要考虑界定不同政府部门在业务中的角色,以及如何在电子政务系统中有效地加以体现。

最后,电子政务实施中**领导力**是一个不容忽视的重要因素,包括电子政务的战略目标以及领导支持两个方面。

(1)**目标**。电子政务的最终成效与其设计目标以及定位是紧密相关的。建设电子政务的动机是为了满足上级政府的要求,还是为了提供更好的服务,其结果自然是不同的。对电子政务是否有全局的考虑,是否了解用户的需求也直接影响着电子政务最终的成效。

(2)**领导支持**。电子政务对于政府是一个新生事物,那么高级管理人员对于它的认识和态度就在很大程度上影响着电子政务的建设、应用与成效。这里我们考察了电子政务是否有一个专门的指导机构,是否有专门的高层领导直接管理,以及电子政务成效是否与高层领导的政绩挂钩以及高层领导对于 IT 的认知程度等。

综上所述,我们将电子政务投入阶段的影响因素及具体衡量指标总结如表 3-1。值得注意的是,这些因素并不直接进入电子政务绩效评价的评价体系,但它们在很大程度上影响着电子政务所产生的绩效,因此在进行电子政务绩效评价时,有必要一并收集并用于获得绩效评价结果后的原因分析。

表 3-1 电子政务投入阶段影响因素及具体体现

影响因素		具体体现
技术支持	IT 水平	计算机、服务器、局域网、外联网数量等 IT 技术人员/总的人数,全职负责电子政务的人数 各个系统硬软件投资额
	系统采用	开发商的选择:选择开发商的方式、原因及标准 整个电子政务工程是否用同一个数据库(还是不同的模块之间用分立的数据库) 新启用的系统与其原来的对应系统以及其他的早期系统之间的对接程度(是否能够交流需要的数据)
流程再造	业务流程重组	电子政务具体实施前政府流程重组是否有统一的部署和规划,对具体的流程重组是如何设计和确定的 是否能够按照既定步骤进行流程改造 流程改造后的实际效果如何
	业务整合	涉及同一部门下多个功能模块的业务的工作流程是否进行了调整和整合,数据的交换与共享程度如何 涉及多个政府机构的业务的工作流程是否进行了调整和整合,数据的交换与共享程度如何 同一部门内上级部门与下级部门之间的联通程度
组织结构和组织方式的变化		为了支持电子政务系统运用,组织结构的变迁程度(例如 IT 部门和预算的地位是否发生变化) 关于电子政务战略制定和实施执行问题与领导或者员工沟通的程度(比如是和有关部门的什么级别领导沟通,以及什么级别的领导牵头) 从企业或者个人收取的费用的流向(向上缴纳还是作为自身经费的一部分)

（续　表）

影响因素		具体体现
领导力	目标设定	对电子政务是否有清晰的目标和统一的规划。是否有专门的部门来负责 电子政务当初的发展目标是从用户为出发点来改进效率，提供优质服务，还是仅仅为了降低内部成本和工作强度 最初对于用户具体需求是否有研究。是否有专门负责用户服务收集用户意见的服务职能部门 对企业（公众）的服务质量是否列入了政绩考核。以何种形式进行考核
	领导支持	是否成立一个专门的领导或者指导电子政务委员会，其中的负责人是否是真正主事的一把手 电子政务实施的时候参与决策的是否是一把手还是仅仅IT负责人 电子政务系统的建设和运行效率是否是一把手及具体负责电子政务建设的领导（如某副局长）的政绩考核指标之一 整个领导班子对于IT的熟悉程度：是否普遍经常上网、收发邮件和使用现代通信设备

2. 电子政务阶段的成效产生和价值创造

图 3-1 的右半部分勾勒出了电子政务在各方面所产生的成效和价值，也是电子政务绩效评价所需要衡量的各个方面。我们将电子政务所能产生的绩效和价值总结为四个方面：更好的服务、更有效率的政府、政府再造和社会效益，如表 3-2 所示。

电子政务首先和最重要的目标是为了公众便利、快捷地使用以及时间的节省与效率的提高。所谓**更好的服务**是指从需求导向出发的服务，除了服务在可获得性、便利程度、质量和有效率等方面的考量外，对用户的公平对待以及给予用户充分的选择自由也是非常重要的。

更有效率的政府首先体现在节约开支层面，通过电子政务所实现的自助服务、更高的准确度、更短的业务办理流程等，能够在有效控制政府开支的前提下更多更好地满足公众的服务需求。其次，电子政务也能增强政府的责任感和透明度。

表 3-2　电子政务所能产生的成效和价值

更好的服务（better service）	更有效率的政府（more efficient government）
服务的可获得性	更低的业务成本
高质量的互动	更高的生产率
更方便地获得服务	更高的准确度
更有效率的服务获得途径	公务人员之间更好的沟通
对全部公民的公平	更好的通用性
对用户友好程度	更高的责任感
服务的连贯性	透明度
多选择途径	减少重复
满足公众对政府服务的预期	更有效的记录管理
政府再造（reinventing government）	**社会效益（benefits to society）**
联合相关政府部门以及非政府组织一起提供无缝的服务	促进电子商务
	经济增长
重新考虑工作流程以更好地满足公众需求	增进政府与民众的关联
	更多的公民对网络的应用
重新定义组织架构，包括公民和政府政策制定的互动	建立一国化的社区
	支持弱势群体

政府再造是指政府与公众关系的重新定义。对于很多政府部门来讲，电子政务的目标不只是能够单纯地提高效率，更重要的是重新定义政府与社会的关系，重新定义公众与政府决策的关系，重新设计跨部门的工作流程，从企业的视角理解政府服务的提供，和其他政府部门一起为公众提供一站式无缝服务，和非政府组织一起开发新的更好的提供服务的方式，电子政务为这一切提供了巨大的潜力。

除了更好地提供服务，电子政务还能帮助政府实现**社会效益**层面的很多目标，比如促进经济发展，提升公众对政府的认知，加强其与政府的联系，使更多的公民参与到知识社会中来等。

据此，我们将电子政务所能产生的绩效和价值分为**内部管理**、**对外服务**和**社会影响**三个方面：内部管理上的效率增进是电子政务为政府创造的价值；对外服务中的效率增进是电子政务为用户创造的价值；而社会影响是电子政务为社会总体创造的价值。在实际的绩效评价实施过程中，我们考虑通过客观可衡量可比较的指标，与使用者主观满意度调查相结合的方式，来具体体现出对这三方面绩效和价值。

对于绩效评价中的某些评价内容，可以同时采用这两种考察方式，比如隐私保护的评价,在客观评价方式中我们可以检查它是不是有相关的措施。而在使用度主观满意度调查方式中,我们可以向用户提问是不是真正对隐私的保护放心,是否出现过隐私被泄露的情况。而在另外一些评价内容上,可能只适用其中一种考察方式,例如用户希望得到但当前尚未提供的服务,在客观评价部分不能测度出来,而用户满意度模块里可以询问对整体服务是否满意,是否能满足用户的需要和期待,如果发现结果不满意,可以问一些开放性的问答题,如不满意的原因是政府做了但做得还不够还是有些用户在乎的价值被政府忽略了,这些未被满足的需求或没能实现的价值有哪些,也能帮政府找到更完整全面的改进方案。

对**内部管理**的绩效评价主要是从政府内部或者说后台运营的角度去考察政府管理在网络化、流程规范化、效率提高、减少政府运转费用、行政监管,以及收集和提供高层决策信息等方面的综合考察。我们将其进一步细化为电子化办公系统使用程度、内部业务效率、公务员满意度、决策效率四个方面。

电子化办公系统使用程度是一个被此前评价体系普遍考察的方面,我们将其分为电子化广度与深度两个维度进行考察。

内部业务效率是我们这个指标体系的一个重点,也是体现我们从"效果"层面上进行评价的一个重要表现。不同于此前的评价体系尤其是国内的评价体系大多评价网站功能质量一类,我们将通过人员效率、时间效率、经济效率、员工效率以及业务处理的错误率等直接绩效考察指标,分别评价使用电子政务系统后业务人员数量的变化、使用电子政务系统后内部业务处理时间的变化、使用电子政务系统后政务开支的变化、使用电子政务系统后员工日最大工作量的变化和使用电子政务系统后内部业务处理错误率的变化,直接评价电子政务的在内部管理方面的真实绩效,跳出了单纯考察网站功能以及使用率的评价思路。

在国内外的电子政务绩效评价中,可能是实施衡量难度较大的因素,对于电子政务对政府内部除成本以外的绩效和价值涉及较少,此次我们将在此方面进行尝试和探索,我们设置了公务员评价和决策效率这两个评价维度。

作为后台操作者,公务员是电子政务价值链的产生中不可或缺的一环。他们对于电子政务的接受程度直接影响着电子政务项目绩效的发挥,不可小视。在**公务员评价**方面,将主要考察公务员从感知上以及业务需求上对于电子政务的满意程度,如使用电子政务系统后工作环境品质的变化、使用电子政务系统后个人工作压力的变化、使用电子政务系统后个人工作效率的变化、使用电子政务系统后工作复杂性的变化、内部办公系统功能对工作需求的覆盖程度、系统使用中操作的方便程度等。另外,公务员作为一个电子政务的密切接触和使用者,他们对于系统的客观评价也非常重要。

决策效率是我们在内部管理效率中又一首创工作。由于电子政务系统强大的数据收集分析能力以及互动能力,其对于传统政府的决策能力的提高不可小视,也是电子政务系统绩效的一个重要组成部分。

正如西蒙的有限理性学说所说的,信息的有限性是影响人们进行理性决策的直接原因之一。现代办公模式需要适应现代社会信息量巨大,各种因素、条件纷繁复杂的特点,作为政府领导,要做出正确的决策,对信息、资源掌握的要求越来越高。政府信息化能够使得政府部门在数据收集和分析能力上的大幅提升,使得政府决策实施情况的及时反馈成为可能。我们将考虑从两个方面来衡量电子政务对政府决策效率的影响:一是基于决策信息可靠性的决策过程效率的提升,二是决策过程数据统计和决策分析能力的增强。前者是针对决策效率更多"感性"意义上的提升,后者更多是基于技术能力对决策"理性"意义上的提升。

我们最终确定从以下几个方面来衡量电子政务对于政府决策效率方面的影响:是否成为政府决策的重要可靠的信心来源;对决策信息流通速度的影响;对决策形成过程的影响;决策后评价、反馈及调整机制的影响。

对外服务可以看做是对电子政务在前台提供为企业/公民服务时的广度、深度、效率和公众的满意度的一个评测。在对外服务这部分的评价上,应充分反应"用户导向、结果导向、市场基础"的原则,特别强调从直接服务能力的角度来衡量电子政务服务的成功——网站在线服务数量的多少并不意味着公民就能够顺利访问这些服务,而在线服务的复杂程度也并不意味着公民就喜欢和愿意使用。

通过研究国外政府门户网站的首页可以发现,我国政府门户网站与国际上公认的其他电子政务先进国家的差异,不是在数量,而是在服务能力,特别是直接的服务能力。我国的政府网站数以万计,绝大部分仍然以政务信息发布和宣传为主。美国的政府网站(www.usa.gov)中按照公众、企业和非营利机构、政府工作人员、国外访问人员分类服务,首页即提供电子邮件、电话、博客等时尚联络方式的分类,以及多语言网页,使人明显感觉到网站的时代性和方便性,其口号是:政府提供方便。英国的直面政府网站(www.direct.gov.uk)朴实贴近民众,根据民众的不同年龄、健康状况和地域分类提供不同的内容和服务,其口号是:一站式提供全部的公共服务。新加坡(www.gov.sg)政府门户网站明快简洁,可以不用滚动条就可以浏览整页内容的网站,其口号是:整合、服务、卓越。

"直接服务能力"是一个综合概念,它强调直接,而非间接;强调跨部门合作的整合服务,而非分离在各个部门的服务;强调统一的窗口,而非多界面。结合我国的电子政务发展需求来看,我国政府网站目前最欠缺的是直接服务的意识、方式、内容、共性服务与差异性服务的关系,以及不同地区(农村与城市)需求的服务差异,并确保最基础的和最关心的信息保障服务。直接服务能力是直接面向服务对象的服务,从服务对象的需求出发,选择技术、整合资源、梳理流程、考核效益。如果是为居民服务的,就要以居民为中心;如果为企业服务,就要以企业为中心。这是全世界发展电子政务一个普遍经验,中国也不应该例外。

毋庸置疑,**服务质量**在考察对外服务功能时是必需的。电子政务系统是否对不同人群服务实现的普遍满足,也即是否提供了普遍服务(e-inclusion),是服务质量的基础,除了发达国家通常说的针对残疾人等弱势群体的服务提供,在中国电子政务的具体实践上,还需要考虑不同地域和语言的差别。而安全性,即系统本身的安全性以及用户使用过程中自身隐私信息的安全性是必须保证的,用户的放心使用是保证电子政务得以正常使用并发挥出效益的前提条件。另外,电子政务能否实现自助服务,能否根据不同人群的特定喜好和使用习惯提供个性化服务,也是电子政务服务质量的重要方面。

服务效率是考察电子政务对外服务效率的第二个维度,也是我们考察电子政务绩效的核心层面。同内部效率一样,我们不只单纯地考察电子政务在用户中的渗透率,更是针对用户考察了通过使用电子政务,其时间上、经济上的节省,办事的快捷方便以及业务出错率的变化这些实实在在的,也是电子政务系统非常核心的绩效产生。突出了我们在"效果"层面上的绩效考量。

要做好公共服务,最重要的是要树立以人为本的理念,从服务对象的需求出发,选择技术、整合资源、梳理流程、考核效益。因此,在**用户满意度**方面的考察,将主要从用户对电子政务网站平台系统建设质量的满意程度、用户对于子政务网站满足用户使用需求的满意程度这些方面进行。用户的应用成本,即用户使用政府网站获取信息和接受服务中是否感到了成本的节约,将是我们尤其注重的方面,我们认为这是对电子政务更高层次的要求。以信息提供为例,网站提供了多少信息量,是不是把所有的信息都提供了仅仅是对政府网站的基本要求,但用户能否迅速、准确地找到他所需要的特定信息,节约其时间成本,则是对政府网站更高层次的要求。

电子政务对于**社会价值**的贡献是电子政务绩效评价中的一个难点。困难首先来源于对于社会价值的度量本身很难给出明确、全面、可普遍认同并接受的定义。对社会价值的理解和关注点会因为目标受众的不同而有显著差异,而且不同群体的视角和立场也会因其自身的利益诉求差异而不同。比如企业更关注经济方面自己可能受到的影响,平时发不出声音受不到关注的基层群众出于自己的需要,也许对话语权、参与权抱有激进式的热情,却缺乏对整体经济、政治、社会价值的认知。另外,社会价值的评价涉及观察对象的价值观和价值判断,因个体的主观心理状态和经历不同而不同,事实上不可能达成一致,因此不大可能设计出统一的标准。

但在电子政务所产生的影响中,社会价值是非常重要的方面,因此我们仍然提出了一个关于评价电子政务社会效益的理论化的架构,并在实际实施绩效评价的过程中,通过对公众主观感知调查的方式,部分地实现对电子政务社会效益进行度量的一个尝试,作为在此方面的积极探索。另外也能够通过这方面的考察,展示政府电子政务可能的价值,告诉决策者电子政务好在哪里(成为经济发展的动力,推动民主建设),可能的问题在哪里(政府如果行为失当可能失去民心),应当如何在发挥其优越性的同时避免这些潜伏的隐患(切实公开、信息翔实、公平公正等)。我们将社会效益进一步细化为**民主扩展度**、**政府透明性**、**公民平等**、**政府形象**四个方面进行衡量。

第二节　电子政务绩效评价体系

基于上一节我们对于电子政务从投入、产出到成效全流程的分析,我们将以电子政务的成效为核心构造本书的电子政务绩效评价体系,电子政务在对内效率、对外服务和社会效益三个方面的成效均将在本电子政务绩效评价体系中得到体现。

值得指出的是,我们对电子政务成效的划分以电子政务的成效作用而非政府工作种类作维度,这是符合我们设计指标体系架构的指导思路的。以电子政务的各种功效作用为维度,比如加快信息传递速度,增加交流沟通,提高数据处理能力等,实际上这些功能效用在各种不同的工作中都有体现,比如电子政务对监管效率的提升作用就源自它的信息传递处理功能、决策辅助功能和加速行动力度的功能;同样地,电子政务对突发事件处理的作用也是来自这些功能。

因此,以成效为核心的评价体系的一个重要优势就在于它能够适用于大多数电子政务工程的评价体系,不同的政府部门由于其职责范围、层级结构等方面的不同,所涉及的电子政务建设在目标、内容等各方面都可能存在显著差异。但以成效为核心的评价体系不拘泥于具体的业务流程,而是以投入、产出到使用的概念化流程,并不断细化在每个环节的划分,具有很好的通用性。

对产出和成效每一方面的具体衡量上,我们都将通过对该指标全面而细致的分析,对其进行细化使得其可直接度量和可比较。另外在指标细化的设计上我们同样注重了通用性的问题,对于各种各样的电子政务项目,都可以根据其具体情况,从中选取全部或部分的评价指标,并运用本书的评价方法进行绩效评价。

1. 电子政务内部管理效率评价的指标细化

在电子政务内部管理效率的评价方面,基于上一节的分析,我们将此一级指标下的电子化办公系统使用程度、内部业务效率、公务员满意度、决策效率四个二级指标进一步细化为可衡量、可比较的指标,得到了共计 26 个四级指标,具体见表 3-3 所示。

表 3-3　电子政务内部管理效率评价的指标细化

二级指标	三级指标	说明	四级指标	说明
电子化办公系统使用程度	电子化广度	政府办公中应用电子化系统辅助事务完成的实现范围	文档电子化率	日常使用的文档电子化的比例
			办公自动化率	日常工作时间中使用电脑办公的时间比例
	电子化深度	政府办公中应用电子化系统辅助事务完成的实现程度	系统使用率	电子化方式完成的政府办公流程比例
			系统普及率	进行电子化办公的员工比例

（续　表）

二级指标	三级指标	说明	四级指标	说明
内部业务效率	业务效率	电子政务对政府工作中业务处理效率的影响	时间效率	使用电子政务系统后内部业务处理时间的变化；员工日最大工作量的变化
			经济效率	使用电子政务系统后政务开支的变化；业务人员数量的变化
	业务质量	电子政务对政府工作中业务处理质量的影响	错误率	使用电子政务系统后内部业务处理错误率的变化
公务员满意度	主观满意度	电子政务对公务员工作感知满意度的影响	工作复杂性	使用电子政务系统后工作复杂性的变化
			工作环境	使用电子政务系统后工作环境品质的变化
			工作压力	使用电子政务系统后个人工作压力的变化
			工作效率	使用电子政务系统后个人工作效率的变化
	主观评价	公务员对电子政务系统的满意程度	需求覆盖	内部办公系统功能对工作需求的覆盖程度
			系统 UI 设计	系统用户接口设计的水平
			系统运行稳定性	系统运行的稳定性水平
			系统操作方便性	系统使用中操作的方便程度
决策效率	决策信息来源	电子政务对政府决策信息来源优良程度的影响	信息渠道多元化水平	决策信息来源的多元化程度
			信息质量可靠性	决策信息来源的可靠程度
	决策信息流通	电子政务对政府决策信息流通速度的影响	信息收集速度	决策过程前期收集信息所需时间的变化
			信息内部传递速度	信息在政府内部各部门间传递速度的变化
			信息反馈速度	决策参与者交流中获得信息反馈所需时间的变化

（续 表）

二级指标	三级指标	说明	四级指标	说明
决策效率	决策形成过程	电子政务对政府决策形成过程品质的影响	决策过程合作程度	决策过程中政府各部门间协调合作的水平
			决策过程的内部透明性	决策过程被政府内部各部门共同知悉的水平
			决策过程的公开性	政府决策过程对外界公开的水平
	决策后处理过程	电子政务对政府决策形成后决策评价、效果反馈、及决策调整机制的影响	决策评价体系	政府决策后评价体系的完善程度
			决策后信息反馈体系	政府决策后信息反馈体系的完善程度
			决策后的调整机制	政府决策调整机制的完善程度

在电子化办公系统使用程度方面，在电子化广度上，具体以文档电子化率、办公自动化率来具体体现，而在电子化深度上，则以系统使用率和系统普及率来加以体现。

在内部业务效率方面，在业务效率上以时间效率（可以通过单位业务办理的时间和单位业务人员日办理数量两个方面来加以衡量）和经济效率（可以通过费用的节约和人员的节约两个方面）来体现，而业务质量上则主要通过出错率来体现。

在公务员满意度方面，在主观满意度上具体以公务员所感知的电子政务实施以后再工作复杂性、工作环境、工作压力、工作效率等方面的变化来进行衡量；而系统评价上，则将针对公务员对于电子政务系统的工作需求的覆盖程度、用户接口设计水平、运行稳定性、使用操作便利性等来加以体现。

在决策效率方面，在决策信息来源上分别以电子政务对于信息来源渠道的多元化程度和可靠程度的贡献程度来进行衡量；在决策信息流通上主要分别体现在电子政务对于信息的收集速度、传递速度和反馈速度的影响来进行衡量；在决策形成过程上则通过电子政务能否促进信息决策过程中的（政府各部门）合作程度、内部透明度和公开性来反映；在决策后处理过程则主要涉及电子政务能否促进政府决策后的评价体系、信息反馈机制和政策调整机制来反映。

2. 电子政务对外服务效率评价的指标细化

在电子政务在对外服务效率的评价方面，基于上一节的分析，我们将此一级指标下的服务质量、服务效率与用户满意度三个二级指标进一步细化为可衡量、可比较的指标,得到了共计 25 个四级指标,具体见表 3-4 所示。

在服务质量方面,无缝服务是指电子政务系统对外服务获取条件的无约束水平,可从电子政务系统是否提供一站式服务、跨地域服务、跨时域服务以及跨人群服务这四个方面加以体现;服务认知,即公众用户对电子政务网站服务提供情况的认识程度,从对电子政务网站的网址和网站名称的熟悉度,对网站功能的认知程度,以及对网站发布信息内容和频率的感知程度三个方面加以体现;自主性,是指电子政务网站服务中用户主导性的体现程度,从电子政务系统能否为用户提供个性化服务以及自助服务来加以体现;安全性,即电子政务网站服务使用的安全性,从电子政务系统所配备的保障网站安全的相关软硬件部署完备程度,以及保护用户隐私或保密措施的完备程度两个方面来加以体现。

表 3-4　电子政务对外服务效率评价的指标细化

二级指标	三级指标	说　明	四级指标	说　明
服务质量	无缝服务	电子政务系统对外服务获取条件的无约束水平	一站式服务	通过单一窗口获得全套服务,避免重复登录
			跨地域服务	跨省市跨国界无限制访问
			跨时域服务	7 天 24 小时全天候服务
			跨人群服务	针对少数民族,残疾人等群体的特别服务完备程度
	服务认知	公众用户对电子政务网站服务提供情况的认识程度	站点熟悉度	用户对电子政务网站的网址和网站名称的熟悉度
			功能认知度	用户对电子政务网站所提供功能的认知度
			信息发布感知度	用户所感知到的电子政务网站发布的信息的内容和频率
	自主性	电子政务网站服务中用户主导性的体现程度	个性化服务	服务功能实现方式的个性化选择
			自助式服务	通过自助方式获得基于电子政务网络平台的服务,无须与政府交互的可实现性
	安全性	电子政务网站服务使用的安全性	系统安全性	保障电子政务网站信息安全的相关软硬件部署完备程度
			隐私信息安全性	保护用户隐私或保密信息的相关措施部署完备程度

（续 表）

二级指标	三级指标	说 明	四级指标	说 明
服务效率	服务使用程度	电子政务网站服务在用户中的使用程度	业务渗透率	使用电子政务办理业务的用户在客户群体中的比重
			业务整合度	政府服务业务按流程划分通过电子政务平台处理的比例
	服务效率	电子政务网站提供服务的效率水平	业务响应时间	用户提交业务申请后得到首次响应所需时间
			业务时间效率	通过电子政务网站进行业务处理为用户带来的时间效益
			业务经济效率	通过电子政务网站进行业务处理为用户带来的经济效益
			业务错误率	通过电子政务系统提供服务后业务处理错误率变化
用户满意度	建设质量评价	用户对电子政务系统建设质量的满意程度	界面友好	用户接口设计的友好性
			系统稳定	系统运行的稳定性
			访问速度	系统访问的流畅程度
			操作简单	业务操作的简洁性
	需求覆盖评价	用户对电子政务系统满足用户使用需求方面的评价	业务介绍	提供业务办理流程指导的完备性和质量
			在线咨询	提供在线咨询手段的完备性和质量
			常见问题	提供常见问题解答的完备性和质量
			在线检索	以往用户疑难解答回溯检索功能的完备性

在服务效率方面,服务使用程度是指电子政务网站服务在用户中的使用程度,具体地通过业务渗透率(使用电子政务办理业务在客户群体中的使用比例)和业务整合率(业务整个流程中通过电子政务进行办理的比例)这两项指标来加以体现;而电子政务网站提供服务的效率水平,具体地电子政务系统使用后业务响应时间的变化、办理所需时间和费用的变化,以及出错率的变化来加以体现。

在用户满意度上,主要从用户对电子政务系统的建设质量,以及其对用户需要的覆盖程度两个方面的评价来进行衡量。前者通过用户对于电子政务系统在用户接口设计友好性、系统运行稳定性、系统访问速度、业务办理简洁性四个方面加以体现,而后者通过用户对于电子政务在业务介绍、在线咨询、常见问题解答、在线检索等满足用户使用需求方面的评价。

3. 电子政务社会效益评价的指标细化

在电子政务在社会效益的评价方面,我们将代表社会效益的民主扩展度、政府透明性、公民平等、政府形象进一步加以细化,具体见表3-5所示。

表3-5　电子政务社会效益评价的指标细化

二级指标	三级指标	说　明	四级指标	说　明
民主扩展度	公众参与意识	公民参与公共治理的意识与意愿	公共事务关注度	公众观察关注公共事件的程度
			话语权意识	对话语权的认知度与依法要求意识
			参与愿望与责任感	表达诉求、参与公共治理的愿望
			有序参与意识	采用理性、有序的参与方式的意识
	公众参与能力	公众参与公共治理的能力水平	言论自由程度	公众言论自由的实现程度
			参与渠道质量	公众参与渠道的多样性与可接触性
			参与成本承受力	公众对参与公共治理所引起经济成本及时间成本的承受能力
			信息及知识支持可得性	公众获得有关公共治理参与的权威信息与专业知识支持的可实现性
			媒体支持度	媒体对公众诉求的关注度及对公共事务的介入程度
			网络空间社会化与公民组织化	网络结社与交流的发达程度
	公众参与有效性	公众参与的现实影响力及有效性	政府关注度	政府对公众参与的关注程度
			政府参与度	政府与公众交流互动的程度
			政府响应度	政策制定等政府决策或行为受公众参与影响的程度
政府透明性	信息公开水平	政府切实履行信息公开义务的程度	信息公开充分性	对《政府信息公开条例》中要求公开的信息实现公开的充分性
			信息公开质量	信息公开的翔实可信性
			信息公开及时性	信息公开的时效性

（续 表）

二级指标	三级指标	说 明	四级指标	说 明
政府透明性	政务透明性收效	政务透明度提升的对政府运作合法性及可接受性的作用	公众监督机制	电子政务发展对公众监督机制的强化作用
			政府依法执政	电子政务发展对政府执政行为合法性的促进作用
			政府廉洁度	电子政务发展对政府廉洁程度的提升作用
公民平等	获取信息平等	公众获取信息和知识的机会及所得信息质量的平等性	/	/
	获得服务平等	公众获得政府服务的机会及所得服务质量的平等性	/	/
	交流互动平等	公众实现与政府交流互动的机会及影响力的平等性	/	/
政府形象	公众理解	公众对政府工作及决策的理解水平	/	/
	公众信任	公众对政府的信任程度	/	/
	公众拥护	公众对政府的总体拥护支持水平	/	/
	政民和谐	政府与公众关系的和谐性	/	/

在电子政务对于民主扩展度方面的影响,可以进一步从电子政务对于公众参与意识、公众参与能力和公众参与有效性三个方面来加以体现;电子政务对于政府透明性方面的影响,则可从信息公开水平和政务透明等方面加以体现;电子政务对公民平等的影响主要从获得信息平等、获得服务平等和交流互动平等三个方面来体现;而电子政务是否对政府形象提升产生作用,则从公众对于政府工作及决策的理解水平、对于政府的信任程度、对政府总体用户支持水平、政府与公众关系的和谐性四个方面来加以衡量。

如前一节所述,受度量手段等因素的限制,这里所提出的对电子政务社会效益的评价更多地是一个理论框架,在实际所实施绩效评价中,我们将通过对公众主观感知调查的方式,对其中部分的指标尝试进行度量,从而实现对电子政务社会效益的一个虽不完善但具有指导和借鉴意义的衡量。

第三节　电子政务绩效评价指数的构造

1. 评价指标的取值规则

综合电子政务系统在各个方面的表现,量化为一个综合的电子政务绩效评价指数,用于代表电子政务的建设和发展水平,是电子政务绩效评价中非常重要的一项内容。本书所提出的电子政务绩效评价体系的一个突出特点就在于以成效为核心的评价体系。因此在绩效评价指数的设计上,将力求绩效评价指数能够从整体上反映出对于电子政务实施前后的变化情况。

基于上述原则,在单个衡量成效的指标上,我们均以引入电子政务系统前后该项指标的变化情况来进行衡量。具体来说,就是赋值规则上将引入电子政务系统前的状态统一设置为0(不妨称为"基础取值",代表初始状态),而将引入电子政务系统以后的状态作为该指标的具体取值。这样,如果该指标的具体取值(代表引入电子政务系统以后的状态)大于基础取值(引入电子政务系统前的状态),代表了电子政务在该项指标上产生了实际的成效;如果小于基础取值,代表电子政务在该项指标上产生的是负面的成效。

以代表决策能力的其中一个指标为例,如该指标具体是通过问卷调查中的"使用电子政务后本部门数据统计和决策能力是否有变化"问题加以体现,其中备选答案包括"大大提高"、"有所提高"、"没有提高"、"反而下降"4个选择。假设指标的基础取值为0,那么对应上述4个答案的取值应是逐渐降低,并且"大大提高"和"有所提高"的对应取值应大于0,以表明其相对于使用电子政务前状态的改善,而"没有提高"的对应取值为0,"反而下降"的对应取值应小于0。

通过对评价指标按照上述方法进行的量化,将能够直观、方便地考察电子政务给政府绩效带来的改变,使电子政务绩效评价不再停留在简单的定性描述与主观评分上。

2. 评价指标取值的标准化

为了保证不同指标的可比性和可加总性,除了统一设定了各个指标的基础取值外,对每个指标理论取值的最大值和最小值也需要进行设定,这实际上也是对各个指标进行标准化的工作。对于类似于上面的决策能力的这一类通过选择题来加以体现的指标来说,(理论的)最大值和最小值的设定较为简单,将选择答案中的最佳状态的取值设为最大值,而将最差状态(假设是较初始状态还差)的取值选择设为最小值。

但对于另外一些指标来说,例如"业务效率",如以电子政务系统上线前后办理相同的业务各自需要的时间来体现的话,那么理论上的最大取值和最小取值如何确定则存在"绝对最优"和"相对最优"两种原则可供选择。"绝对最优"是指根据经验判断出一项业务在理想状态下最短的判断时间会是多少,并将其设置为理论上的最大取值,而"相对最优"则是将此次调查中的业务办理时间最短(也即表现相对最好)的那个时间作为理论上的最大取值。

这两种确定原则各有其优缺点,"绝对最优"的取值原则涉及需要主观设定一个"最优状态",因此对"最优状态"过高或者过低的设定,会导致在这个指标上普遍的低估或高估的情况出现,另外如果绩效评价涉及不同政府部门,那么它们所具体面临的业务存在差异,也即理论上的"最优状态"也是不同的情况下,则会对评价结果造成人为干扰;而"相对最优"则没有上述问题,但将目前表现最好的设置为最优状态,则会在一定程度上减弱绩效评价结果对于发展目标的指引意义。

3. 评价指标的加总平均

由一系列的评价指标,我们需要对其加总平均,以得到对电子政务绩效的综合评价。因此,在进行了评价指标取值的标准化之后,我们还需要确定如何加总平均得到电子政务绩效的综合评价,这主要涉及权重的设定和平均方法的确定。

在权重的设定上,对于一级指标,即产出、内部管理效率、外部服务效率、社会效益的权重设定上,建议应综合考虑每个一级指标对于该电子政务项目的意义、一级指标下属的具体衡量指标的丰富程度、衡量手段的精确程度等加以设定。而在一级指标以下的二级指标和具体衡量指标的设定上,如果难以区分出不同指标所代表的意义的大小,则建议对所有的指标设置相同的权重,以避免人为设定的干扰。

在平均方法上通常可以选择的方式包括加权算术平均法和加权几何平均法。加权算术平均法是较为常用且较为直观的方法。但本书所使用的是指数化以后的加权几何平均法,具体公式如下:

$$\text{index} = \alpha^{\sum_{i=1}^{N} p_i \frac{\Delta_i}{\Omega_i}}$$

其中,Δ_i 代表以前述取值方法对第 i 项指标评价所得的结果,Ω_i 代表对 Δ_i 的取值进行了标准化处理,将绝对值控制到 1 以内,p_i 代表 $\Delta_i (i = 1, 2, 3, \cdots, N)$ 的权重,有 $\sum_{i=1}^{N} p_i = 1$。α 为任意大于 1 的正实数,即:$\alpha > 1$ 且 $\alpha \in R$。

通过简单的求导计算可以得出,一方面绩效指数关于 Δ_i 的二阶导数为正,另一方面绩效指数关于 Δ_i 的导数与其他的指标得分成正相关。这两点分别意味着:

(1)绩效指数关于 Δ_i 的导数递增,也即随着 Δ_i 的增长,其指数的增量也越来越大,比如 Δ_i 从 0.5 增加到 0.6,绩效指数增加了 0.05,而如果 Δ_i 从 0.5 增加到 0.6 增加大到 0.7,绩效指数增量要大于 0.05 比如说 0.07。从而 Δ_i 越大,则其获得的分数上的优势越高。这样是合理的,因为我们知道 Δ_i 越高,则其相应的增长潜力越小,增长也就越难,所需要付出的努力也就越多,从而得分上的奖励也应该越大。

(2)其他方面得分高,会使同样的 Δ_i 得分增量越大,这也就是说,政府其他方面的得分越高,那么它努力让电子政务在其他方面提高一定的绩效,相比于得分较低的政府机构,其分值的增量越大,这也是符合边际报酬递减的规律的。同样的,我们知道当一个政府机构做得越好,提高就越困难,而且政府表现愈加完美,因此提高一定比例的绩效所要做的努力也就越多,从而得分的增量也应该越大。

以上的两点优势是采用加权算术平均方法所不能实现的。

值得指出的是,上述电子政务绩效评价指数的构造方法具有很强的通用性,既可用于总体电子政务绩效的评价,也可以用于具体某一方面的电子政务绩效评价,如具体考察对外服务的绩效(只需将相应的指标权重 p_i 予以改变即可),此外还可以通过调整一级指标的权重进行有所侧重的电子政务绩效考察(比如增大对外服务的权重则偏重于服务角度)。因此,它从而能够广泛地运用于各种政府部门的电子政务绩效评价,包括对不同城市的同一部门或者不同城市的不同部门的电子政务的绩效评价和比较等。

第四节 电子政务绩效评价体系的特点和贡献

1. 国内首个实际得以实施的侧重成效评价的电子政务绩效评价体系

如第二章对国内已有电子政务绩效评价所回顾的,侧重成效的评价模式是电子政务绩效评价的发展方向,但我国已有的电子政务评价体系由于评价手段和实现条件的制约,更多的还停留在网站功能等"产出"层面。我们通过对电子政务从投入、产出到成效全流程的分析,提出了一套较为完整的电子政务成效评价指标体系,并实际加以实施,填补了国内这方面的空白,为客观评价我国电子政务发展水平,指引未来发展方向提供了参考。另外,以往的侧重成效评价的评价模式除印度的例子外,几乎没有针对发展中国家电子政务所进行的评价工作,我们的工作也为发展中国家在电子政务发展的真实状况的提供了实证经验。

2. 首次在电子政务绩效评价体系中引入了公务员满意度和决策效率,并对电子政务社会效益的评价进行了积极探索

我们的研究从政府内部管理效率、外部服务效率和社会效益三个方面多个维度全面考察了电子政务的实施成效。其中,公务员对于电子政务的满意度,以及电子政务对于政府决策效率的影响这两点,是首次被纳入电子政务绩效评价体系中,使得电子政务绩效评价更加丰富、全面。

而电子政务的社会效益在已有的绩效评价体系中均鲜有涉及,主要是由于在定义和量化方面存在争议和困难,在本电子政务绩效评价体系中,给出了电子政务在民主扩展度、政府透明性、公民平等和政府形象四个方面共分26个指标的指标系统,并对部分指标的量化进行了尝试和探索,另外还通过专题和案例的形式对一些重要指标进行了分析,为进一步的研究奠定了基础。

3. 电子政务绩效评价体系从指标设计到绩效评价指数都具有很强的通用性,为标准化评价电子政务绩效提供了模板

不同行政级别、不同类别的政府部门的电子政务系统在各方面都可能存在显著差异。在整个电子政务绩效评价体系的设计中,我们始终注意了通用性的问题,保证本绩效评价体系能够广泛地适用于各种规模以及不同种类的电子政务系统甚至于电子商务系统的全部以及部分模块的绩效评价。

4. 利用该指标体系针对工商局设计了问卷进行评价,并利用计量的方法对绩效影响因素与绩效进行了相关分析,在国内乃至国际都是一次重要的尝试

我们利用该体系针对工商局设计了问卷并进行评价,验证了指标体系的可用性与可靠性。同时我们利用问卷调查时所一并收集的投入及使用阶段的相关影响因素,用计量的方法对相关影响因素与绩效评价结果间的关系进行了定量分析,为调查对象电子政务绩效现状的形成因素提供了解释,这在国内也可能在国际上都是首次尝试。

5. 构造了电子政务价值链的完整模型,从价值链的全流程上对电子政务进行评价,并与政府部门具体业务流程紧密结合

电子政务价值的产生是一个过程,从建设因素到系统使用,再到产出、成效最终到社会影响,每一个环节都影响着最终价值的创造。因此,更根本的评价需要一种全局观念,能够对这所有环节进行有效评价,进而分析出电子政务绩效提升的方向。特别对于我国这种电子政务建设与成效存在诸多问题的情况,通过全流程评价,发掘出电子政务建设与应用中的消极因素,有着极强的现实意义。而当前的国内国际评价体系往往只针对电子政务前台功能性部分进行评价,缺乏从整个电子政务运营的价值链进行评价的全局意识,仅有的个别体系也完全脱离政府的具体业务流程,而专注于网站的价值链上,忽略了电子政务最终是"政务"的本质。我们的研究给出了电子政务价值链的完整模型,并定义了价值链上的评价方式。建立起可以综合前台功能、后台整合以及其他相关决定因素的实证模型,从而构建了对于电子政务的使用效率和影响力可以指导性地进行计量分析的理论框架。尤其需要指出的是,我们的模型设计紧密联系政府业务流程,特别是在工商局的实证研究中,各个环节指标设计紧紧围绕具体业务,突出了电子政务的"政务"本质,具有很强的实用价值。

第二篇
电子政务成效实证研究
——工商系统电子政务绩效评价

第四章

工商系统电子政务绩效评价体系的设计和实施

主要内容

- 研究对象与思路
- 工商系统电子政务绩效评价体系
- 问卷设计
- 调研对象的确定及问卷发放和回收

第一节　研究对象与思路

本调研的目的是针对全国工商系统电子政务建设现状与服务能力开展一次较为全面的调查和综合评价,旨在揭示工商系统在利用电子政务建设、推进行政管理体制转型、提高政府工作效率和公共服务水平等方面的发展概况与成效。

在本篇中,我们将运用第三章所阐述建立的以成效为核心的绩效评价体系,以工商系统电子政务为评价对象,在对工商系统电子政务建设的现状进行调查分析的基础上,对其绩效做出评价,并以此来揭示当前我国电子政务建设中所存在的问题以及发展的方向。

选取工商系统作为研究对象,首先是鉴于工商系统电子政务系统是我国政府各部委中电子政务建设中的先行者之一,经过多年的建设,目前无论是内部信息化还是对外服务管理方面,电子政务对于提升工商行政管理的工作效率、办事水平、政府形象等各方面联系都十分紧密,有条件实施以效率衡量为核心的绩效评价体系。其次,工商行政管理部门作为维护市场秩序、确保竞争公平、交易安全的政府职能部门,与企业联系非常紧密,对企业服务的质量相对容易衡量,具备开展全国范围内的企业问卷调查的条件。最后,工商系统在机构设置上实行省以下垂直管理领导,各地区独立进行电子政务系统的开发,因而在电子政务发展的地区特征与发展阶段等方面具有足够的差异性和相当的代表性。

综合上述考虑,我们认为选择工商系统作为电子政务绩效评价的调查对象是最佳的选择,也将能够对深入推进国家电子政务建设和向服务型政府的转变提供重要的理论与实证基础,为正确规避电子政务的决策风险,探讨电子政务未来的发展路径提供科学的依据。

第二节　工商系统电子政务绩效评价体系

1. 评价体系框架

根据前面我们已经系统阐述的以效率衡量为核心的电子政务绩效全面评价体系,具体根据工商系统市场监管与企业服务兼顾的职能特点,我们从系统建设完备度(产出)、内部管理效率、对外服务效率(均为结果)和社会效益(影响)四个方面构造绩效评价的指标体系,并确定绩效评价指数的量化方法(参见图4-1)。

（1）系统建设完备度

电子政务系统的"有"和"无"是绩效评价的基础,只有当某个功能模块的系统上线以后,才可能进一步地考察该系统对于工商系统内部工作效率以及对企业对外服务效率的影响。结合工商系统的工作职能以及在日常工作中的重要程度,我们选取了10个各地工商系统较有共性的功能模块进行系统建设完备度方面的考察(见表4-1)。

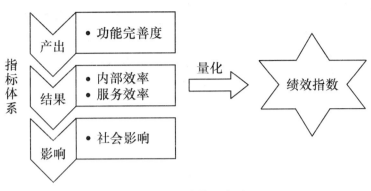

图 4-1 评价体系框架

表 4-1 考察模块分类

重点考察模块	网上登记
	网上年检
考察模块	企业信用管理
	食品安全
	电子商务监管
其他模块	广告管理
	商标管理
	市场监管
	合同管理
	12315 投诉

首先,企业注册(登记)和企业年检是工商系统的两大基础职能,也是面对企业面最广、工作量最大的职能,因此我们将企业注册(登记)和企业年检的电子政务系统建设列为重点考察模块;其次,将社会需求较为迫切、较为受关注的企业信用管理、食品安全和电子商务监管三个职能列为考察模块;将广告管理、商标管理、市场监管、合同管理、12315 投诉作为其他模块。在设计问卷及绩效评价上,我们也将按照上述划分,对不同的模块给予了不同的关注程度。

(2)内部管理效率

无论是其监管功能还是服务功能,内部管理效率的提高都是电子政务系统所应该达到的效果。为了考察电子政务系统对于工商系统内部办公绩效状况的影响,根据工商系统的职能特点,我们从电子化办公系统使用程度、内部业务效率、公务员满意度和决策效率四个方面来进行衡量。

其中,我们进一步将电子化办公系统使用程度划分为文档电子化率、办公自动化率、系统使用率、系统普及率共四个指标;内部业务效率进一步划分为(办理)时间效率、查询效率和员工效率共三个指标;公务员满意度进一步划分为工作复杂性、工作压力、工作效率、需求覆盖共四个指标;决策效率进一步划分为决策能力和决策信息可靠性共两个指标(见表4-2)。

表4-2 内部管理效率指标体系

一级指标	二级指标	三级指标
内部管理效率	电子化办公系统使用程度	文档电子化率
		办公自动化率
		系统使用率
		系统普及率
	内部业务效率	时间效率
		查询效率
		员工效率
	公务员满意度	工作复杂性
		工作压力
		工作效率
		需求覆盖
	决策效率	决策能力
		决策信息可靠性

(3)对外服务效率

对外服务效率主要从用户角度考察使用电子政务系统之后用户感知的业务办理质量、效率以及用户满意度的变化。对工商系统电子政务系统的对外服务效率,我们考虑从服务质量、业务效率和用户满意度三个方面进行衡量。

其中,我们进一步将服务质量划分为一站式服务、跨地域服务、跨时域服务、跨人群服务、站点熟悉度、功能熟悉度、个性化服务、自助式服务、系统安全性、隐私信息安全性共十个指标;业务效率划分为业务响应时间、业务时间效率、业务经济效率、业务出错反馈和业务延时情况共五个指标;用户满意度划分为界面友好、系统稳定、访问速度、操作简单、业务介绍、在线咨询、主观满意度和信息发布频率共八个指标(见表4-3)。

表 4-3　对外服务效率指标体系

一级指标	二级指标	三级指标
对外服务效率	服务质量	一站式服务
		跨地域服务
		跨时域服务
		跨人群服务
		站点熟悉度
		功能熟悉度
		个性化服务
		自助式服务
		系统安全性
		隐私信息安全性
	业务效率	业务响应时间
		业务时间效率
		业务经济效率
		业务出错反馈
		业务延时情况
	用户满意度	界面友好
		系统稳定
		访问速度
		操作简单
		业务介绍
		在线咨询
		主观满意度
		信息发布频率

（4）社会效益

电子政务的社会效益是电子政务绩效的最高层次,也是以往电子政务绩效评价中最为困难以及欠缺的部分。为了更加全面地反映工商部门电子政务对于政府形象、社会和谐等所起到的真实作用,我们加入了社会效益方面的考察并通过在企业问卷中设计相关问题予以反映,共分为信息公开充分性、政府依法执行、政民和谐和公众信任四个方面(见表 4-4)。

表 4-4　社会效益指标体系

一级指标	二级指标	三级指标
社会效益	社会效益	信息公开充分性
		政府依法执行
		政民和谐
		公众信任

2. 绩效指数

前面已经介绍过我们所提出的绩效指数构建,即

$$\text{index} = \alpha^{\sum\limits_{i=1}^{N} p_i \frac{\Delta_i}{e_i}}$$

因此,对前述四个一级指标系统也即建设完备度、内部管理效率、对外服务效率、社会效益,可根据调查问卷的情况分别得到该指标的绩效评价指数。而对该城市的整体绩效评价指数,则进一步采用该绩效指数公式的对 4 个一级指标绩效评价指数进行加权几何平均的方法。考虑到以全面考察电子政务建设和绩效的原则,对四个一级指标即系统建设完备度、内部管理效率、对外服务效率、社会效益的权重分别确定为 30%、30%、30% 和 10%。

首先,对于系统建设完备度给予 30% 的权重,而将 70% 的权重给予了成效相关的评价,包括内部管理效率、对外服务效率和社会效益三个方面,表明了本绩效评价体系以成效为核心、兼顾系统建设的特点。正如前面所述,系统功能的完备度("有"和"无")是工商系统电子政务状况的一个基础,在对电子政务工程绩效产出的考察上必须予以考虑,然而电子政务的成功与否更多的是看真实绩效而非功能的完善,因此对于系统建设完备度最终确定给予 30% 的权重。

其次,本绩效评价体系强调对电子政务系统在内部管理效率和对外服务效率两方面的影响,因此在权重设置上,设定内部管理效率与对外服务效率所占比重相当(各占 30%),充分体现了我们重视电子政务全面绩效、内外兼顾的特点,而不只是一味地强调服务而忽视电子政务对于政府本身的效率提高及便利程度。

最后,社会效益的衡量是电子政务绩效衡量中较为困难的部分,尽管此次通过在企业调查问卷中的几个题目对此进行探索,但衡量手段仍然相对匮乏,使得在权重设置上只能给予相对较低的权重,以免出现由于少数几个题

目而对整体绩效评价产生重大影响的情况。

第三节　问　卷　设　计

在问卷设计上我们着重考虑了对绩效体系所确定指标体系的体现。对于系统建设完备度和内部管理效率两部分的指标通过针对工商系统相关部门的调查问卷予以考察,对于对外服务效率和社会效益的考察则考虑通过针对企业用户的调查问卷进行。

如第二节所述,我们确定了将企业注册(登记)和企业年检的电子政务系统建设列为重点考察模块,因此我们分别设计了针对工商系统企业注册(登记)部门和企业年检部门的问卷,以了解企业注册(登记)部门和企业年检部门在电子化办公系统使用程度、电子政务系统在内部业务方面的效率、公务员满意度、决策效率等方面的具体情况。另外,我们还设计了针对工商系统信息部门的问卷,以全面了解工商系统电子政务建设各个模块的建设情况等信息。同时我们还设计了针对系统使用者也即企业用户的调查问卷,以了解工商系统电子政务系统在对外服务效率和社会效益方面的真实绩效。完整问卷请参见附录4-1。

1. 系统建设完备度的问卷设计

在系统建设完备度方面,通过针对工商系统信息部门的调查问卷,考察前面所确定的十个功能模块,即企业注册(登记)、企业年检、企业信用管理、食品安全、电子商务监管、广告管理、商标管理、市场监管、合同管理和12315投诉,相应的系统是否已经上线及准备何时上线。

2. 内部管理效率绩效评价的问卷设计

对于根据绩效评价体系所确定的内部管理效率绩效评价的具体指标,我们通过在针对工商系统企业注册(登记)部门和企业年检部门的问卷中设计相关问题来体现。

其中,涉及电子化办公系统使用程度的文档电子化率、办公自动化率、系统使用率、系统普及率共四个指标的衡量,分别通过以下问题来分别进行衡

量(可供选择的答案包括"＜20％"、"20％ ～40％"、"40％ ～60％"、"60％ ～80％"和"＞80％"):

日常存档文件以电子化方式存储的比例,日常工作中部门之间或部门内部传递文件时采用电子化方式比例;

通过电子政务系统处理的业务数量占所有业务处理总数的比例;

部门业务流程在网上实现的比例约为_____％

进行电子化与网络办公的员工占部门员工总数的比例。

涉及内部业务效率的(办理)时间效率、查询效率和员工效率共三个指标的衡量,分别通过以下问题来分别进行衡量:

从接到企业申报材料到审批结束,采用网上登记/年检系统之后现在平均需要____时间;过去则一般需要____时间;

以前企业一般需要____个工作日才能得知办理情况;现在需要等待____时间就能查询办理情况;

原来平均每个员工日办理企业申请的件数是____个;采用网上登记系统后,目前日办理件数是____个。

涉及公务员满意度的工作复杂性、工作压力、工作效率、需求覆盖共四个指标,分别通过以下问题(提供若干选项选择)来分别进行衡量:

您在使用电子政务系统后是否觉得工作变得复杂或轻松;

您在使用电子政务系统后工作强度是否变小或变大;

相对于没有使用电子政务时,您觉得现在工作效率是否有提高或下降;

您认为现有的电子政务系统和您期望的一样吗。

涉及决策效率的决策能力和决策信息可靠性共两个指标,分别通过以下问题(提供若干选项选择)来分别进行衡量:

使用电子政务系统以后,是否提高了本部门数据统计和决策分析能力;

您是否因为有可靠的信息和数据基础,对决策显得更有自信和有把握。

3. 对外服务效率绩效评价的问卷设计

绩效评价体系中的内部管理效率绩效评价的部分,分别通过在针对工商系统信息部门的问卷和针对企业的问卷中设计相关问题来体现。

其中,涉及服务质量的相关指标中,一站式服务、跨地域服务、跨时域服务、跨人群服务、个性化服务、自助式服务、系统安全性和隐私信息安全性等指标,分别通过在工商系统信息部门问卷中的以下问题来分别进行衡量:

目前电子政务系统中,用户使用不同功能模块最多需要使用的登录接口数量为____个;

电子政务系统访问的地域性;

每日电子政务系统可访问时间:(以 24 小时计)从____:____到____:____;

电子政务系统是否提供少数语言版本、外文版本或残疾人士特别功能设置;

电子政务系统是否提供通信方式、接入方式或反馈方式个性化功能;

用户在使用电子政务系统时是否需要通过电话、邮件等方式与政府机构进行交互;

电子政务系统是否配备有安全相关的软硬件部署;

电子政务系统是否配备有与隐私保护相关的软硬件部署。

涉及服务质量的站点熟悉度和功能熟悉度两个指标,则通过企业问卷中的以下问题来分别进行衡量:

您周围的企业是否普遍在使用工商系统的网上政务服务;

您是否知道工商系统网上登记注册和网上年检的功能。

涉及业务效率的业务响应时间、业务时间效率(通过电子政务网站进行业务处理为用户带来的时间效益)、业务经济效率(通过电子政务网站进行业务处理为用户带来的经济效益)、业务出错反馈和业务延时情况共五个指标,则通过企业问卷中的以下问题来分别进行衡量:

您在进行网上办理过程中,完成业务操作后首次收到工商系统的反馈时间;

从受理申报材料到审批结束所需时间变化;

有了电子政务系统以后，给您带来的最大好处是（多选题）；

如果申报材料有误，你是否会及时得到工商人员的通知；

是否有办理延误（晚于其承诺时间）的情况。

涉及用户满意度的界面友好、系统稳定、访问速度、操作简单、业务介绍、在线咨询、信息发布频率和主观满意度共八个指标，通过企业问卷中的以下问题来分别进行衡量：

您认为工商系统电子政务系统的界面设计是否简洁美观；

您在使用工商系统电子政务系统时，是否遇到过系统故障而无法正常使用的情况；

您认为工商系统电子政务系统访问速度如何；

您认为工商系统电子政务系统使用时是否便捷简单；

您觉得工商系统对于网上办事程序的介绍是否清楚与详细；

您是否知道与使用过网上办事状态的查询功能；

您认为工商系统电子政务系统信息发布的内容与公示信息更新频率；

是否及时有了电子系统之后 对于政府办事服务的总体满意度是否提高了。

4. 社会效益绩效评价的问卷设计

在社会效益方面所涉及的信息公开充分性、政府依法执行、政民和谐和公众信任四个指标上，我们通过以下问题（提供若干选项供选择）来分别进行衡量：

您认为工商系统在实现电子政务后，信息的公开程度是否改善；

您认为工商系统在实现电子政务后，审批监管的透明度是否增加；

您认为工商系统在实现电子政务后，工商系统和企业的联系是否更加紧密和谐；

您认为工商系统在实现电子政务后，民众对工商执法监管的信任感是否增强。

5. 影响绩效相关因素的问卷设计

除了针对绩效评价相关指标的问题设计外,在针对工商部门的问卷中,我们还设置了相关问题,以探究各地工商电子政务系统在系统建设从规划到实施的整个过程中是否存在差异,以便进一步挖掘影响电子政务实施绩效的因素,为指导电子政务建设模式提供依据。

我们考虑具体从规划、实施以及执行三个方面来描述系统建设的规划和实施方式。

（1）规划

从针对工商系统信息部门、网上登记部门和网上年检部门的三份问卷中,我们设计了以下问题来描述各地工商系统在电子政务系统建设的规划上的差异：

电子政务建设前是否有详细规划；

上线网上登记/网上年检业务模块的动机；

市局系统与区局系统是否统一开发；

系统上线前,是否对内部工作流程优化和重组进行规划和调整。

（2）实施

在实施方面,我们从领导、执行和沟通协调三个方面来设计问题,其中包括：

系统实施过程中,是否存在一个项目领导组或指导委员会；

主管领导是否参与了实施过程大部分决策；

决策过程中,主要由部门的业务人员还是技术人员决定；

是否通过招标的方式选择开发商；

选择当前厂商进行开发的原因；

系统建设过程中是否涉及工商系统内部各部门的业务流程协调,协调是否顺利；

系统建设过程中是否涉及工商系统与其他政府部门间的业务协调,协调是否顺利。

（3）执行

在系统开发完成后,具体使用该系统公务员的情况,对系统绩效也可能

造成重大影响,因此从调查问卷中我们设计了以下问题:

是否有专门针对电子政务系统对员工进行培训;

电子系统的运行效率是否属于部门人员的工作业绩考核指标;

对企业服务质量是否列入考核,以何种形式进行考核。

第四节　调研对象的确定及问卷发放和回收

在问卷设计完成后,经与国家工商总局联系沟通,考虑到抽样的代表性及全面性,最终确定选取各直辖市、省会城市、自治区首府、计划单列市,以及辽宁、江苏、浙江、福建、山东、河南、湖北、广东和四川共 9 省辖下各地级市(不包括县级市),共计 154 个市级工商行政管理局作为调研对象。其中,政府问卷(包括企业登记/注册部门、企业年检部门、信息中心部门填写的问卷各 1 份)采用纸质问卷形式,企业问卷采用网络问卷形式,由各市局抽取辖下的 60 家企业用户(其中 2007 年及以后成立的企业 30 家,2006 年及以前成立的企业 30 家),由企业直接登录国家工商行政管理总局网页进行填写与递交。

2009 年 10 月,由国家工商总局办公厅正式发文办字(2009)126 号《关于开展工商系统电子政务实施与绩效调查的通知》,要求"接受调查的各地级市工商系统在 2009 年 10 月 20 日前,统一将 3 套问卷汇总到省工商系统,各省市自治区、直辖市及计划单列市、副省级市工商系统、深圳市市场监督管理局在 2009 年 10 月 25 日前统一将问卷寄至国家工商总局企业注册局。"

在国家工商总局及各省、市工商局的大力支持和配合下,政府纸质问卷和企业网络问卷均在规定的时间内得到了积极的回馈。国家工商总局在汇总了政府纸质问卷及网络问卷后,将所有问卷转交到课题组进行数据的录入、分析和处理。

1. 政府问卷回收情况

经过对问卷的审阅,所发放的 154 份政府问卷共计回收 151 份,回收比例达到 98.1%,问卷回收比例及填写质量均高于预期。其中分别由企业登记/注册部门、企业年检部门、信息中心部门填写的三份问卷中,信息部门问卷填写较完整(填写的问题占问卷所有问题 1/2 以上的,否则视为信息填写过少,下同)的问卷达到 145 份,网上年检问卷填写较完整的问卷 138 份,网上登记问卷 127 份,三份问卷均填写完整的城市达到 117 个,占比 76%。各份问卷填写具体情况见表 4-5。

表 4-5　各份问卷填写情况统计

	未填写	填写信息过少	信息较完整
网上登记部门问卷	1%	15%	84%
网上年检部门问卷	2%	7%	91%
信息部门问卷	3%	1%	96%

对于针对全省地级市发放问卷的 9 个省份中,以河南省回收状况最差,江苏次之,而以浙江、湖北、辽宁最佳,如表 4-6 所示。

表 4-6　全省发放问卷的省份中存在信息过少问卷城市比例

省　份	发放问卷城市数	信息过少问卷城市数	比　例
河　南	17	8	47.1%
江　苏	13	5	38.5%
四　川	16	5	31.3%
广　东	21	5	23.8%
山　东	19	3	15.8%
福　建	10	1	10.0%
辽　宁	14	0	0
湖　北	12	0	0
浙　江	11	0	0

而仅对省会城市(自治区首府)及计划单列市发放问卷的省份(自治区)中,填写信息过少的城市包括石家庄(河北)、呼和浩特(内蒙古)、长春(吉林)、南宁(广西)、贵阳(贵州)、拉萨(西藏)、兰州(甘肃)、西宁(青海)。

通过对调查问卷的审阅,发现尽管调查通知仅要求每个市工商系统仅对每一份纸质问卷填写一份,但广东、山东等省的部分市局对同一份问卷由不同人员填写并提交了两份或者以上,其中大部分是由该部门中的部门领导(科长或更高职位者)和一般职员分别填写。部门领导和一般职员对于电子政务系统的绩效是否会有一致的评价? 这为我们提供了一个比较的机会。

根据对部分城市部门领导与一般职员所填写问卷的比较（如表4-7所示），我们发现：

（1）科长比科员对电子政务给本部门带来的成效更加乐观与积极，对电子政务评价更高。具体表现在对决策的影响、对工作压力、工作效率等的感觉上；

（2）具体系统建设方面科长的信息更多，但具体业务过程中的情况科员比科长了解充分。从上线动机、内部协调、年检时提交材料、企业基本信息查询等问题上不难得出此结论。

表 4-7　部门领导与一般职员所填问卷比较

问　题	部门领导	一般职员
上线动机	内部与用户需要	提供的所有选项
对数据统计和决策能力影响	数据可靠而更有把握	对决策影响有限
使用电子政务后的工作	轻松了许多	较复杂或者轻松一些
工作压力	减少许多或者减少一些	略微增大或者没有改变
工作效率	大大提高	没有改变
内部协调	进展非常顺利	比较顺利
年检时提交材料	只能提交纸质	只能提交电子化材料
企业基本信息查询	提供	未提供
网上填写后是否需上交纸材料	不需要	需要

注：该表格主要归纳自阳江、潮州、韶关等城市的问卷。

2. 企业问卷回收情况

在对电子政务绩效的考察中加入用户角度的评价，是本次电子政务绩效研究中的指导思路之一，因此企业问卷是这次调研的一个重点。对全国154个城市计划调研9 240个企业，在电子政务研究上是比较少见的。从总体来看，此次调研的企业问卷的回收是较为成功的。

在规定的时间内，通过国家工商总局所搭建的调研问卷网络平台，共回收企业问卷数7 548份。另外，有少数城市选择书面打印企业问卷并要求企业填写的形式，共回收问卷数为420份。

在确定调研企业之初，我们就已经考虑到可能有部分城市出于各种因素，在短时间内可能难以或者不愿意找到60家企业来填写企业问卷，因此国家工商总局在搭建调研问卷网络平台时,预留了记录提交问卷的提交时间和 IP 地址的功能,并且上述记录在填写企业问卷的网页界面上没有提示。

取得问卷后,对问卷初步的分析和鉴别表明,正如所预期的,部分城市存在重复提交问卷的现象,通过网络平台回收的问卷主要表现在:同一个 IP 地址在短时间内连续提交多份完全相同或雷同(选择题答案相同程度高、主观文字题的答案完全相同)的问卷。对企业纸质问卷的检查我们发现,个别城市的多份问卷笔迹和答案雷同,甚至某个城市出现直接复印的情况。

表 4-8 为上述重复提交问卷表现情况的一种示例:某城市在 10 月 22 日 16 点 44 分至 16 点 54 分所提交的 8 份问卷,均为同一 IP 地址提交,通过对选择题答案的对比,在 59 个选择中,前后两份问卷的相同数量达到了 51 和 52 个,相同比例极高,而主观文字题均未回答。

表 4-8　重复提交问卷表现情况示例 1

企业成立时间	问卷提交时间	提交的 IP 地址	与前一份问卷选择题答案相同数量	主观文字题答案
2006	2009-10-22 16:44	125.77.111.36	/	(未回答)
2006	2009-10-22 16:46	125.77.111.36	52	(未回答)
2006	2009-10-22 16:47	125.77.111.36	51	(未回答)
2006	2009-10-22 16:49	125.77.111.36	51	(未回答)
2006	2009-10-22 16:50	125.77.111.36	51	(未回答)
2006	2009-10-22 16:51	125.77.111.36	51	(未回答)
2006	2009-10-22 16:52	125.77.111.36	51	(未回答)
2006	2009-10-22 16:54	125.77.111.36	51	(未回答)

表 4-9 为重复提交问卷的另一个示例:某城市在 10 月 23 日 14 点 18 分至 15 点 12 分所提交的 15 份问卷,均为同一 IP 地址提交,前后两份问卷的选择题答案相同数量在 36 个到 45 个之间,相同比例很高,而主观文字题尽管不是全部相同,却是几种答案的不断重复,并且在某些答案,例如"企业资信查询";最后面带着一个分号的情况也是不断重复。

表 4-9　重复提交问卷表现情况示例 2

企业成立时间	问卷提交时间	提交的 IP 地址	与前一份问卷选择题答案相同数量	主观文字题答案
1999	2009/10/23 14:18	125.69.165.131	/	12315 投诉
2004	2009/10/23 14:20	125.69.165.131	45	企业资信查询;
1999	2009/10/23 14:22	125.69.165.131	40	市场监督管理;
2005	2009/10/23 14:24	125.69.165.131	40	电子商务监管;
2005	2009/10/23 14:33	125.69.165.131	36	食品安全管理;
2005	2009/10/23 14:37	125.69.165.131	40	12315 投诉
2002	2009/10/23 14:42	125.69.165.131	44	食品安全管理;
2003	2009/10/23 14:44	125.69.165.131	37	电子商务监管;
2003	2009/10/23 14:52	125.69.165.131	36	食品安全管理;
2006	2009/10/23 14:55	125.69.165.131	40	市场监督管理;
2005	2009/10/23 14:58	125.69.165.131	42	电子商务监管;
2007	2009/10/23 14:59	125.69.165.131	43	12315 投诉
2008	2009/10/23 15:10	125.69.165.131	44	食品安全管理;
2008	2009/10/23 15:11	125.69.165.131	39	企业资信查询;
2002	2009/10/23 15:12	125.69.165.131	40	电子商务监管;

　　考虑造成同一个 IP 重复提交问卷的各种可能性,我们认为尽管存在工商部门在某一场所(如当地办事大厅)让前来办事的企业人员填写从而造成同一个 IP 重复提交问卷的可能,但如果出现短时间内连续提交选择题答案相同程度高、主观文字题的答案完全相同的问卷,则很难用此来解释,而只能解释为政府相关人员亲自或委托他人不断重复提交问卷。

　　为了保证数据能够真实反映企业用户的评价,我们根据重复提交问卷的规律并设置了一定的规则对相关问卷进行了剔除。我们所设置的规则是较为谨慎的,对重复问卷的剔除是较低限度的,尽量降低出现"误判"的可能。

　　表 4-10 为剔除重复问卷以后的企业问卷回收比例,回收比例按剔除重复问卷后的企业问卷数量除以 60 计算。其中大部分省份的回收率大于 50%,平均回收率达到了 64%。吉林(长春)和内蒙古(呼和浩特)的回收率超过了100%,有可能是因为当地工商系统为确保达到所要求的 60 份,而通知了多于60 家企业所造成的。

表 4-10　各省份企业问卷有效回收率排序（下划线的为全省发放问卷省份）

省　份	吉林	内蒙古	山西	海南	重庆	甘肃	陕西	福建	北京	浙江
有效回收率	125%	105%	100%	97%	88%	85%	83%	77%	72%	71%
省　份	广西	广东	贵州	安徽	江苏	上海	山东	云南	湖北	辽宁
有效回收率	70%	66%	65%	63%	61%	60%	60%	58%	55%	55%
省　份	西藏	四川	河南	湖南	宁夏	江西	河北	天津	青海	黑龙江
有效回收率	50%	50%	48%	42%	40%	38%	32%	27%	20%	10%

事实上，由于此次企业调研问卷的填写是由当地工商系统组织进行填写，因此，企业网络问卷回收的数量与质量，以及是否出现自行重复提交问卷以冒充企业问卷，也从一个侧面反映了当地电子政务的真实水平。在我们对厦门市某负责领导的访谈中，他们就提到"厦门工商电子政务基础好，搞得早，也有财力人力投入，企业也习惯了网络填报，很配合填写问卷"。一个良好的电子政务环境，产出高质量的网络问卷是理所当然的，而对于较差的电子政务环境则不是件简单的事。

因此，部分城市的企业问卷存在数量不等的重复问卷并非偶然，从后面的分析我们会发现，出现重复问卷比例的多少，与该城市电子政务的实施情况有很强的关联性。而尽管我们设置了一定的规则对此类问卷进行了剔除，但由于所设置的规则较为谨慎，这种剔除是较低限度的，在剩余的问卷中，我们有理由怀疑重复问卷较多的城市在剩余的问卷中存在问题的可能性仍然较高，而这将人为地抬高对这些城市的绩效评价。因此，为保证企业用户评价的真实性，保证最终的绩效指数能够更准确的衡量城市电子政务发展状况，对于存在重复问卷的城市的绩效指数，我们将在涉及主观评价的绩效指数中根据重复问卷问题的严重程度，以及企业问卷回收数量是否过少的问题进行一定的扣减。

附录 4-1 工商系统电子政务实施与绩效调查问卷

工商系统电子政务实施与绩效调查问卷（企业卷）

请填写　本公司所在省市：_____省_____市
　　　　成立时间是：_____年
本公司的规模是：(请在以下合适的选项框内打钩)
□ 100人以下　　□ 100—500人　　□ 500—2 000人　□ 2 000人以上

1. 您是否知道工商局网上登记注册和网上年检的功能：
□ 对每项功能都很了解　□ 对部分功能有所了解　□ 不怎么了解　□ 完全不了解

2. 您是否使用过工商局网上登记注册和网上年检的功能：
□ 使用过　□ 没有使用过，但听说过　□ 没听说过

3. 您最近一次上工商局的网站是在：
□ 三个月内　□ 三个月前　□ 六个月前　□ 一年前

4. 主要目的是：
□ 浏览站内最新消息(政策法规、政府新闻等)　□ 网上办事　□ 在线咨询
□ 在线投诉　□ 其他

5. 您周围的企业是否普遍在使用工商局的网上政务服务：
□ 没有　□ 很少　□ 大部分　□ 不了解

6. 您认为工商局电子政务系统的界面设计是否简洁美观
□ 非常简洁美观　□ 比较简洁美观　□ 不太简洁美观　□ 很不美观

7. 您认为工商局电子政务系统使用时是否便捷简单：
□ 使用很方便也很容易上手　□ 使用比较简单　□ 使用比较复杂　□ 使用非常复杂

8. 您在使用工商局电子政务系统时，是否遇到过系统故障而无法正常使用的情况：
□ 从未　□ 偶尔　□ 经常性

9. 您认为工商局电子政务系统访问速度如何：
□ 访问速度非常快　□ 访问速度比较快　□ 访问速度较慢　□ 访问速度很慢

10. 您觉得工商局对于网上办事程序的介绍是否清楚与详细：
□ 是　□ 否

11. 您认为工商局电子政务系统信息发布的内容与公示信息更新频率是否及时：
□ 及时　□ 较及时　□ 一般　□ 不及时

12. 是否还有因为网上介绍不清楚与不及时而办不成事情的时候：
□ 有过　□ 没有

13. 现在要到工商局办事，你是首先考虑通过：
□ 在线办理　□ 去办事柜台办理；原因是_____

14. 如果选择在线办事，是因为：
□ 政府规定　□ 方便简单　□ 节省时间　□ 节省费用　□ 没有太大区别

15. 您在进行网上办理过程中，完成业务操作后首次收到工商局的反馈时间是：
□ 立即响应　□ 半天内响应　□ 一天内响应　□ 一周内响应　□ 更长时间响应

16. 从受理申报材料到审批结束所需时间变化：
现在平均需要____时间(小时或者天数)，过去需要____时间(小时或者天数)

（续 表）

17. 如果申报材料有误,你是否会及时得到工商人员的通知:
    □是 □否;如果是,主要通过(可多选):□电话或短信 □网络邮件
    □网上公示 □其他

18. 你是否知道与使用过网上办事状态的查询功能:
    □知道 □不知道

19. 办理情况查询的时间:
    以前一般需要____个工作日才能得知办理情况,现在需要等待____时间就能查询
    到办理情况

20. 是否有办理延误(晚于其承诺时间)的情况:
    □有 □没有

21. 您是否了解与使用过企业基本信息查询:
    □了解 □不了解

22. 除了基本注册信息,是否能够查询到动态的变更信息(比如法人代表变更,地址变更等):
    □能 □不能

23. 所查询到的信息是否及时:
    □及时 □不及时

24. 以下功能中哪些你了解并使用过:
    □并联审批功能 □在线咨询 □在线检索功能

25. 办事流程是否全部实现了网上办公:
    □完全可以在网上办理 □仍有部门流程需要网下办理

26. 是否仍需要在网下往返提交纸质的各类材料与证明:
    □不需要 □需要

27. 您是否希望全部能实现网上办事:
    □希望 □不希望

28. 您是否了解与使用过网上无纸化登记/年检:
    □了解并使用过 □了解但未使用过 □不了解也未使用过

29. 是否比网下办理方便与高效:
    □比网下方便 □差不多 □没有网下方便

30. 如果你有问题要咨询工商局,通常会第一时间:
    □电话咨询 □网上咨询 □到现场办公柜台
    □向办过的人询问 □其他_____

31. 最能够解决问题的是上面哪个渠道:

    _____

32. 有了电子政务系统以后,给您带来的最大好处是(可多选):
    □节约了时间和办理花费的各项费用(通信,交通等费用) □政府的办事效率大大提高
    □办事的难度大大降低了 □政府的服务态度变好了 □服务更加规范与人性化了
    □与政府的沟通加强了 □政府办事的错误率降低了

（续　表）

33. 有了电子系统之后，对于政府办事服务的总体满意度是否提高了：
　　□大大提高　□稍有提高　□没有变化　□反而降低

34. 政府在电子政务系统中所实现的哪些服务、功能您认为最令你满意：
　　□网上登记　□网上年检　□广告管理　□商标管理　□市场监管
　　□电子商务监管　□食品安全管理　□合同管理　□企业信用管理
　　□12315投诉　□企业资信查询

36. 您认为工商局在实现电子政务后，信息的公开程度是：
　　□显著提高　□稍有提高　□没什么变化　□反而有所下降

37. 您认为工商局在实现电子政务后，审批监管的透明度是：
　　□显著提高　□稍有提高　□没什么变化　□反而有所下降

38. 您认为工商局在实现电子政务后，工商局和企业的联系是否更加紧密和谐了：
　　□显著提高　□稍有提高　□没什么变化　□反而有所下降

39. 您认为工商局在实现电子政务后，民众对工商执法监管的信任感是：
　　□显著提高　□稍有提高　□没什么变化　□反而有所下降

非常感谢您的填写！！

工商系统电子政务实施与绩效调查问卷（信息部门卷）

1. 是否已经实现了下列电子政务系统功能模块（请多选）：
　　□网上登记（注册）　□网上年检　□广告管理　□商标管理　□市场监管
　　□电子商务监管　□食品安全生产管理　□合同管理　□企业信用管理
　　□12315投诉

2. 电子政务建设状况，请填写下列空格与表格（没有的项则空出）：
　　从＿＿＿＿＿年＿＿＿月开始电子政务系统建设，最早上线的业务是＿＿＿＿＿＿＿＿
　　＿＿＿＿＿；目前已投入金额＿＿＿＿＿＿（百万元人民币）。其中：软件初期开发投入和升级经费占总投入比例约为＿＿＿＿＿＿%；硬件实际投入所占总投入比例约为＿＿＿＿＿＿%。

功能模块	上线时间/ 或准备上线时间	总投入 （万元）	软件费用 （万元）	硬件费用 （万元）
网上登记/注册				
网上年检				
企业信用管理				
食品安全生产管理				
电子商务监管				

（续　表）

3. 目前全职 IT 员工或者全职负责电子政务 IT 运营的员工数量为：_____人
4. 目前电子政务系统中,用户使用不同功能模块最多需要使用的登录接口数量为：_____个
5. 用户在使用电子政务系统时是否需要通过电话,邮件等方式与政府机构进行交互： □是　□否
6. 系统中总共使用的独立数据库有_____个,数据库类型为(多选)： □Oracle　□DB2　□Sybase　□SQL Server　□其他
7. 目前电子政务系统实现了如下哪种类型的系统整合(单选)： □ 各系统间已实现了完全整合的互联互通,数据实现了整合存储,业务也实现了整合 □ 业务实现整合,但数据未实现整合,系统间未实现互联互通 □ 数据实现整合,但业务未实现整合,业务系统间未实现互联互通 □ 没有任何整合
8. 如果系统未实现完全的整合,最大的困难是什么(多选)： □部门间分工合作难以协调　□技术上难以实现　□缺乏经费 □现有系统能正常运行没太大必要
9. 电子政务系统访问的地域性(单选)： □本市能访问　□本省能访问　□全国能访问　□没有地域限制
10. 每日电子政务系统可访问时间:(以 24 小时为计)从____:____点到____:____点
11. 电子政务系统是否提供(多选)： □少数语言版本　□外文版本　□残疾人士特别功能设置　□无
12. 电子政务系统配备的安全性措施有(多选)： □无安全相关的软硬件部署　□有数据备份服务器　□有备用系统服务器 □有软件或硬件防火墙　□有信息过滤和入侵检测系统 □有其他安全相关部署_____(请注明)
13. 电子政务系统配备的隐私保护措施有(多选)： □无相关软硬件部署　□有关于隐私数据发布的内容检测和识别系统 □有针对隐私信息的加密处理　□有隐私信息存储的安全保障系统 □有其他软硬件部署_____(请注明)
14. 电子政务系统所具备的个性化功能(多选)： □无个性化设计　□通信方式的个性化,可通过 IM 软件、电子邮箱、电话等 □提供个性化接入方式,如手机 wap 页面接入 □反馈方式个性化,如通过邮件短信等反馈信息

（续　表）

15. 是否在进行电子政务建设前有详细的规划(单选)： □ 有详细规划　□ 有部分规划,需求紧急的系统先开发使用再进行规划 □ 没有详细规划	

16. 系统上线前,是否对内部工作流程优化和重组进行规划和调整：
□ 有　□ 没有;是否涉及工商局内部各部门间的业务流程协调：　□ 未涉及
□ 涉及双方办公流程间的协调　□ 涉及双方电子政务系统间的协调

17. 如果涉及,是否与内部其他部门之间的业务和系统协调进展顺利:(未涉及则不用填写)
□ 进展非常困难　□ 进展较困难　□ 进展较为顺利　□ 进展非常顺利

18. 如果进展较顺利,各部门间业务和系统协调后,办事效率:(未涉及则不用填写)
□ 双方都显著提高　□ 一方显著提高　□ 变化不大　□ 双方都降低了

19. 目前,市工商局系统是否实现了与区工商局系统的联网：
□ 全部是　□ 部分是　□ 不是

20. 系统建设过程中是否涉及工商局与其他政府部门间的业务协调：
□ 未涉及　□ 涉及双方办公流程间的协调　□ 涉及双方电子政务系统间的协调

21. 如果涉及,是否与各政府部门之间的业务和系统协调进展顺利:(未涉及则不用填写)
□ 进展非常困难　□ 进展较困难　□ 进展较为顺利　□ 进展非常顺利

22. 如果进展较顺利,各部门间业务和系统协调后,办事效率:(未涉及则不用填写)
□ 双方都显著提高　□ 一方显著提高　□ 变化不大　□ 双方都降低了

23. 系统实施过程中,是否存在一个项目领导组或指导委员会：
□ 是　□ 否;
主管领导是否参与了实施过程中大部分决策：
□ 参与主要决策　□ 仅仅是负责人,未参与主要决策

24. 决策过程中,主要是由部门什么人员决定:□ 业务人员　□ 技术人员

25. 是否有专门针对电子政务系统对员工进行培训:□ 有　□ 没有

26. 电子系统运行效率是否属于部门人员工作的业绩考核指标：
□ 直接相关　□ 有一定关系　□ 没有关系

27. 对企业服务质量的反馈是否列入了政绩考核：
□ 是　□ 否;
如果是列入政绩考核,请列举以何种形式进行考核＿＿＿＿＿＿＿＿＿＿＿

非常感谢您的填写！

工商系统电子政务实施与绩效调查问卷(网上登记卷)

您任职的工商局所在城市:＿＿＿＿＿＿; 您在该部门中的具体职位:＿＿＿＿＿＿;
目前部门总人数为＿＿＿＿＿人。

1. 电子化程度:(请填写下表,在合适空格处打钩)

	<20%	20%~40%	40%~60%	60%~80%	>80%
日常存档文件以电子化方式存储的比例					
日常工作中部门之间或部门内部传递文件时采用电子化方式的比例					
通过电子政务系统处理的业务数量占所有业务处理总数的比例					
进行电子化与网络办公的员工占部门员工总数的比例					

2. 网上登记/注册系统:自＿＿＿＿＿年＿＿＿月开始运行,目前已全部建设完成;或者自＿＿＿＿＿年＿＿＿月开始系统开发,预期至＿＿＿＿＿年＿＿＿月完成,目前已完成项目的＿＿＿＿＿%。

3. 投入金额:(1)软件投入(该系统开发初期的软件投入与升级维护经费支出)费用为＿＿＿＿＿万元;(3)硬件投入费用为＿＿＿＿＿万元。

4. 上线网上登记业务模块的动机是(可以多选):
   □(1)业务部门处理业务的迫切需要
   □(2)按上级要求必须上线
   □(3)向其他城市工商部门学习
   □(4)企业用户的迫切需要
   □(5)向同地区不同政府部门成功改造经验学习
   请按照重要性对上述原因排序:＿＿＿＿＿＿＿＿

5. 市局系统是否和各区系统统一开发:□是 □不是;如果不是统一开发,市工商局的系统开发时间与最早开发的区工商局系统相比是 □早于 □晚于;如果市局系统开发晚于某些区工商局,原因是(可多选):□先在区工商局做试点 □区工商局业务需求更急迫 □区工商局资金更充裕 □其他

6. 目前,市工商局系统是否实现了与区工商局系统的联网?
   □全部是 □部分是 □不是

7. 系统建设过程中是否涉及工商局与其他政府部门间的业务协调:
   □未涉及 □涉及双方办公流程间的协调 □涉及双方电子政务系统间的协调

（续　表）

8. 如果涉及,是否与各政府部门之间的业务和系统协调进展顺利:(未涉及则不用填写) □进展非常困难　□进展较困难　□进展较为顺利　□进展非常顺利	
9. 如果进展较顺利,各部门间业务和系统协调后,办事效率:(未涉及则不用填写) □双方都显著提高　□一方显著提高　□变化不大　□双方都降低了	
10. 是否通过招标的方式选择开发商:□是　□不是	
11. 选择当前厂商进行功能模块的开发的原因(可多选):　□价格比较便宜　□品牌值得信赖　□技术领先　□操作简单　□解决方案完善　□后期服务能力强　□符合本部门业务需要　□有成功案例　□上级单位规定　□其他部门推荐	
12. 网上登记系统建设类型:　□以前没有此功能是首次建设　□以前已有,此次全盘重新开发　□以前已有,此次在以前基础上更新;系统建设属于□自主开发建设　□省里统筹建设	
13. 如果网上登记系统不属于首次建设,请选择系统更新,升级最主要的原因:□原有系统无法满足现在业务拓展的需求　□原有系统数据存储处理能力不够　□原有系统与电子政务平台无法兼容　□原有系统使用率低,效果不好　□原有系统性能不稳定	
14. 未来两年内是否有替换或者更新此系统的计划:　□无　□有,因为此系统不稳定　□有,因为此系统功能无法满足现有业务需求　□有,因为此系统与电子政务平台无法兼容　□有,因为现有系统使用率低,效果不好	
15. 上线网上登记系统前,是否对本部门工作流程优化和重组进行了规划和调整:　□有　□没有;　如果有流程优化和重组的统一部署和规划,在现实中是否:□按规划步骤进行　□没有按规划进行	
16. 流程改造时间是在:□实施期间完成　□实施后完成　□实施后仍未完成　□至今没有流程改造	
17. 流程改造是否涉及工商局内部各部门间的业务协调:□未涉及　□涉及双方办公流程间的协调　□涉及双方电子政务系统间的协调	
18. 如果涉及,是否与内部其他部门之间的业务和系统协调进展顺利:(未涉及则不用填写) □进展非常困难　□进展较困难　□进展较为顺利　□进展非常顺利	
19. 如果进展较顺利,各部门之间业务和系统协调后,办事效率:(未涉及则不用填写) □双方都显著提高　□一方显著提高　□变化不大　□双方都降低了	
20. 系统实施过程中,是否存在一个项目领导组或指导委员会:□是　□否	

（续　表）

21.	主管领导是：□局长亲自挂帅　□主管信息化的副局长　□信息处领导；主管领导是否参与了实施过程中的大部分决策？□参与主要决策　□仅仅是负责人，未参与主要决策
22.	决策过程中，主要是由部门什么人员决定：□业务人员　□技术人员
23.	是否有专门针对电子政务系统对员工进行培训？□有　□没有
24.	电子系统的运行效率是否属于部门人员的工作业绩考核指标： □直接相关　□有一定关系　□没有关系
25.	对企业服务质量的反馈是否列入了政绩考核：　□是　□否；如果是列入政绩考核，请列举以何种形式进行考核＿＿＿＿＿＿＿＿＿＿＿＿＿＿＿＿＿＿＿。
26.	对于网上申办程序是否有准确与详细的公示：□有　□没有
27.	在用户完成网上填写后，是否还需要向工商局提交纸质材料：□需要　□不需要；如果需要，提交材料必须：□填写其他纸质表格　□只需打印系统自动生成的申请文档　□其他
28.	如果企业申报材料有误，通常是采用什么方式第一时间向企业告知： □电话或短信　□电子邮件　□网上告示　□营业大厅　□其他＿＿＿＿＿
29.	是否有网上办事状态查询功能：□有　□没有；提供办理情况查询的时间变化：以前企业一般需要＿＿＿＿＿个工作日才能得知办理情况；现在需要等待＿＿＿＿＿时间就能查询办理情况
30.	登记/注册审批所需时间变化：从接到企业申报材料到审批结束，采用网上登记系统之后现在平均需要＿＿＿＿＿时间；过去一般需要＿＿＿＿＿时间
31.	是否有办理延误的情况：□有　□没有；如果延误，如何联系企业？（可多选） □电话或短信　□电子邮件　□网上告示　□营业大厅　□其他＿＿＿＿＿
32.	是否提供并联审批（联合审批）的功能：□有　□没有；2008 年全年有＿＿＿＿＿家企业（或者百分之多少的企业）通过并联审批系统
33.	如果企业在系统使用过程中遇到困难，是否为企业提供在线咨询的手段：□提供　□暂时未提供；2008 年通过网上咨询案件量为＿＿＿＿＿件，2009 年上半年咨询量为＿＿＿＿＿件
34.	是否提供企业基本信息查询：□有　□没有；除了基本的注册信息，是否能够查询到动态的变更信息（比如法人代表变更，地址变更等）？□有　□没有
35.	动态信息更新频率是：□及时更新　□1 天内更新　□1 周内更新　□1 个月及更长时间
36.	企业进行网上登记注册/年检时：□只需提交电子化材料　□只能提供纸质材料 □部分采用电子化材料

(续 表)

37.	如果采用电子化提交,电子化材料的类型属于:□电子文档(表格) □电子扫描文档 □其他
38.	推广程度:企业申请材料中目前采用电子化文档的比例为:_____%;部门业务流程在网上实现的比例约为_____%;目前约有_____% 比例的企业已经采用了无纸登记/年检功能
39.	员工效率:原来平均每个员工日办理企业申请的件数是_____个;采用网上登记系统后,目前日处理件数是_____个
40.	现在机构内信息共享属于下列哪种类型:□无共享 □传统文本信息共享 □电子文本信息共享 □基于电子政务平台数据库信息共享
41.	使用电子业务系统之后,是否对于本部门数据统计和决策分析的能力:□大大提高 □有所提高 □没有提高 □比以前下降
42.	您在统计分析时是否因为有可靠的信息和数据基础,显得更自信和有把握? □ 因为数据源可靠所以决策更有把握 □虽然信息源可靠,但对决策时带来的影响有限 □ 决策过程对于电子政务系统中的信息来源不太信任 □ 决策过程不会使用电子政务系统中的数据源
43.	您在使用电子政务系统后是否觉得工作变得: □ 非常复杂 □ 较复杂 □ 没什么变化 □ 变轻松了一些 □ 变轻松了许多
44.	您在使用电子政务系统后工作强度如何变化:□压力变得很大 □压力增大但不明显 □压力没变化 □压力减少一些 □压力减少了许多
45.	对比于没有使用电子政务时,您觉得现在工作效率如何变化: □ 大大提高 □ 有所提高 □ 基本相同 □ 没有提高 □ 反而下降
46.	与没有上电子模块之前相比,上了电子政务模块之后给本部门带来的最大成效是: □(1)大大提高了部门内部办事效率 □(2)大大降低了行政成本 □(3)以前不合理的内部管理流程得到了优化 □(4)对企业的服务意识大大增强 □(5)借助政务平台,对企业的服务能力大大加强 □(6)企业的投诉率明显下降 □(7)部门形象得到了很好的提升 □(8)与民众的沟通与互动大大加强了 请按照重要性对上述成效排序:_____
47.	您认为现有的电子政务系统和您所期望的一样吗:□和期望完全符合 □还行,没什么特别感觉 □和期望中有点差距 □和期望相距很远
48.	如果有差距请列举系统有哪些功能和使用效果可以改进的地方:_____

非常感谢您的填写!!

工商系统电子政务实施与绩效调查问卷(网上年检卷)

您任职的工商局所在城市:＿＿＿＿＿＿; 您在该部门中的具体职位:＿＿＿＿＿＿;
目前部门总人数为＿＿＿＿＿人。

1. 电子化程度:(请填写下表,在合适空格处打钩)

	<20%	20%~40%	40%~60%	60%~80%	>80%
日常存档文件以电子化方式存储的比例					
日常工作中部门之间或部门内部传递文件时采用电子化方式的比例					
通过电子政务系统处理的业务数量占所有业务处理总数的比例					
进行电子化与网络办公的员工占部门员工总数的比例					

2. 网上年检系统:自＿＿＿＿＿年＿＿＿月开始运行,目前已全部建设完成;或者自＿＿＿＿＿年＿＿＿月开始系统开发,预期至＿＿＿＿＿年＿＿＿月完成,目前已完成项目的＿＿＿＿＿%。

3. 投入金额:(1)软件投入(该系统开发初期的软件投入与升级维护经费支出)费用为＿＿＿＿＿万元;(2)硬件投入费用为＿＿＿＿＿万元。

4. 上线网上年检业务模块的动机是(可以多选):
   □(1)业务部门处理业务的迫切需要
   □(2)按上级要求必须上线
   □(3)向其他城市工商部门学习
   □(4)企业用户的迫切需要
   □(5)向同地区不同政府部门成功改造经验学习
   请按照重要性对上述原因排序:＿＿＿＿＿＿＿＿＿＿＿＿＿＿

5. 市局系统是否和各区系统统一开发:□是 □不是;如果不是统一开发,市工商局的系统开发时间与最早开发的区工商局系统相比是 □早于 □晚于;如果市局系统开发晚于某些区工商局,原因是(可多选): □先在区工商局做试点 □区工商局业务需求更急迫 □区工商局资金更充裕 □其他

6. 目前,市工商局系统是否实现了与区工商局系统的联网:
   □全部是 □部分是 □不是

7. 系统建设过程中是否涉及工商局与其他政府部门间的业务协调:□未涉及
   □涉及双方办公流程间的协调 □涉及双方电子政务系统间的协调

（续   表）

8.	如果涉及,是否与各政府部门之间的业务和系统协调进展顺利:(未涉及则不用填写) □进展非常困难 □进展较困难 □进展较为顺利 □进展非常顺利
9.	如果进展较顺利,各部门间业务和系统协调后,办事效率:(未涉及则不用填写) □双方都显著提高 □一方显著提高 □变化不大 □双方都降低了
10.	是否通过招标的方式选择开发商:□是 □不是
11.	选择当前厂商进行功能模块的开发的原因(可多选): □价格比较便宜 □品牌值得信赖 □技术领先 □操作简单 □解决方案完善 □后期服务能力强 □符合本部门业务需要 □有成功案例 □上级单位规定 □其他部门推荐
12.	网上年检系统建设类型: □以前没有此功能是模块首次建设 □以前已有,此次全盘重新开发 □以前已有,此次在以前基础上更新;系统建设属于 □自主开发建设 □省里统筹建设
13.	如果网上年检系统不属于首次建设,请选择系统更新,升级最主要的原因:□原有系统无法满足现在业务拓展的需求 □原有系统数据存储处理能力不够 □原有系统与电子政务平台无法兼容 □原有系统使用率低,效果不好 □原有系统性能不稳定
14.	未来2年内是否有替换或者更新此系统的计划: □无 □有,因为此系统不稳定 □有,因为此系统功能无法满足现有业务需求 □有,因为此系统与电子政务平台无法兼容 □有,因为现有系统使用率低,效果不好
15.	上线网上年检系统前,是否对内部工作流程优化和重组进行了规划和调整:□有 □没有;是否涉及工商局内部各部门间的业务流程协调:□未涉及 □涉及双方办公流程间的协调 □涉及双方电子政务系统间的协调
16.	如果涉及,是否与内部其他部门之间的业务和系统协调进展顺利:(未涉及则不用填写) □进展非常困难 □进展较困难 □进展较为顺利 □进展非常顺利
17.	如果进展较顺利,各部门间业务和系统协调后,办事效率:(未涉及则不用填写) □双方都显著提高 □一方显著提高 □变化不大 □双方都降低了
18.	系统实施过程中,是否存在一个项目领导组或指导委员会:□是 □否
19.	主管领导是: □局长亲自挂帅 □主管信息化的副局长 □信息处领导;主管领导是否参与了实施过程中的大部分决策: □参与主要决策 □仅仅是负责人,未参与主要决策
20.	决策过程中,主要是由部门什么人员决定:□业务人员 □技术人员
21.	是否有专门针对电子政务系统对员工进行培训:□有 □没有
22.	电子系统的运行效率是否属于部门人员的工作业绩考核指标: □直接相关 □有一定关系 □没有关系

23. 对企业服务质量的反馈是否列入了政绩考核：□是 □否；
    如果是列入政绩考核,请列举以何种形式进行考核_____。

24. 对于网上申办程序是否有准确与详细的公示： □有 □没有

25. 如果企业申报材料有误,通常是采用什么方式第一时间向企业告知:(可多选)
    □电话或短信 □电子邮件 □网上告示 □营业大厅 □其他_____

26. 是否有网上办事状态查询功能:□有 □没有;提供办理情况查询的时间变化:以
    前企业一般需要_____时间才能得知办理情况;现在需要等待_____时间就
    能查询办理情况

27. 年检审批所需时间变化:从接到企业申报材料到审批结束,网上年检系统平均只需
    要_____时间;过去需要_____时间

28. 是否有办理延误的情况:□有 □没有;如果延误,如何与企业联系: □电话或
    者短信 □电子邮件 □网上告示 □营业大厅 □其他_____

29. 动态信息更新频率:□及时更新 □1天内更新 □1周内更新 □1个月及更长时间

30. 是否提供并联审批(联合年检)的功能:□有 □没有;2008年全年有_____家
    企业(或者百分之多少的企业)通过并联审批系统

31. 如果企业在系统使用过程中遇到困难,是否为企业提供在线咨询的手段:□提供
    □暂时未提供;2008年通过网上咨询案件量为_____件,09年上半年咨询量为
    _____件

32. 企业进行网上年检时:□只需提交电子化材料 □只能提供纸质材料 □部分采
    用电子化材料

33. 如果采用电子化提交,电子化材料的类型属于:□电子文档(表格) □电子扫描
    文档 □其他

34. 推广程度:企业申请材料中目前采用电子化文档的比例约为:_____%;部门业
    务流程在网上实现的比例约为_____%。目前约有_____%比例的企业已
    经采用了无纸登记/年检功能

35. 员工效率:原来平均每个员工日处理企业申请件数是_____;采用网上年检之
    后,目前日处理件数是_____

36. 现在机构内信息共享属于下列哪种类型:□无共享 □传统文本信息共享 □电
    子文本信息共享 □基于电子政务平台数据库信息共享

37. 使用电子业务系统之后,是否对于本部门数据统计和决策分析的能力:□大大提高
    □有所提高 □没有提高 □比以前下降

38. 您在统计分析时是否因为有可靠的信息和数据基础,显得更自信和有把握:□因
    为数据源可靠所以决策更有把握 □虽然信息源可靠,但对决策时带来的影响有
    限 □决策过程对于电子政务系统中的信息来源不太信任 □决策过程不会使
    用电子政务系统中的数据源

（续　表）

39.	您在使用电子政务系统后是否觉得工作变得： □ 非常复杂　□ 较复杂　□ 没什么变化　□ 变轻松了一些　□ 变轻松了许多
40.	您在使用电子政务系统后工作强度如何变化：□ 压力变得很大　□ 压力增大但不明显　□ 压力没变化　□ 压力减少一些　□ 压力减少了许多
41.	对比于没有使用电子政务时，您觉得现在工作效率如何变化：□ 大大提高　□ 有所提高　□ 基本相同　□ 没有提高　□ 反而下降
42.	与没有上电子模块之前相比，上了电子政务模块之后给本部门带来的最大成效是（可多选）： □（1）大大提高了部门内部办事效率 □（2）大大降低了行政成本 □（3）以前不合理的内部管理流程得到了优化 □（4）对企业的服务意识大大增强 □（5）借助政务平台，对企业的服务能力大大加强 □（6）企业的投诉率明显下降 □（7）部门形象得到了很好的提升 □（8）与民众的沟通与互动大大加强了 请按照重要性对上述成效排序：＿＿＿＿＿＿＿＿＿＿＿
43.	您认为现有的电子政务系统和您所期望的一样吗：□ 和期望完全符合　□ 还行，没什么特别的感觉　□ 和期望中有点差距　□ 和期望相距很远
44.	如果有差距请列举系统有哪些功能和使用效果可以改进的地方：＿＿＿＿＿＿ ＿＿＿＿＿＿＿＿＿＿＿＿＿＿＿＿＿＿＿＿＿＿＿＿＿＿＿＿＿＿＿＿＿＿＿＿＿

非常感谢您的填写！！

第五章

工商系统电子政务发展状况初探

——问卷结果统计

主要内容

- 工商系统电子政务建设整体情况统计
- 网上登记注册和网上年检系统建设情况统计
- 企业用户的使用和满意度统计

通过对各城市工商系统三份调查问卷以及企业调查问卷的调研实施,我们对工商系统电子政务现状有了一个初步而且是全方位的了解。基于各份调查问卷的调查结果,本章的第一节将首先简要介绍工商系统电子政务建设的整体情况,包括信息化水平、各主要功能模块的上线情况,以及业务和数据的整合及互联互通情况;第二节将对此次重点调研的两个功能模块,即网上登记注册系统和网上年检系统,从系统建设的规划与实施整个过程、所实现的系统功能和效率、公务员评价三个方面进行介绍;第三节将介绍企业用户对工商系统电子政务系统的评价。

第一节　工商系统电子政务建设整体情况统计

1. 信息化水平

信息化是电子政务发展的重要基础,电子政务的各种应用服务系统建设都必须以信息化建设为前提,因此对各个城市工商部门信息化水平的衡量,是电子政务系统评价的一个基础性指标。在此次调研中,我们是通过文档电子化率、办公自动化率、系统使用率(电子化办公人员比例)及系统普及率(电子化办理业务数量比例)四个指标来衡量内部管理信息化水平的。

调研结果显示(见表5-1),经过近年来的持续投入,工商系统的信息化水平取得了较大进展。以此次调查的企业登记注册部门和企业年检部门为例,其平均的信息化水平均超过了80%,与工商部门传统的人工办理方式相比已经发生了巨大的变化。

表 5-1　网上登记部门与网上年检部门信息化水平

	整　体		东　部		中　部		西　部	
	登记	年检	登记	年检	登记	年检	登记	年检
文档电子化率	82%	85%	86%	90%	73%	81%	85%	77%
办公自动化率	79%	75%	82%	75%	69%	77%	89%	68%
系统使用率	83%	78%	89%	84%	71%	75%	89%	68%
系统普及率	84%	82%	93%	88%	75%	77%	74%	77%

进一步对表5-1分析可以发现,从全国整体平均情况来看,网上登记部门和网上年检部门在各项指标上略有差异但并不明显,说明工商系统内部的信息化水平是较为均衡的。而对东、中、西部城市工商部门的信息化水平的对比则可发现,东部城市的信息化水平要明显高于中部和西部地区。

2. 工商系统电子政务各项业务模块建设情况

（1）建设情况

对工商系统信息部门的问卷调查结果显示,截止到2009年10月,已经开始电子政务系统建设的城市占到了此次受访城市的90%,表明电子政务建设在工商系统已经完成了普及化阶段,正在向纵深化方向发展。

通过问卷调查结果我们还发现,在电子政务系统的建设路径上,各地工商系统存在不同的选择:在最初上线时就选择业务全面上线(通过上线综合业务管理系统或同时上线多个业务系统)的,仅占到了11%,而其他89%的城市工商系统均选择的是先上线单个业务系统(如网上登记或网上年检)作为尝试。换句话说,大多数城市的工商系统电子政务建设是以单个业务模块上线作为试点,在起步阶段并没有采用全面上线的建设模式,这可能是由工商系统职能范围较多较广的特点所决定的。

对我们所确定调研的网上登记、网上年检等十个业务模块系统的上线情况来看(见表5-2),网上年检和12315投诉的上线比例最高,达到了90%以上;而电子商务监管与食品安全生产管理这两个业务模块的上线比例最低,仅分别为19%和46%。常规业务的电子政务化主要涉及将传统业务"搬到"网上实施,网上办理的流程可以参照传统网下办理的模式,实现起来相对较为容易;而电子商务监管等新业务则对工商系统来说没有过往网下经验可以借鉴,业务实施难度大,是造成上线比例普遍较低的原因之一。

表 5-2 电子政务各业务模块的上线(含准备上线)比例

	上线(含准备上线)比例			
	整 体	东 部	中 部	西 部
网上登记注册	**73%**	83%	68%	52%
网上年检	**91%**	97%	80%	92%
企业信用管理	**78%**	82%	76%	72%
食品安全	**46%**	52%	48%	32%
电子商务监管	**19%**	32%	11%	0%
广告管理	**79%**	85%	70%	80%
商标管理	**73%**	80%	63%	72%
市场监管	**81%**	88%	70%	84%
合同管理	**70%**	80%	63%	52%
12315 投诉	**96%**	97%	98%	88%

注:本表的统计范围仅包括此次调研的已经开始电子政务系统建设的城市工商系统。

在进一步对东、中、西部城市工商系统的比较上,东部城市在其他各个业务模块的系统建设上的进度要明显优于中部和西部。其中,在食品安全、电子商务监管这些实现比例较低的新业务上,东、西部城市的建设进度差异最大,东部城市的上线比例分别为52%和32%,而西部城市的这一比例仅分别为 32% 和 0;但在网上年检、企业信用管理等系统的建设上,中部和西部城市则与东部城市的差距则相对较小。这表明,在市场经济发展较为活跃的地区,在业务实际迫切需求下,新业务的电子政务建设同样能够得到有效推动。

（2）上线时间

表 5-3 统计的是调查问卷对于网上登记注册、网上年检、企业信用管理、食品安全生产管理和电子商务监管五个系统的上线时间调查的统计结果,其中最右一列是尚未有明确时间表的城市比例。

从表中我们可以发现,网上登记注册、网上年检、企业信用管理等工商部门传统业务,起步时间较早,在 2001 年以前便已经有城市工商系统开始了这方面的尝试,而大部分城市工商系统则是在 2005 年以后集中上线:例如,2005 年和 2006 年分别有 22% 和 13% 的城市上线了企业信用管理系统;而 2008 年和 2009 年分别有 13% 和 14% 的城市上线了网上登记注册系统。

而食品安全管理和电子商务监管系统等工商电子政务"新业务",起步时间较晚(2005 年、2006 年),在 2008 年、2009 年出现了一批集中上线的城市。其中 2009 年有 20% 的城市上线了食品安全系统,这很明显是受到了 2008 年北京奥运会以及"三聚氰胺"等食品安全事件的影响。但大部分城市尚未对这两个功能模块有明确的上线时间表。

表 5-3　电子政务主要业务模块系统的上线时间

	2001年以前	2001年	2002年	2003年	2004年	2005年	2006年	2007年	2008年	2009年	2010年以后	未有计划
网上登记注册	3%	1%	1%	6%	6%	7%	12%	6%	13%	14%	4%	27%
网上年检	1%	3%	2%	9%	3%	13%	18%	15%	21%	3%	3%	9%
企业信用管理	2%	2%	1%	3%	11%	22%	13%	11%	6%	6%	3%	22%
食品安全	0%	0%	0%	0%	0%	5%	3%	4%	8%	20%	5%	54%
电子商务监管	0%	0%	0%	0%	2%	0%	2%	1%	4%	5%	6%	81%

注:表格中的数字代表了在该年份上线的城市在此次调研所有城市中的比例。

（3）投入金额

在问卷调查中还设置了关于主要业务模块投入金额的问题,但从反馈结果来看(如图 5-1 所示),有 30% ~ 50% 的城市工商系统在填写了上线时间的情况下却未能提供该系统的总投入。尽管其中部分城市是由于系统开发由省工商系统统一进行而不知道具体经费情况,但仍然反映出部分城市在电子政务投入的成本管理和核算上存在不足。

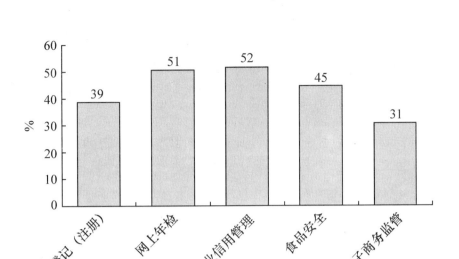

图 5-1　未提供投入经费比例

表 5-4 统计的是网上登记注册、网上年检、企业信用管理、食品安全和电子商务监管等主要业务模块的投入金额的分布情况。从表中我们可以发现各城市工商系统在同一业务模块上的投入存在两极分化的现象：各个业务模块中均有接近50%的单个业务系统的投入金额在30万元以下，但单个系统投入达到300万元以上的也达到了相当的比例，其中投入金额最大的4个城市的平均投入则分别达到了1 094万元、503万元、1 003万元、1 621万元和384万元，分别为中位数的约22、17、25、32和8倍。

表 5-4　各业务模块系统的经费投入情况　　　　　单位:万元

	小于 10	10 ~ 30	30 ~ 50	50 ~ 100	100 ~ 200	200 ~ 300	300 以上	中位数	投入最高四个城市的平均投入
网上登记注册	**25%**	19%	10%	11%	15%	10%	10%	50	1 094
网上年检	**28%**	24%	17%	17%	4%	2%	7%	30	503
企业信用管理	17%	**29%**	14%	19%	5%	5%	12%	40	1 003
食品安全	**31%**	14%	7%	14%	10%	7%	17%	50	1 621
电子商务监管	12%	**31%**	6%	13%	25%	0%	13%	50	384

尽管不同的系统开发商在单位劳动时间上的报价存在差异，投入金额较低的系统也不能简单地被认为就是功能欠缺、应用效果不佳，但经费投入分布差异的两极化仍然足以表明，在工商系统电子政务的系统建设上，不同城市对于所开发系统的承载功能的目标上存在较大差异，部分城市可能希望该系统能够发挥电子政务系统的网络化、及时性、交互性的特点，实现全流程管

理,所需要的投入自然可能相对较高。而部分城市可能仅仅需要这样的一个系统作为"面子工程"或政治任务的完成,所需要的投入自然可能相对较低。

3. 系统整合和互联互通情况

上一小节主要介绍的是通过各地工商系统信息部门的调查问卷所了解到的当地工商系统的各个单项业务模块的相关建设情况。然而,电子政务系统作为一个整体,能否实现业务和数据上的整合,改变各业务模块"单兵作战"局面,为用户提供一站式服务,是影响电子政务绩效的重要因素。因此,本小节介绍的是此次调查问卷对于电子政务系统的系统整合和互联互通情况的调查结果。

从理论上讲,电子政务系统的建设若能在建设前做到全局性的详细规划,并使各业务系统的数据存储具有兼容性和可扩展性,那么也就只仅仅需要一个数据库系统便可以支撑整个电子政务系统平台的运行,这样既节约了成本,也提高了系统的一致性和互联性,降低系统升级和扩展时的难度。

如表5-5所示,在已经开始建设电子政务系统的城市中,有54%的城市实现了单一数据库的集成,其中东部城市在该项比例上为61%,高于中部城市的52%和西部城市的38%。

表5-5 电子政务系统中数据库系统类别数量

	1	2	3	4	5 个以上
整 体	**54%**	32%	10%	2%	2%
东 部	**61%**	24%	11%	5%	0%
中 部	**52%**	35%	9%	0%	4%
西 部	38%	**50%**	8%	0%	4%

注:常见的数据库系统类别包括 ORACLE、DB2、SQL Server 等。

工商部门的信息化及电子政务建设的最终目的应是实现政府内部或者政府间的整合能力发挥协同效果,更好更高效的提供公共服务。而实现系统整合、互联互通的基础是工商系统内部各个业务模块间数据和业务的整合,从此次的调查结果来看(如表5-6所示),整体上看只有46%的城市工商系统内部实现了数据和业务两方面的整合,其中东部城市在此项比例上达到了54%,而中部城市和西部城市则分别只有46%和21%。在未实现完全整合的互联互通的城市中,大部分城市实现了业务和数据中的其中一项上的整合,仅有5%的城市的工商系统没有任何整合。

表5-6 各地工商系统电子政务系统的系统整合（互联互通）情况

	完全整合（数据实现整合存储，业务实现整合）	业务实现整合，但数据未实现整合存储	数据实现整合存储，但业务未实现整合	没有任何整合
整 体	**46%**	26%	23%	5%
东 部	**54%**	18%	22%	6%
中 部	**46%**	37%	15%	2%
西 部	21%	25%	**46%**	8%

在未完全实现系统整合原因的问题上，如表5-7所示，在未实现完全整合的城市中，只有少数城市工商系统认为没有必要进行整合，表明工商系统对于系统整合的必要性和意义认识是较为统一的。在具体阻碍系统整合的原因上，经费缺乏是最普遍的因素，无论是在业务未实现整合还是数据未实现整合的城市中，均有约70%的城市认为经费缺乏是原因之一。其中，在数据未实现整合方面，有高达43%的城市将经费缺乏列为唯一的原因。除了经费问题之外，部门间分工合作难以协调是业务未实现整合的重要原因，说明除了经费、技术等显性成本以外，如何解决部门内部及部门间的协作，降低协调成本，也是能否实现互联互通的重要因素。

表5-7 未实现系统整合（互联互通）的原因分析

	部门间分工合作难以协调	技术实现困难	缺乏经费	现有系统能正常运行没太大必要
业务实现整合，但数据未实现整合存储	23%（9%）	29%（11%）	69%（43%）	17%（9%）
数据实现整合存储，但业务未实现整合	48%（19%）	23%（3%）	68%（29%）	6%（6%）
均未整合	14%（14%）	14%（14%）	72%（72%）	0%（0%）

注：表格中括号外和括号内的两个数字分别代表了选择了该原因和仅选择该原因的受访城市比例。

第二节 网上登记注册和网上年检系统建设情况统计

1. 系统建设的规划与实施

（1）规划

电子政务系统建设前的规划非常重要,系统开发前缺乏详细规划容易造成系统功能与实际业务需要的不匹配,不同业务模块间的不兼容,进而可能造成用户体验的降低和使用率的下降,并最终导致资源的浪费。本节主要介绍的是此次问卷调查所得到的关于工商系统网上登记注册和网上年检系统在建设规划方面的情况。

根据调查问卷的反馈我们发现(如表 5-8 所示),有 66% 的受访城市的工商部门在电子政务系统建设前进行了详细的规划,而 32% 的城市有部分规划,即对于需求紧急的系统先开发先使用,再进行规划,另外还有 2% 的城市完全没有详细规划。东部城市在电子政务建设前有详细规划的比例达到了76%,而西部城市这一比例为 65%,中部城市仅为 44%。更多(53%)的中部城市选择的是需求紧急的系统先开发先使用,再进行规划。

表 5-8　电子政务建设前的规划情况

	整　体	东　部	中　部	西　部
电子政务建设前有详细规划	**66%**	**76%**	44%	**65%**
有部分规划,需求紧急的系统先开发先使用,再进行规划	32%	22%	**53%**	35%
没有详细规划	2%	3%	3%	0%

政府提供公共服务,其核心的动机应该是为公众提供服务,因此电子政务系统的建设应该是以用户为中心展开的,只有这样电子政务系统提供的各项功能与服务才能满足用户的需求。但根据此次的调查问卷结果(如表 5-9所示),分别有 21% 的城市在建设网上登记注册系统和有 33% 的城市在建设网上年检系统时,最主要动机为按上级要求上线;另外分别有 58% 和 49% 的城市最主要是由于业务部门处理业务的迫切需要而分别上线网上登记注册系统和网上年检系统;企业用户的迫切需要作为最主要动机的城市比例分别

只有21%和17%。系统建设更多的考虑工商部门办公的需求,和对上级交代的态度,而非用户的需求,这样更易导致运行中缺乏用户服务意识和体验性差。

表 5-9 上线网上登记/网上年检业务模块的动机分析

	网上登记		网上年检	
	选择比例	首选比例	选择比例	首选比例
业务部门处理业务的迫切需要	89%	58%	81%	49%
企业用户的迫切需要	74%	21%	63%	17%
向其他城市工商部门学习	46%		37%	1%
向同城市其他政府部门成功改造经验学习	32%		28%	
按上级要求上线	84%	21%	78%	33%

网上登记注册和网上年检系统采取市局系统与区局系统统一开发模式的城市均达到了此次受访城市的95%。另外,如表5-10所示,大部分城市工商系统在系统上线前对内部工作流程进行了相应的优化和重组,而东部城市在此比例上依然优于中部和西部城市。

表 5-10 系统上线前是否内部工作流程优化和重组进行规划和调整的情况

	电子政务系统	网上登记	网上年检
整 体	85%	89%	78%
东 部	89%	91%	78%
中 部	83%	88%	63%
西 部	75%	79%	95%

(2)实施

电子政务系统建设的具体实施过程对于系统成效有非常关键的作用,本节主要介绍的是通过问卷调查获知的工商系统网上登记注册和网上年检系统在主管领导、主要决策者、开发商选择、沟通协调工作等实施细节方面的情况。

从工商内部关于系统建设的管理来看,有93%的城市在电子政务系统开发的过程中成立了专门的项目领导小组。在这些城市中,有53%的项目领导小组负责人由局长担任,另外分别有45%和46%的负责人为主管信息化的副局长,另有个别城市由信息处领导担任(如表5-11所示)。

表 5-11　网上登记注册和网上年检系统建设项目的主管领导情况

	网上登记	网上年检
局　长	53%	53%
主管信息化的副局长	45%	46%
信息处领导	2%	1%

　　主管领导通常仅负责重大事项的决策以及沟通协调各部门工作,下属人员在具体系统开发的实施过程中的作用同样重要。通常来说,由其知识背景和工作职责所决定的,当由业务人员主导系统开发的决策过程时,可能会更注重系统需求是否能够符合业务的实际需要。而信息部门的技术人员主导系统开发的决策过程时,则可能会更注重系统整体架构、开发难度等技术方面的问题。从此次调查问卷的反馈结果看(如表 5-12 所示),分别有 56% 和 60% 的已上线的网上登记注册和网上年检系统在系统建设阶段由业务人员主导决策,而分别有 24% 和 23% 的城市表示决策过程是由技术人员主导的。但值得注意的是,另外分别有 20% 和 17% 的城市表示决策过程是由业务人员和技术人员共同推进的,我们认为这种系统建设模式有可能能够实现对符合业务实际需求和系统整体架构两方面因素的兼顾,从而达到更好的效果。

表 5-12　系统建设的主导决策方

	网上登记	网上年检
业务人员主导	56%	60%
技术人员主导	24%	23%
共同决定	20%	17%

注:本表的统计范围为已经上线网上登记注册或网上年检系统的城市工商系统。

　　通过调查问卷对系统开发相关情况的调查显示(如表 5-13 所示),尽管分别有 92% 和 86% 的城市工商系统表示采用了招标方式选择系统开发商,但在选择目前开发商的原因中,却分别有 20% 和 28% 的城市工商系统表示上级单位规定是选择目前开发商的唯一原因,这表明系统建设过程中来自上级部门的行政权力的相对主导作用在部分地区非常明显。当然,大多数地区对系统开发商的选择仍然是从实际业务角度出发的,分别有 53% 和 37% 的城市表明"符合本单位业务需要"是选择目前开发商的原因之一,而考虑"后期服务能力强"因素的城市也达到了 38% 和 28%。

表 5-13　选择当前系统开发商的前三大原因

	登　记	年　检
符合本单位业务需要	53%（8%）	37%（12%）
后期服务能力强	38%（1%）	28%（0%）
上级单位规定	34%（20%）	32%（28%）

注:表格中括号外和括号内的两个数字分别代表了选择了该原因和仅选择该原因的受访城市比例。本表的统计范围为已经上线和准备上线网上登记注册或网上年检系统的城市工商系统。

另外,我们还发现"有成功案例"和"开发商的品牌"是选择开发商时被考虑的相对最少的两个因素,这表明电子政务系统开发这个行业的发展还不够完善和成熟,尚没有出现一些具有相当开发经验,占据一定市场份额的企业。

如表 5-14 和表 5-15 所示,在已有的网上登记系统建设实践中,超过半数(55%)涉及与工商系统内部其他部门的办公流程或电子政务系统的协调,其中该比例在东部城市中最高(61%),中部城市次之(50%),西部城市最低(45%);而约三成(28%)的城市则涉及与其他政府部门办公流程或电子政务系统的协调,在此比例上东、中、西部城市的差异不大。在与工商系统内部其他部门的协调中主要是办公流程的协调,而与其他政府部门的协调则主要是电子政务系统间的协调。

表 5-14　网上登记注册系统在系统建设中与其他部门的业务协调情况

	与工商系统内部其他部门				与其他政府部门			
	整体	东部	中部	西部	整体	东部	中部	西部
未涉及	45%	39%	50%	55%	72%	73%	67%	78%
办公流程间的协调	35%	36%	38%	27%	8%	9%	9%	0%
电子政务系统间的协调	17%	22%	10%	18%	17%	14%	21%	22%
均涉及	3%	3%	3%	0%	3%	5%	2%	0%

表 5-15　网上年检系统在系统建设中与其他部门的业务协调情况

	与工商系统内部其他部门				与其他政府部门			
	整体	东部	中部	西部	整体	东部	中部	西部
未涉及	58%	57%	60%	57%	78%	76%	75%	90%
办公流程间的协调	28%	26%	30%	29%	4%	4%	7%	0%
电子政务系统间的协调	11%	15%	3%	14%	16%	17%	18%	10%
均涉及	3%	2%	7%	0%	2%	3%	0%	0%

而在已有的网上年检系统建设实践中,涉及工商系统内部其他部门的协调与其他政府部门协调的比例均比网上登记系统的略低,而东、中、西部城市在这两个比例上的差异均不大。与网上登记系统类似的,在与工商系统内部其他部门的协调中主要是办公流程的协调,而与其他政府部门的协调则主要是电子政务系统间的协调。

如表 5-16 所示,调查问卷的结果还显示,各城市工商系统在办公流程间的协调进展是较为顺利的,没有出现一个城市报告进展较困难的情况。但对于涉及电子政务系统间协调的,则有相当比例的城市工商系统认为进展较困难。这表明,涉及跨部门的电子政务系统方面的协调是当前各个政府部门在电子政务系统建设中需要尤其注意的问题。在需要业务协作的两个政府部门,如在一方在开展电子政务系统建设前未与另一方就系统架构以及接口等问题进行事先的协调,则有可能造成后者在建设其电子政务系统时的困难。而正如表 5-17 的统计所显示的,部门之间在电子政务建设上如果能够顺利协调,将对双方工作效率和成效的增进产生显著影响。

表 5-16　在系统建设过程中涉及与其他部门协调的进展情况

	网上登记系统建设过程中协调进展			网上年检系统建设过程中协调进展		
	较困难	较顺利	顺利	较困难	较顺利	顺利
办公流程间的协调	0%	90%	10%	0%	80%	20%
电子政务系统间的协调	32%	55%	13%	18%	73%	9%
均涉及	25%	75%	0%	0%	100%	0%

表 5-17　与其他部门协调顺利的效果

	网上登记系统			网上年检系统		
	双方都显著提高	一方显著提高	变化不大	双方都显著提高	一方显著提高	变化不大
进展较顺利	81%	8%	11%	85%	5%	10%
进展顺利	100%	/	/	100%	/	/

（3）执行

电子政务系统开发完成后是否能发挥效用,员工的使用也是非常重要的环节。根据调查问卷的反馈结果(如表 5-18 所示),几乎所有城市的工商系统都表示开展了专门针对电子政务系统的员工培训。

表 5-18　专门针对电子政务系统的员工培训情况统计

	电子政务系统	网上登记	网上年检
专门针对电子政务系统对员工进行培训	96%	99%	99%

　　我们在针对工商系统信息部门、网上登记注册和网上年检部门的问卷中,均设计了关于电子政务系统以及对企业的服务质量是否纳入业绩考核的问题。调查结果显示(如表 5-19 所示),目前约有 1/3(信息部门、网上登记部门、网上年检部门分别有 37%、38% 和 32%)的城市工商系统已经将电子政务系统运行效率与业绩考核直接挂钩,其中中部城市在此比例上最为突出,而西部城市则相对最低。

　　而在将对企业服务质量纳入业绩考核方面,网上登记注册和网上年检部门直接面对企业用户,因此该比例要明显高于信息部门,而其中网上登记部门将企业服务质量纳入业绩考核的比例最高,达到了 79%。与之前很多统计不同的,中、西部城市在此比例上是高于东部城市的(如表 5-20 所示)。

表 5-19　电子政务系统运行效率纳入部门人员工作业绩考核指标情况统计

	信息部门				网上登记				网上年检			
	整体	东部	中部	西部	整体	东部	中部	西部	整体	东部	中部	西部
直接相关	**37%**	35%	45%	28%	**38%**	42%	40%	20%	**32%**	29%	38%	26%
有一定关系	**51%**	54%	41%	60%	**57%**	55%	51%	80%	**62%**	61%	60%	68%
没有关系	**11%**	11%	14%	12%	**5%**	3%	9%	0%	**7%**	10%	2%	5%

表 5-20　对企业服务质量列入考核比例统计

	信息部门	网上登记	网上年检
整　体	50%	79%	67%
东　部	44%	73%	63%
中　部	56%	86%	73%
西　部	55%	82%	74%

2. 系统功能和效率

　　在本小节中,将对由问卷调查所得到的关于受访城市工商系统的网上登记注册系统以及网上年检系统在上线后系统功能、效率以及普及度方面的统计结果进行简要的介绍。

（1）审批时间和审批量的变化

表5-21统计的是有企业登记注册部门提供的网上登记注册系统上线前后平均审批时间的变化情况。首先表中内容第一列显示的是在系统上线前平均审批时间情况，可以看到需要4~5个工作日的城市比例相对最高，达到了27%，但需要2~3、6~10、11~15个工作日的城市也均在20%以上。而在系统上线以后，大部分城市的平均审批时间均得到了缩短，从表中的统计可以看到，有68%的原先需要2~3个工作日的城市工商系统在系统上线后只需要1个工作日，而分别有83%、61%和41%的原先需要4~5、6~10和11~15个工作日的城市工商系统在系统上线后审批之间审批时间缩短至3个工作日以内。

表5-21   网上登记注册系统上线前后办理时间比较

系统上线前平均审批时间	城市所占比例	系统上线后平均审批时间				
		1个工作日	2~3个工作日	4~5个工作日	6~10个工作日	大于10个工作日
1个工作日	1%	100%	/	/	/	
2~3个工作日	22%	68%	26%	6%	/	
4~5个工作日	27%	26%	57%	13%	4%	/
6~10个工作日	21%	11%	50%	33%	6%	/
11~15个工作日	20%	12%	29%	53%	6%	/
大于15个工作日	8%	/	29%	57%	14%	/
总　计	/	28%	42%	26%	4%	

表5-22统计的是有企业年检部门提供的网上年检系统上线前后平均审批时间的变化情况。首先表中内容第一列显示的是在系统上线前平均审批时间情况，可以看到需要4~5个工作日的城市比例相对最高，达到了50%，其次分别为3个工作日和5个工作日以上的城市。而在系统上线以后，审批时间也得到了显著提升，从表中的统计可以看到，在系统上线后仅需要1个工作日以内的城市达到了50%。

表 5-22　网上年检系统上线前后办理时间比较

系统上线前平均审批时间	城市所占比例	系统上线后平均审批时间					
		0.5个工作日(含)以内	0.5~1个工作日	2个工作日	3个工作日	4~5个工作日	大于5个工作日
0.5个工作日(含)以内	4%	100%	/	/	/	/	/
0.5~1个工作日	7%	33%	67%	/	/	/	/
2个工作日	6%	14%	71%	14%	/	/	/
3个工作日	20%	25%	50%	17%	8%	/	/
4~5个工作日	50%	5%	30%	21%	31%	13%	/
大于5个工作日	12%	0%	7%	13%	20%	60%	/
总　计	/	13%	37%	17%	18%	14%	/

　　值得注意的是,上述网上注册登记系统和网上年检系统上线前后审批时间的变化均为该城市工商部门自行报告的,因此我们希望将其与该城市企业调查问卷关于办理业务所需审批时间的答案进行比对。如表 5-23 所示,表中数据表示的是,在城市工商系统所报告的网上登记注册系统上线前的同一平均审批时间的城市中,该城市企业感知的实际时间(以该城市所有企业报告的审批时间的中位数)的分布情况。从表中可以看到,城市工商系统报告时间和该城市企业感知的普遍时间是基本符合的。但城市工商系统所报告的在系统上线前平均审批时间在 3 个工作日以内的,其中存在部分城市其企业实际感知的时间要普遍长于上述时间的情况,也即存在办理延迟的情况;而城市工商系统报告的系统上线前平均审批时间在 4~5 个工作日以及大于 5 个工作日的,有部分城市其企业实际感知的时间却普遍有短于上述时间。

表 5-23　工商部门和企业报告的网上登记注册系统上线前平均审批时间的比较

网上登记注册系统上线前		该城市企业感知实际时间(中位数)					
		1个工作日	2个工作日	3个工作日	4个工作日	5个工作日	大于5个工作日
城市工商系统报告的平均审批时间	1个工作日	/	100%	/	/	/	/
	2~3个工作日	5%	5%	42%	9%	29%	10%
	4~5个工作日	/	/	12%	19%	57%	12%
	大于5个工作日	/	6%	30%	3%	30%	30%

　　而表 5-24 比较的是系统上线以后,城市工商系统报告时间和该城市企业感知的普遍时间上的差异,可以看到城市工商系统报告时间和该城市企业感知的普遍时间是基本符合的。但与前面类似的,城市工商系统报告平均审批

时间在 3 个工作日以内的,存在一定的企业感知办理延迟的现象,而城市工商系统报告平均审批时间在 4 个工作日或以上的,则存在实际办理时间较工商系统报告时间短的现象。

表 5-24 工商部门和企业报告的网上登记注册系统上线后平均审批时间的比较

网上登记注册系统上线后		该城市企业感知的普遍时间(中位数)					
		1 个工作日	2 个工作日	3 个工作日	4 个工作日	5 个工作日	大于 5 个工作日
城市工商系统报告的平均审批时间	1 个工作日	70%	5%	25%	/	/	/
	2～3 个工作日	40%	22%	30%	4%	4%	/
	4～5 个工作日	17%	28%	39%	/	17%	/
	大于 5 个工作日	/	40%	40%	/	20%	/

进一步统计网上登记注册系统和网上年检系统受访存在办理延误的情况,根据工商系统企业登记部门和企业年检部门问卷显示(见表 5-25),有 42% 的城市工商系统认为他们在网上登记注册系统和网上年检系统的运作上均不存在办理延误的情况,而 17% 的城市工商系统则认为他们在两个系统上均存在办理延误的情况,而另外有 41% 的城市工商系统则报告在两个系统中的其中一个上存在办理延误的情况。但进一步与这些城市的受访企业关于办事是否存在延误的情况加以比较则发现,表中所列的工商系统报告办理延误的四种情况的当地企业所报告的其遇到的业务办理延误情况均在 20% 左右,其中工商系统报告网上登记注册和网上年检两个系统均不存在延误情况的城市,其企业所报告遇到办理延误情况的比例达到了 18%(见表 5-26),仅略微低于其他几类城市。

表 5-25 网上登记注册系统和网上年检系统是否存在办理延误情况的统计(根据工商系统报告)

		网上年检	
		工商系统报告存在办理延误情况	工商系统报告不存在办理延误情况
网上登记	工商系统报告存在办理延误情况	17%	19%
	工商系统报告不存在办理延误情况	22%	41%

**表5-26 工商系统报告的网上登记系统和网上年检系统
办理延迟情况与企业报告的情况比较**

	企业报告遇到办理延误情况的比例
网上登记系统和网上年检系统均报告存在办理延误情况(17%)	21%
网上登记系统报告存在办理延误情况,而网上年检系统报告不存在(19%)	23%
网上年检系统报告存在办理延误情况,而网上登记系统报告不存在(22%)	20%
网上登记系统和网上年检系统均报告不存在办理延误情况(42%)	18%

单笔申请的审批时间减少也意味着工作人员每日能够审批的数量增加,表5-27统计了网上登记注册系统在上线前后人均每日审批量的变化情况。可以看到,在系统上线后,绝大多数城市的人均审批量持平或有所上升。其中,在系统上线前,共计65%的城市工商系统工作人员每日平均审批数量在10件以内,而仅有10%的城市工商系统工作人员每日平均审批数量大于20件;但在系统上线以后,工作人员每日平均审批数量仍在10件以内的城市占比下降至43%,而审批数量大于20件的城市占比则上升至30%。

表5-27 网上(注册)登记系统上线前后人均每日审批量比较

系统上线前人均每日审批数量	城市所占比例	系统上线后人均每日审批数量				
		1～5	6～10	11～15	16～20	>21
1～5	31%	50%	40%	5%	5%	0%
6～10	34%	13%	29%	25%	21%	13%
11～15	9%	0%	0%	33%	17%	50%
16～20	16%	0%	0%	9%	18%	73%
>21	10%	0%	0%	0%	0%	100%
总 计	/	20%	23%	14%	13%	30%

表5-28统计的是网上年检系统在上线前后人均每日审批量的变化情况。与网上登记注册系统类似地,在网上年检系统上线后,绝大多数城市的人均审批量持平或有所上升。其中,在系统上线前,共计61%的城市工商系统工作人员每日平均审批数量在20件以内,而仅有6%的城市工商系统工作人员每日平均审批数量大于50件;但在系统上线以后,工作人员每日平均审批数量仍在20件以内的城市占比下降至27%,而审批数量大于50件的城市占比

则上升至 27%。

表 5-28　网上年检系统上线前后人均每日审批量比较

系统上线前平均审批数量	城市所占比例	系统上线后平均审批数量					
		1~10	11~20	21~30	31~50	51~100	>100
1~10	34%	31%	33%	25%	6%	6%	0%
11~20	27%	3%	14%	48%	24%	7%	3%
21~30	18%	0%	0%	21%	32%	42%	5%
31~50	15%	0%	6%	0%	31%	50%	13%
51~100	4%	0%	0%	0%	50%	25%	25%
>100	2%	0%	0%	0%	0%	0%	100%
总　计	/	11%	16%	25%	21%	20%	7%

（2）工商系统与企业的沟通途径

电子政务系统中政府和企业用户双向沟通的顺畅，是保证电子政务系统应用成效的关键。当企业办理业务申报材料有误时，工商系统能否及时并以恰当的形式告知企业存在的问题，是其中一个方面。根据调查问卷的反馈，如果申报材料有误，绝大多数（97%）的受访企业表示及时得到了工商人员的通知。

表 5-29 就申报材料有误时工商系统通知企业途径的统计表明，电话或短信仍为工商系统与企业沟通的最常用途径，分别有 43% 的网上登记系统和 20% 网上年检系统仅使用电话或短信途径作为通知企业的途径，而另外还分别有 18% 的网上登记系统和 60% 的网上年检系统使用电话或短信作为通知途径之一。而通过电子邮件和网上告示的途径通知企业的也占到了一定比例，其中分别有 24% 和 27% 的网上登记注册和网上年检部门仅以网上告示的方式通知企业。但进一步结合对应企业的感知情况即可发现，企业表示曾经接到过工商系统电话告知的比例达到了 79%，而曾经接到过电子邮件和网上告示告知的比例则分别只有 21% 和 18%。企业感知情况与工商系统告知情况的差异，可能反映了工商部门与企业用户均尚未完全习惯使用电子邮件和网上告示等网络化沟通方式。

表 5-29　在申报材料有误时工商系统通知企业的途径

	仅用该种形式通知企业的		用该种形式通知企业的		企业感觉接到此途径通知的
	网上登记	网上年检	网上登记	网上年检	
电话或短信	43%	20%	61%	80%	79%
电子邮件	2%	2%	6%	16%	21%
网上告示	24%	27%	32%	59%	18%

（3）网络化、无纸化及系统辅助功能的实现程度

理想的网上登记注册和网上年检系统,应该是全程使用电子文档,并能够在网上完成业务办理的全部流程。如果一个电子政务系统仅是将小部分流程搬到网上,而仍需要企业用户往返工商办事大厅,则显然难以带给企业真正意义上的便利,反而可能会增加业务办理的复杂性和出错的可能性,如此则很难谈得上能够真正的提高效率。

表 5-30 统计的是在各个城市已上线的网上登记系统和网上年检系统在电子化文档比例、流程网络化、全流程无纸化上的推广程度。从表中可以发现,约 40% 的城市报告其已上线的网上登记系统和网上年检系统的业务流程已 100% 在网上实现,另分别有 64% 和 75% 的城市报告 70% 以上（包括100%）的业务流程已经在网上实现。但在电子化文档比例以及全流程无纸化比例方面则可以发现,网上登记系统实现电子化文档比例以及全流程无纸化比例在 70% 以上的分别仅有 22% 和 18% 的城市,而网上年检系统则在上述两个比例达到 70% 以上的有 51% 和 36%,但仍然明显低于业务流程网络化的比例,说明至少在部分城市,业务流程网上办理而线下仍需提交纸质材料,实际上仍没有完全发挥出电子政务系统所应有的效用。

表 5-30　网上登记和年检系统在流程网络化、电子化文档
比例和全流程无纸化上的推广程度

	业务流程网上实现比例		电子化文档比例		全流程无纸化比例	
	网上登记	网上年检	网上登记	网上年检	网上登记	网上年检
0	/	/	14%	19%	30%	19%
1%～29%	27%	12%	45%	23%	37%	30%
30%～69%	9%	13%	18%	24%	15%	14%
70%～99%	23%	35%	11%	22%	9%	20%
100%	41%	40%	11%	27%	9%	16%

在电子政务系统的一些辅助性功能上,调查问卷具体统计了各地工商系

统在网上登记系统和网上年检系统在网上申办程序公示、在线咨询提供以及网上状态查询功能上的实现比例。如表 5-31 所示,绝大多数城市均有对网上办理业务程序的公示,以便于企业用户的使用,但中、西部城市工商系统的网上登记系统在此比例上略为偏低。在网上状态查询方面,网上年检系统提供此项服务的比例要明显高于网上登记系统,而西部城市在此比例上反而最佳。实现在线咨询的网上登记系统和网上年检系统的比例要明显少于前两项,同样可以发现西部城市在此比例上反而表现最佳。

表 5-31 网上申办程序公示、在线咨询提供以及网上状态查询功能实现比例

| | 网上申办程序公示 | | 网上状态查询 | | 在线咨询提供 | |
	网上登记	网上年检	网上登记	网上年检	网上登记	网上年检
整 体	91%	95%	78%	88%	57%	58%
东 部	95%	96%	78%	94%	55%	54%
中 部	84%	93%	73%	70%	61%	55%
西 部	86%	95%	93%	100%	60%	76%

我们从企业用户的角度对电子政务系统使用体验不佳的情况进行了统计。如表 5-32 所示,尽管绝大多数城市工商系统对于网上申办的程序进行了公示,但仍有约 30% 的企业表示曾因为上网介绍不清楚与不及时而办不成事情。有接近 80% 的企业用户表示仍需要在网下往返提交各类材料与证明,而有接近 70% 的企业用户表示办事流程未全部实现网上办公,这两个比例与工商系统的调查结果基本接近。

表 5-32 企业用户使用体验不佳的情况

	仍有因为网上介绍 不清楚与不及时而 办不成事情的时候	仍需要在网下 往返提交纸质的 各类材料与证明	办事流程 未全部实现 网上办公
东 部	29%	72%	69%
中 部	33%	80%	62%
西 部	31%	82%	75%

表 5-33 统计的是受访工商系统电子政务系统提供企业基本信息查询和并联审批功能的情况。可以发现,有接近 90% 的城市工商系统电子政务系统为用户提供了企业基本信息查询,但其中仅有近六成能够提供动态变更信息。而东部和中部城市实现并联审批的企业比例则在约 20% 左右,西部城市该实现比例仅为 11% ,明显较低。

表 5-33 提供企业基本信息查询和并联审批功能的情况

	提供企业基本信息查询		实现并联审批
		其中,提供动态变更信息的比例	
整　体	91%	57%	19%
东　部	88%	53%	20%
中　部	95%	60%	19%
西　部	94%	67%	11%

3. 公务员评价

公务员作为电子政务系统的实际操作和使用者,他们对于系统的感知与评价应作为电子政务系统评价的一个重要方面。本节将对出此次问卷调查所得到的电子政务系统的公务员评价的整体情况进行简要的介绍。

如表 5-34 所示,有接近 50% 的受访公务员认为在使用电子政务系统后本部门数据统计和决策能力得到了大大地提高,其中东部城市在此比例上显著高于中、西部城市。而如表 5-35 所示,有超过 70% 的受访公务员表示电子政务使用后,决策更加有把握,其中东部城市的网上登记系统对决策能力上的影响整体上要优于中、西部城市,但在网上年检系统对决策能力的影响上东、中、西部城市则无明显的差距。

表 5-34 对使用电子政务系统后本部门数据统计和决策能力的评价

		大大提高		有所提高		没有提高	
		网上登记	网上年检	网上登记	网上年检	网上登记	网上年检
整	体	49%	48%	45%	47%	5%	5%
东	部	59%	51%	38%	47%	4%	2%
中	部	32%	39%	57%	43%	11%	18%
西	部	35%	48%	60%	52%	5%	0%

表 5-35 电子政务系统提供的数据和信息对部门决策的影响

		决策更有把握		对决策影响有限		对电子政务系统所提供数据和信息不太信任	
		网上登记	网上年检	网上登记	网上年检	网上登记	网上年检
整	体	75%	70%	18%	21%	7%	9%
东	部	83%	70%	13%	19%	4%	10%
中	部	62%	63%	28%	30%	10%	7%
西	部	65%	77%	20%	14%	15%	9%

如表 5-36 和表 5-37 所示,对于使用电子政务系统后工作复杂程度的变化的问题上,受访公务员的回答显得两级化,其中,在受访的企业登记注册部门公务员中,有约 70% 认为工作变轻松了,但同时也有约 25% 认为工作变复杂了。而受访的企业年检部门认为工作变复杂的比例则相对较低,但整体上仍有约 16% 的公务员认为工作变复杂了。东、中、西部城市的公务员在此问题上没有表现出明显差异。

表 5-36　企业登记注册部门公务员对于使用电子政务系统后工作复杂程度的评价

	非常复杂	较复杂	没什么变化	变轻松了一些	变轻松了许多
整　体	2%	23%	6%	44%	25%
东　部	1%	23%	8%	44%	25%
中　部	3%	23%	7%	43%	23%
西　部	0%	25%	0%	45%	30%

表 5-37　企业年检部门公务员对于使用电子政务系统后工作复杂程度的评价

	非常复杂	较复杂	没什么变化	变轻松了一些	变轻松了许多
整　体	0%	16%	3%	48%	31%
东　部	0%	14%	1%	49%	36%
中　部	0%	13%	17%	48%	21%
西　部	0%	29%	0%	42%	29%

如表 5-38 和表 5-39 所示,对于工作强度方面,企业登记注册部门和企业年检部门的公务员的评价同样两极化,其中认为使用电子政务系统后,压力增大的企业登记注册部门公务员达到了约 50%。而企业年检部门的公务员则达到了约 30%。东、中、西部城市的公务员在此问题上也没有表现出明显差异。

表 5-38　企业登记注册部门公务员对于使用电子政务系统后工作压力的评价

	压力变得很大	压力增大但不明显	压力没变化	压力减少一些	压力减少了许多
整　体	15%	35%	13%	25%	13%
东　部	14%	35%	14%	20%	16%
中　部	24%	28%	10%	34%	3%
西　部	5%	45%	10%	30%	10%

表 5-39 企业年检部门公务员对于使用电子政务系统后工作强度的评价

	压力变得很大	压力增大但不明显	压力没变化	压力减少一些	压力减少了许多
整 体	10%	21%	10%	34%	24%
东 部	11%	19%	12%	32%	26%
中 部	7%	20%	13%	43%	17%
西 部	13%	30%	0%	30%	26%

与电子政务系统的公务员工作复杂程度和工作强度看法分化不同,如表 5-40 和表 5-41 所示,企业注册登记部门和企业年检部门公务员认为使用电子政务后工作效率提高的比例均达到了约 90%。东、中、西部城市的公务员在此问题上的差异不大,但值得注意的是,西部城市的企业注册登记部门公务员认为使用电子政务系统后工作效率反而下降的比例达到了 10%。

员工的决策分析能力和工作效率变化程度显著大于工作强度和工作压力的改善。这与电子政务系统上线后,办事流程公正公开透明不无关系,办事流程规范化也涉及各员工的权责更加明确,相应的也使得员工的工作强度和压力较工作效率而言改善不那么显著。

表 5-40 企业注册登记部门公务员对于使用电子政务系统后工作效率的评价

	大大提高	有所提高	基本相同	没有提高	反而下降
整 体	37%	51%	6%	4%	2%
东 部	38%	50%	9%	3%	0%
中 部	35%	55%	3%	6%	0%
西 部	35%	50%	0%	5%	10%

表 5-41 企业年检部门公务员对于使用电子政务系统后工作效率的评价

	大大提高	有所提高	基本相同	没有提高	反而下降
整 体	43%	48%	5%	2%	2%
东 部	28%	59%	14%	0%	0%
中 部	46%	46%	4%	0%	4%
西 部	40%	50%	7%	1%	2%

此次调查问卷的结果表明,从公务员的角度来看,使用电子政务系统后的主要成效体现在办事效率和服务意识的大幅提升。如表 5-42 和表 5-43 所示,分别有接近六成和七成的企业登记注册部门和企业年检部门的受访公务

员认为电子政务系统提高部门内部办事效率是电子政务系统给本部门带来的最大成效。而增强企业服务意识和企业投诉率下降是受访公务员认为电子政务系统给本部门带来的第二大方面的成效,有约20%的公务员将这两点之一列为电子政务系统给本部门带来的最大成效。另外,尽管很少被列为最大成效,但增强了对企业服务能力,和提升部门形象这两个成效被受访公务员提及的比例也较高。

表5-42 企业登记部门公务员对电子政务系统给本部门带来成效的评价

	整体 选择比例	整体 首选比例	东部 选择比例	东部 首选比例	中部 选择比例	中部 首选比例	西部 选择比例	西部 首选比例
提高了部门内部办事效率	77%	62%	77%	55%	78%	81%	71%	58%
降低了行政成本	59%	6%	63%	4%	52%	4%	50%	16%
优化了以前不合理的内部管理流程	58%	3%	63%	4%	48%	4%	50%	0%
增强了对企业的服务意识	62%	8%	69%	8%	48%	4%	50%	11%
增强了对企业的服务能力	74%	0%	77%	0%	61%	0%	79%	0%
企业投诉率下降	40%	15%	45%	20%	26%	4%	36%	11%
提升了部门形象	69%	4%	75%	6%	57%	0%	64%	5%
加强了与民众的沟通与互动	53%	3%	59%	3%	35%	4%	50%	0%

表5-43 企业年检部门公务员对电子政务系统给本部门带来成效的评价

	整体 选择比例	整体 首选比例	东部 选择比例	东部 首选比例	中部 选择比例	中部 首选比例	西部 选择比例	西部 首选比例
提高了部门内部办事效率	83%	67%	86%	70%	78%	53%	79%	69%
降低了行政成本	64%	6%	68%	8%	48%	6%	67%	0%
优化了以前不合理的内部管理流程	58%	7%	65%	6%	39%	12%	54%	6%
增强了对企业的服务意识	70%	10%	76%	6%	48%	18%	71%	19%
增强了对企业的服务能力	70%	7%	76%	8%	57%	6%	63%	6%
企业投诉率下降	45%	2%	53%	2%	26%	6%	38%	0%
提升了部门形象	61%	0%	69%	0%	43%	0%	54%	0%
加强了与民众的沟通与互动	46%	0%	51%	0%	30%	0%	46%	0%

尽管如此,在电子政务系统与公务员自身期望是否符合的问题上,如表5-44 所示,仅有约20%的受访城市公务员认为电子政务系统与其期望完全符合,而表示与期望有差距的受访城市公务员达到了约50%。其中东部城市公务员认为与期望完全符合的比例明显高于中部城市,而中部城市又明显高于西部城市。

表5-44   公务员对电子政务系统与自身期望是否符合的评价

	和期望完全符合		还行,没什么特别感觉		和期望有所差距		和期望差距很远	
	网上登记	网上年检	网上登记	网上年检	网上登记	网上年检	网上登记	网上年检
整体	21%	20%	27%	30%	48%	47%	4%	3%
东部	24%	24%	30%	29%	41%	43%	5%	4%
中部	18%	14%	18%	36%	59%	45%	5%	5%
西部	8%	10%	25%	29%	67%	62%	0%	0%

如图5-2所示,分别有高达53%和67%的受访城市工商系统企业登记注册部门和企业年检部门的公务员认为,电子政务未达到其期望的地方主要在于系统功能尚有待增强和完善,另外两个集中反映的问题分别在于使用不够方便和规范标准有待统一。

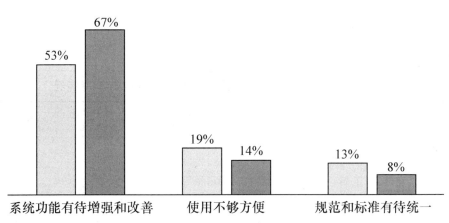

图5-2   电子政务系统未达到公务员期望的主要问题

第三节   企业用户的使用和满意度统计

1. 认知情况与使用情况

电子政务系统的成功与否一方面取决于系统的建设,而更重要的一方面则是用户的认知。调查问卷结果显示(见表5-45),整体上看有32%的用户对电子政务系统的各项功能都比较了解,另外有54%的用户对部分功能有所了解,总共 86% 的人对电子政务系统有所了解,并且东、中、西部城市用户在认知程度上的情况非常接近。较高的企业认知深度与近年来工商电子政务系统的大规模建设和推广相吻合。

表5-45　受访企业对电子政务系统的认知

	整　体	东　部	中　部	西　部
对每项功能都很了解	32%	31%	26%	39%
对部分功能有所了解	54%	54%	55%	52%
不怎么了解	12%	12%	18%	7%
完全不了解	2%	2%	2%	2%

表5-46 和表5-47 的统计表明,企业对电子政务系统的认知程度与使用情况和使用频率密切联系。如表5-46 所示,对每项功能都很了解的企业,曾经使用过电子政务系统的比例达到了 89%;而有所了解和不怎么了解的企业,使用过电子政务系统的比例则仅分别有 66% 和 15%。对每项功能都很了解的企业在最近 3 个月之内使用的比例达到了 77%,而有所了解和不怎么了解的企业,上述比例则仅分别有 48% 和 29%。

表5-46　受访企业对电子政务系统的认知程度与使用情况

	使用过	没使用过但听说过	没听说过
整　体	66%	32%	3%
对每项功能都很了解(32%)	89%	11%	/
对部分功能有所了解(54%)	66%	34%	/
不怎么了解(12%)	15%	74%	11%
完全不了解(2%)	/	35%	65%

表5-47　受访企业最近一次使用电子政务系统的时间

	3 个月内	3 个月前	6 个月前	1 年前
整　体	54%	24%	15%	6%
对每项功能都很了解(32%)	77%	15%	7%	1%
对部分功能有所了解(54%)	48%	31%	18%	4%
不怎么了解(12%)	29%	20%	27%	23%
完全不了解(2%)	22%	13%	16%	48%

表5-48 的统计表明,企业用户的使用程度与他们感受的周围企业的使用程度也非常相关,表示使用过电子政务系统的企业中,有 51% 认为大部分周

围企业也使用电子政务系统;而表示没使用过但听说过电子政务系统的企业中,有46%认为大部分周围企业很少使用电子政务系统。但无论是否使用过电子政务系统,也有相当比例的企业表示不了解周围企业使用电子政务的情况,表明工商电子政务系统可能并未引起企业足够的关注,并未成为企业间相互交流中的主要话题,即社会效益力还不足,也表明工商在推广电子政务系统提升用户认知方面还有不少发展空间。

表5-48　受访企业认为周围企业使用电子政务的比例

	没　有	很　少	大部分	不了解
整　体	6%	29%	38%	27%
使用过(66%)	5%	21%	51%	23%
没使用过但听说过(32%)	6%	46%	15%	32%
没听说过(3%)	14%	32%	2%	52%

表5-49的统计表明,近年来,不光用户对工商电子政务系统的认知不断提高,并且认知的广度也在不断扩展。用户对在线办事状态查询、企业基本信息查询的认知度均在80%左右。对于并联审批、在线咨询、在线检索三类扩展的认知中,67%的人对在线咨询有所了解,对并联审批功能有所认知的比例最低,为32%。

表5-49　受访企业对于电子政务系统的部分扩展功能的认知

	在线办事状态查询	企业基本信息查询	并联审批	在线咨询	在线检索
整　体	81%	78%	32%	67%	42%
对每项功能都很了解(32%)	94%	93%	48%	72%	49%
对部分功能有所了解(54%)	81%	78%	27%	66%	40%
不怎么了解(12%)	49%	44%	16%	61%	39%

当有问题想要向工商咨询时,无论企业对电子政务系统是否了解,普遍均有约2/3的企业表示电话咨询是它们首选的咨询手段(如表5-50所示)。即使是对电子政务系统很了解的企业,首选网上咨询的比例也只达到了29%。这可能反映出企业对于电子政务系统依赖性还比较低,主观使用动机不足,但电子政务系统中对在线咨询功能存在欠缺可能是更主要的原因。

表 5-50　受访企业首选的咨询手段

	电话咨询	网上咨询	到现场柜台办理	向办过的人询问	其　他
整　体	64%	20%	14%	1%	1%
对每项功能都很了解(32%)	61%	29%	9%	1%	0%
对部分功能有所了解(54%)	66%	17%	15%	1%	0%
不怎么了解(12%)	63%	10%	23%	3%	2%
完全不了解(2%)	64%	2%	28%	4%	1%

表 5-51 的统计表明,目前当企业需要办理某项业务时,首先考虑通过在线办理的企业占 47%,其中对电子政务系统很了解的客户此项比例能够达到 70%;而表明对电子政务系统不怎么了解的企业,该项比例仅为 23%。进一步对于选择在线办理的原因分析可以发现,在线办理能够节约时间是企业普遍的认知。而调查问卷的结果还显示,促使选择柜台办理的主要原因是认为沟通方式比较直接。

表 5-51　企业优先选择在线办理的比例及其原因

	优先选择在线办理的比例	选择在线办理的原因		
		政府规定	节约时间	节约费用
整　体	47%	12%	79%	4%
对每项功能都很了解(32%)	70%	10%	84%	2%
对部分功能有所了解(54%)	41%	12%	77%	5%
不怎么了解(12%)	23%	12%	73%	6%

从调查中得知,网上办事和信息浏览成为用户使用电子政务网站的主要目的。分别有 64% 和 56% 的企业表示使用电子政务系统的主要目的是浏览信息或网上办事,如表 5-52 所示。信息浏览功能是一项从无到有的功能,即在没有电子政务系统前企业关于获得工商部门的最新信息的需求难以被满足,因此此功能成为开通电子政务后企业使用的主要目的之一,即使是对电子政务系统表示不了解的企业亦是如此。而网上办事和在线咨询的使用情况则与企业对于电子政务系统的了解程度联系较为紧密。

表 5-52　受访企业使用电子政务系统主要目的统计

	浏览站内最新消息	网上办事	在线咨询	在线投诉	其　他
整　体	64%	56%	36%	8%	1%
对每项功能都很了解(32%)	75%	67%	42%	12%	1%
对部分功能有所了解(54%)	58%	57%	33%	6%	1%
不怎么了解(12%)	64%	28%	31%	9%	2%
完全不了解(2%)	50%	24%	29%	10%	6%

　　企业对电子政务的使用动机和依赖性有所不足,但对电子政务的需求却异常强烈。如表 5-53 所示,整体上看有高达 90% 的用户反馈希望所有业务都实现网上办理,但从表中我们也能发现,对电子政务系统越不了解的企业用户,对于希望所有业务都实现网上办理的比例也相应降低。这说明,造成企业使用动机的不足更多是因为目前的电子政务系统还不能较好地满足用户的需求,另外对电子政务系统功能的宣传和培训还显得不足。

表 5-53　受访企业期望所有业务都实现网上办理的比例

	是否希望所有业务都实现网上办理
整　体	90%
对每项功能都很了解(32%)	94%
对部分功能有所了解(54%)	90%
不怎么了解(12%)	82%
完全不了解(2%)	76%

2. 系统功能和效率情况反馈

　　受访企业用户对于工商系统电子政务系统的硬件相关方面的评价上,如表 5-54 到表 5-58 所示,评价均比较高。其中,共计有 96% 的用户认为工商系统电子政务系统的界面设计简洁美观;有 88% 的用户认为使用很方便或比较简单;仅有 4% 的用户报告说经常遇见系统故障;有 14% 的用户认为工商系统网站的访问速度较慢或很慢。对于工商系统电子政务系统的信息发布的内容与公示信息更新频率方面,46% 的企业用户认为及时,另有 40% 的企业用户认为较及时。

表 5-54　企业用户对工商电子政务系统的界面设计的评价

	非常简洁美观	比较简洁美观	不太简洁美观	很不美观
整　体	32%	64%	4%	0%
东　部	33%	63%	3%	0%
中　部	34%	62%	3%	0%
西　部	26%	70%	4%	0%

表 5-55　企业用户对工商电子政务系统的易用性的评价

	使用很方便 也很容易上手	使用比较简单	使用比较复杂	使用非常复杂
整　体	37%	53%	9%	1%
东　部	40%	52%	7%	1%
中　部	34%	55%	11%	1%
西　部	34%	51%	14%	1%

表 5-56　企业用户使用工商电子政务系统的系统故障经验

	从　未	偶　尔	经常性
整　体	39%	58%	4%
东　部	40%	57%	3%
中　部	40%	56%	4%
西　部	32%	63%	5%

表 5-57　企业用户对工商电子政务系统的访问速度的评价

	访问速度非常快	访问速度比较快	访问速度较慢	访问速度很慢
整　体	23%	63%	13%	1%
东　部	24%	63%	12%	1%
中　部	24%	61%	13%	2%
西　部	18%	66%	14%	1%

表 5-58　企业用户对工商电子政务系统的信息发布的内容与公示信息更新频率的评价

	及　时	较及时	一　般	不及时
整　体	46%	40%	13%	1%
东　部	47%	39%	13%	1%
中　部	47%	40%	12%	1%
西　部	42%	41%	16%	1%

3. 企业用户满意度

根据此次调查问卷的反馈结果,如表 5-59 所示,对于电子政务系统能够节约时间和费用这一点上,在电子政务系统很了解的企业用户中有 91% 认同,而对于电子政务不了解的企业用户来说,也有约 80% 的对此表示认同,表明这是企业用户非常普遍的一个认知,也是企业用户对于电子政务系统效果的最直接的期待。但在电子政务系统对企业用户带来的其他好处方面,我们可以看到不了解电子政务系统的企业的认同度则要比在电子政务系统很了解的企业用户的认同度低 20%~30%,而即使是对于电子政务系统很了解的企业用户来说,认同服务态度改善、与政府沟通加强以及降低政府办事的错误率三个方面的比例也低于 50%,而这正指明了电子政务系统未来所应该加强成效的方面。

表 5-59　企业用户对于电子政务系统的评价情况

	节约时间和费用	提高政府办事效率	服务更加规范与人性化	办事难度大大降低	服务态度改善	与政府的沟通加强	政府办事的错误率降低
整　体	85%	60%	51%	46%	38%	38%	27%
对每项功能都很了解(32%)	91%	68%	57%	54%	47%	48%	35%
对部分功能有所了解(54%)	84%	57%	50%	44%	36%	34%	24%
不怎么了解(12%)	76%	52%	45%	37%	32%	32%	21%
完全不了解(2%)	80%	46%	38%	26%	21%	27%	13%

虽然目前工商电子政务系统的建设与运行于用户的需求间还存在差距,但是我们也看到,如表 5-60 所示,有了电子政务以后企业对政府的满意度大幅提升。整体上看有 65% 的用户对政府的满意度大大提高,30% 的人对政府的满意度稍有提高。但值得注意的是,对电子政务系统是否了解与企业对电子政务总体满意度呈现明显的相关性,随着对电子政务系统熟悉度的降低,认为电子政务系统提高了对政府办事服务总体满意度的比例迅速降低。

表 5-60　企业用户对电子政务系统是否提高了对政府办事服务总体满意度的评价

	大大提高	稍有提高	没有什么变化	反而降低
整　体	65%	30%	5%	0%
对每项功能都很了解(32%)	82%	16%	2%	0%
对部分功能有所了解(54%)	60%	35%	4%	0%
不怎么了解(12%)	49%	40%	10%	1%
完全不了解(2%)	34%	31%	33%	2%

如图 5-3 所示,网上年检和网上登记系统上线时间较早,运行时间较长,经过不断地升级和完善,成为最令企业满意的功能。

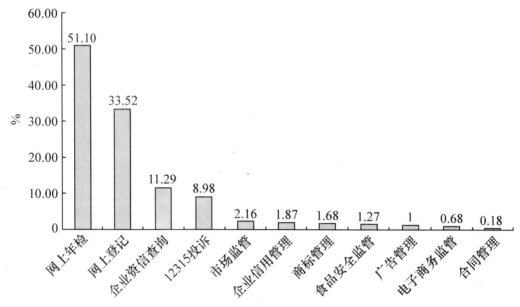

图 5-3　最令受访企业满意的工商电子政务系统功能及服务

在针对企业用户的调查问卷中,我们设计了由企业自主回答"您认为电子政务系统目前最需要改进的地方"的问题。对此,有超过 40% 的受访企业用户填写了他们对于电子政务系统的意见建议,经过整理总结,企业用户的意见建议主要集中于以下五个方面:

(1)针对系统和功能方面的意见建议占 45%,主要包括电子政务系统的维护和升级,现有功能的改进,以及增加新的功能等;

(2)对于电子政务系统办理业务流程的优化和简化方面的意见建议占 15%。

(3)对于电子政务系统办理业务时间、反馈速度、信息更新频率等方面的意见建议占 15%;

(4)对电子政务系统应增加宣传力度和普及性的意见建议占 9%;

(5)对网络访问速度方面的意见建议占 8%;

另外还有少量企业用户提到了信息安全和隐私保护、改善政府人员服务态度等方面的意见和建议。

针对当前的系统,用户的主要诉求集中在系统功能的增加和改进上,这也是当前系统与用户需求间存在差异的原因所在,也将成为工商电子政务系统未来改进和发展的方向。

4. 社会效益

电子政务系统除了对政府部门具体事务办理上流程和效率上的改进以外,它同时也在推动着政府工作方式、角色上的转变,这同样重要。此次针对企业的问卷调查中,我们设计了电子政务系统对于政府信息公开程度、监管透明度、政府信任感、政府与企业间联系四个方面的问题。反馈结果如表5-61到表5-64所示。

从表中统计情况可以发现,受访企业用户对建设和实施电子政务系统的社会效益方面给予了积极的评价,其中有84%的企业用户认为电子政务系统显著提高了政府信息公开程度,82%的企业用户认为其显著提高了审批监管的透明度,71%的企业用户认为其显著提高了对工商执法的信任度,81%的企业用户认为其显著提高了政府和工商系统的联系程度。与前面的统计结果类似,我们可以发现对电子政务系统是否了解与企业对电子政务系统的社会效益评价也呈现明显的相关性,随着对电子政务系统熟悉度的降低,认为电子政务系统的社会效益给予积极评价的比例也同样迅速降低。

表 5-61   受访企业用户对电子政务系统对信息公开程度影响的评价

	显著提高	没太多提高	没什么变化	反而下降
整　体	84%	12%	4%	0%
对每项功能都很了解(32%)	92%	6%	2%	0%
对部分功能有所了解(54%)	83%	14%	3%	0%
不怎么了解(12%)	71%	20%	8%	0%
完全不了解(2%)	55%	18%	21%	6%

表 5-62   受访企业用户对电子政务系统对监管透明度影响的评价

	显著提高	没太多提高	没什么变化	反而下降
整　体	82%	14%	4%	0%
对每项功能都很了解(32%)	91%	7%	1%	0%
对部分功能有所了解(54%)	81%	16%	4%	0%
不怎么了解(12%)	70%	21%	8%	1%
完全不了解(2%)	59%	14%	24%	3%

表 5-63　受访企业用户对电子政务系统对工商执法信任感的评价

	显著提高	没太多提高	没什么变化	反而下降
整　体	71%	23%	6%	1%
对每项功能都很了解(32%)	83%	14%	2%	0%
对部分功能有所了解(54%)	68%	26%	6%	0%
不怎么了解(12%)	60%	27%	12%	1%
完全不了解(2%)	39%	34%	22%	5%

表 5-64　受访企业用户对电子政务系统对增强与企业的联系的评价

	显著提高	没太多提高	没什么变化	反而下降
整　体	81%	13%	5%	0%
对每项功能都很了解(32%)	90%	8%	2%	0%
对部分功能有所了解(54%)	80%	15%	5%	0%
不怎么了解(12%)	70%	18%	11%	0%
完全不了解(2%)	53%	24%	18%	5%

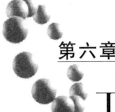

第六章

工商系统电子政务绩效评价结果分析

主要内容

- 工商系统电子政务实施绩效整体情况
- 绩效评价差异成因分析
- 地区电子政务成效差异情况
- 电子政务绩效调研的主要发现与判断

第一节　工商系统电子政务实施绩效整体情况

根据上述绩效评价方案,我们得到了各个城市在功能建设完备性、内部管理效率、对外服务效率和社会效益四个方面的评价结果,以及综合上述四个指标的整体评价结果。

1. 排名靠前城市

本小节报告的是在功能建设完备性、内部管理效率、对外服务效率和社会效益四个指标上的评价结果,以及综合上述四个指标的整体评价结果。表6-1列出的是总指数排名前15位的城市在各个指标上的评价情况。

表 6-1 总指数排名前 15 位的城市在各个指标上的评价情况

省　份	城　市	功能建设完备度	内部管理效率	对外服务效率	社会效益	总指数
	北　京	1.811	1.750	1.084	1.434	1.501
山　东	济　宁	1.260	1.750	1.381	1.507	1.455
浙　江	杭　州	1.516	1.498	1.214	1.306	1.392
福　建	厦　门	1.141	1.434	1.479	1.882	1.389
云　南	昆　明	1.179	1.675	1.190	1.852	1.374
河　南	郑　州	1.346	1.309	1.307	1.910	1.370
山　东	青　岛	1.302	1.571	1.164	1.725	1.370
山　东	临　沂	1.748	1.737	0.907	1.057	1.363
浙　江	绍　兴	1.800	1.460	0.971	1.298	1.360
山　东	滨　州	1.587	1.542	1.016	1.321	1.351
山　东	日　照	1.438	1.657	1.024	1.264	1.338
山　东	聊　城	1.302	1.317	1.249	1.854	1.337
江　苏	连云港	1.000	1.585	1.310	1.822	1.322
浙　江	湖　州	1.391	1.349	1.147	1.526	1.313
山　东	淄　博	1.486	1.589	1.049	0.970	1.309

从表 6-1 中我们可以看到,总指数排名靠前的城市高度集中于东部经济发达城市,占据了排名 15 位中的 13 位,而另外两个位置被昆明和郑州取得。从这些城市的各个一级指标的评价情况来看,除了临沂、绍兴的服务效率及淄博的社会效益指标以外,其余所有城市的四个一级指标指数均在 1 以上,甚至大多数指数均达到了 1.3 以上,表明排名靠前的这些城市在电子政务的系统建设和成效发挥方面均较为全面。

另外,上述城市在功能建设完备度、内部管理效率、对外服务效率、社会效益四个一级指标的均值分别达到了 1.42、1.55、1.17 和 1.52,这表明排名靠前城市在功能建设完备度、内部管理效率和社会效益三个方面发展水平相对较高,而在对外服务效率上则较基准水平高出不多。

表 6-2 到表 6-5 分别列出了系统建设完备度、内部管理效率、对外服务效率和社会效益四个指标上排名前 10 名的城市及其评价情况。通过对四个表格的总结,可以看到对于每一个单项有一个明显的省份聚集现象,如福建、山东在功能建设完备度,山东在内部管理效率,福建、广东、江苏在对外服务效率,广东在社会效益方面,均有多个城市排名前列。可见地方的地域、经济、文化等环境对于电子政务成效有着普遍的促进作用。

表 6-2　系统建设完备度指标排名

排　名	省　份	城　市	指　数
1		北　京	1.811
2	浙　江	绍　兴	1.800
3	福　建	南　平	1.753
4	山　东	临　沂	1.748
5	福　建	福　州	1.724
6	辽　宁	盘　锦	1.587
7	山　东	泰　安	1.587
8	山　东	滨　州	1.587
9	江　苏	淮　安	1.556
10	福　建	龙　岩	1.534

表 6-3　内部管理效率指标排名

排　名	省　份	城　市	指　数
1	山　东	济　宁	1.750
2	辽　宁	盘　锦	1.750
3		北　京	1.750
4	山　东	临　沂	1.737
5	广　东	佛　山	1.688
6	江　苏	常　州	1.686
7	四　川	广　元	1.682
8	湖　北	随　州	1.677
9	云　南	昆　明	1.675
10	山　东	日　照	1.657

表 6-4　对外服务效率排名

排　名	省　份	城　市	指　数
1	福　建	厦　门	1.479
2	广　东	潮　州	1.438
3	四　川	达　州	1.420
4	福　建	漳　州	1.394
5	山　东	济　宁	1.381
6	广　东	珠　海	1.373
7	广　东	揭　阳	1.349
8	江　苏	常　州	1.333
9	江　苏	连云港	1.310
10	河　南	郑　州	1.307

中国电子政务发展报告

表6-5　社会效益指标排名

排　名	省　份	城　市	指　数
1	河　南	郑　州	1.910
2	广　东	东　莞	1.903
3	广　东	汕　尾	1.888
4	福　建	厦　门	1.882
5	安　徽	合　肥	1.859
6	山　东	聊　城	1.854
7	云　南	昆　明	1.852
8	江　苏	连云港	1.822
9	广　东	潮　州	1.818
10	四　川	达　州	1.797

同时,将全省范围发放问卷的九个省份的平均得分状况提取出来予以比较,如表6-6所示。可以看到,九个省份的排名情况基本与各省经济发展状况相符,而且东部沿海地区明显居于前位。但同时也应该注意到,即便是得分最高的浙江省,平均指数也仅为约1.2。而中部及西部的三个省份中,湖北勉强达到基准值1,四川、河南则距离基准值1尚有一定差距,中部与西部电子政务成效状况堪忧。在第三节将对这九个省份的绩效评价情况作更详细的介绍和分析。

表6-6　全省范围发放问卷的九个省份的平均得分状况

排　名	省　份	平均指数
1	浙　江	1.217
2	山　东	1.210
3	广　东	1.107
4	辽　宁	1.068
5	福　建	1.042
6	江　苏	1.025
7	湖　北	1.019
8	四　川	0.843
9	河　南	0.763

2. 绩效评价整体情况

（1）总指数

经统计,有64.9%共计100个城市的总指数在基准值1以上,也即电子政务整体有效;同时有35.1%共计54个城市的总指数在基准值以下,也即电子政务整体缺乏效率。总体来看不及格率较高。

总体平均指数 1.07,处在基准值附近。得分中位数为 1.11,高于平均指数,由此再结合下文给出的梯队分析可以得到表现较差的城市得分非常低的结论。但即便是表现最好的城市北京,其得分指数亦只有 1.50,和我们所定义的优秀的电子政务尚有一定的距离。

（2）一级指标得分

功能建设完备度平均指数 1.0274,略高于基准值 1;通过统计发现,得分最低的指标主要是网上登记、网上年检两个重点考察系统的功能完成质量与用户使用度上,单纯的系统建设得分较高,有系统而无绩效的状况依然严峻。

内部管理效率平均指数 1.2559,在四个指数中表现最佳,内部业务效率提升较为显著。

服务效率平均指数 0.9588,低于基准值 1,我们看到服务效率指数均值处在电子政务无效率的区域,情况堪忧。电子政务服务功能与客户观念有待加强。对比内部管理效率指数,可以较为合理地推断业务系统上线更多的是为了提高内部工作效率而非方便用户。

社会效益平均指数 1.2195,得分较高且仅次于内部管理效率的平均水平,可以看到用户对于电子政务是有相当的期待。考虑到服务效率的低下,电子政务与用户的期待尚有相当的差距。

（3）梯队分析

得分的绝对名次没有太大的意义,故将得分划分为 6 个区间,以进行梯队化分析,如表 6-7 所示。

表 6-7　梯队分析

梯　　队	得分区间	城市数量
第一梯队	1.3 以上	17
第二梯队	1.2～1.3	30
第三梯队	1.0～1.2	52
第四梯队	0.9～1	22
第五梯队	0.8～0.9	13
第六梯队	0.8 以下	20

其中,第六梯队共 20 个城市,分数在 0.8 以下,这些城市大都有部分政府问卷未回收或者无效问卷比例很高的情况,只有少部分回收情况良好绩效极

低的情况,为保证划分的有效性,列出第六梯队。

可以看到从第一到第五梯队很好地符合正态分布。5 个梯队以第 3 梯队及刚刚达到及格线的阶段为多,第 1、5 梯队城市较少,绝大多数拥堵在第 2、3、4 尤其是 2、3 梯队之中。如何从这拥堵之中冲出,脱离及格线达到绩效较高的一个层次,是这些城市需要思考的问题。

为了进一步直观体现电子政务在各个一级指标甚至于二级指标上的表现孰优孰劣,我们将一级指标、二级指标分别制作成雷达图。

从图 6-1 对于一级指标的做出的雷达图不难发现:

① 最大可行分、平均分,均以服务效率为最低,表明对外服务仍然是电子政务的软肋。

② 社会效益在最大可行分、平均分得分均相对较高,社会整体对电子政务持有好感。

③ 以最大可行分组合来看,在当前的情况下,电子政务绩效还是可以达到较高水平的。

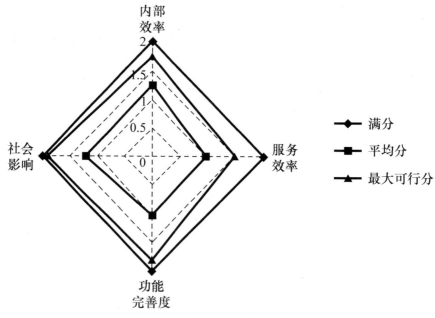

图 6-1 一级指标雷达图分析

而从图 6-2 对于二级指标做出的雷达图我们可以进一步看到,在整体水平较低的服务效率中,又以服务质量最低,其分数远低于其他二级指标。电子政务的软肋所在不言自明。

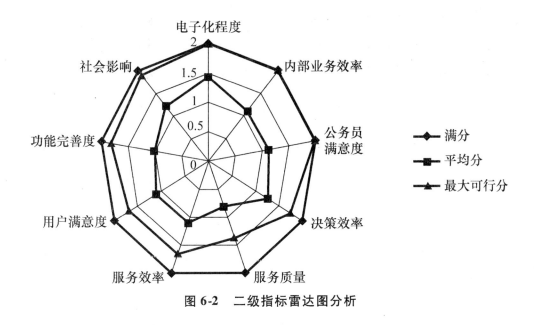

图 6-2　二级指标雷达图分析

3. 地域分析

　　为进一步比较我国东、中、西部地区的电子政务绩效水平,按照我国常用的东中西部划分方式将 154 个地级市划分为三个群体,则此次被调研的城市分别为 91、36、27 个,其中东部城市数量相对较多是因为在此次对于全省所有地级市调研的省份中属于东部地区的省份较多。将此三个地区分别做梯队分布比例图,如图 6-3 所示。

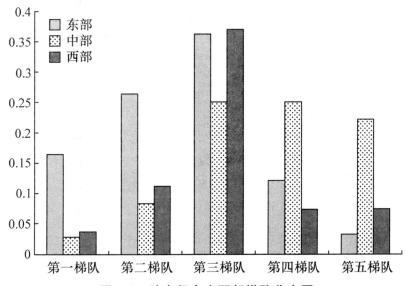

图 6-3　地市级东中西部梯队分布图

可以看到东、中、西部城市得分亦呈现出正态分布。多数处于第三梯队，第一梯队相对较少。同时，东、中、西部城市分布有较显著差异：东部质量分布明显偏向高分段（图上显示偏左），中、西部网站质量分布明显偏向低分段（图上显示偏右），值得注意的是，在这一点上中部表现更为明显。

考虑到西部城市调研对象更多的是省会城市，而东部的几个省的全部地级市均为调研对象，为公平起见，我们将省会城市及计划单列市单独提取出来进行分布比较，如图6-4所示。

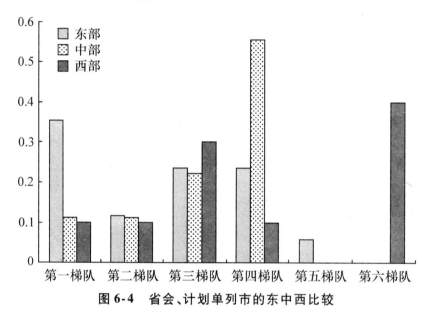

图6-4　省会、计划单列市的东中西比较

可以看到在这张图中东部的优势较图6-3更为明显。西部与东部图形恰好相反，东部第一梯队最多，西部第六梯队最多。中部居中，以第四梯队最多。第一梯队城市几乎只分布在东部，而中部尤其是西部第六梯队城市比例很高。可见工商系统电子政务的发展现状是中部略优于西部，而东部远超中西部。

第二节　绩效评价差异成因分析

从前面我们可以看到，各个地区的工商系统电子政务系统在绩效评价上存在显著差异，除了之前已经提到的建设/上线时间和地域因素外，我们还关心电子政务建设的规划和实施方式是否也是导致这种差异的因素？在本节中,我们将通过计量建模的方式,来对电子政务建设的规划和实施方式的不同最终会在绩效评价上产生多大的差异进行定量的分析,从而为如何提高电子政务成效从经验的角度提供证据和建议。

1. 变量设定和模型

我们从以下几个方面来描述系统建设的规划和实施方式。具体每项因素的差异在第五章中均进行了统计,这里不再赘述。

（1）规划

从调查问卷中我们设计了以下问题来描述各地工商局在电子政务系统建设的规划上的差异。

① 电子政务建设前是否有详细规划（信息部门卷）

② 上线网上登记/网上年检业务模块的动机（网上登记卷和网上年检卷）

在上线动机方面,在问卷设计上区分为三类,首先是自上而下政令推动（按上级要求必须上线）,其次是模仿（进一步区分为"向其他城市工商部门学习"和"向同地区不同政府部门成功改造经验学习"）,再次是业务需要驱动（也进一步区分为"业务部门处理业务的迫切需要"和"企业用户的迫切需要"）。

③ 市局系统与区局系统统一开发（网上登记卷和网上年检卷）

（2）实施

从调查问卷中我们设计了以下问题来描述各地工商局在电子政务系统具体实施过程中的差异。

① 领导参与程度（网上登记卷和网上年检卷）

② 决策人员是否是业务人员和技术人员共同担当（网上登记卷和网上年检卷）

③ 是否进行了流程优化（网上登记卷和网上年检卷）

（3）执行

系统上线后,工作人员的执行同样重要。从调查问卷中我们设计了以下问题来描述各地工商局在电子政务系统过程中的差异。

① 企业服务质量是否列入考核（网上登记卷和网上年检卷）

② 电子系统运行效率是否与部门人员的工作业绩考核指标相关（网上登记卷、网上年检卷和信息部门卷）

另外,我们考虑以下因素可能也会影响到电子政务:

① 开始建设电子政务系统时间。经过回归尝试后,我们发现电子政务开始建设时间的早晚对于绩效评价的影响并非线性的,因此最终确定以两个虚拟变量来分别代表电子政务开始建设时间为 2002 年及以前,和 2006 年及以后。因此对比组电子政务开始建设时间为 2003 年到 2005 年。

② 地区经济发展程度,我们以各省 2008 年人均 GDP(取对数值)作为衡量。

③ 省会和计划单列市在地区经济发展水平、观念、预算等各方面可能都要优于同省的地级市,我们以一个虚拟变量来代表省会及计划单列市与地级市上在这些方面上的差异。

综上所述,我们将备选的自变量及其定义汇总如下:

DESIGN(虚拟变量):电子政务建设前有详细规划为 1,其他为 0。

MOTI1(虚拟变量):业务部门处理业务的迫切需要为网上登记和网上年检系统上线动机为 1,其他为 0。

MOTI2(虚拟变量):企业用户的迫切需要为网上登记和网上年检系统上线动机为 1,其他为 0。

UNIT_DEVELOP(虚拟变量):网上登记和网上年检系统均为市局系统与区局系统统一开发为 1,其他为 0。

LEADER(虚拟变量):网上登记和网上年检系统开发时均由局长亲自挂帅为 1,其他为 0。

DECISION(虚拟变量):业务人员和技术人员共同决策为 1,其他为 0。

PROC_ADJUST(虚拟变量):电子政务系统上线前对流程进行优化和调整为 1,其他为 0。

SYS_EFFICIENCY(虚拟变量):电子系统运行效率与部门人员的工作业绩考核指标直接相关为 1,其他为 0。

SERV_QUALITY(虚拟变量):企业服务质量列入考核为 1,其他为 0。

Y02BEFORE(虚拟变量):电子政务开始建设时间为 2002 年及以前为 1,其他为 0。

Y06AFTER(虚拟变量):电子政务开始建设时间为 2006 年及以后为 1,其他为 0。

AVGGDP：省人均 GDP（取对数值）。

CAP（虚拟变量）：辽宁、江苏等 9 个全省地级市也参与调研的省份的省会城市和计划单列市为 1，其他为 0。

FAKERATIO：无效问卷比例。

表 6-8 给出了因变量绩效评价指数（TOTAL_MARK）以及上述备选自变量的统计描述，其中我们只将已经开始电子政务建设的 132 个城市纳入回归的样本。我们将以 OLS 模型，建立对相关自变量对绩效评价指数的影响关系的计量模型，具体自变量的选择将结合经验判断以及 Stepwise 准则进行。估计的标准差根据 White（1980）所提供的方法进行了异方差的修正。

表 6-8　变量统计描述

变　量	样本数	均　　值	标准离差	最小值	最大值
TOTAL_MARK	132	1.081	0.224	0.282	1.501
DESIGN	132	0.598	0.492	0	1
MOTI1	132	0.462	0.500	0	1
MOTI2	132	0.667	0.473	0	1
UNIT_DEVELOP	132	0.742	0.439	0	1
LEADER	132	0.220	0.415	0	1
DECISION	132	0.138	0.292	0	1
PROC_ADJUST	132	0.233	0.424	0	1
SYS_EFFICIENCY	132	0.348	0.478	0	1
SERV_QUALITY	132	0.356	0.481	0	1
Y02BEFORE	132	0.477	0.501	0	1
Y06AFTER	132	0.129	0.336	0	1
AVGGDP	132	10.210	0.384	9.402	11.200
CAP	132	0.098	0.299	0	1
FAKERATIO	132	0.250	0.263	0	1

表 6-9 给出了回归结果，其中表中（1）式是在回归方程中不控制地区特征变量［包括人均 GDP（AVGGDP）和省会、计划单列市虚拟变量（CAP）］的回归结果，而（2）是控制了上述两个地区特征变量后的回归结果。（1）和（2）式的回归结果尽管在估计系数和显著程度上存在一定差异，但差异并不明显，表明估计结果是较为稳健的。

表 6-9　对整体绩效评价影响因素的回归分析结果

		(1)	(2)
规划	DESIGN	0.105*** (0.034)	0.094*** (0.034)
	MOTI1	0.052 (0.036)	0.031 (0.036)
	MOTI2	0.047 (0.030)	0.059** (0.025)
UNIT_DEVELOP		0.071** (0.032)	0.062** (0.028)
实施	DECISION	0.205*** (0.058)	0.210*** (0.050)
执行	SERV_QUALITY	0.028 (0.017)	0.046** (0.020)
	SYS_EFFICIENCY	0.035** (0.018)	0.021 (0.015)
控制变量	Y02BEFORE	0.100*** (0.023)	0.049** (0.025)
	Y06AFTER	0.020 (0.024)	0.015 (0.020)
	AVGGDP		0.118** (0.048)
	CAP		0.124*** (0.029)
	FAKERATIO	−0.005*** (0.0004)	−0.005*** (0.0004)
	Obs.	132	132
	R-sq	0.602	0.658

　　表 6-9 的回归结果表明,电子政务系统建设的规划和实施对于电子政务绩效评价有非常明显的影响。首先,电子政务建设前有详细规划对电子政务绩效有非常显著的影响,相对于没有进行详细规划即进行电子政务建设的城市来说,在其他条件相同的情况下绩效评价指数平均高出了约 0.1;而存在业务需要驱动的,尤其是以企业用户迫切需要为驱动的城市,相对于仅出于自上而下政令推动或模仿的原因而进行电子政务系统建设的城市,电子政务绩效评价也相对较高;市局系统与区局系统统一开发的开发模式也能显著提高该城市电子政务的绩效评价。

　　其次,在电子政务的实施细节方面,业务人员和技术人员共同决策的决策模式,可能能够既充分体现业务部门的具体业务需求,也能够从系统架构和技术方案上更好的整体把握,回归结果表明采用这种决策模式的城市的电子政务绩效评价显著较高,相对于未采用此种模式的城市来说,在其他条件相同的情况下绩效评价指数要高出约 0.21。

　　而在电子政务系统的具体执行方面,对工作人员的激励(将电子政务系统运行效率和将企业服务质量列入考核)对于电子政务产生更大的成效也有较为显著的作用。

进一步地,我们希望研究的是相关自变量具体对于各个一级指标,即功能建设完备度、内部管理效率、对外服务效率和社会效益的绩效评价上的影响。我们同样以 OLS 模型,分别建立相关自变量对各个绩效评价指数的影响关系的计量模型,具体自变量的选择同样将结合经验判断以及 Stepwise 准则进行,如表 6-10 所示。同样地,估计的标准差根据 White(1980)所提供的方法进行了异方差的修正。

表 6-10　对各项绩效评价影响因素的回归分析结果

		(3) 因变量:功能建设完备度	(4) 因变量:内部管理效率	(5) 因变量:对外服务效率	(6) 因变量:社会效益
规划	DESIGN	0.183^{**} (0.074)	0.060^{*} (0.036)	0.073^{**} (0.036)	0.100 (0.060)
	MOTI1		0.093^{***} (0.031)	0.040 (0.037)	
	MOTI2		0.100^{**} (0.044)	0.067^{*} (0.035)	
	UNIT_DEVELOP	0.211^{***} (0.078)			
实施	DECISION	0.350^{**} (0.162)	0.262^{**} (0.102)	0.128^{***} (0.039)	0.124^{***} (0.045)
执行	SERV_QUALITY	0.095^{*} (0.052)	0.101^{***} (0.025)		
	SYS_EFFICIENCY	0.095^{**} (0.044)			
控制变量	Y02BEFORE	0.068 (0.062)	0.105^{***} (0.035)	0.034 (0.053)	-0.023 (0.053)
	Y06AFTER	-0.077 (0.049)	0.075^{*} (0.039)	0.023 (0.031)	-0.015 (0.048)
	AVGGDP	0.154 (0.107)	0.131^{*} (0.072)	0.114^{**} (0.046)	0.039 (0.070)
	CAP	0.252^{***} (0.056)	0.033 (0.030)	0.093^{***} (0.032)	0.114^{**} (0.052)
	FAKERATIO		-0.003^{***} (0.001)	-0.009^{***} (0.001)	-0.013^{***} (0.001)
	Obs.	132	132	132	132
	R-sq	0.503	0.602	0.467	0.384

另一个可供选择的回归模型是以 Zellner（1962）所提出的"看似无关回归"(Seemingly Unrelated Regression, SUR)模型同时对四个因变量的方程进行估计,但如前所述,由于我们的数据结构存在省份上的聚集特点,而 SUR 模型的估计无法体现这一点,因此估计结果并不一定优于上述分别以 OLS 回归并根据省份调整估计的标准差的方法。而实际的回归结果也显示两个估计结果仅在少数变量的显著程度上存在差异,由于篇幅所限,这里略去了以 SUR 模型得到的估计结果。

从表 6-10 的回归结果我们可以发现,用于描述电子政务系统建设的规划和实施特征的各个变量对于电子政务各一级指标上的绩效评价——即功能建设完备度评价、内部管理效率评价、对外服务效率评价、社会效益评价——的影响是不一致的。其中,在规划环节,我们可以发现,电子政务建设前有详细规划对于功能建设完备度方面的影响最为显著,而对于内部管理效率和对外服务效率也有一定的影响,但相对较小。而受业务部门处理业务驱动（MO-

TI1)和受企业用户需要驱动(MOTI2)的电子政务系统建设,在内部管理效率方面均显著较高,但只有受企业用户需要驱动的能够在对外服务效率方面显著体现出优势。市局系统与区局系统统一开发的开发模式仅在功能建设完备度方面有显著的促进作用。

在电子政务的实施细节方面,业务人员和技术人员共同决策的决策模式对于四个一级指标均有显著的作用。而在电子政务系统的具体执行方面,将企业服务质量列入考核的城市在功能建设完备度和内部管理效率方面获得了相对较高的绩效评价,而将电子政务系统运行效率列入考核的城市在功能建设完备度上具有相对较高的绩效评价。

第三节　地区电子政务成效差异情况

1. 辽宁省

省会:沈阳(省内排名 8)
计划单列市:大连(省内排名 1)
地级市:鞍山等 12 个

表6-11　工商系统电子政务绩效评价排名情况(辽宁省)

	平均排名	排名第一梯队城市数量	排名第二梯队城市数量	最高排名
总体评价指数	71	2	5	17
功能建设完备度	50	6	3	7
内部管理效率	67	4	2	1
对外服务效率	93	0	4	41
社会效益	102	0	2	45

在电子政务总体得分上,辽宁省 14 个城市的平均排名为第 71 名,最高排名为第 17 名。其中,在内部管理效率和功能建设完备度方面相对较为突出,分别有 4 个城市和 6 个城市排名第一梯队;而对外服务效率和社会效益方面相对较差,没有一个城市能够进入第一梯队。

2．江苏省

省会：南京（省内排名 3）

计划单列市：无

地级市：常州等 12 个

表 6-12　工商系统电子政务绩效评价排名情况（江苏省）

	平均排名	排名第一梯队城市数量	排名第二梯队城市数量	最高排名
总体评价指数	81	1	4	13
功能建设完备度	95	2	0	9
内部管理效率	69	3	3	6
对外服务效率	73	2	3	8
社会效益	79	2	1	8

　　江苏省在此次电子政务绩效评价中，由于省局统一开发的系统尚未完成而导致在功能建设完备度方面有所失分外，在内部管理效率、对外服务效率和社会效益这三方面的评价上均位于此次调研的九个省份的中游位置。

3．浙江省

省会：杭州（省内排名 1）

计划单列市：宁波（省内排名 11）

地级市：湖州等 9 个

表 6-13　工商系统电子政务绩效评价排名情况（浙江省）

	平均排名	排名第一梯队城市数量	排名第二梯队城市数量	最高排名
总体评价指数	43	4	3	3
功能建设完备度	44	6	1	2
内部管理效率	53	4	1	10
对外服务效率	60	2	4	22
社会效益	73	1	1	25

　　浙江省在此次电子政务绩效评价中，尽管在第一梯队中的城市数量要少于山东省，但平均排名却要高于山东省，表明浙江省工商局系统整体电子政务发展水平较高，各地区发展较为均衡。

4. 福建省

省会：福州（省内排名 6）

计划单列市：厦门（省内排名 1）

地级市：龙岩等 7 个

表 6-14　工商系统电子政务绩效评价排名情况（福建省）

	平均排名	排名第一梯队城市数量	排名第二梯队城市数量	最高排名
总体评价指数	68	3	2	4
功能建设完备度	59	4	1	3
内部管理效率	87	0	4	33
对外服务效率	81	2	1	1
社会效益	87	1	2	4

在电子政务绩效评价总指数上，福建省 9 个城市的平均排名 68 名，最高排名为第 4 名。其中，功能建设完备度上共有 4 个城市排名第一梯队，但在内部管理效率上相对较差，没有一个城市能够排名第一梯队。

5. 山东省

省会：济南（省内排名 8）

计划单列市：青岛（省内排名 2）

地级市：滨州等 15 个

表 6-15　工商系统电子政务绩效评价排名情况（山东省）

	平均排名	排名第一梯队城市数量	排名第二梯队城市数量	最高排名
总体评价指数	46	8	2	2
功能建设完备度	38	7	7	4
内部管理效率	50	8	2	1
对外服务效率	66	5	4	5
社会效益	74	4	3	6

山东省在此次电子政务绩效评价中排名情况最优，在总体评价指数方面有 8 个城市进入了第一梯队。进一步分析在四个一级指标上的排名情况即可发现，山东省各城市在功能建设完备度方面尤为突出，15 个城市中有 14 个位

于第一或第二梯队,平均排名达到了 38。而在内部管理效率方面也取得了很好的评价情况,共有 8 个城市排名第一梯队,但在对外服务效率和社会效益两个评价方面,尽管也取得了不错的评价情况,但相对来说并不突出。

6. 广东省

省会:广州(省内排名 14)

计划单列市:深圳(省内排名 8)

地级市:潮州等 19 个

表 6-16　工商系统电子政务绩效评价排名情况(广东省)

	平均排名	排名第一梯队城市数量	排名第二梯队城市数量	最高排名
总体评价指数	61	7	6	18
功能建设完备度	80	0	6	35
内部管理效率	73	2	7	5
对外服务效率	51	11	3	2
社会效益	51	9	5	2

广东省的 21 个城市中,共有 7 个城市排名第一梯队,但最高排名为第 18 名,这主要是受到在功能建设完备度方面的拖累,在该项评价上没有一个城市能够排名第一梯队。而广东省在对外服务效率和社会效益这两项评价上表现尤为出色,分别有 11 个和 9 个城市排名第一梯队。

7. 河南省

省会:郑州(省内排名 1)

计划单列市:无

地级市:安阳等 16 个

表 6-17　工商系统电子政务绩效评价排名情况(河南省)

	平均排名	排名第一梯队城市数量	排名第二梯队城市数量	最高排名
总体评价指数	116	1	0	9
功能建设完备度	119	1	1	26
内部管理效率	117	0	1	59
对外服务效率	93	1	2	10
社会效益	72	5	3	1

河南省的 17 个城市中,除了省会郑州市在此次绩效评价中排名第 9 以外,没有一个城市能够排在第一或第二梯队,表明河南省工商系统电子政务水平相对滞后。社会效益评价是相对表现较好的方面,排名第一梯队的城市数量达到了 5 个,并且在此项一级指标的评价上,郑州市还取得了排名第一的位置。

8．湖北省

省会：武汉（省内排名 2）

计划单列市：无

地级市：鄂州等 12 个

表 6-18　工商系统电子政务绩效评价排名情况（湖北省）

	平均排名	排名第一梯队城市数量	排名第二梯队城市数量	最高排名
总体评价指数	77	2	3	21
功能建设完备度	62	2	4	20
内部管理效率	72	3	2	8
对外服务效率	91	1	1	28
社会效益	91	1	2	20

湖北省在此次电子政务绩效评价中,在功能建设完备度评价和内部管理效率评价这两个方面的表现要优于对外服务效率评价和社会效益评价,但从各项指标来看,均处于此次调研的九个省份的较中间位置。

9．四川省

省会：成都（省内排名 3）

计划单列市：无

地级市：巴中等 16 个

表 6-19　工商系统电子政务绩效评价排名情况（四川省）

	平均排名	排名第一梯队城市数量	排名第二梯队城市数量	最高排名
总体评价指数	88	0	4	31
功能建设完备度	87	1	3	28
内部管理效率	81	3	2	7
对外服务效率	81	3	3	3
社会效益	79	2	6	10

四川省在此次电子政务绩效评价中排名情况一般,有少数城市分别在队内管理效率、对外服务效率和社会效益评价方面表现尚可。

将上述 9 个省份在内部管理效率、对外服务效率和社会效益三项与成效相关的绩效评价排名平均,与系统产出相关的功能建设完备度排名,做出散点图,如图 6-5 所示。图中越靠近左下方的,表明其系统产出与成效取得情况越好,越靠近右上方的则表明其系统产出与成效取得情况越差。

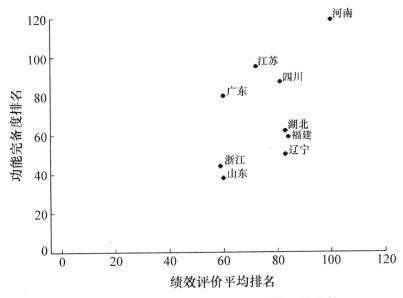

图6-5 结合系统产出情况与成效情况的比较

从图中我们可以发现,浙江和山东两省在系统产出和成效取得两方面整体上看均表现最优;可能是受到省局集中开发系统而导致系统建设进度相对滞后的原因,广东和江苏两省在成效取得方面也取得了较好的排名,但在功能建设完备度方面的排名较为靠后;辽宁、福建和湖北三省则明显地表现出了"重系统"而"轻成效"的特点;最后,四川和河南两省在系统产出和成效取得方面均相对较弱,表明中西部电子政务与东部电子政务仍存在明显且普遍的差距。

如前面所介绍的,本书所使用的绩效评价体系具有很强的灵活性,因此,将网上登记系统和网上年检系统相关的绩效评价指标按照相同的方法分别进行计算,可以分别得到针对网上登记系统和网上年检系统的绩效评价得分,如表 6-20 和表 6-21 所示。对这两个系统单独进行的绩效评价实质上是前面所介绍的整体绩效评价指数中的一部分,能够进一步地帮助我们分析不同省份在整体绩效评价指数上差异的来源。

表6-20　网上登记系统上线及绩效评价情况

	已上线城市比例	平均排名	排名第一梯队城市数量	排名第二梯队城市数量	最高排名
辽　宁	93%	40%th	4	2	2
江　苏	46%	54%th	0	2	36
浙　江	91%	40%th	2	3	11
福　建	89%	42%th	3	0	5
山　东	88%	41%th	6	2	1
河　南	35%	81%th	0	0	60
湖　北	100%	44%th	2	5	12
广　东	67%	48%th	0	4	21
四　川	33%	62%th	1	0	6

表6-21　网上年检系统上线及绩效评价情况

	已上线城市比例	平均排名	排名第一梯队城市数量	排名第二梯队城市数量	最高排名
辽　宁	93%	59%th	2	2	15
江　苏	92%	57%th	2	3	10
浙　江	100%	34%th	4	3	3
福　建	78%	61%th	0	2	27
山　东	100%	38%th	8	2	1
河　南	35%	69%th	1	1	17
湖　北	100%	61%th	1	2	13
广　东	90%	55%th	2	4	19
四　川	93%	54%th	2	2	4

　　在网上登记系统方面,可以发现辽宁、浙江、福建、山东和湖北五个省无论是在已上线该系统的城市比例,还是在绩效评价的排名方面均较其他四个省具有优势;而河南和四川两个省则无论是在已上线该系统的城市比例,还是在绩效评价的排名方面均排名最后。而在网上年检系统方面,则是浙江和山东两个省具有绝对优势,不仅均已100%上线该系统,且在排名方面处于绝对优势;而福建和河南两个省无论是在已上线该系统的城市比例,还是在绩效评价的排名方面均排名最后。

第四节　电子政务绩效调研的主要发现与判断

1. 时间效应

无论是电子政务实施主体的内部适应、消化与磨合,还是用户的感知与习惯,抑或整个社会对于电子政务的感知与认同,都是一个需要不断累积的过程,因此,研究电子政务绩效随其实施时间的变化是一个很有意义的题目。

为了研究电子政务绩效随系统上线时间的变化,针对工商系统,我们按照网上年检、网上登记两大系统上线时间将 154 个地市归类,求出不同年份上线系统的内部管理效率得分指数的均值,以此绘出两个系统内部管理效率随时间的变化曲线(以网上登记为例)。

绘出内部管理效率变化曲线的同时我们将内部管理效率中的主观评价部分——公务员满意度提取出来,绘出其变化曲线以及其余三个二级指标合分的变化曲线,如图 6-6 所示。可以看到二者的变动趋势与总体评价指数相同。另外值得注意的是公务员满意度得分几乎始终在总效率曲线以下。可见公务员与系统之间的磨合仍然存在这样那样的问题。

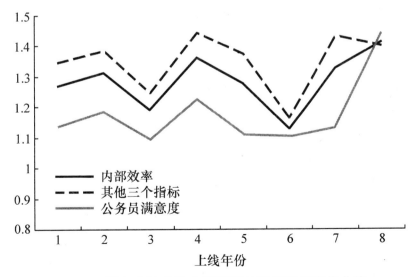

图 6-6　网上登记系统内部管理效率随时间变化曲线

总体来看内部管理效率起点较高,为 1.1 分(后面可以看到服务效率起点为 1 分),之后呈上扬趋势,系统在不断自我完善,但上升趋势缓慢,得分始终不高,原因在于单纯的业务上网并不能使效率有质的提升,而我们仍处在这个阶段。效率的进一步提升需要深化互联互通。

由于服务效率、社会效益是整个电子政务体系的结果,又鉴于服务效率更多针对登记、年检两大系统设定,且这两大系统又是大多数地市最早上线的系统,对于每个城市我们以这两个系统中最早的一个作为时间起点分类,求出不同年份实施电子政务的服务效率、社会效益得分的均值,以此绘出工商系统电子政务服务效率、社会效益随时间的变化曲线,如图6-7所示,可以看到二者的得分均呈现明显的 V 字形,即指数先减后增,**尤其是在电子政务实施的第三年,指数到最低点。**

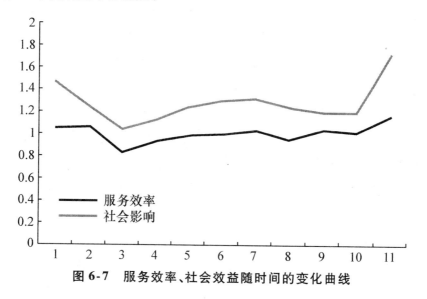

图6-7　服务效率、社会效益随时间的变化曲线

同样地,做出服务质量、服务效率、用户满意度三个二级指标随时间变化曲线如图6-8,可以看到均呈现相同的 V 字形。

从 V 字形曲线可以明显看出电子政务对用户与社会带来效益的一个积累过程;电子政务实施初期有一个比较大的增长空间,而到了第二年、第三年,随着用户与社会需求与期望的增长,尚未发展成熟的系统的弊端开始显露,给用户与社会带来的负面影响开始积累,效益下降;随着时间推移,电子政务系统在与用户和社会的互动中不断调整完善并走向成熟,社会效益重新积累并开始增长甚至大幅增长,从而实现了一个良性的互动过程。

2. 省局统一开发与地市分散开发模式对比分析

在电子政务系统的建设中,大致有两种开发模式。一种为省局统一开

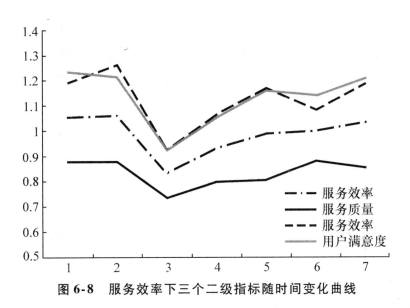

图6-8 服务效率下三个二级指标随时间变化曲线

发,即某一部门的系统实现省内的统筹;另一种则是各地市自行分散开发。两种开发模式在当前电子政务系统的建设中都普遍存在,关于两种建设模式各有千秋,也鲜有相关的研究。但在我们的此次研究中,以工商电子政务系统为背景,专门针对此问题进行了专门的对比分析,见图6-9。

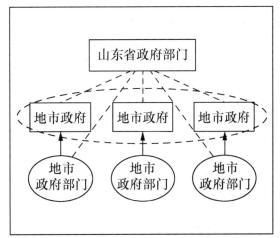

图6-9 两种电子政务建设模式示例

总的来看,统一开发与分散开发在总得分以及内部管理效率中差异较小。统一开发在对外服务以及社会影响得分中表现突出,而分散开发在功能性得分中表现突出。可能因为统一开发对需求分析全面,投入金额相对稳定有保证,一次性系统开发确保了系统的完整与稳定性;但统一开发系统往往不能满足各地差异化的需求,因此功能得分较差。

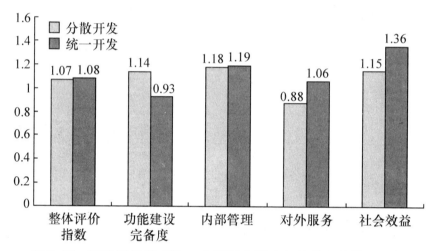

图 6-10　两种建设模式的工商部门电子政务绩效评价情况比较

如图 6-11 所示,从升级和更替意愿的比较来看,统一开发的系统升级和更替意愿相对较低。可能因为统一开发一次性投入金额较大,系统一次性建设完成,而分散开发系统投入具有阶段性和渐进性;另一方面,统一开发涉及资金的统一调配,分散开发涉及自有资金的管理,因此统一开发运用自有资金进行更新和替代的动机较弱。

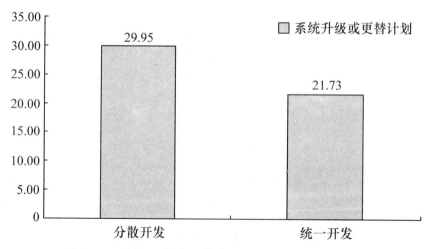

图 6-11　采用两种建设模式的系统升级或更替计划

在系统更新和替代的原因分布中,统一开发反映出原有系统与现有系统无法兼容的比例较高,单一系统的统一开发存在弊端;而分散开发的系统兼容性更好。但统一开发在系统稳定性、满足现有需求等方面表现都好于分散开发,如图 6-12 所示。

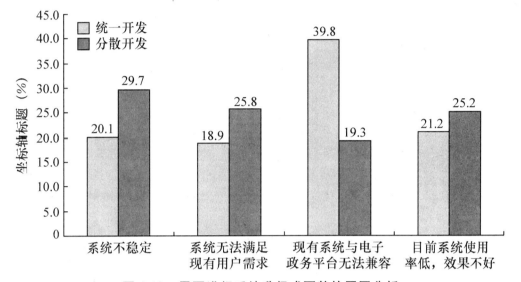

图6-12　需要进行系统升级或更替的原因分析

分散开发与集中开发相比,用户满意度有所提高的比例(大幅提高＋稍有提高)相差 2.8 个百分点,而用户满意度大幅提高的比例相差 6.17 个百分点;分散开发有利于满足当地用户个性化需求,提升用户满意度的平均水平,如图 6-13 所示。

而在公务员评价方面,集中开发与分散开发整体上差异不大;工作效率指标得分较高,且明显高于用户满意度大幅提高的比例,反映出系统建设过程中,仍然更偏向于内部的办事效率,如图 6-14 所示。

从此次调研来看,统筹开发比分散开发在很多指标上有优势,能够有力推动地市电子政务的实施,规划详尽,系统更新频率更低,且容易一次形成机构内部信息的共享和整合,避免各地各自为政的情况出现;避免分散型开发经费和经验不足导致的系统质量等问题。但是省局统筹使得地方失去了自主权与积极性,统一规划系统如何符合各地不同的发展状况,满足不同城市工商部门的多样化需求,是一个大问题。展望未来的发展,应该注意挖掘各地工商需求,在统一性中加强个性化,保证企业用户感受更好;同时,以降低地方员工工作强度与提高感受度为目标,保证开发系统便捷可靠,保证电子

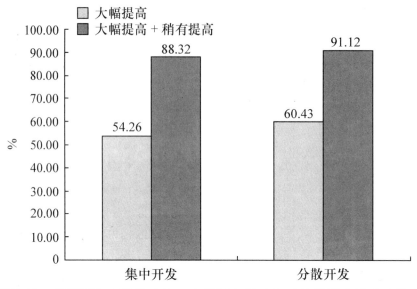

图 6-13 采用两种建设模式的工商部门电子政务系统的用户满意度情况

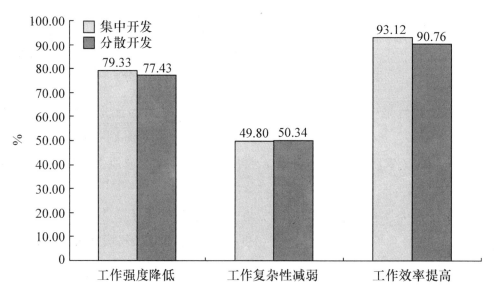

图 6-14 采用两种建设模式的工商部门电子政务系统的公务员评价情况

政务循序渐进地推进。

3. 工商系统电子政务建设项目的成功率分析

在本书的理论准备部分我们已经提过联合国关于电子政务建设的三种类型划分,即浪费型、无意义型和有价值型,具体为:

✓ **浪费型(wasteful)**:有投入,无产出(或者使用率极低)

　　✓　**无价值型(pointless)**：有投入，有产出，无实际效用

　　✓　**有意义型(measningful)**：有投入，有产出，有实际效用

　　评价我国工商电子政务系统的这三种类型所占比例是一个很有意义的课题，而我们的指标绩效评价体系以及定量化评价方法使得这一点很容易做到。结合我们的绩效评价体系，我们利用内部管理效率、服务效率、社会效益三个一级指数，等比例扩大三个一级指标的权重（即在绩效评价指数中不加入系统建设完备度一项），得到一个新的绩效指数（Outcome），同时运用功能建设完备度指数（Function）对电子政务进行上述三种分类：

　　✓　有意义型：Outcome > 1

　　✓　无价值型：Outcome < 1，且 Function > 1

　　✓　浪费型：Outcome < 1，且 Function < 1

　　此次统计结果显示，浪费型电子政务所占比例为 18.2%，无价值型电子政务为 11.7%，而有意义的电子政务比例为 70.1%，即工商系统电子政务项目成功率大约为三分之二，失败率约为三分之一，如图 6-15 所示。

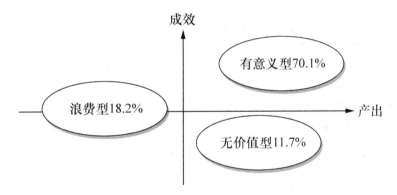

图 6-15　按投入-产出划分的电子政务系统类型

　　根据我们调研问卷的第一手数据，以及按照建设项目失败的原因与动机，通过深入一步的拆分与统计，我们可以得到以下几个关于电子政务建设项目成功与失败率的重要发现：

　　图 6-16 显示目前电子政务建设大约可分成四种类型，其中：

　　第一类：买马不能上马型约占 19.5%，即系统做完了无法上线，往往由于实施电子政务的思路一开始就存在问题，对 IT 期望过高，自身管理能力又过于单薄；同时，领导人更替、业务调整、组织变动以及预算不足都可能导致信息化夭折；

　　第二类：上马不能跑马型约占 13.5%：能上线却不能正常使用，数据不准

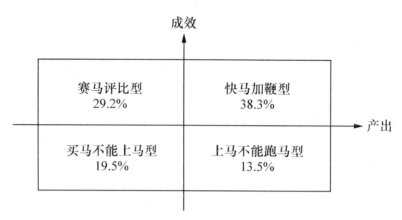

图 6-16　按产出/成效划分的电子政务系统类型

是重要因素,另外缺乏对于公务员和企业用户的培训,特别是在涉及业务流程调整的情况下;

第一类加第二类的失败率大约为 33% 。

第三类:赛马评比型,即能用但不管用、形象工程导向的占到 29.2% 。这种系统建设适合展示与参观评比,但在政府内部却基于信息孤岛流程不畅、缺乏全过程管理的情况,不得不再利用人工录入数据,维持系统之间的链接。一种很常见的情况是,只实施了某些核心业务系统,其他业务环节主要以手工管理为主,或只配备了初级系统。除了核心业务的可视性得到提高之外,电子政务的实际成效不明显,如果其他业务部门提供的数据不准确,实际运用能力就会大打折扣;

第四类:快马加鞭型,真正管用而且用户愿意用的,能够克服前面的三类问题,只占 38.3% 。

第三类建设类型警示我们,尽管当前有些电子政务建设项目表面十分风光,展示十分成功,但是赛马型的建设动机不仅导致电子政务长期发展水平与效益低下,而且是目前工程建设中隐性浪费的主要根源,必须格外警惕。

长期以来,我国不少电子政务项目往往是自己决策、匆忙上马,造成了很多重复建设和浪费,来自国际有关咨询机构的研究资料说明,仅有 20% 的电子政务项目是成功的,约有 30% 是基本成功的,50% 甚至更多的项目基本上是失败的,甚至有很多项目从开始实施起,就从来没有发挥作用,这与我们此次的调研结果基本一致。在我国电子政务发展初期,电子政务项目"建而不成,成而不用,用而不多,稍用即弃"等现象比比皆是,形成了信息化项目的效益黑洞,效益低下,也造成那些并不很懂信息化的决策者在这种困境面前犹豫不决、踟蹰不前。

电子政务的成功率虽然不高,可这个市场却在急剧增长。市场越大,就意味着失败的项目越多。导致这种结果更大程度上归结于非技术因素,有专家更是直言"三分政务、三分技术、四分协调"。电子政务实施过程中遇到的体制和管理的障碍,就注定了其代价的付出,其成功率的高低很大程度上维系在其规避体制风险的成功程度。

电子政务项目的失败主要表现为半拉子工程,通常是项目还在继续实施中,但已经变了样,目标和功能设计都与过去的设计差异很大,项目效果稍微显露,但不清晰;只有部分功能达到预计构想,项目在某个或某几个模块与功能上达到了预设的目标,但其他功能模块作用发挥不充分;基本上达到目标,但时间延迟;费用增加,这类项目通常由于过去的设计和考虑不周全,采取了一些补救措施,例如增加功能模块、采用更先进的平台、更换设备等;功能上基本达到。当然也有一种情况,就是技术上完成了目标,但效益无法完全发挥出来,这类项目比较多,也就是常说的技术上的成功和功能上的失败。

在我国尤其需要高度重视电子政务的项目的风险,确保电子政务项目的成功。这是因为我国政府,特别是地方政府通常缺少资金和技术,用于电子政务建设的资源非常宝贵,而且在规划初期,电子政务的项目成功与否,往往决定后续的发展。

另外,电子政务系统建设过程中的浪费问题原因也是多样的。电子政务的目标难于测度,造成了电子政务项目管理上的困难;政府投资电子政务在财务上缺少硬约束;政府官员的短期任期与电子政务的长期运作不合拍,导致项目不能持久,也不利于对主管人进行责任检查;部门利益使得电子政务规模趋于膨胀,然而对电子政务的要求与责任却是软性的;在构建应用系统时,政府职能的交叉重叠产生了诸多负面障碍;我国缺乏对政府部门用款的有效监督机制及相关法律,使得电子政务严重浪费、失败率居高不下,对于确保电子政务取得效益不利。

4. 电子政务的使用率分析

以用户的角度,我们将"用户受益"分为四个层次,四个层次间为递进关系,见图6-17。

- 知悉度:知道有这个网站、网站有什么功能服务;

- 使用度:知道之后实际使用的程度;
- 评价度:使用之后觉得怎么样、好不好用,是否能够给用户带来切实收益;
- 满意度:是否达到了预期,与传统渠道相比以及与其他获得类似服务(比如公共信息、讨论平台、便民信息在一般大型网站上也会有)的媒介相比,水平如何,是否需要改进。

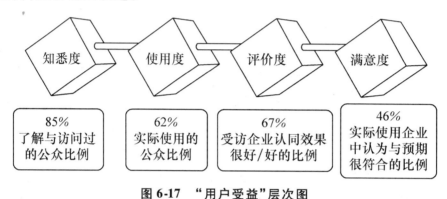

图 6-17　"用户受益"层次图

在图 6-17 中,我们不难发现最底层的"知悉度"指标得分较高达到了85%,但随着受益层次的提高指标得分呈现出下降的趋势。最高层次的满意度指标的得分仅为 46%。

换一个角度,采用欧盟 2009 年 9 月最新推出的第 8 次基准性评测结果,选择以下五大项基础服务:

- 可访问性:跨人群,跨地点,跨时间
- 可用性:系统介绍,更新频率,访问速度,系统稳定,安全性
- 交互性:响应时间,反馈类型,在线咨询
- 一站式:登录接口数,自助式服务,个性化服务
- 用户导向:美观性,便捷性,隐私保护

工商电子政务系统评价如图 6-18 显示,可用性得分最高,为 91.1 分,系统的物理性能如系统访问速度、内容介绍、系统稳定性等目前有了很大的提高;可访问性得分中等,为 73.4 分,95% 以上的城市均未能提供少数民族语言、外文或残疾人使用的特殊功能设置。但是,在改变地理位置(从当地变为全国甚至全球办理)上比例为 100%,改变 8 小时办理方式(全天候 24 小时)上比例为 100%;交互性得分中等,为 75.3,工商系统在用户反馈与在线咨询方面这些年投入收效明显,但提供在线咨询服务功能指标得分仍然偏低;用

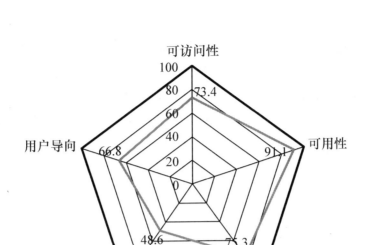

图6-18　雷达图

户导向得分较低,为66.8分,如何满足客户的需求出发,做到便捷方便、美观有吸引力,工商系统做得还不够;一站式登录得分最低,为48.6分,91%以上的城市均未实现电子政务系统的集成,即单点登录,系统使用的个性化服务几乎没有。系统的访问性和可用性,以及交互性得分较高,用户导向和一站式服务得分较低,即系统的物理性能得分较高,涉及政府服务意识的指标得分相对较低,这种状况也从一个侧面反映出当前工商电子政务系统主要处于大规模的建设和普及阶段,而基于电子政务的政务服务还有待提高。

5. 电子政务实际效益指标

本次调研,我们获取了以下有关电子政务效益与效率的重要指标与数据,虽然采集自工商系统,但对于其他政府网站也有相当的代表性:

- 电子政务使用率——通过网络的业务办理数目占所有办公业务的比重:62%

- 电子政务渗透率/普及率(penetration rates):了解与使用过的公众比例:85%

- 政府网站平均访问频率:1.5 次/月

- 完全一站式网站比例:13.45%

- 电子政务带来的政府办事成本下降:41.3%。其中:办公人员数量减少10%,办公开支节约15%,工作时间/强度下降率:24%

- 电子政务导致对企业与公民的单位服务成本下降:54%。其中:时间

成本(处理时间 + 响应时间)下降 51%,服务费用成本下降 20%,失误率下降 90%

- 用户应用成本下降:78.5%,即用户的使用质量——评价网站有什么、是不是都具备了办公功能只是评测使用度的一个方面,用户要花多少成本和时间来搜索与筛选,是否对提供的服务感觉满意,是涉及用户服务质量的重要标准
- 创新的公共服务数量:0

6. 对我国电子政务发展阶段的判断

按照 United Nations e-Government Survey 2008 From e-Government to Connected Governance 最新标准,电子政务可分为基础建设,基础服务,整合转型和互连融合四个阶段,并与之相对应的五个时期:初始期,扩散期,整合期,融合期,成熟期,如图 6-19 所示。

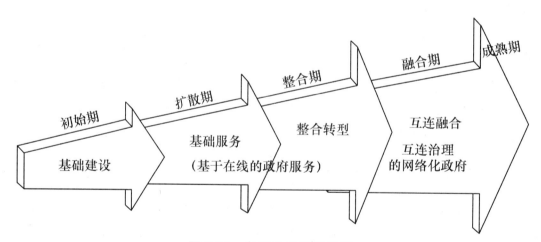

图 6-19　电子政务发展阶段

目前中国电子政务的发展阶段主要集中在基于在线的政府服务,即将以往的柜台业务"转移"到了电子政务平台上。绝大部分地区与部门已完成基础设施和网站建设初始期。大部分地区与部门处于建系统、业务电子化扩散期,少数进入了跨部门集成创新的整合期。少地区和部门能够达到自主利用资源共享提供政府服务与管理的融合期,如图 6-20 所示。

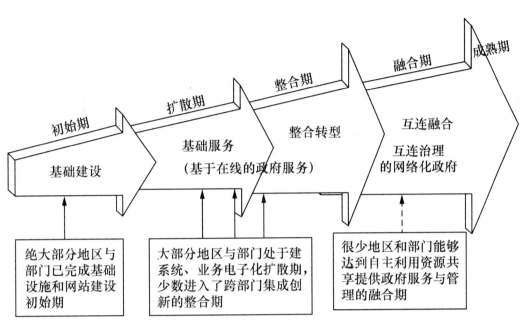

图 6-20　中国电子政务发展现状

第三篇
电子政务发展案例研究

第七章

"网商"时代的工商管理体制
转型与服务型政府的构建

第一节　问题的提出

在纪念改革开放 30 周年大会上,胡锦涛总书记将执政党的执政理念、执政能力的先进性与改革开放的成败联系在一起,把人民拥护不拥护、赞成不赞成、高兴不高兴、答应不答应作为制定各项方针政策的出发点和落脚点;坚持问政于民、问需于民、问计于民。上述理念可以说正是当前建设和谐社会、构建服务型政府的基石。如何摆脱传统的思维定式和监管模式,重新定位政府的角色,推进政府治理的观念、结构、方式和方法的根本变革,使政府的内部组织、运作程序及与外部关系得到重新调整,从而建构一个有回应力、有效率、负责任、具有更高服务品质的政府,可以说是每一个政府部门急需思索的当务之急。

1. 急需重新定位政府与市场的关系

由于中国的市场经济体制是由计划经济体制过渡而来,因此目前很多监管设施与政府规章制度与市场经济存在不兼容的状态。很多突发性事件与恶性冲突的发生恰好根源于这种不兼容矛盾的激化。

计划经济运行的核心是统一的计划调度,资源的配置是通过自上而下的指令实现的,经济主体几乎全部是国有企业,整个国民经济在本质上是政企合一的,企业是作为政府的下属部门而存在。而要完成经济计划,政府采用的最基本措施就是加强管制与控制。所以说,管制型政府是与计划经济最兼容与最适合的选择。

市场经济运行的核心是市场在资源配置中发挥基础作用,市场主体在地位上是平等与独立的,不依附于政府而存在,政府的义务是税收,对政府的要求则是必要的公共服务。而究竟怎样的政府服务才是必要的,政府对市场干预的边界在哪里,一直是经济学要探讨的重要问题之一。

西方经济学及其在发达市场经济国家中的实践为我们理解市场经济的构建提供了一定的参考。20世纪60年代以前的经济学存在着一个重要的观点,市场作为一双"看不见的手"是调配资源的重要手段,但市场不是万能的,在信息不完全的真实世界里经常会出现所谓的"市场失灵",需要"看得见的手"——政府出手相助。而经过一段时间的检验,尤其是经历了通货膨胀与失业率双高的"滞涨"时期之后,人们开始认识到如果说市场不是万能的,那么政府就更不是万能的,"政府失灵"的影响比"市场失灵"更加严重。因而,西方国家政府开始尽可能的限制政府的规模及其发挥作用的领域,减少政府对市场、对企业的直接干预。比如较有代表性的是里根政府的减税政策,这种奉行"政府无为、市场自治"的政策极大地鼓励了企业的发展和创新,换来了20世纪90年代美国新经济革命浪潮,使得美国经济重新确立了全球领先的地位。然而,近期发生的美国金融风暴又再一次将政府与市场的关系推上了一个新的争论高潮,政府监管不能不要,但正当监管的边界在哪里,这是西方也没有解决好的难题,一些地方出现了怀疑甚至否定市场化改革的声音:市场经济的老巢都出了问题,中国还要继续走市场经济的路吗?从而有很多声音开始质疑政府与市场的关系。

这仿佛成了一个惯例。每到出现内忧外患,对于市场改革的质疑声浪就开始高涨。所以,市场化改革必须深入到底。其中最根本的一条原则就是,在成熟的市场经济中,政府的职责不是运动员,而应该是比赛规则的制定者,要当好社会、经济的守夜人,而不是时时处处充当管家。政府的本职工作是提供一个可预期的宏观经济环境,适应形势的变化制定最优的经济政策,从而减少企业所面临的外部风险;同时,政府对企业行为的直接干预应该越少越好,除非是一些有利于提升企业竞争能力的举措,这对于国际竞争空前激烈的今天尤为关键。另外,也是最重要的,政府有责任提供一个稳定、平等、公正、透明的社会环境,为经济主体提供一个自由发挥、公平竞赛的舞台。除了这些,政府的行为对于市场经济而言大多没有必要,甚至有画蛇添足之虞。

对于中国而言,长期计划经济的管理思路为政府培养了一种过度自信的倾向和不信任企业、不信任市场的倾向,习惯坐在办公室里指挥企业如何生产如何经营,因而在职能上要么是出现闭门造车的"越位",对于市场的直接干预过多过频;要么在很多公共服务领域出现严重"缺位"应该政府承担的公共义务却无人过问。

一位海外归来的创业者感慨,在中国经营企业与在美国经营企业的最大差别就是与政府打交道的频率,在美国经营三年,几乎从未接触过任何一个政府部门的工作人员,"纳税、缴费像信用卡还款一样便捷、简单",无须当面办理;而在中国创业三个月,"企业接待过的政府各部门检查就有十余次"。

2. 急需实施从管制型政府向服务型政府的职能转型

一个系统之所以有生命力,具有存在的价值和意义,就是由于它能够满足外界的需要。因此,政府的定位和作用就是要想方设法满足相关方的需要,包括社会公众、企业、事业单位,以及其他国家、国际组织等。

在社会主义市场经济体制下,只有激发市场主体的积极性和创造性才能更好地满足人民群众的物质和精神文明需要。而管制型政府具有的绝对权威地位,决定了它的运作更多地"眼睛向内",更关注自身加强管制力量的需要,而缺乏"眼睛向外"服务好相关方的动力和能力,不能很好地收集、识别和满足人民群众的实际需要。具体来说:

第一,管制型政府系统收集和识别相关方需求的动力不足。由于管制部门行使的是自上而下的管制权利,具有无可置疑的绝对权威,却并不需要承担管得太多、管得太死的后果,管制部门往往采取自上而下的指令——服从体制,没有动力仔细听取相关方的意见,或者是"选择性"地听取部分意见。在这种情况下,制定出的政策更多的是考虑管制部门自身的需要,而不是人民群众的实际需要。

第二,管制型政府的组织机构、管理流程等职责设定,往往不是围绕如何满足人民群众的需要来设计,而是更多地从"专业管理"的需要设计,并且倾向于不断扩大管制范围和加强管理力量,结果往往是行政机构膨胀,各类规定、通知和执法检查层出不穷,但人民群众并不满意。

第三,管制型政府倾向于将资源投入到扩大管制范围、提高自身工作效率和降低工作强度的领域,而没有把资源投入到能提高相关方满意度的领域;而对于相关方需要,又比较棘手的领域,往往互相推诿。在人力资源、基础设施建设等方面也更多关注自身的需要,而且缺乏监督,如修建豪华办公楼、采购豪华公务车等。

第四,管制型政府的领导地位,决定了人民群众难以对管制过程提出意见和建议,而只能服从,结果人民群众的积极性和创造性必然受影响,不利于创新和发展;另一方面,大众发表意见和建议的渠道不通畅,结果政府也很难得到大众对政策的真实反馈,不利于政策的持续改进。

第五,由于人民群众没有实际权利和能力(信息不对称等原因)对管制部门做出评价,更不能决定相关政府部门的薪酬、奖惩等,使得管制部门没有动力按人民群众的意见不断改进,而倾向于根据自身需要设定目标去改进。在常规机制运转不灵的情况下,促使政府部门做出改进的往往是重大危机,如人员生命财产损失。这样的应急机制只能暂时解决问题,长期靠这样的机制运作不利于稳定和发展。

中国30年的改革开放,已经将我们的政府一次一次推到了风口浪尖,而针对当前诸多社会矛盾的积累与解决,实现中央提出的"稳定是硬任务",对于各级政府而言是一个历史性的挑战。如果不能完成从以往管制型政府向现代服务型政府的转变,我们的政府部门将无法再胜任在新形势下的管理职能。

基于当前中国经济体制与发展水平的现状,服务型政府已经成为市场经济和改革开放的不二选择,成为最有利于发挥国民经济各部门活力与潜力的政府组织形式,但同时也可能是一些政府部门利益与体制惯性所无法接受与消化的。针对上述矛盾,哪些部门领导敢为改革之先,创新之首,这些部门就会在改革开放中成为领头羊,相反则可能成为改革的落后者与最终的淘汰者。

3. 急需澄清纠正对服务型政府的片面认识

经过30年的改革开放和市场经济建设,当前的政府体制与工作流程相比计划经济时代的政府已经有了重大的变化,尽管距离全球分工的规范市场经济要求还有很大的差距。但需要引起我们高度警惕的是,由于当前政府组织结构处在管制型向服务型转变的过程中,有些部门虽然在业务功能上实现了"服务",但这只是完成了形式上的"服务",距离真正意义上的服务导向型政

府还有实质性的差距,对于服务型政府在理解和实施上还存在很多误区,比如:

"无论怎么说,监管是主要的,服务处于次要地位,我们工商系统这么多年都这么过来的……不管好还提什么服务。"(监管为主、服务为辅型)

"我们理解的就是把监管干好了,服务就到位了,我们把坏人管死了,好人自然就活起来了,但是企业不这样认为。现在看起来好像是我们把好人也管死了。"(监管即服务型)

"我们计划经济时代也干了这么多事情,难道不是在为人民服务?我们这个人民政府本身不是服务型政府那是什么?"(服务多余型)

上述三种观点在我们实际调研中是比较普遍与典型的想法,在建设服务型政府中是占了一些主导地位的。诚然,监管与服务是相辅相成,相互促进,绝非对立与矛盾的关系。即使对于服务型政府而言,对于市场的合理监管仍然是政府的职能之一,因此可以说监管的确是一种服务,但对于真正的服务导向型政府而言,监管绝非政府职能的全部,更不是管理的出发点。

之所以倡导以服务为导向,是因为政府只有做到从服务出发,才能准确地判断需要什么样的监管、恰当的监管力度如何、监管应该采取怎样的形式,从而找到最优的政府规模与流程安排。相反,以管甚至管死为导向的政府职能,不仅无法实现服务的功能,甚至在当前的经济形势下也无法真正实现监管的职能。正如上面调研提到的,"现在看起来好像是我们把好人也管死了"。管死企业,管死市场,不应该再成为我们政府工作的出发点,相反,如何提供一个稳定、平等、公正、透明的社会环境,最大限度地为经济主体提供一个自由发挥、公平竞赛的舞台,让当地经济有序而有效地发展起来,才是政府工作的使命。

要树立"服务本身就是一种监管"的思想与思路,把工作重心与重点放在如何提供市场迫切需要的服务上来。一旦有的放矢地提供好了这种服务,建立起一个服务导向型的业务流程,就能够构建一个秩序井然、自我维持的市场,这时监管要达到的目的也完全可以事半功倍地实现。其实,与我们国家大规模的政府监管队伍相比,西方国家甚至没有这样对口的行政管理部门,但却可以建立和维持更加良好的市场秩序,依靠的就是市场本身的信誉体系。我们各级工商部门手上现在掌握的大量信息和资源,如果能够提供给公众与企业作为公开服务,那就是社会信誉体系建立的先决条件与信用经济的雏形。如果我们能够依靠信息开放,让市场来管理市场监管经营主体,就是在用更低的成本来达到同样的目标,甚至完成以前做不到做不好的更高的监管服务。前者能够在有限的范围内发挥作用,而后者则无处不在。

另外,所谓的服务型政府与管制型政府的划分都是基于政府工作方式和业务特点的范畴,而"为人民服务"属于政府的使命范畴,是政府永远追求的目标。政府代表人民的利益管理国家,实现国家强盛、人民富足,保持社会稳定是政府的根本职责所在,这是任何企业和个人都无法取代的任务,要完成这样的职责,实现这样的目的,在不同的环境中会对应不同的手段,计划经济下管制型政府是一种手段,市场经济下服务型政府也是一种手段,只有找到适合当前形势的手段,从而实现国富民强、国泰民安的最终目的,才是负责任的政府,才算是真正的为人民服务。

第二节　对工商管理部门的挑战

如上所述,改革开放 30 年来,随着全球化、市场化、城市化、工业化、信息化水平的不断提高,经济运行体系越来越成为一个开放的系统,各类旧的矛盾与新的问题交织在一起,从而对工商等政府管理部门形成了巨大的挑战:

1. 传统以属地管理为基础的监管方式已不再适应经济发展要求

首先,企业数量不断增加、性质多种多样,削弱了监管力度。

计划经济时代主要是国有、集体企业,直接受政府控制,数量稳定,变化较小,政府的监管力度大;但近年来,国有企业经济体制改革不断深化,民营企业大量崛起,外资企业数量众多,政府对企业的直接控制力趋于弱化,监管力度被削弱。即使管了,有效性也不如前。

其次,企业的产品、服务和经营范围越来越复杂,加大了监管难度。

过去市场上主要是农产品和简单工业品,监管部门通过现场巡检,用简单的工具就能查出违法行为,而现在的工业产品往往是高科技产品,需要通过专业检测设备进行检测才能判定质量问题,此外,快速发展的服务行业具有生产和消费同时进行的特点,这也大大增加了监管难度。

全球化、市场化和城市化水平的提高,使得企业异地经营、跨国经营的现象越来越多,而且流动性越来越强,过去以属地化为基础设计的监管体系对此类现象难以监管。

最后,企业经营活动不断创新,给监管方式提出了挑战。

近年来,电子商务、电视直销、连锁等各种新兴经营方式不断涌现,这都是原有监管规则所没有考虑到的。以电子商务为例,电子商务企业数量众多、分散,涉及电子商务企业、银行、物流等各方,监管难度可想而知。

2. 依靠传统监管不再能满足不断扩大的市场经济发展需要

那是不是监管部门不断加大监管力度就能适应市场经济发展的需要呢?答案是否定的。

首先,政府监管太多无助于市场机制发挥作用。

一方面,监管只是抽样检查和事后惩处,对个体违法行为的事后处理只是个案的处理,能纠正个别违法行为,但无助于从根本上完善市场机制本身,使市场机制发挥作用。而市场经济体制下,如何让市场机制更好的发挥作用,这恰恰是市场经济对政府部门提出的重要要求。

另一方面,政府监管力量的强大,造成了企业和消费者更加依赖政府,而不是通过市场规则和法律规定来进行市场活动,客观上不利于市场机制发挥作用。以 12315 为例,往往工商行政部门一介入,问题就能得到暂时解决,工商局一旦不介入,企业就不好好对待,消费者问题就得不到解决,长此以往,企业和消费者都依赖政府这个仲裁者来解决问题,市场机制在这里失灵了。

其次,政府监管的作用有限。

一方面,政府监管有时间、空间、监管力度等方面限制,不可能像价格机制、竞争机制和供求机制等市场机制在时时、处处发挥作用,不利于问题的及时解决。往往问题从发现到最后解决有一个过程,而在此过程中问题往往已经恶化,影响到了更大的范围。

另一方面,对个体违法行为的纠正,几乎无助于预防其他消费者上当受骗。通常情况下,监管部门通过罚款惩处企业的一般违法行为,企业仍可继续经营,而消费者并不掌握企业的信用信息,这就给违法企业继续违法提供了可能。可以说,一事一议的监管方式只能治标,不能治本。

最后,经济的发展,使监管的难度越来越大。

随着经济发展水平的提高,企业数量越来越多,经营活动越来越复杂,要实现全面、有效监管成为不可能。为应对这种局面,监管部门不断加强自身监管力量,频繁开展各类执法、检查活动,结果是:

监管机构不断扩充,人员越来越多,信息系统越来越复杂。而由此带来的效率越低和其他内部管理问题,严重制约了监管的有效性。近年来大头娃娃、瘦肉精等多起食品安全事件,恰恰警示了我们监管效率和反应速度方面的欠缺。另外,频繁的检查也干扰了企业的日常经营活动。

正是由于以上原因,我们出现了监管力量不断加强但问题并未随之下降的现象,反而是老问题没有解决,新问题层出不穷。综上所述,仅靠政府监管无助于市场机制的完善和发挥作用,而监管体系自身存在的问题也制约了监管的有效性。

3. 监管市场的目的是为了服务市场而不是管死市场

既然监管作用有限,难度也越来越大,那我们还需要政府监管吗? 如果需要,监管的目的是什么呢?

首先,政府监管是必需的,因为市场机制也有失灵的情况。

由于市场势力(如垄断)、信息不对称等原因,供求常常发生不平衡的情况。这也正是需要政府监管发挥作用的时候,比如对于欺行霸市等行为,监管部门就有责任及时予以取缔。

其次,政府监管本身不是目的,其目的应该是帮助市场这只看不见的手更好地发挥作用。

一个组织之所以有存在的价值和意义,就是由于它能够满足外界的需要。从这个意义上说,政府的定位和作用就是要想方设法服务好政府的利益相关方,满足他们的需求,包括社会公众、企业、事业单位,甚至包括国际组织等。

对于工商行政部门而言,服务好相关方就是要维护一个诚实守信、公平竞争的市场环境。从这个意义上说,工商行政部门的市场监管职能也是为了服务市场。而传统监管方式显然不能达到这个目的。

传统的监管方式,是以频繁的检查和惩处为特征的,特别是发生影响重大的事件后更是如此。除了例行检查外,往往是从线索开始,以违法行为的确认和惩处为终点,主要是个案式的处理。而个案式的处理显然无助于完善市场机制,特别是在目前违法成本低廉的情况下。只有"创新监管方式,监管向服务延伸,为市场服务"是解决这一问题的出路所在,这也正是我们转变政府职能,建设服务型政府的主要内容。

例如,工商局可以建立企业信用档案,及时发布企业的违法行为,公布经查实的消费者投诉举报,让更多的消费者方便地区分企业信誉,从而从根本上教育企业重视自己的声誉,承担起责任。否则一事一议的监管会让企业甘愿冒险。在这方面,现在的口碑网等第三方平台已经部分起到了信息传达的作用,权威的监管部门已显得十分滞后了。

当然,我国目前的电子商务并非完美无缺,商业欺诈现象还时有发生。但是,在政府监管缺位的情况下,电子商务这个领域经过了多年的培育和成长,照样初步建立了自己的市场诚信与信用体系、网上支付体系以及物流配送体系。基于这种良好的基础平台,我国电子商务已经走向寻常百姓的工作和生活。这些经验值得工商系统认真总结。

第三节 改制路径的探讨

我们应如何构建服务型政府呢。温家宝总理在十届人大三次会议的《政府工作报告》中明晰地指出,"要创新政府管理方式,寓管理于服务之中,更好地为基层、企业和社会公众服务。整合行政资源,降低行政成本,提高行政效率和服务水平。政府各部门要各司其职,加强协调配合。健全社会公示、社会听证等制度,让人民群众更广泛地参与公共事务管理。大力推进政务公开,加强电子政务建设。增强政府工作透明度,提高政府公信力"。

首先要创新——实现管理体制的创新,这方面我们可以借鉴企业—客户管理体制的要求与设计理念,寓管理于服务之中;其次是整合,试图打破条块分割,协调配合,提高行政效率和服务水平;再者,以电子政务为实现平台与手段,提高政府服务水准。

把服务放在第一位,很多在监管工作中看上去可有可无甚至是毫无意义的措施,实际上对于服务而言则是极其重要和宝贵的,只有转换思路和视角,真正从服务的角度看待问题,完全基于提高服务水平为目标行事,才能够有所突破。

比如,政府部门拥有大量的信息资源,放在自己手中只能是简单的政务信息或者管理信息,而一旦向企业和公众开放,就能够转换成更有价值的商业信息和社会信息。当前应该从这种角度出发,首先审视、梳理自己部门内部有哪些资源能够为企业、公众提供的新的服务项目。

有些服务举措依托一个部门的力量就能够实现,但是也会有一些工作需要部门间的协同合作才能实施。因此,改善服务的第二个层面是整合,从部门内不同职能之间的整合,到跨部门的整合与协同。这也就对应着电子政务发展阶段理论中的高级阶段"协同办公"。协同与整合是手段,目的仍然是改善政府部门服务质量,提高政府部门办事效率。

无论是内部创新还是外部整合,同样都属于服务的供给层面的措施,要提供有用、好用、实用的服务,离不开征求服务使用者的意见。因此,需要进一步考察需求方的要求。可以通过问卷、访谈的形式,了解企业和居民对工商行政管理类以及其他方面政府服务的需要,用来指导电子政务的规划和政府流程的整合再造。

推进我国服务型政府的构建,必须从政府治理的观念、结构、方式和方法等方面进行根本变革。最重要的,要确立以顾客为导向的政府服务理念。20世纪八九十年代以来的各国政府再造,均有一个显著特征,即希望将政府形塑为一个企业型政府。其基本特征之一就是强调顾客导向:政府公共服务的提供应有强烈的当事人取向(strong client orientation),施政目标应以公民的需求为考虑,视顾客为关怀对象,强调对顾客负责,并以顾客满意为衡量公共服务质量的标准。

如何才能构建这样的政府呢?从图 7-1 我们可以看到,一个有效的服务管理体系,是以客户为中心,从顾客要求出发,通过有效的管理职责、资源管理,最终为顾客提供满意的产品和服务,并通过测量、分析客户满意来持续改进,不断提高客户满意度。因此,我们要建设的服务型政府应该是以人民群众的需求为中心的服务提供体系,须满足以下要求:

1. 是以满足公众要求为目标来建立服务体系的

为人民服务是我国政府的宗旨,这毋庸置疑,管制型政府同样如此。但在服务型政府中,这不仅是一句口号,而是围绕这个任务来设计服务体系,制定目标并将目标分解到各级政府,在资源分配上以人民群众的实际需要为原则,其工作绩效和改进工作也以人民群众的满意度为准绳。

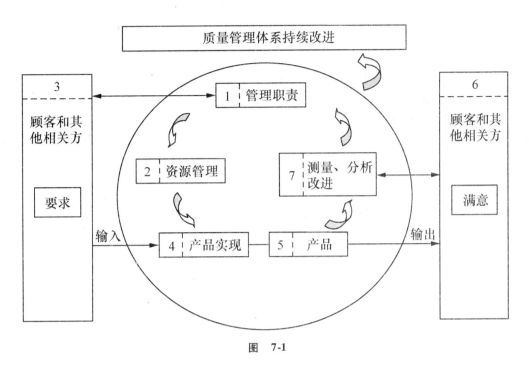

图 7-1

非常重要的是,政府应设立专门部门负责了解相关方的需要,并将这些需要转化为对各部门的工作要求和工作目标,这也正是服务型政府的工作目标。

2. 服务型政府的整个体系必须是高效与阳光的

（1）工作流程和标准充分考虑公众需要

服务型政府致力于满足服务对象的实际需要,通过精简的机构、高效的流程和合理的运营成本提供服务。例如,现在越来越多的人投身到创业,如果审批企业注册的流程复杂、费用居高不下,就可能打消很多人的创业念头,更不用说流程冗长导致的市场机会丧失了。

再以工商局目前实行的普查式的入户巡查企业制度为例,这不仅干扰了企业的日常经营活动,由此检查出来的违法行为也非常有限,这项制度是否还有存在的必要呢,我们是否应反思类似的管理制度呢。

（2）资源投向以满足人民群众需要为导向

服务型政府将以是否有利于人民群众实际需要来决定资源分配的流向。如近年来,人民群众对公共产品的要求不断提高,政府也顺应形势增加了对教育、医疗等公共领域的投入。在内部人力资源管理、基础设施建设、工作环境等内部资源管理上,服务型政府同样应优先考虑满足人民群众的需要。

（3）工作方式和态度以人民满意为准绳

管制型政府的地位决定了他和管制对象处于"上下级"关系,管制对象处于弱势地位。在服务型政府中,制度设计将保证工作人员自觉为人民群众服务,其工作方式、态度和工作能力要受人民群众的监督和评价,不符合这一目标的公务员将被淘汰,政府处于提供服务的地位,接受用户的检查。

（4）信息披露以公开公正地服务公众为原则

管制型政府中,信息的收集、保管和处理都是为了管制目的,政府没有披露信息的义务。而服务型政府为了满足人民群众了解相关信息的需要,将通过各种方式提供相关信息服务,例如关于政府预算使用情况、企业信用、产品质量和安全等方面的信息。

3. 服务型政府的工作绩效是以公众的满意度来衡量的

管制型政府的工作绩效往往是由各级政府自评和上级政府根据自评结果做出评价,较少考虑管制对象的满意度。而在服务型政府中,政府部门提供的是一种服务,服务的质量必然是以服务对象的满意程度来衡量的,而不是由政府部门自己说了算。因此,在政务的 KPI 考评中应该由公众满意度的分值为基准,而且是一个开放的循环的过程,而非以往封闭式的评价体系。

4. 服务型政府是围绕人民群众满意度来持续改进工作业绩的

服务型政府必须建立起一整套的配套机制主动跟踪人民群众的满意度,根据人民群众的呼声及时主动地加以调整现有流程,在事前做好预防工作,而不是等矛盾积累到一定程度爆发后再来应急。

上述要求与标准只是建设服务型政府的大纲。这里需要特别强调的是,建立一个高效、阳光、服务导向的政府,首先需要一把手领导转变观念,树立监管为了服务、服务至上的理念。如果一把手的观念不能转到把公众当成客户,按客户(公众)导向来设计、规划整个部门的服务体系,并落实在日常工作中严格实施的话,那么所谓的服务型政府最后只是业务部门的几项措施、几个项目而已的改进,不可能给整个部门的工作态度与工作效率带来根本性、可持续发展的改变。

5. 电子政务是实现服务型政府的必由之路

信息技术的发展,为政府服务理念的实现提供了可能。通过信息技术打造政府电子网络化的管理和服务平台,能够改进行政管理方式,提高行政效率,降低运作成本,提高决策水平,有效提高政府的服务质量。特别是随着政府信息化的不断深入,政府工作人员的观念不断转变,综合素质也在逐步提高,从而促进政府服务质量和水平的提高。另外,政府信息化不仅代表先进的技术,更代表一种新观念、新思维,会促进思想、技术、管理、制度等各方面的创新,推动社会全面进步。

(1)政府职能的不同决定了电子政务平台的功能差异

电子政务实现了政府通过互联网发布、搜集信息和办理业务,从性质上看,它只是一种技术手段。无论监管型政府还是服务型政府都可以建设电子政务平台,但他们建设目的存在巨大的差异,这也决定了电子政务平台的功能差异。

① 信息沟通方面:监管型政府通过电子政务平台进行信息沟通,往往是单向的发布各类规定、通知,公布自己的监管成果,主要是政府想说的话,即使有领导信箱、网上调查等功能,也常常是个摆设。

而服务型政府通过电子政务进行信息沟通则是双向的,一方面可以发布人民群众需要的各类信息,包括法律、规定,企业信用信息、近期警示信息等;另一方面可以通过电子政务平台搜集人民群众的需求、对政府的意见和建议,是政府广开言路的重要渠道,如征集群众对法案草案的意见等,相应的电子政务平台提供 BBS、网上调查、意见栏、领导信箱、服务电话等功能。

② 网上业务办理方面:监管型政府开展网上业务办理,更多的是从提高内部工作效率、降低劳动强度来考虑的,是为监管部门自身服务的,较少为群众实际需要而优化流程等。而服务型政府则在充分调研、了解群众需要的基础上,根据各项业务网络化后对人民群众的价值来决定其轻重缓急,并对业务流程进行再造和优化,以更好地为群众提供服务。

(2)电子政务是建设服务型政府的必由之路

尽管监管型政府和服务性政府都可以建设电子政务平台,但电子政务平台所具有的优势决定了其能更好地服务于服务型政府,是建设服务型政府的必由之路。

考虑到我国人民众多、分布广、文化水平参差不齐、需求多样的特点,政府部门必须提供一个效率高、易于使用、受众面广、公开透明的服务平台,电子政务平台恰恰是满足这一要求的最有效平台。电子政务的推行将极大地促进监管部门转变职能,扭转过去门难进、脸难看、事难办的监管型政府的形象。

① 电子政务平台的建设将极大地拓宽政府部门的"大门",有利于更多的人民群众实现与政府的互动,有利于密切政府与群众的联系,改善政府部门的衙门形象。

过去,老百姓没事不找政府,有事找政府还要经过重重盘查,还要登记,这是典型的把自己凌驾于群众之上的监管型政府的思维。而电子政务平台大大拓宽了政府与群众联系的渠道,使得更多人可以通过电子政务平台了解信息、办理业务,而不需要亲自上政府跑一趟。这样的便利有助于进一步改善政府与人民群众的关系,提高群众满意度。

② 电子政务平台能突破时间、空间的限制,为人民群众提供高效、易于使用的平台。

政府部门实行的是 5×8 小时工作制,下班了业务就停办;而电子政务平台提供了 7×24 小时的服务,信息技术也使得更多业务实现自动处理,使得任何人都可以实时浏览信息、办理业务,不受时间、空间限制,还免去了舟车劳顿、等待之苦,这就为人民群众提供了极大的便利。将来有一天,政府工作人员还可以在家处理网上的各种业务,这也有利于业务的及时办理。

此外,电子政务的网上调查、意见栏、领导信箱等功能也为人民群众提出意见、建议提供了方便、快捷的平台,同时,互联网的开放特性,也能让更多的人民群众提出更多真实的意见和建议,这是实地调研、访谈所难实现的。

③ 电子政务平台规范、公开、透明的特点,有助于提高政府的公信力,减少办事过程中的不规范行为。

监管型体制下,法律、法规的解读掌握在政府工作人员手里,又几乎不受监督,因此看人下菜碟是常见的事情。而电子政务平台的建设过程就是将原有业务规范化、信息化的过程,因此,能网上办理的业务一定是规范化的。

电子政务平台上,不同的人只要办理相同的业务都面对相同的业务流程,这就能减少人为因素的作用,逐步改变过去人治大于法治的局面。随着电子政务的推进,越来越多的业务实现网上办理,这将极大提高政府管理的规范化水平,有利于政府职能转变。

④ 电子政务发挥了信息技术的优点,有利于提高办事效率。

过去办理业务需要填写很多表格,表格中的信息不仅多有重复,而且还要反复查看填表说明。而电子政务可以避免重复信息的填写,通过动态提示还免去了阅读复杂的说明,并能实现自动查错和纠错,这就大大提高了办事效率和准确率。

⑤ 电子政务有利于精简人员、节约成本,是建设服务型政府的必然选择。

电子政务的推行,可以减少办公场地、人员、纸张、电力等各项开支,对减少运营成本有显著的帮助。随着电子政务的深入应用,这一优势将逐渐显现。

综上所述,通过建立电子化政府,可以使政府的组织结构得到前所未有的优化,改变以往监管型政府封闭自大的固有弊端。传统的行政组织形式是科层组织结构,它与平稳的管理环境相对应,其最大优点是稳定性强,而弊端在于对外界环境变化的适应能力较差,而且压抑组织成员自身的全面发展。在社会环境不断变化和信息技术迅猛发展的条件下,各发达国家政府均通过构建电子化政府对政府原有组织和管理模式进行改革。所谓电子化政府,就是政府有效运用现代信息和通信技术,通过不同的信息服务设施(如电话、网络、公用电脑站等),对政府机关、企业、社会组织和公民,在其更方便的时间、地点及方式下,提供自动化的信息及服务的虚拟政府。电子政府作为区别于传统政府的一种组织形态,它充分运用了现代信息和通信技术,打破了传统政府的组织界限,在网上构建了一种新型的信息传播模式,从而形成了一种完全开放的矩阵式组织结构。电子化政府基础上的行政组织,可以缩减乃至取消中间管理层,使传统的金字塔形的行政组织扁平化,使操作执行层与决策层直接沟通,加快了信息传递速度。同时,管理者和下属都可以利用信息技术手段随时了解对方的状态和意图,增宽了管理幅度。此外,电子化政府基础上的行政组织,可以借助现代化的网络和通信手段,促使社会公众广泛参与政府管理及政治事务,便于基层的民众了解国家高层权力机构的管理和决策活动,并积极与之互动。

更为重要的是,建立与民众互动的政府服务平台,构建无缝隙的网络型政府,对于服务型政府的构建至关重要,是区别于监管型政府的根本所在。要改变传统的层级化的组织结构,缩减中间管理层次,建立精干型、网络型政府。同时,要重构政府运作流程,建立一体化政府,使各级政府的各个部门拥有统一的服务平台,公众在任何时间、任何地点都能享受到政府的服务。从政府结构来看,网络型政府实现了在上下之间、纵横方向上都相互连通,避免了在传统科层制模式下,高层政府与基层公众、政府机构上下之间及横向上都相互隔阂、割裂、断层的现象。在网络型政府状态下,通过计算机、通信、网络等技术手段的综合应用,政府可能为社会公众提供全天候的、高质量的、"一站式"的公共服务,此即所谓的无缝隙的政府(seamless government)。电子化政府搭建了与民众互动合作的平台,在此之上政府是面对公众开放的,而公众也非常便利地可以参与到政府事务中来,特别是那些与他们切身利益紧密相关的事务。公民办理户口、交纳税金、查询养老保险等事宜,皆可在任何时候、相宜的地方通过政府网络进行,极为便利、高效。同时,政府通过流程再造使行政运作环节和程序得以简化,并运用信息技术重新配置行政业务流程,实现信息共享、资源整合、工作过程自我控制等,以更好地满足公众需要且大大提高了工作效率。

第四节　北京市工商局的成功实践和改进空间

　　北京市工商行政管理局一直以来都被公认为是全国工商系统中的先行者。其下,共监管内资企业 40 万余户,私营企业 22 万余户,外商投资企业9 000 余户,外国企业驻京代表机构 9 000 余户,个体工商户近 52 万户,消费品市场 1 000 余个。

　　近年来,面对新的形势,北京市工商行政管理局率先提出了"大力推进工商行政管理市场监管模式的改革,构建与首都国际化大都市地位相适应的、专业化、数字化的工商行政管理体系,完成便捷准入、信用监管、专业执法、'数字工商'的基本建设,初步实现市场监管方式和监管手段的现代化,实现首都市场准入秩序、竞争秩序、交易秩序的根本好转"的发展方针和目标。为了实现这一目标,北京市工商行政管理局立足全局,从各方面着手大力推进制度和流程的建设及优化,尤其在信息化和电子政务领域进行了一系列的探索和尝试,总结出许多宝贵的经验和教训。

　　在北京市工商行政管理局,信息中心负责提供技术规划和信息网络技术,相当于在需求部门与开发部门之间搭建了一座桥梁。随着软件外包行业的兴起以及政府部门内部的专业化分工,信息中心在工商行政管理局中的角色也发生了根本性的转变。传统认识中的信息中心应该是以系统需求分析与开发为主业,但是现在的信息中心已经很少做开发工作,它已经不再是一个纯粹的技术部门,而更多地是一个项目管理部门。

北京工商目前主要的电子政务系统如下：

（1）网上登记

网上登记系统是2001年北京市进行电子政务试点1期工程时推出的。

> 当时我们也没有经验，就以为网络登记非常好，就把纸质的、物理的流程做成程序完全搬到了网上，以为这就是信息化了。以前的信息化都是这样的，可没有现在这样流程重组、流程再造的想法。2002年推出后，运行了一年，效果非常差。每年登录次数基本上就超过几千，最后审批下来的企业就十几个。本身我国的登记制度就非常复杂，搬到网上就更不用说了。

针对以上这个问题，工商局后来对网上登记系统进行了改造，就是通过采集基础数据，这些基础数据企业直接填写就可以。根据这些数据，后台会自动生成企业登记所需的材料，企业直接打印后到工商局进行确认。以前企业上交的材料非常复杂，包括企业章程、股东会决议等，而且根据企业类型和企业资格的不同，登记时提交的材料也会不一样，企业准备起来非常麻烦，通过这个系统，登记方便多了。企业只要很简单地填一些属性之类的信息，最后通过计算机在后台自动生成登记材料，如登记表、申请书、企业章程、股东会决议，等等。现在海淀区90%以上的企业都通过这套系统完成。

> 现在老百姓不用来回跑，非常方便、简单，这实际上就是一个流程再造，不是一个简简单单地把物理的流程放到计算机上。以前准备的东西非常多，现在这些东西我们不让老百姓自己去学习了，都由我们来做，老百姓方便多了。

目前基本上98%以上的企业都是通过网上来办理登记业务。

（2）网上年检

2008年1月1日全面推行，之前已经施行三年，取得了很好的成果。

以前年检集中在3个月以内，由于时间集中、企业数目多，年检时要排很长时间的队，现在企业完全不用往返于工商局，可以在网上进行。

> 以前企业进行年检，要往工商局跑很多次，每次都要排很长时间的队。网上年检系统开发以后，企业每年只需要来工商局确认一次，贴个标，盖个章就行。而且这不是强行要求的，完全是他们自愿。

（3）广告监管

以前北京工商市局和各个分局专门负责广告监管的人员有 50～60 人左右，负责监管北京市电视、广播、杂志、报纸等媒体上发布的广告。监管途径以群众举报和抽查为主，但工作量十分巨大。目前开发的系统，能将 90% 以上的平面媒体和电视广播媒体纳入监管范围，尤其是电视和广播实行 24 小时监控。这套系统能够对广告进行识别，识别率到达 90% 以上。另外还可以剔除重复广告。

然而，这套系统目前对违规广告的自动识别技术一直未予解决。因此，目前工商局专门成立了一个广告监测中心对违规广告进行监管。不过对于网络上的违规广告，购买了一项泰瑞的技术，能够对 95% 以上的网站广告进行整理和识别。

这套系统在国际上形成了很大的反响，曾经接受过路透社记者的采访，法国商务部长也曾表示这样的系统对法国的资源保护很有借鉴意义。

（4）12315 系统

12315 系统之前配置了 10 个人、5 条线，经常会出现无法接通、占线等情况。2003 年非典期间经过改造后，扩充了三十多条线。12315 系统发动了北京市的老百姓和工商局一起进行市场监管，一方面可以投诉，另一方面可以举报，既可以举报干部，也可以举报企业。监管的方式、领域、范围都有了一个新的变化。

> 通过我们这条线，发动了北京市的老百姓和工商局一起监管，老百姓有 1 800 多万，他们打过来一个电话，就是一个很重要的线索。

群众举报给工商局提供了重要的线索，据统计，目前群众举报里大概有 30% 左右最后是立案的。

> 通过这些新系统的开发建设，实现了新的业务需求，以前做不了的事情，现在通过网络都能做了，监管的方式、手段、理念、范围都有了一些新的拓展。
>
> 其实投诉本身就是一种政府服务。

（5）电子商务监管

与搜狐合作，将北京市的企业网站都通过引擎搜索出来，首批搜索出了 16 万多企业网站，核实出 6 万多，而监管之前在北京市备案的企业网站只有三千多个。

但在这个领域,如何真正管理是一个新生事物,查出这么多电子商务企业后,工商局如果要用传统的老办法老思路来管,不仅业务量加大到无法管理,而且对于电子商务这种新型企业业态也会形成相当的冲击,是一个特别棘手与敏感的新领域。

（6）食品安全监管

这个系统2004年开始开发,2006年6月1日开始正式运行,是个跨部门、跨网络的综合系统。核心的系统放在食品办。由于食品安全监管的一大特点是分段监管,比如农业部门管田间地头,卫生部门管理餐饮等,各个分段的数据分别存在于各个部门,任何一个部门的数据都不能反应北京市的食品安全状况,因此跨部门非常重要,也非常困难。

　　以前没有经验,根本不知道食品安全怎么管理,现在管理的目的实际上还是做一些决策依据。通过大量的数据采集,来描述北京市整个食品卫生情况。

食品安全监管系统开发的过程,实际上就是北京市食品安全管理体制不断完善的过程,一方面是延续时间长,另一方面是将北京市食品安全监管方面一些好的措施、制度固化在了食品安全监管系统中。现在食品安全管理,主要目标是提供决策依据。通过大量数据的采集,来描述北京市的食品安全整体状况。

　　北京市目前从事食品经营的企业（包括个体户）大概有7万多家,我们经常会做一些食品的监察,作食品抽查时如果发觉食品有问题,首先是进行警告,其次是要求下架、退市。以前我们采用的方法是网站公布,有些老百姓可能看到了,但有的企业就可能没有关注到。现在工商局建立了一个食品安全信息发布平台,平台通过电话、手机、传真、电子邮箱四种方式,一个小时之内就能将违规食品信息发布到消费者和企业手中。这实际上就是一种有力的惩罚机制。

（7）市场主体网格监管系统

将GIS技术完全用到市场监管中,把全市130多万市场主体都通过电子地图来展示。通过这个系统,实现了很多功能。比如网格的划分,将全市划分为十多个网格,每个网格都有网格责任人,网格里出现的问题都由网格责任人负责,这保证了业务的责任明确。另外就如"上面一根线,下面一根针",网格责任人面向了所有的业务,业务的整合通过网格责任人实现了。

对于某些网格企业多、网格责任人任务量大的情况,工商局以企业信用状况和企业性质为依据进行网格的划分,一些问题多发地带、多发企业网格就较小,网格责任人可以加大巡查的频次,而一些基本上不会出现问题的企业,几乎不用巡查。这种以传统监管为思路与导向的监管系统目前在工商局内部使用的成果非常明显,效率是提高的。

从上述建设成果来看,北京工商的电子政务建设成绩是有目共睹的,主要可以概括为:

① 推进了电子政务建设,缩短企业登记注册、年检申报的时间,节省办事成本。通过建设网上登记、年检验照系统,使企业可以方便地通过网络实现注册、年检功能,不再需要排队等待,以往工商局门口长长的排队现象不见了。这不仅减少了企业的麻烦,也大大提高了工商局的工作效率、降低了工作强度,节约了运营成本。

② 创新了监管方式,加强监管有效性。在广告监督方面,过去完全依靠人工手工收集各类广告,不仅效率低、容易出错,而且不能有效覆盖监管范围。通过开发广告自动抓取系统,提高了监管效率和准确性,也减少了人工成本和工作强度。

③ 提供了企业信用等信息,为市场主体有效决策提供帮助。目前,工商局已开始提供企业信息服务,任何人都可以查询企业的违法信息和警示信息,从而丰富对该企业的认识。同时,各监管业务部门开始免费提供监管报告,如企业登记注册信息、广告监管信息等,这都有利于企业和消费者做出更有效的决策。

从进一步建设服务型政府的目标来看,北京市工商局在以下方面还有诸多的可改进空间:

(1) 亟待进一步转变观念,强化政府服务职能

目前,工商局大部分的业务职能还没有完全避免计划经济时代执政的老思路与老办法,即"计划"和"监管",真正的"服务"意识远没有普及,服务型政府的流程更是没有建立。

在已经建立的26个系统中,除了3个与工商局内部业务流程最密切,工作效率最直接相关的系统之外,为什么其他系统用得都不是很好?主要原因

不在于企业不愿意用,而是因为无论是从需求的角度,还是从用户习惯的角度,都没有从群众中来,到群众中去,基本上还是按照老的监管方法,只是从网下搬到了网上,更多的出发点是为了节约工商局的办事时间与强度。当然,也包括和用户的一个整合过程。

用户开始也觉得信息化挺好的,通过信息化,有些业务可以更方便地开展了。但是,当需求提的不是很到位时,用户慢慢就觉得开发的系统和其业务能力差别很大,用了电子系统后,企业不仅没有实现自身工作目标,还需要在物理和纸质的流程上重新改动。

在企业和居民代表座谈会上,企业与用户提出了尖锐的建议:

① 政府在制定规则时,几乎不听取企业的意见和建议,目前也没有正式的听证制度,结果规则发布后企业意见很大,可操作性较低。例如最近发布的"网店新规",之前没有听取各方面意见,发布后引起较大反响;同时,企业也反映政府部门服务意识薄弱,平常基本没有通过座谈会、走访的形式了解企业的需求;

② 现在的规则管得太多、管得太死,制约了企业经营的灵活性,例如不允许异地经营,必须租赁写字楼否则不予登记等,这些都加大了企业经营成本,增大了企业经营风险;

③ 现在的办事流程过于复杂,标准过于烦琐,企业往往不知所云、不知所措,市场上大量存在的代理公司充分说明了这一点;

④ 政府部门制定的规则弹性空间较大,在执行时往往有情可讲、有私可循。规则的弹性空间大,一方面说明了政府部门精细化管理水平不高,主要还是粗放经营;另一方面也不利于政府的廉洁自律。

所以,建设服务型政府的根本宗旨应该是政府通过转变管理方式,放宽对企业不必要的限制,帮助企业减少经营风险。不同规模、不同所有制的企业,经营风险不同,对其管理方式也应不同。特别是小企业,规模小,抗风险能力差,不宜管得过细,例如只能租写字楼,不能租公寓房的规定大大加大了小企业的经营成本,不利于鼓励创业。为此,我们建议:

① 政府部门在制定规则前,应通过走访、座谈和听证等制度充分了解民意,从而提高政策的可操作性和有效性,减少反复。同时在规则颁布前应提供一定的缓冲期(参照公示期),不能刚颁布就立刻执行,以减少企业的经营风险。

② 政府部门在制定规则时应尽量细化,不宜泛泛而谈,以方便企业操作。

同时,规则的细化还可以减少执法的随意性,充分保障企业和消费者的利益,也有利于政府廉洁自律。

③ 规则制定后,政府部门应通过网站发布、上门培训等方式让企业和消费者更深入地理解规则的要求。只有企业充分地理解了规则,企业才可能有效地执行;只有消费者充分地理解了自己的权益,才可能在消费过程中有效保护自己的权益。在企业和消费者向工商局咨询相关问题时常常碰到工商局方面渠道不畅、态度不好、素质参差不齐等问题,这方面企业意见比较大。

④ 政府部门在日常工作中,要注意随时主动收集企业、消费者等相关方对政策本身合理性的反馈意见,为政策的持续改进提供依据,而不是只关注政策是否得到执行。

(2)制定电子政务推进的战略规划

目前电子政务已经能提供信息发布、网上办事等功能,基本具备了完全或者部分替代网下业务的可能。但目前企业不仅需要在网上进行操作,在网下也必须重做一次,而且网上和网下的两套表格存在差异,在格式和内容上都需要调整,企业意见很大。

为此,我们建议工商局制定推进电子政务规划,逐步取消网下办事,引导企业和消费者用好电子政务,让他们享受高效、快捷的政府服务。这不仅有利于服务对象,对工商局自身也是提高效率、降低工作强度的战略手段。

工商局在做电子政务规划时,应该按照市场需求的急迫程度和本身业务实施的难易程度进行综合考量,才能上马一个成功一个,具体来说,要考虑三个维度的需求分析:

① 业务开展的难易程度

② 市场对业务的需求程度

③ 是不是工商局的核心业务

在具体战略布署中,特别要权衡考虑"需求的迫切性"和"实施的可行性",由此作为依据,来规划出项目的优先级,真正做到科学化市场化地落实电子政务项目规划。

电子政务规划中另一个需要注意的问题是电子政务建设外包问题。有企业反映,网上年检系统曾经被黑客破坏,企业发现了问题,而工商局还浑然不知,这和工商局将电子政务系统建设和维护业务外包不无关系。建议工商局在电子政务规划中细化对外包方招标、监管方面的要求,减少系统风险。

（3）坚持用户导向建设电子政务

目前上线的电子政务系统，主要是根据业务监管部门的需求开发的，系统基本上都是对内服务的，都是为了提高业务工作的管理效能服务的，对外服务从理念上已经开始有所转变，但还没有起步，还不是基于对企业、消费者需求进行系统评价后进行的。

因此，非常容易导致实际情况中用户需要的功能没有开发，而用户较少用到的功能先上线，在功能的易用性上也可能出现偏差，从而花了大钱但是效果不明显。这就需要我们对企业和消费者的需求进行广泛调查，明确其需求并进行评价后确定系统开发的轻重缓急，并将评价结果作为电子政务建设的依据。

另一方面，目前电子政务系统较多，不利于用户理解和使用。从"一张面孔对客户"的要求出发，我们在设计电子政务系统时要统筹规划，通过业务流程梳理和再造来整合功能和界面，充分发挥电子政务的优势，为用户提供方便、快捷的一站式服务。

工商局最终的工作目标是维护市场秩序。建立规范的市场秩序是工商局最终的工作目标。市场经济秩序本身也有一套自己的评价体系，目前工商局还没有建立起来，但是正在往这个方向走。而且评价市场经济秩序很重要的一点是老百姓的认可度。自己说做得很好，老百姓不认可，也没有用。怎样把这两点结合起来，涉及的内容很多，比如宣传，比如怎样把工作和老百姓贴得更紧，这些都亟待解决落实。

（4）应主动重视用户意见的持续改进

在这次调研中发现，登记注册系统用户满意度不到60%，但工作人员日常工作中并不关注这个满意度指标；再以最近一次网站改版的满意度为例，网站上满意度比例很高，但座谈会上大部分企业并不认可，这又说明什么呢。

由于缺乏常规的反馈渠道，或者是工作人员缺乏服务意识、服务态度不好，企业的意见和建议得不到重视，本来很容易解决的问题却长期得不到解决。

目前工商局没有一个专门的职能部门，负责搜集、识别外部市场的需求，主要都是根据上级的指示来做，还是计划经济导向型的行政方式来管理市场，所以出现了：

我们主动地做了很多事情，也被动地做了很多事情，做的很多很累，但效果不好。往往是我们作规划时都会提出来一定要先做什么、后做什么，规划非常清晰，但是实际操作过程可能都不一定按照这个过程进行。事情就是发展到这个阶段了，我们就去呼吁这个问题怎么解决。好多事情都是这样的。事情走到这儿了，才提出了一种需求了。

为此，建议在政府部门内建立调查、监控相关方满意度的管理流程和管理职责，并以用户满意度作为部门和工作人员工作绩效的核心指标，以此来不断提高服务型政府的服务水平。

比如现有的几个核心业务：12315 系统可以考评投诉的处理结果与投诉方的需求意见是否相符。年检系统可以考评注册、年检成功的企业、注册或年检半途而废的企业、注册一次不能完成返工的企业各有多少比例。总之，要以需求为导向，以科学发展观为依据，形成持续改进的业务流程，改变以往拍脑袋、或者陷于事务性工作的被动局面。

（5）加强信息的深度挖掘和业务整合

现在工商系统电子政务面临的另一个主要问题是业务整合。就不同的业务来说，所有的系统都由业务处主导，每个业务部门只面向一个系统，他们是不关心整合的。但是就工商局来说，一共就有二十多个系统，非常复杂。

> 我在信息中心待了五年，实际上对信息整合也没有一个统一的认识。大家都知道信息化应该整合、数据应该集中、应该提供一整套完整的服务。但是从业务上来看，企业关心的绝对不是整合，而是关心政府如何给企业提供方便（或者是降低强度，或者是提高效率服务）；从老百姓的角度来看，他们也不关心整合，他们更多地是希望政府能够以更方便、更快捷的手段提供一整套服务。当然，通过整合，我们能够更快捷地提供服务，但是从我们国家的情况来看，我认为现在谈整合是不可能的。信息化的发展本身有一个客观的规律，我们国家现在还没有发展到整合这个阶段。

对于这个问题，北京市工商局现在做了两个系统，一个是统一认证平台，旨在解决单点登录的问题。"首先我们实现了页面整合，然后现在每个用户只需要注册一个账号，就能在有权限的业务系统里畅通无阻、全网通行。其实金网一期某种程度上说也是这样，整合实际上也是这样。因为信息中心永远不可能将所有的业务列在一块，不仅信息中心做不了，局长也做不了。局长说工商局业务怎么这么乱七八糟,能不能就整合成几个业务?这事我们觉得挺难做的。当然也有可能我们工商局的业务系统本身就不科学"。

另外一个是数据中心,旨在解决信息数据整合的问题。工商局现在的数据分布在不同的系统里,有的是一数一源,有的是一数多源。目前通过数据中心,已经分析整合了2万多个数据段,预计将达到3万多个数据段。数据中心一方面有数据集中的功能,一方面它能纵横向为不同的系统、部门提供数据交换服务,以消除信息孤岛。

目前通过统一认证平台和数据中心两个系统,工商局在一定程度上解决了整合的问题。但是能解决的整合也就只有页面整合和数据整合,要说应用整合,仍有很大差距,它不是某个业务部门就能实现的,而是涉及整个行政管理和行政编制的问题。

首先,数据中心使用者的设计,并不是是基于企业主体,而是面向内部。现在内部使用的需求越来越高,过去以业务为主导,各个部门有自己的数据就行。但是现在工商局更多地发展到提高管理效能这个阶段,它不仅仅是过去对企业进行分类、分级、确定监管频次,而是进一步发展到对经济市场秩序进行评价,也就是管理指数的问题。什么地区、什么领域现在是问题的高发区,就要重点加以管理,这就是使管理力量更加有效地投入,更加提高管理的针对性。而这并不是某一项数据能解决的,工商局必须汇总、综合数据以后,才能实现其管理指数。没有数据的整合,工商局的管理指数没法实现。

(6)工商系统要率先做好信息公开与透明化服务,从以往一味的"政府管市场"进化到"市场管市场"的服务型政府目标

工商局的职责是维护市场经济秩序,为什么我们的政府部门花了这么大力气,但市场经济秩序仍然很乱,企业不讲信用的案件层出不穷,除了企业自身的原因,是否我们的监管系统出现了某种盲点问题急需发现与改正呢。

这里背后可能有两个原因,一个是市场信息太差,企业可以浑水摸鱼。一个是因为我们管得太多以至于实际工作中管不了,在这样的情况,企业只要不违法乱纪,只要不被查处,企业所作的任何事情都可以无所谓。我不用在乎我的名声,也不用在乎品牌,只要在这么严厉的管制下能生存下去就可以随着管制的不断加强,企业在乎的可能就不是信誉,而是怎样在这个环境里生存。

这就牵扯到一个问题——如何扭转我们的工作思路,工商局以往更多强

调的是管理。今天我们不仅要着眼管理,更要开始强调服务。逐渐向服务型政府转化,提供一个服务平台,关注整个社会更高层次上的需求以面对更复杂的市场环境。如果用老办法来应付新问题,就可能导致工商部门花了大量的资源去管理,但是管理效能仍然很低。

因为工商局只管理个案,而忽视或者无为去建立营造一个市场环境,一种让企业自律守信用的大环境。现在中国就缺乏这样的大环境。市场本身有自我维持秩序的机制,因为市场经济是法制社会,工商局只要能够制定与维护合理公正、通明公开的规则,市场就能自我有序地运行下去。

另外,市场经济最重要的支柱是信息,如果信息存在流动上的障碍,而工商局作为信息的节点,不能把信息尽可能地公布给公众,信息传输条件越来越恶化,不守信用的成本越来越低,可能就会导致管理越来越乱。

所以,工商局今后的工作重点应该更多地着眼于为社会提供各类急切的服务,特别是信息服务,如果信息得到充分传播,企业非常愿意并且受到这些信息的约束,市场的管理优势就凸现出来了——与其让政府管理企业,不如让市场管理自己。这里的核心问题就是要培养社会自律守信的内在冲动与约束,不把信息公开、透明了,让企业明白违法乱纪需要在市场中付出切实的代价,企业就不能真正守信。仅仅靠以往的惩罚,惩罚是被动的,也是低效的。惩罚有很多种,一种是直接的,一种是间接的。要把事后的检查变成事先的预警,真正合理、高度运行的社会就应该能够预见到失信的后果。

这是工商局最基本的职责。我对你的经营管理做出一些限制,实际上是发挥企业信用的一种机制。但是,这个企业信用作用的发挥离治本之策还有相当的距离。具体来说,行政约束的作用还有,而市场约束的作用还是相当弱。原来政策的出发点主要是政府的管理服务,兼顾企业利益,它就限制了信息的发布范围、传播范围,也就限制了它的作用范围。我们提出,首先是着眼于服务。你做的越好,消费者用得越多,你的信息就传播的越广。有很多日常信息应该转化为管理信息。比如,我对企业的识别。你合格还是不合格,不合格就下架。如超市,如果不合格,就将其公布出来,它自然而然就会自我约束。

电子政务带来的政府改革应该着眼于两个方面,一个是信息,目前的信息系统主要着眼于政府部门的管理,信息的整合和传播受到制约,工商局掌握的大量企业主体信息无法得到充分地传播和放大,为民所有为市场所用,从而带来一系列的问题。

另一个是要形成一种在政府部门之间信息共享基础上的社会制约机制，现在企业违法了，只有工商局自身对企业进行约束，其他部门不会对之进行制约，惩罚的力度不大。而建立社会联动的惩罚机制，就会使违规企业寸步难行，这样能够营造出企业自律的大环境。所以，政府现在要从整体管理效能、服务效能的层面上来考虑问题了，不仅仅是工商局的一个部门，而是要通过工商局信息的共享来实现政府整体效能的提高。

工商局现在在老百姓中认同度不高，我认为关键是服务不到位。这里，服务不止是市场秩序，给老百姓提供便捷、有效的信息，这些信息工商局都有，技术上不难解决，关键是理念，只要理念一变，工商局在老百姓心中的地位一定会提高。工商局的二期改造决不能只关注仅仅为相关政府部门提供服务，同时一定要关注为企业和社会服务，这个理念一定要调整过来。要根据企业和消费者的需求，来对信息资源进行整合，为他们提供服务。

综上所述，我们可以得到以下结论：首先，离开了电子政务的应用与支持，工商系统已经无法正常、有效地实施其日常监管与服务职责。

在我们对北京市工商行政管理局的调查访问中，不管哪个部门的员工都会告诉我们，离开了电脑离开了网络离开了电子政务，他们已经无法正常工作了。最初，北京市工商局在企业注册进行名称查询时，是采用手工查的方式。但是，随着企业名称库日益膨胀，手工查变得越来越不可能，严重影响了工商局的办公效率，信息化改革迫在眉睫。在这样的背景下，北京市工商局建立了第一个有自动查处功能的数据库，从此吹响了工商局信息化的号角。2000年后，北京市工商局的信息化进程稳步推进，2003年开发了12315系统，2004年开发了网上年检、广告监管、食品安全、人力资源管理等系统，2005年和2006年又相继开发了移动平台系统和电子商务系统，2008年1月网上登记/注册系统也在全市范围内上线运行。

随着中国加入WTO后经济快速发展，企业登记注册需求急剧膨胀。以朝阳区为例，每天平均登记注册数量近千人次，仅仅依靠网下业务办理已经无法胜任。在这样的背景下，北京市工商局决定全力开发网上登记注册业务，花大力气对网上登记系统进行改造。同时改变了全量更新系统的传统模式，从2004年起北京市工商局率先在海淀区和朝阳区进行试点，在运行中不断完善,并最终于 2008 年 1 月 1 日在全市开始推广,成功实现了市工商局与区工商局的互联互通。改造后,登记注册的企业只需要在网上填写基础数据,根据这些数据后台会自动生成企业登记所需的材料,企业直接打印后到工商局进行确认就可以,不需要再填写任何纸质表格。而在以前,企业需要上交的材料非常复杂,包括企业章程、股东会决议等,而且根据企业类型和企业资格的不同,登记时提交的材料也会不一样,无形中给企业带来了很多麻烦。而网上登记注册系统的建立,则为企业提供了多重便利。

另外,在食品安全监管中也存在同样的问题。食品种类繁多,并且在流动环节中食品的经销商也数量众多,这给监管工作带来了不小麻烦。检查人员传统的监管方式是采用人工的抽查或者巡查方式对个人管辖区域范围内的食品经销企业监督管理。但随着经济的发展,食品和食品经销企业的数量迅猛增长,已超越工商局食品监管的几十个员工的工作范围。例如,以前如果工商部门要针对某种尚处在流通环节中的食品进行下架处理,完全得依靠大量的专员到各大卖场去通知,通知的成本高昂,因为现在几乎在每条主要的街道或者居民区都设有成规模的卖场,难以完整的对每个卖场实行监管。并且,监管的效果也非常不理想,因为工商局和卖场间存在信息不对称,针对这种食品在各大卖场的销售情况和库存情况,工商局也无法获得翔实的信息。卖场有动机在信息不对称的情况下对有问题的食品不实施下架处理。正是在这样的背景下,北京工商局在 2008 年北京奥运会前上线的食品安全监管系统,实现了食品流动环节的电子化网络化管理,通过统一的数据库系统,集成各大卖场的食品库存,销售等信息,实现全天候的无缝监管,并且针对工商部门的信息的发布于传递也超越以往的人工方式,而是通过网络化,系统化的方式实现,减小了监管成本,提高了监管效率。

从北京工商局整个部门的信息化程度上看,走在了全国工商系统的最前列。从北京工商的调查问卷反馈中,我们可以看到北京工商系统电子化程度达到了最高等级的 80% 以上。

另一方面,从网上年检部门和企业登记/注册部门的调查问卷中显示,员工在使用电子政务系统后,统计和决策分析能力得到提高,工作变轻松了,压力也相对变小,工作效率也有所提高。

在信息化发展中,北京市工商局所贯彻的基本主线是,当某个业务发展相对成熟一点,就针对特定的业务开发相应的系统。这样的基本主线主要是由这些业务的新型性所决定的,对它们来说,系统的支持尤为必要,离开了信息化就寸步难行。基于上述发展模式,北京市工商局一方面提高了劳动效率,另一方面也拓宽了监管领域和视野。据信息中心的负责人介绍,经过十多年的信息化建设,现在的北京市工商局其业务的信息化程度几乎达到100%,不仅所有的业务基本上都已经实现了信息化,而且业务的成果都以计算机数据的形式存在。

业务效率的提升取决于流程效率,而流程效率取决于部门间的互联互通,这是当前电子政务发展的最大瓶颈,也是政府管理效率提升的最大障碍之一。

众所周知,登记注册业务是工商局最典型的业务之一,面向众多的企业群体。有调查显示,目前在首都之窗网站群的流量排名中,北京市工商局登记注册业务排名第二位,占总流量的13.11%。

北京市工商局网上登记注册系统是于2001年北京市进行电子政务试点1期工程时推出的,但是在系统运行之初效果并不理想。一方面是因为中国传统的登记制度比较复杂,又是首次涉及大规模的系统建设,经验不足;另一方面是因为工商局内部对信息化和电子政务的理解还比较局限。当时大家都普遍认为信息化就是把纸质的、物理的流程完全照搬到网上,根本没有涉及任何对流程的重组和再造。以至于2002年推出后,系统运行了一年,效果比较差。每年登录次数基本上就只超过几千,最后审批下来的企业也就十几个。最后通过了一年时间的系统改造,并在海淀和朝阳试运行总结经验,全新的系统于2008年在全市范围内推广。当回顾网上登记注册系统发展过程时,相关负责人告诉我们"这实际上是一个流程再造,不是简单地把物理流程放在计算机上。以前准备的东西非常多,现在这些东西我们不让老百姓自己去学习了,都由我们来做,老百姓方便多了"。网上登记注册系统的推出不光提高了对外的服务质量,同时也提高了内部的办事效率。以前,登记注册行政规定5个工作日内办理,现在都是通过网上预约,原则上提交则可以马上接受,申请状态可以随时查询。目前基本上99%以上的企业都是通过网上登记注册系统来办理登记业务。

虽然工商局网上登记业务基本实现了信息化和网络化,但是单个环节的效率提升仍无法满足客户的需求。对于客户而言,他们考虑问题的出发点是基于办理事情或者解决问题,而现在政府服务与管理部门的服务出发点多数是以业务办理为出发点,这本身在用户需求和政府服务之间就竖起了一座理念或者感知上的屏障。我们在调查中发现,企业在办理网上登记注册时,整个业务流程往往需要涉及多个政府机构间的业务办理。例如,以开办餐馆为例。在办理网上登记的过程中,还需要往返于卫生,消防,检验,环保等部门,办理排污许可,卫生检查等相关手续。在这几个环节中,目前的业务办理都是相互独立的,且串行进行。并且在实际业务办理中,用户常常重复性的来回奔波于不同部门间。对于办理者而言,如果只是其中某一个环节效率有所提升,并没有实质性的价值。现在用户办理的多数业务,流程都往往涉及多个部门之间的来回穿梭。只有站在用户的角度去提供服务,通过跨部门的面向业务的流程优化的协调,才能真正为用户带来价值。

另外,食品安全问题看起来似乎是工商等部门监管的问题,只需要提高监管效率就行。但是实际上,食品安全问题更是一项涉及多部门之间相互协调的问题,是一个全流程的概念。最近频发的食品安全问题,也把工商等部门推到了风口浪尖。针对食品安全监管中存在的这一系列问题,北京市工商系统在奥运时期上线的食品安全监管系统的基础上,进行了功能升级和扩展,着力推进食品安全的电子化监管。新上线的食品安全监管系统,其最大的亮点就是实现了监管系统与零售环节各大卖场进销存系统的对接。并且,对于进入流通环节的食品均可实现回溯追查。例如,当消费者在超市购买猪肉时,可以通过摆放在超市的特定仪器来扫描标在肉上的条码,从而获取猪肉从屠宰场到流通各环节的详细信息。针对某种商品的下架处理时,只需要通过电子系统渠道向各大卖场发布,也会在相应的网页上向公众及时发布。另外,食品安全监管系统还针对不同食品划分了不同大类,不同大类分配了不同的安全风险等级和不同的监管策略。监管的重点落在了安全风险较高的食品,监管的策略则偏重食品零售环节的源头,也就是大型批发市场、配送中心和专卖店。这样有的放矢,将会大大提高工商部门在食品安全监管中的效率。

但是,针对食品安全的监管,单纯依靠工商部门来保障食品流通环节的安全还远远不够。各政府机构间业务系统的横向对接也十分有必要。食品安全问题,是从食品生产到最终消费整个流程中的问题,涉及工商、检疫、卫生等部门间的相互协调,只有彼此间业务的对接,信息的共享才能既有效而又从实质上提高全流程的监管效率。只有在全流程中完善监管,才能真正确保食品的安全。仅靠单个部门在某一个环节上努力，即使投入再大，也很难有所成就。为了提高流程效率，最核心的一点就是实现互联互通。互联互通可以分为两个方面，机构内部的互联互通和机构间的互联互通。

以食品监管为例，在目前的流通和监管体系下，商品流通是全国性的，注册地却是地方性的，有的企业"打一枪换一个地方"，给监管工作带来了很大的挑战。由于各省市的电子监管系统并未搭建一个互联互通的平台，因此很可能出现一家企业在城市 A 被查处，食品被下架，但它仍然可以在城市 B 或者城市 C 销售的情况。如果有一个全国工商质量网，各城市的工商部门能够实现纵向的业务对接互联互通，一旦某个企业生产有问题，产品下架了，那么在其他地方信息都可以实现共享，对某些检查成本较高的地方，无疑将大幅降低监管成本，提高其监管效率。

另一方面，机构间的互联互通也势在必行。例如在办理餐馆的登记过程中，如果工商、卫生、街道等部门能够实现彼此协调和信息对接，一方面可以缩减重复办理，节省用户来回奔波的成本，另一方面，彼此间信息共享，从而可以从传统业务的串行工作转变为并行工作，缩短业务办理周期，为客户节约时间。在食品安全的监管中，各部门之间协调工作的前提也是政府机构间的信息系统互联互通。只有业务系统和信息系统的互联互通，才能固化和模块化各部门的职责，优化办理流程，避免重复用户的办理成本。

工商系统作为一个离企业日常经营活动最近的一个政府部门，急需重新定位新形势下政府部门的角色，推进政府治理的观念、结构、方式和方法的变革，优化与调整效率不高的内部组织、运作程序及与外部的关联方式，从而建成服务型政府中一个重要的、具有典型性的窗口部门。

第八章

从武夷山电子政务案例探索数字中国发展模式

2010 年 2 月 1 日至 2 月 6 日,北京大学光华管理学院电子政务课题组一行四人前往福建省武夷山市,实地调研了市级电子政务建设和发展情况。武夷山是课题组做的第一个案例。按照行政区划,中国有 283 个地级市,像武夷山这样的县级市有 374 个。[①]

通过对武夷山电子政务案例的研究,课题组在利用电子政务提升服务型政府绩效的关键要素、武夷山信息化螺旋式发展模式、武夷山市长 CIO 领导力、武夷山农村信息化建设特色、武夷山电子政务绩效上取得一些进展。特别是,在电子政务对于政府管理职能转变的战略意义上获得一定的启示。课题组认为,政府是电子政务的领跑者、资源整合者,政府在电子政务建设上是大有可为的。在此,我们推出初步结论,期望通过对武夷山电子政务模式的深入探索,为"数字中国"的发展路径提供经验和借鉴。

第一节　武夷山市长领导力与动力机制

在国内,电子政务被公认为"一把手"工程,信息主官(CIO)的作用不容忽视。武夷山电子政务的一个独特之处是市长主抓信息化工作,"一把手"就

---

① 该数据源于《全国行政区划统计表》(截止到 2005 年 12 月 31 日)。

是 CIO。为了深入了解胡书仁市长对于武夷山电子政务发展的影响,课题组除了与胡书仁非正式聊天、侧面了解之外,还对他进行了五次正式访谈,访谈大约历时 9 个小时。课题组认为,胡书仁市长在任十年主抓信息化工作,对于武夷山电子政务发展和政府服务能力的提升发挥了至关重要的作用。具体来说,胡书仁对于信息技术的认识,在当武夷山市市长的十年间经历了一个从量变到质变的过程。最初的个人兴趣以及从行政管理角度对一种新技术工具性的认识,经由日积月累的工作实践、主动学习和持续思考,以及行动中不断获得的正向反馈,逐渐变得越来越深刻;信息技术成了他推动行政体制改革、发展地方经济和解决农村问题的一把金钥匙,进而演化成"政商农一体"的信息化平台,这些深层次的理念超前于现实,为武夷山的信息化道路指明了一条清晰的行动路线;信息技术应用价值的极大提升,最终促使他的认识发生了质的飞跃,由所接受的常识性观念转变成个人独特的洞见、战略眼光和实践智慧。他对信息技术在政治、经济和文化等领域的作用积极看好,对信息化将给老百姓生活带来的改善抱着必胜的信心,对信息技术这种革命性力量的价值有着坚定的信念。同时,他积极发挥统率作用和协调优势,将个人的信息化理念转变成武夷山的信息化愿景,带领一班人将武夷山的电子政务推向了全国领先水平。

在 CIO 领导力上,胡书仁拥有技术与人文兼具的信息化理念,具备战略型 CIO 所必需的知识体系。在没有任何外部激励的情况下,他拥有实施电子政务充足的外在、内在和根本动力机制。他采用以价值观为导向的变革型领导风格,展现出贴近市情求真务实、技术为民善于学习、追求卓越勇于创新、战略谋划渐进协同、注重长效兼顾成本等领导行为特质。下面我们将从信息化理念、十年磨一剑、政商农一体化平台、可持续的领先优势、变革型领导力五个方面加以评述。

1. 信息化理念

信息技术和人文精神的结合使得胡书仁摆脱了 CIO 惯常的技术思维,拥有了独特的信息化理念和战略眼光。信息技术不再只是提高政府执政能力的工具,更是造福一方的金钥匙。

在访谈的过程中,这位"一把手"独特的信息价值观和朴实的民生情怀给课题组留下了深刻的印象。在胡书仁眼里,信息技术被赋予了独特的价值。

他的信息价值观主要包括四点内容：一是信息化能提高政府执政能力，实现资源精准管理。武夷山通过电子政务的实施，不仅"每年无纸化办公节省上百万元"办公成本，还将不断地通过在用的外网、内网和移动政务办公系统以及未来的智能政府项目，把大量的人员流、物资流、资金流和信息流动态地集成，为政府的科学决策提供精准数据支持。二是信息技术是一种革命性的工具，是一种变革性的力量。信息技术"像火一样，是一种生产工具，一定会引起变革"。十年的信息化历程让胡书仁感受到，"信息化这种潜移默化的东西累积起来，今后一定会发生质变的，现在是量变的过程。我们在积累这种变化，在体会这种变化"。三是"信息化投入最小、产出最高，而且可持续"。这一观念来自于武夷山信息化的数据计算。"十年间，武夷山信息化投入仅为2 000 万元"，相当于去年地方可支配收入的 1/15，这一成本投入与目前一些城市动辄几个亿的信息化投入形成了鲜明的对比。在"数字武夷"工程上的投资，不仅使武夷山获得了 600 万元来自厂商示范赞助费，获得了省里"数字福建"项目划拨的 1 000 万元财政支持，产生了直接的经济效益，同时借助这一信息化平台还对外宣传了武夷山、促进了旅游经济发展、解决了就业以及促进了社会和谐，胡书仁认为信息化的投入要考虑"不仅要考虑经济效益，更要考虑间接效益、社会效益以及带动效益"。四是信息化平台能够缩小贫富差距，给农民自主发展的能力和动力。胡书仁认为，信息化平台在教育宣传上具备一定的优势。武夷山作为县级市，不能自己办报纸，有线电视收看时间受限，而网络随时可以看。武夷山市 23 万人口中，城市人口为 7 万，农村人口为 23 万。目前，武夷山通过"1142"农村信息化工程，正在逐步实现将城市资源导入农村、旅游反哺农业、城乡信息资源共享，逐渐缩小和消除"数字鸿沟"，提高农民素质，共享信息化成果。具体措施包括，"百村万民培训"和"万人上淘宝"等。胡书仁说，"一定要用机制和平台的方法，让所有的老百姓自己行动起来，这才有事半功倍的效果"。通过信息化平台的内容提供，要实现"像市场需求一样，你想要什么我就提供什么，而且我提供什么你还可以选择。"他还说，"希望老百姓像我一样，像大家一样能更多懂得这个世界，懂得市场，希望能在网络上找到自己的快乐。"

胡书仁的信息化理念没有局限于 CIO 惯常的狭隘技术思维，而是把技术与管理、社会、文化和教育紧密地联系在一起，这与他的人文情怀是分不开的。胡书仁的情怀是朴实的民生情怀，可谓"情为民所系"。在访谈的过程中，谈到老百姓的苦，他几次哽咽，甚至潸然泪下。他说，"你一定要知道老百姓苦,为什么苦,为什么始终不能解决? 一而再再而三,哪怕国家给这么多的政策、这么多的补贴,为什么还有这么多的穷困呢?"他认为,解决农村问题的核心就是提高农村人口的素质,"信息化平台是促进农民提高素质的外因,可以通过内因发挥作用。""授人以鱼,不如授之以渔。""要给他们思想,给他们智慧,给他们精神和力量,他们才能得到比金钱更多的东西。"

美国俄亥俄州立大学研究者弗莱西和他的同事把领导行为划分为定规(initiating structure)和关怀(consideration)两个构面。按照这种划分,技术是用来建立规章制度或工作程序的,而情怀就是关怀和牵挂,反映了一个人的价值取向。由此,课题组提出了CIO信息化理念的二维结构,如图8-1所示。

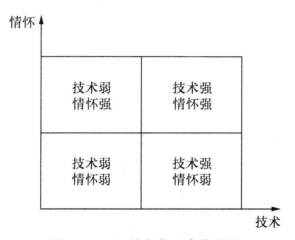

图8-1 CIO信息化理念维度图

作为"一把手"CIO,胡书仁称自己为ECIO。他的信息化情怀受到执政理念的影响,同时执政理念也在信息化情怀的促进下发展。他说,"权力是需要监督的,阳光政府才不会产生腐败。只有让更多的人来了解,认识你这个政府,你才最安全,也就是说,越是透明的政府,越是安全的"。"电子政务问题是服务型政府,实际上是机构改革、体制转换中非常重要的一个平台和机制"。转识成智不容易,先进的理念变成现实则更难。在任市长十年间,胡书仁克服重重困难,咬定"数字武夷"不放松,终于磨砺成信息化之剑。

2. 十年磨一剑

十年来,胡书仁市长始终坚持不懈地在做电子政务这一件大事。虽然十年前他就具备了CIO所需要的知识结构,但是武夷山信息化的大发展,更多依靠的是他执著、坚忍和实干的精神。

胡书仁多年的学习和实践经历,让他在十年前具备了 CIO 所需的信息技术、行政管理和市场运作知识,十年中担任市长 CIO,又是他在执政理念、变革意识和民生关怀上拥有了独特的战略知识。十年对于信息化的执著和坚持,让他在磨砺中逐渐成熟:十年是他对信息技术的认识发生质变的过程,十年是他统率领导信息化全局的过程,十年是他在没有外部激励前提下主动实干的过程,十年更是他克服障碍强力执行的过程。

成为市长 CIO,对于胡书仁来说,似乎是一种必然选择。一直以来的学习和实践,自然地让他具备了做出这种选择的条件。"懂技术、懂管理又懂经营",为胡书仁日后战略布局武夷山信息化,提供了非常难得的知识结构和阅历。1984 年参加福建省人事局组织的全省人才普查工作时,胡书仁第一次接触到了计算机技术,后来三年担任建阳地区人事局计算机站站长的经历,让他对信息技术更加熟稔;一点点从基层积攒起来的近二十年的行政管理经验,为他提供了充足的电子政务实践基础;清华大学 MBA 学习以及担任闽航电子器件公司董事长兼总经理的经历,又让他学会像企业一样从"成本和人本"角度去考虑信息化中的问题。在电子政务发展过程中,他与厂商互动合作的市场运作经验,得益于他的企业管理经验。担任市长 CIO 十年,他在执政理念、变革意识和民生关怀上与普通的 CIO 相比,拥有了独特的战略知识。胡书仁市长 CIO 具备了战略型 CIO 的知识结构,具体知识体系构成见图 8-2。战略型 CIO 是指参与战略决策的 CIO。① 2008 年 IBM 的"中国 CIO 领导力调研"表明,拥有战略型 CIO 的中国企业能够更广泛地利用信息技术支持业务模式创新、产品和服务创新,以及通过信息技术改进和细化与客户的关系。

十年是他统率领导信息化全局的过程。胡书仁担任市长后很快就推出了"信息化强市"战略,武夷山的信息化工作由他一手主抓,并为此专门成立了武夷山信息化建设的组织机构:一是由市长担任组长的"数字武夷"建设领导小组;二是"数字武夷"建设领导小组办公室;三是"数字武夷"电子商务公司;四是"数字武夷"信息中心(2010 年后撤销)。这个稳定的组织机构,在胡书仁的统帅领导下,实现了武夷山信息化的统一规划、统一建设、统一管理。统一规划,不管做什么项目,都由"数字武夷"信息中心规划调度,根据领导小组的意见,明确项目建设的指导思想、原则和目标,把整体的目标确定下来,做好整体的规划和分布实施方案的编制,然后请信息化专家来论证,再与建

---

① 《做领航创新的战略 CIO》,《IT 时代周刊》,2008 年 4 月 11 日。

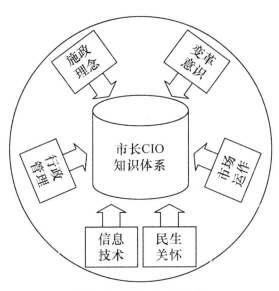

图 8-2 CIO 知识结构

设单位建立合作伙伴关系。统一建设,无论是应用系统开发、终端设备设施还是网络环境建设都采用这种方式,中心机房更是建设的重中之重。统一管理。由"数字武夷"建设领导小组办公室统一负责系统软硬件维护和管理、统一培训和统一推广,"数字武夷"电子商务公司负责商务运营,各使用单位负责系统数据维护。胡书仁认为,"'数字武夷'建设领导小组办公室是政府第一办,可以牵动各方,调动各方,要求各方来协同、配合、落实和执行,在任何其他部门都没有办法。在初创时期,尤其是大家思想观念意识很淡薄的时候,这个体制机构一定要放在这个地方,让大家感觉到这就是市长要抓的事情"。参照 2006 年世界经合组织(OECD)对电子政务的评判,这种由"一把手"直接担任 CIO,同时设立专门办公室直接统筹信息化工作,无论在行政控制力还是政治控制力上,在电子政务管理方式中都是最强的①。

十年是他在没有外部激励前提下主动实干的过程。武夷山信息化"在没有外部激励情况下,坚持了十年"。驱使胡书仁坚持做电子政务的动机机制非常独特,有外在的,也有内在的,更重要的是他的根本动机(见图 8-3)。2001 年,与清华慧点公司的偶然接触让懂得信息技术的胡书仁开始意识到电子政务的价值;2002 年国家取消县级办报,网络成了唯一宣传武夷山的渠道,让他提高了对信息化平台价值的认识;触动他强力推进电子政务的第三个外

① Christian Vergez, E-Government as a Tool for Change, 全球电子政务大会, 2006 年 5 月。

在动力是,要运用农村信息化工程将新农村概念落到实处,进而提高农民素质、缩小城乡差距;同时他认为,学习型政府的打造也需要借助信息化平台,以便能够"向世界学习、向市场学习,学习先进的东西"。谈到做电子政务的内在动机,胡书仁说:

> "电子政务是我主动自觉的行为,自己主动的,不是领导要求的,不是考核我的指标","为什么会有这种动力,就是你对这个情况熟悉,既懂得信息化是很好的工具、是个平台,有这么丰富的内容,还能够对本地经济、社会、文化、百姓起巨大作用。这样两种想法和认识结合在一起,就会变成主动的、自觉的行为来支持这个事情。"

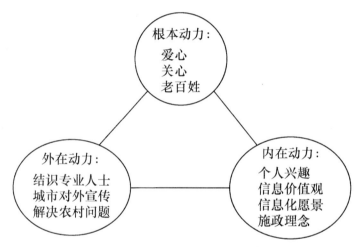

图 8-3　CIO 电子政务动力机制

谈到最根本的动力,胡书仁说:"就是两个字而已——爱心。大的不说,关心老百姓。"他说,武夷山是一个老区,在整个南平市,包括福建省,武夷山的医保、社保、低保全部保障都是最早做的,都是最好的。"我希望更多的人来帮助老百姓。我没有办法对武夷山 23 万人中所有的人都能照顾到,所以我做信息化才是根本。"他也一直在思考如何解决农村问题。"给钱,给不起;给机械,不合适;给一个平台,也只能给这个信息化平台。"他认为,只有信息化平台这种可持续的措施,才能最大限度地改变和帮助农村,实现农村繁荣、农业发展和农民增收。

十年是他克服障碍强力执行的过程。信息化推进的过程很难,他有很多感悟。"一开始做信息化都是偷偷摸摸。当时很多情况都是需要投资的。为什么投资信息化? 这是看不见摸不着的,太多人不理解,一开始决定做信息化一年多才定下来的,可不容易了"。他认为,信息化实施的障碍"首先就强调思想、意识问题,领导班子、团队的认识是第一障碍。现在不是技术问题、不是手段问题,这些都有了。""武夷山信息化继续往前走,仍面临很多其他问题,不仅仅是资金的问题,除了体制、管理机制问题,还有培训问题。平台光建起来不行,有了平台不会用不行,还要培训他。"同时,他理性地指出,"我感觉国家在发展,大家的认识也在提高,我们就想走的快一点,你实在不行就停一停,等一等。"

当前武夷山电子政务的实施,仍面临两个方面的障碍:一是武夷山电子政务网站饱受非议。该网站虽然被评为国家县级城市十大门户网站之一,但整体设计风格不符合政府门户网站的一般惯例。政府门户网站考核指标是以政务为主的,而该网站将政府放在了次要位置,放在前面的是旅游和农村。对此,胡书仁谈到,"要将老百姓最需要的、对武夷山最有效益的东西放在前面,"他希望,"做实实在在的事情"。虽然武夷山网站在国内政务网站中成为另类,却非常符合国际上电子政务网站以用户需求为导向、门户集成的潮流。电子政务实施的另一个障碍是网上审批问题,审批范围包括工商、营业执照、户口管理、计划生育等。由于电子公章这块有法律上的问题没有解决,还没能最终实现。他深有感触地说,"我觉得有些事情是需要时间的,在推动的过程当中需要时间的。"

胡书仁对于信息技术的认识,在当武夷山市市长的十年间经历了一个从量变到质变的过程。从最初提高行政管理角度对一种新技术工具性的认识,通过在行政机构改革、发展地方经济和解决农村问题上应用价值的大大提升,最终使他对信息化将给老百姓生活带来的改善抱着必胜的信心,对信息技术这种革命性力量的价值有着坚定的信念。他说,"最初做信息化时,我认为信息化是有效果的,但是我没想到有这么大的效果。这也是认识的一个过程"。当初只是从管理的角度应用信息技术,利用信息平台降低政府运营成本、提供信息支持以及提高管理效率。然而,十年之后有了信息化平台,他更多地"在考虑如何贴近百姓、如何实行政务公开"。特别地,在实施电子政务前后,他心目中最重要的三件事发生了变化。当初的优先序

"第一是电子政务,第二是旅游,第三是社区老百姓。"现在他认为,"武夷山老百姓这块排第一位,因为这些人对武夷山太重要了,然后是旅游,产业宣传这块这个应该说可以摆在第二位,第三位是电子政务。当

初更多地从管理角度,没有认识到这个事情对老百姓影响这么大,也没有认识到,这个事情可能教化提升老百姓。"

他欣喜地发现,"现在有些女孩子出嫁,嫁妆要计算机,这也是一个变化。"信息化平台对于农村信息员素质的提升让他感到特别震惊。

（黄村村信息员李衍芝）一个典型的农民妇女,整天做点家务活,打打麻将,现在变成有点像知识型的。

这些人素质得到的提升非常明显,真的是一种变革,真是质的飞跃。

3. "政商农一体"的信息化平台

在胡书仁的统一领导下,武夷山不断集成电子政务、电子商务、电子农务等诸多功能和系统,建成了统一的信息化平台,将所有利益群体整合在一起。在这个大的平台上,政府成为大平台的管理者,行政、商业、农业竞争力都得到提高,城市的综合实力得到大大提升。

2001年胡书仁担任市长之后就开始主抓武夷山信息化工作,2002年5月"数字武夷"工程正式启动。到目前为止,"数字武夷"工程已经先后完成四期,初步完成行政办公系统、农村信息化系统和旅游综合服务系统的建设,2010年及以后未来智能城市战略规划已经开始实施。同时,武夷山在统一规划、统一建设、统一管理模式下,采用"低成本 + 大平台 + 组件"的发展模式,统一规划实施系统建设,避免了各个职能部门各自为政、各信息系统分门独立建设所产生的"信息孤岛",实现了信息共享,提高了整体运行效率。

2002—2005年"数字武夷"分两期完成了"3323"工程,即3项基础,3个平台,23个应用系统。主要建成中国武夷山门户网站系统平台、政务办公系统平台和政务信息发布平台及其应用系统建设。其中,门户网站已经成为统一的武夷山对外门户,包括政务频道、旅游频道、茶叶频道和农村频道;主要应用系统包括项目管理系统、网上申报审批系统、呼叫中心系统、市长信箱、指挥协同系统、公文管理和查询系统、公文管理和查询系统、短信发布系统、乡镇视频会议系统和财务综合查询系统等。2006—2009年完成了第三期工程"1142"工程建设,主要是农村信息化工程,包括农业科技服务系统、农产品电子商务系统、旅游电子商务系统和村务管理系统。2008—2009年,第四期工程完成了旅游综合服务平台建设,包括三维旅游服务平台和手机随身游平台。2009 年完成应急平台和新行政办公平台建设。应急平台用于集成多部门、多节点、多对象的灾害动态信息,通过信息的有效集成和呈现,提供灾害发生的全景态势感知,辅助政府基于动态数据、协同相关业务部门及时做出科学决策;新政务办公系统平台,不仅进一步完善了原有的内网系统,还拓展了外网和移动办公系统,政府通过手机即可对数据进行处理,将大大加快了办公效率。

2010 年及以后,武夷山将完成物联网智能城市项目,重点启动建设智能旅游、智能交通、智能校园、智能治安、智能环保、智能城管等物联网应用系统。完成社区信息化项目建设,以服务民生为重点,建设社区管理系统和公共服务平台。建设武夷山数字营销平台,在"数字武夷"原有平台基础上,采用先进的虚拟现实、动漫、互动多媒体引擎等现代信息技术建设武夷山统一对外宣传和营销的多媒体平台。完成数字茶博馆项目建设,利用现代多媒体等现代信息、科技技术,展示武夷山茶叶的产品和文化。深化信息站的应用,继续推进"百村万民"电脑培训工程,在全市 115 个行政村完成农民电脑普及培训 1 万人,继续完善信息站"查、寻、找、问、学、有"的功能,不断挖掘农村信息站的使用价值。积极探索新形势下的电子商务运行模式,争取为市民、游客、村民、企业提供便捷、易用、可靠的电子商务服务系统和模式,发挥"数字武夷"既有平台和系统的社会和经济效益,努力实现电子商务反哺电子政务的目标。

武夷山电子政务平台统一采用 ASP(Application Service Provider)应用服务供应商技术,不仅将应用系统建设与维护业务外包,还将信息系统运行平台托管给 ASP,所有的软硬件设施,以及相关应用系统均由 ASP 配置及维护。ASP 根据电子政务行业的业务范围、业务流程以及资源管理需求,制订先进的系统方案,采用领先的软硬件技术,开发并实施应用环境及应用系统,提供给一个业务运行的标准系统平台。[①] 同时,ASP 根据武夷山结合市情提出的具体需求进行量身定做,使得武夷山各项业务运行及系统应用在统一的标准平台上实现'私有化'。"数字武夷"数字办主任刘德水认为,采用 ASP 模式,各个单位可以设立各自的模块和内容,又可以共享平台上的资源,实现了"共性与个性的有机结合",不仅大量节省了技术人员和资金投入,降低了技术门槛,还非常方便广大用户使用。

武夷山的信息化平台是政府主导建设的"政商农一体"的信息化平台,已

---

① 罗选荣,《电子政务建设"ASP"模式可行性分析》,http://articles. e-works. net. cn/asp/Article27245. htm。

经成为集成本市所有利益相关者的综合运作平台。其中,旅游作为武夷山的主导产业被放在突出位置,占2/3以上人口的农民利益也受到充分重视,同时政府面向用户将自身放在了次要位置。这一信息化平台的建成,有助于政府由管理者向管理服务者转型,有助于缩小城乡差距和"数字鸿沟",有助于提高社会整体的信息化水平。其次,通过市长信箱、指挥协同系统和应急反应系统的建设,向以职能分割的各个部门提出了明确的协调需求,并且通过网上流程和应急流程提高了跨部门协作能力,为公务人员提前铺设了转变思想和观念的准备,为行政体制改革逐步扫清障碍。再次,武夷山在一期和二期完成政务办公系统之后,将系统建设的重点转向旅游和农村信息服务,一方面提高了信息技术应用的经济效益和社会效益,另一方面由服务于旅游和农村的需求,摸清了跨部门协同和业务整合的方向和要求,有助于下一步有针对性地提高行政体制改革的效率。虽然此举对于行政体制改革是绕大弯、渐进的,却能够以主导产业和当地百姓需求为任务线索,做到跨部门协作问题聚焦,这一实践智慧值得深思。

4. 可持续的领先优势

武夷山没有天然的媒体优势和区位优势,可持续领先地位都是靠信息化平台的建设积累起来的,同时在信息化工程运作过程中,武夷山非常注重降低成本和建立长效机制,为电子政务的可持续发展提供借鉴。

首先,武夷山在领导者战略判断、发展机遇把握和信息化运作模式上是超前的。胡书仁作为武夷山电子政务的思考者,十年前他超前的战略眼光以及实施过程中对于信息技术价值的不断思考,为他提供了远见卓识。电子政务建设和运行成本过高,是影响其可持续发展的一个难题。[①] 胡书仁非常注重降低电子政务的成本,南海电子政务模式由于成本过高而无法推广,对他来说是一个提醒和警示。武夷山经济不是很发达,完全自己投资信息化建设比较困难,在工程运作上,武夷山从第一期到第五期,都是采取与合作伙伴一起建设的方式,来启动信息化项目工程。2002年启动"数字武夷"工程,清华慧点公司、惠普和IBM公司为武夷山提供了300万资金,占启动资金的一半,这种合作模式不仅降低了成本,保证了信息化工程的低成本运作,同时合作厂商的先进理念、示范基地的技术先进性,也提高了武夷山的领先优势。同

---

① 　郭俊华,程琼,攀博,《电子政务环境下政府行政成本管理策略研究》,《情报杂志》,2009(1):147—151,155。

时,武夷山十年来执著坚定的信息化实践,最终为它赢得"数字福建"在未来城市物联网项目上7500万经费支持。胡书仁说,武夷山电子政务的做法:

>　　"在其他地方是有一些例子的,零零碎碎的都会有,但是像我们开发、推广的这种模式、这种力度、这种超前是别人没有的,实际上我们拥有的是超前优势……超前推进我们的实际、推进我们的管理、推进我们的百姓、推进我们的政务、推进我们的农村,去开发一套与自己相应适合的武夷山电子政务。"同时,他认为,虽然"武夷山的模式很容易复制,只要有人重视,投几千亿一下子就能够全部解决,但要把人们的意识都培养出来,没那么快。"

　　从某种意义上讲,这种超前优势是十年磨一剑的功夫,人的意识转变累积的是绝对优势。如果不经历从量变到质变的过程,人的认识是很难转变和提高的。

　　其次,武夷山不断在寻求通过长效机制将领先优势固化下来。"一把手工程"的可持续性是电子政务发展的一个大问题。电子政务项目在国内常常被称为是"一把手工程"。"一把手"的任期常常短于电子政务项目的生命期,"一把手"在电子政务建设中的影响力过重,反而增加了电子政务工程的不可靠性。[①] 武夷山已经开始初步探索电子商务反哺电子政务、电子商务反哺电子农务的雏形,试图通过电子商务盈利收入来稳定信息化人才队伍、提供农村信息员补贴、扩大农民信息技术应用培训等措施,逐步建立电子政务发展的长效机制。当被问到领导人调换对于信息化的影响时,胡书仁一方面不无忧虑,另一方面也在积极着手提前做好准备。他说:

>　　第一,制度比较重要,要把机构和制度建立起来。我们现在有个机构,从领导小组到下面,到村里,靠制度,这个机制保证领导的决策和我们思想得以实现的一个运作的过程。比如已经在武夷山115个村建了网络基础,下一步只需要提升和完善就好。第二,要尽快把应用效果体现出来,怎么整理、提升、完善,能够更加符合现在的实际情况,让很多老百姓用起来,用的更多、更彻底,让老百姓离不开,很需要。哪天网络不通的时候,就像现在不通电那样的感觉。第三,对后面5年要有一个规划方案,能够通过常务会议确定下来,后面是执行的问题。现在要加强的就

①　胡晓明,《用经济学思维给电子政务打分》,www.echinagov.com/gov/zxzx/2010/1/25/94740.shtml。

是电子商务这块,就是自身的造血功能,千万不要有太多的依赖。最后,要培养队伍,使这些人敢于把自己的成果和产品,及时地与新市长沟通。这个班子要稳定,真正做得好的成果,必须争取到领导的理解和支持。信息化潮流谁都抵挡不了,这已经是事实。

胡书仁同时在呼吁,希望国家也能出台体制机制来保障信息化的顺利实施。他说:

> 最希望中央能够出一个政策,比如一个村的信息化需要5万元,做配套,中央出一块,省里出一块,县市出一块,农村有条件的可以出一块,没条件的可以不出钱。先把硬件设施建起来,软件可以完全自主开发。

武夷山没有天然的媒体优势和区位优势,可持续的领先优势完全是凭十年磨一剑在信息化上的执著和坚持干出来的。通过市长思维的领先性、管理和领导力的领先性,转变成实践的领先性。在没有报纸、传统媒体去彰显这种执著和坚持的情况下,恰恰是互联网使武夷山拥有了一个彰显特色的平台。胡书仁始终意识到这个平台的价值,不断地探索、开拓和拓展,他在服务型平台管理者上的实践是具有独特性的。

5. 变革型领导力

武夷山市长CIO胡书仁是变革型领导风格,领导力特征在五个方面表现非常突出:贴近市情,求真务实;技术为民,善于学习;追求卓越,勇于创新;战略谋划,渐进协同;注重长效,兼顾成本。

（1）变革型领导力研究

变革型领导力(transformational leadership)是美国政治社会学学者詹姆斯·麦格雷戈·伯恩斯于20世纪80年代在《领袖论》一书中提出来的。变革型领导是通过让员工意识到所承担任务的重要意义和责任,激发或者扩展追随者的高层次需要,使追随者为团队、组织和更大的政治利益超越个人利益。变革型领导是有能力将人们的思想提升到更高境界的领袖。[①] 与之相对,传统型领导鼓励追随者诉诸自我利益,但是并没有在追随者内心产生一股积极的热情,其工作的内在动力是有限的。课题组认为,胡书仁是变革型领导,变革型领导行为方式和行为特质见图8-4。

---

① 詹姆斯·麦格雷戈·伯恩斯著,刘李胜等译,《领袖论》,北京:中国社会科学出版社,1996年。

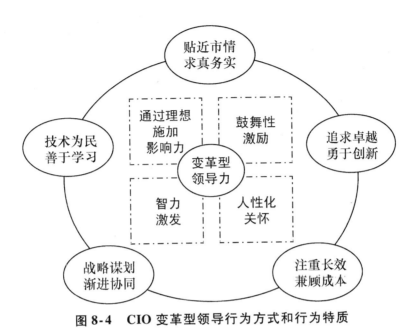

图 8-4　CIO 变革型领导行为方式和行为特质

（2）变革型领导力行为方式

Avolio 在此基础上将变革型领导行为方式概括为四个方面[1]，包括：通过理想施加影响力（idealized influence）、鼓舞性激励（inspirational motivation）、智力激发（intellectual stimulation）和人性化关怀（individualized consideration）。通过理想施加影响力是指能使他人产生信任、崇拜和跟随的一些行为，包括领导者成为下属行为的典范，得到下属的认同、尊重和信任。这些领导者一般具有公认较高的伦理道德标准和很强的个人魅力，深受下属的爱戴和信任。大家认同和支持他所倡导的愿景规划，并对其成就一番事业寄予厚望。鼓舞性激励是指领导者向下属表达对他们的高期望值，激励他们加入团队，并成为团队中共享梦想的一分子。在实践中，领导者往往运用团队精神和情感诉求来凝聚下属的努力以实现团队目标，从而使所获得的工作绩效远高于员工为自我利益奋斗时所产生的绩效。智力激发是指鼓励下属创新，挑战自我，包括向下属灌输新观念，启发下属发表新见解和鼓励下属用新手段、新方法解决工作中遇到的问题。通过智力激发领导者可以使下属在意识、信念以及价值观的形成上产生激发作用并使之发生变化。个性化关怀是指关心每一个下属，重视个人需要、能力和愿望，耐心细致的倾听，以及根据每一个下

①　Avolio, B. J., Bass, B. M. (1988), Transformational Leadership, Charisma and Beyond, In Hunt, J. G. (Eds), *Emerging Leadership Vistas*, Heath, Lexington, MA.

属的不同情况和需要区别性地培养和指导每一个下属。这时变革型领导者就像教练和顾问，帮助员工在应付挑战的过程中成长。具备这些因素的领导和通常具有强烈的价值观和理想，他们能成功地激励员工超越个人利益，为了团队的伟大目标而相互合作、共同奋斗。

胡书仁的信息化理念和民生情怀，经由日积月累的工作实践、主动学习和持续思考，以及"政商农一体"的信息化平台应用价值的极大提升，逐渐融为一体。他对信息技术在政治、经济和文化等领域的作用积极看好，对信息化将给老百姓生活带来的改善抱着必胜的信心，对信息技术这种革命性力量的价值有着坚定的信念。他积极发挥统率作用和协同优势，将个人的信息化理念转变成武夷山的信息化愿景，通过十年专注于信息化，从价值观和愿景、鼓舞性激励、智力激发和个性化关怀上对团队成员施加影响，强力推进信息化建设；同时，他对信息化由量变到质变的渐进过程有清醒的认识，注重战略布局，渐进地推动改革创新，谋定而动。具体来说，胡书仁在领导者行为方式上表现，与变革型领导行为方式非常一致。从价值观愿景上，他指出：

> 对信息化这块，我确实有概念，是我工作中想一些问题，他们帮我实现，然后在推动过程中，让全社会来配合，让所有部门配合，这点我发挥市长的权力带动他们，包括所有的资源来为这个目标（服务）。实际上，我觉得只要认识到这个目的就变得很简单。（信息化）这种潜移默化的东西累积起来今后一定会发生质变的，现在是量变的过程。

从鼓舞性激励上，他从人员编制和待遇上确保信息化人才队伍的稳定和留住人。他说，"从县级城市来说，全国还没有哪个有我们这样的八九个人的数字武夷的信息中心，专门做这个事情"。从智力激发上，胡书仁非常注重下属学习，他强调，"不仅我自己去学习，怎么样让自己的班子、团队也学习。我觉得要让这些人学习、我们这些人在一起冲锋打仗，去实现理想"。从个性化关怀上，胡书仁对下属、对弱势群体、对农民、对一方百姓充满深情。作为市长，每年的慰问让他很难受，也每次都注重扎扎实实地为弱势群体办实事。他说：

> 当有一个贫困残疾老人对我说："我时间不多了，我就想着到门口晒晒太阳，需要一把轮椅。"我当时就想这么容易的事情，竟然都给老百姓

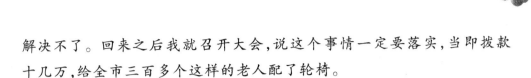

解决不了。回来之后我就召开大会,说这个事情一定要落实,当即拨款十几万,给全市三百多个这样的老人配了轮椅。

作为武夷山的地方官,他深深地感受到自己身上的责任,他说,

"23 万人,2 382 平方公里的土地上,我是第一责任人。有的时候感觉自己做得不够,应该 24 小时去跑。""因为你不在这个位置上,不做这些事,不会有感觉,你也不会想到这是大的事。在这个位置上,很多事情是可以办到的。但有的时候,如果没有办到,是会很后悔的。当你回过头来看这些事时,会感到很郁闷。""我本身就是农民,在 25 岁之前每天都在农村,我妈说你要多为农民做点事。""一个人的幸福不算是幸福,当你看到那么多人痛苦,让他们幸福才是幸福。"

(3) 变革型领导力行为特质

胡书仁变革型领导力,在武夷山电子政务上的领导者行为特质,可以总结为以下五个方面:贴近市情,求真务实;技术为民,善于学习;战略谋划,渐进协同;注重长效,兼顾成本;追求卓越,勇于创新。

贴近市情,求真务实。胡书仁对于信息技术、行政管理和经营理论,表现出学者般的求真求是精神。武夷山 23 万人口中,市区人口占 7 万,农村人口占 16 万。武夷山的电子政务没有绕开农村信息化这块硬骨头,而是作为三期的重点来抓。旅游作为武夷山的主导产业,也是作为武夷山信息化的重中之重来抓。因此,胡书仁主抓的信息化工作表现出求真务实的行为特质。

技术为民,善于学习。信息技术在胡书仁手中,成为他提高执政能力、发展地方经济和解决农村问题的工具和抓手,同时他的信息化理念与他的民生情怀融为一体,成为造福一方百姓的信念。信息化是一个由质变到量变的过程,在这一过程中胡书仁非常善于学习和总结,随着信息化的深入,他对信息化价值的认识越来越深刻,这些得益于他的自我主动学习,向书本学习、向专家学习、向合作厂商学习、向老百姓学习。

战略谋划,渐进协同。从 2002 年开展"数字武夷"工程以来,在胡书仁的战略布局和谋划下,武夷山信息化工程分为四期,从电子政务、电子商务、电子农务三个方面有序开展起来,未来的第五期工程城市物联网的规划也已经初步成型,这些信息化成果的取得,与胡书仁在战略上的远见卓识是分不开的。同时,在信息化的渐进发展过程中,通过市长信箱、指挥协同系统以及应

急反应平台建设和实施,带动武夷山各部门打破各自为政的局面,逐渐演练跨部门协同指挥的能力。

注重长效,兼顾成本。对于电子政务来说,成本和长效机制是两大难题。胡书仁在信息化过程中,采用一盘棋的方式,通过低成本+成熟技术+组件的方式渐进地推动信息化平台的统一协调发展,同时通过机构制度、人才培养和培训应用,以及电子商务反哺电子政务等理念,使这两大难题得到有效解决。

追求卓越,勇于创新。胡书仁在信息化过程中,总是要求自己并鼓励团队,可以做得更好,可以将应用效果更快地展现出来,向更高更好的方向发展,让老百姓用得更方便、更离不开。追求卓越是他的一个重要的领导行为特质。对于信息化建设这一难题,他采取主动接受,积极探索的精神,对于行政体制改革,他也是呼吁实现阳光政府,透明公开,从根本上,胡书仁是与时俱进,勇于创新的。

总之,在武夷山市长胡书仁CIO领导力一章,我们通过对信息化理念、十年磨一剑、政商农一体化平台、可持续的领先优势、变革型领导力五个方面的述评,重点研究了CIO领导力的信息化理念、知识结构、动力机制、领导风格和行为特质。这些成果还只是初步的,在今后的案例访谈中,我们将继续对这些领导力特征进行研究,以期对中国电子政务的发展起到推动作用。

第二节 武夷山电子政务平台整体架构

1. 武夷山电子政务平台整体架构

武夷山市信息化建设,即"数字武夷"工程建设,是"数字福建"的重要组成部分,"数字武夷"项目是由福建省数字办公室确定的"数字福建"示范项目,也是武夷山市重点项目和为民办实事项目。武夷山电子政务平台的整体架构[①]如图8-5所示。武夷山市政府希望通过"数字武夷"建设,实现下列建设目标:

通过"数字武夷"建设,提升武夷山市的整体发展水平,改善投资服务环境,提升城市综合竞争力,提高武夷山的知名度、美誉度以及忠诚度。

[①] 课题组依据"数字武夷"五期建设工程及物联网规划绘制。

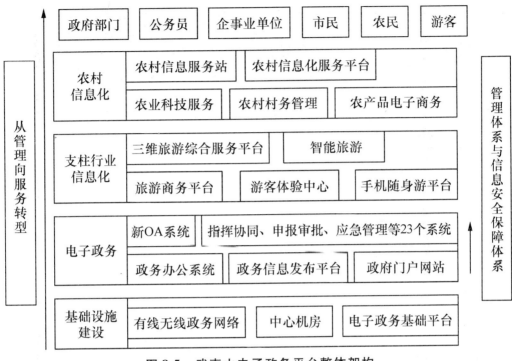

图 8-5 武夷山电子政务平台整体架构

通过建设"数字武夷"电子政务平台(见图 8-6),加强政府及职能部门的内部管理和服务,提高办事效率,降低行政成本,提升政府为公众的服务水平,打造服务型、透明型和节约型政府。

通过建设"数字武夷"农村信息化平台,实现将城市资源导入农村、旅游反哺农业、城乡信息资源共享,逐步缩小和消除数字鸿沟,提高农民素质,让农民朋友共享信息化发展成果。

通过建设"数字武夷"旅游综合服务平台,规范旅游行业的管理和服务,提升为游客的服务水平,满足游客全方位、个性化的旅游信息服务需求对外开放。

通过建设"数字武夷"电子商务平台,打造武夷山旅游、农产品及茶叶的统一对外宣传促销通道,规范旅游、农产品及茶叶的行业标准,为游客提供方便、快捷、优质、可信的各类旅游产品、农产品及茶叶等产品。

通过建设"数字武夷"网络营销平台,在"数字武夷"原有平台基础上,采用先进的虚拟现实、动漫、互动多媒体引擎等现代信息技术,建设武夷山统一对外宣传和营销的多媒体平台。

图 8-6　武夷山政府门户网站

2. 武夷山电子政务平台发展路线

　　"数字武夷",自 2001 年开始筹划实施,务实、创新的建设理念和发展模式,逐渐广为人知。2002—2005 年,完成了一期和二期的"3323"工程,完成了三项基础性工作,三个平台以及二十三个应用系统的建设工作。2006 年,基于前期信息化建设成果,顺利启动三期新农村信息化建设项目,至 2009 年完成"1142"工程,有效整合涉农信息资源,并很快取得成效,受到好评。同时 2008—2009 年,完成四期旅游综合服务平台建设,提升为游客服务的水平。2009 年,完成五期应急管理平台和新 OA 平台的建设,提升了政府服务和管理水平。2010 年开始,武夷山市被授予福建省"物联网建设示范区",并开始智能旅游项目的建设。"数字武夷"工程建设路线图①,如图 8-7 所示。

---

　　① 课题组依据访谈记录及《"数字武夷"五期建设工程规划》及《(物联网)示范区一期工程实施方案(智能旅游项目)》绘制。

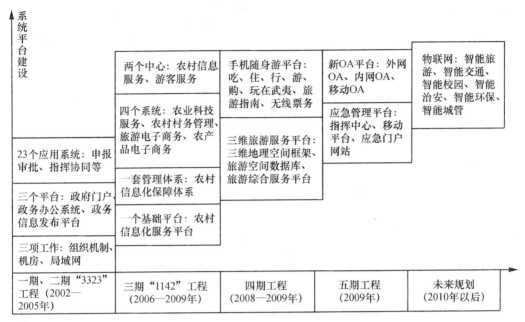

图 8-7　"数字武夷"工程建设路线图

3. 一期、二期工程——"3323"工程（2002—2005 年）

"3323"工程①，即：3 项基础指成立"数字武夷"工作组织、建设"数字武夷"数据和网络机房、建设市政务办公城域网络；3 个平台指"中国·武夷山"门户网站系统平台、政务办公系统平台、政务信息发布平台；23 个应用系统指政务办公系统、项目管理系统、呼叫中心系统、申报审批系统、视频会议系统等。

（1）三项基础：组织机制、中心机房和局域网络

第一个"3"是三项基础，就是通过"数字武夷"一期工程的建设，完成了三项基础性工作。

第一项基础性工作是建立了"数字武夷"的组织机制。成立"数字武夷"建设领导小组及其办公室，组建了"数字武夷"信息中心，注册成立"数字武夷"电子商务发展有限公司。同时在武夷山市每个科局确定"数字武夷"的信息管理员，和"数字武夷"信息中心进行对接，主要负责各个科局自身的信息化管理和维护的工作。现在全市 115 个行政村村村都有一个信息管理员，和"数字武夷"信息中心进行业务和管理工作的对接。"数字武夷"组织结构如

---

① 课题组依据《"数字武夷"项目一期规划》以及《"数字武夷"电子政务工程二期规划方案建议书》总结。

图 8-8 所示。

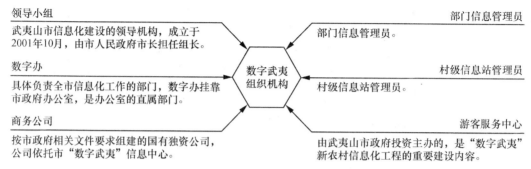

图 8-8 "数字武夷"项目组织结构图

武夷山市"数字武夷"建设领导小组是武夷山市信息化建设的领导机构，成立于 2001 年 10 月，由市长胡书仁担任组长，市各套班子分管领导担任副组长，各相关职能部门一把手为领导小组成员。领导小组下设办公室，办公室依托市人民政府办公室，负责领导小组安排工作的落实。

武夷山市数字武夷建设领导小组办公室是武夷山市委、市政府负责全市信息化（"数字武夷"）工作的部门，主要负责全市信息化（"数字武夷"）的规划、组织、实施和建设成果的管理和维护等工作。市"数字武夷"建设领导小组办公室前称为市数字武夷信息中心，2010 年更名为市"数字武夷"建设领导小组办公室，简称数字办。下设信息部、技术部、推广部三个部门。

信息部，负责信息的整合、开发工作，规范信息采集、信息发布、信息备份制度。研究制定相关项目、应用的管理办法、管理制度。负责做好呼叫中心、武夷新闻的评论和留言板信息审核工作。

技术部，组织实施数字办重点工程、重点应用项目的建设工作，负责数字武夷项目的技术把关。配合做好项目的论证、验证、验收等工作。配合推进信息化和信息资源的开发利用。做好已建成平台和系统的支持和保障工作，负责应急管理平台、门户网站群的技术支持。负责市政务信息网、市政府门户网站群的建设及维护工作。

推广部，负责制定、执行数字武夷电子商务管理规范，积极探索适合的电子商务模式，组织开展电子商务工作。负责市数字办与外部媒体沟通、宣传、报道工作。负责收集、传播数字武夷和信息化有关知识、信息给各层次领导和单位。负责在网络上推广武夷山信息化成果。

武夷山市数字武夷电子商务发展有限公司是按市政府专题会议纪要

[2004]69 号和武政办[2004]92 号文件要求组建的国有独资公司,公司依托市数字办,采用两块牌子一套人马的运作模式。公司主要经营业务包括:设计、制作、发布、代理国内各类媒体广告,大型活动策划、宣传、承办,网络规划、建设,网站设计、制作、推广,软件开发,信息技术服务等。

第二项基础性工作是建立"数字武夷"中心机房。2002 年建立内网和外网,内网主要是全市政务办公的枢纽,外网是政府和其他公共平台的信息交换中心。

第三项基础性工作是建设政务办公局域网络。依托广电原有网络管道,形成了全市办公的局域网,对上面通过网络对接,对下面通过区域办公网络,实现包括到城镇,科局,到乡镇,到村的互联互通,这是整个框架性的基础工作。由于使用的基础网络是广电原有的网络,既节省了政府财政投入,提高了网络带宽,还免除了用户光纤租借费。可谓"一箭三雕"。

(2)三个平台:门户网站、政务办公和政务信息发布平台

第二个"3"就是建立三个平台。

第一个平台是门户网站系统平台。中国武夷山门户网站设立新闻、政务、旅游、农村、茶业、企业、生活等 9 个频道,通过采用文字、图片、视频、三维全景等技术充分展示武夷山城市和景区风貌。网站设立四个版本,35 个模块,165 个栏目。这个门户网站已经逐步成为武夷山对外的中国门户网。其中政务频道,旅游频道,茶叶频道,农村频道是极具武夷山特色的地方频道。

① 政务频道

政务频道是市政府及其部门对外宣传、服务和发布信息的统一综合门户。主要有呼叫中心、网上申报审批、网上办公、政府采购、电子地图、电子邮件、武夷论坛等系统;还设立了政务公开、办事指南、政府公告、重点项目、重大活动、招商引资、专题信息、网上调查等栏目。

② 旅游频道

旅游频道是集旅游目的地营销、旅游管理和旅游预订系统为一体综合性旅游门户。通过先进的 IT 技术,以旅游服务为中心整合景区门票、竹筏票、酒店、交通、娱乐等各方面资源,为游客提供食、住、行、游、购、娱全方位、个性化的旅游服务。

③ 茶业频道

茶业频道是集茶业信息发布、茶业行业管理和茶业网上购物三大功能为

一体的综合性茶业门户网站。主要建设茶业信息发布、茶产品展示、茶叶电子商务、茶业企业管理、茶业信息短信服务、茶人互动等系统。

④ 农村频道

农村频道是集政府为农村服务、农村村务管理和农业科技、农产品电子商务四大功能为一体的综合性"三农"门户网站。有农科知识、农民网络图书馆、农业生产技能培训、农业专家咨询、农产品电子商务、农产品信息发布、网上交易、企业管理、短信服务等系统；还设立政策法规、办事指南、呼叫中心、村级名片、村务公开等。

第二个平台是政务办公系统平台。是武夷山市党政机关、行政事业单位网上办公的基础平台。包括内网办公平台,外网办公平台和手机办公平台。是全市共享的平台,办公系统集中安装到服务器上,全市所有的单位,乡镇,全部统一用这个平台,定制有共享的服务,有各个单位独立的办公平台,既有共性,又有个性,有机地结合的公共平台。

第三个平台就是政务信息发布平台。是武夷山市在省政务网上的信息门户,这个平台不是对内的,是对外的,主要是对南平市(武夷山所属的地级市),对省里,以及省里的各个厅,各个科局。建立这样的武夷山市政务信息化平台,把武夷山的相关信息放在政务内网上进行发布,让领导和相关单位了解武夷山政务信息。

(3) 23 个应用系统

"23"是 23 个应用系统。在三个平台上,一期和二期历时四年建立了 23 个应用系统。下面介绍的是比较重要的 8 个应用系统。

① 项目管理系统

项目管理系统建在内网上,包含项目的储备库,就是武夷山所有的项目,包括未立项的,刚刚开展建设,刚开始筹划,这些项目全部进入项目储备库。还有申报项目的服务和管理系统,项目在申报的过程中,进展到什么情况,哪些科局批示,哪些科局还没有落实,整个的进展情况,服务管理情况,都在这个系统里可以看到。另外,就是重点项目运行监控系统,武夷山市委市政府领导通过这个管理系统平台了解重点项目在不同的时间进展的情况,不用打电话,报材料。

② 网上申报审批系统

该系统解决各职能部门与市民、企业间通过互联网进行有效的信息交互

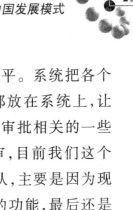

（申请及审批），进一步提升政府为企业、市民、基层的服务水平。系统把各个部门的办事程序，办事流程，以及服务的承诺，以及表格等都放在系统上，让老百姓，各个企业，通过这个平台就可以了解到很多跟申报、审批相关的一些工作，可以在这里面填一些表格，进行提交，我们部门去预审，目前我们这个部门主要还是预审，不是最终确定，为什么没办法搞最终确认，主要是因为现在法律上还没有最终的认可电子签章，所以还是保持预审的功能，最后还是要维持，带着纸质的东西才能认可，办土地证、房产证，各种各样的证，还是要直接去办理。武夷山市是个小的城市，范围也比较小，跑起来还是比较方便的，我们设了一个行政服务中心，目前我们主要是客商服务，对普通的老百姓，还是预审这一块儿走网络，实际办事，最后根据网络的情况，具体要提交什么，你就直接交到科室去，他会给你办理，过程就是通过网络上做，最终和科室对接，这个是网上申报审批系统。

③ 呼叫中心系统

主要解决政民互动和旅游服务两部分的问题。市民与游客的投诉、建议和咨询可通过两个主要途径向系统传递。第一条途径是通过移动或固定电话拨通5131890，取"武夷山一拨就灵"的谐音，就可以去咨询，可以去投诉，有什么建议，直接跟工作人员进行交互，如果工作人员不在班的时候，直接会录下来，第二天早上一上岗就能知道，直接处理。第二条途径是直接访问门户网站"呼叫中心"模块。直接咨询，投诉建议的内容，直接提交网站的服务器，还可以通过短信，短信也有专门的呼叫号码，可以直接进入呼叫中心系统或者服务器。

④ 指挥协同系统

这个系统为领导处理内部事物和群众投诉、建议设立了统一通道；实现领导与部门之间内部事物和群众投诉、建议等问题处理的有效协同。可以处理从呼叫中心系统里面转来的群众的，市民的，游客的投诉建议和咨询，咨询进来一般通过工作人员直接来进行转办，投诉键主要是市长去批示，批示完了归管到领导，有的是市长直接批示。通过这个指挥协同系统，无论是部门，领导还是分管领导，都可以通过这个系统去处理群众的投诉，建议意见。同时还可以通过这个系统引导和部门之间的沟通，比如领导要交办部门做什么工作，有什么要求，直接通过这个系统来进行传达。

⑤ 公文管理和查询系统

建立了各单位分类、分级文件数据库。目前已录入文件10 000余份。能实现各单位公文数据的有效管理和查询功能。

⑥ 短信发布系统

包括短信的服务器,无论是移动、电信还是联通的手机,都可以通过短信,得到相关的新闻、通知和公告等。

⑦ 乡镇视频会议系统

2003 年开始建设,建立了基于政务办公网的武夷山市独立的网络视频会议系统,以市政府办公大楼为中心,连接各乡(镇)、街道、农(茶)场等部门。全市市民会议系统,可以延伸到乡镇,因而乡镇长和书记,在开市领导会议的时候,他们不需要到市里,直接通过会议系统就可以把工作完成。

⑧ 财务综合查询系统

为各单位领导查询综合财务信息提供方便统一的快速通道,能及时准确地查询到各单位的财务信息。

4. 三期工程——农村信息化"1142"工程(2006—2009 年)

2006 年 5 月,武夷山市人民政府与北京慧点科技开发有限公司、英特尔(中国)公司、微软(中国)公司共同签订了合作协议,启动了"数字武夷"新农村信息化项目的建设。主要建设"1142"工程[①]:即一个全市共享的农村信息化软硬件基础设施服务平台,一套新农村信息化项目管理、维护和运营的管理保障体系,四个应用系统:农业科技服务系统、农村村务管理系统、旅游电子商务、农产品电子商务系统,两个体验中心:在各行政村建设了为农民朋友免费提供综合信息服务的信息站,在度假区建设了为游客提供免费综合信息服务的游客服务中心(见图 8-9)。

(1)一项基础平台:农村信息化基础服务平台

农村信息化基础服务平台,包括我们中心机房以及延伸到我们各个城镇村的八大网络的建设,以及相应的硬件系统的购置,以及 115 个行政村每个信息服务站安装购置的设备等。

配置 6 台 HP 服务器、1 台路由器、1 台防火墙、1 个 VPN 服务器、一套备份系统、一套安全系统、一套网络管理系统、一套短信机、一套 UPS、一台空调。

(2)一套管理体系:农村信息化管理保障体系

农村信息化工程作为新的建设内容,原来是没有的,为保障农村信息化

---

① 课题组依据访谈记录和《"数字武夷"新农村信息化工程方案建议书》总结。

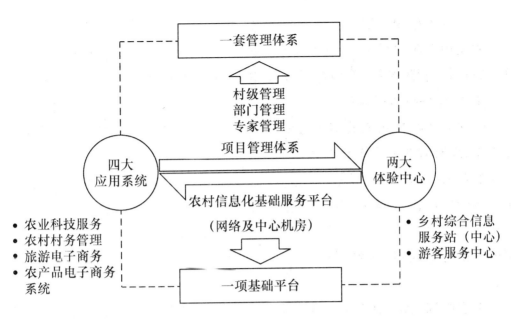

图 8-9 "数字武夷"农村信息化"1142"工程图

工程的管理工作有序开展,可持续运行和长远发展,需要依靠一套管理体系,包含信息站管理制度,比如说信息站建到村里面以后,村里面怎么去管理,管理员跟村里面怎么分工和协调,信息中心怎么跟村里面监督,管理,协调,整个平台做完以后,部门、信息中心的责任,都要进行明确和整合;有专家咨询系统,专家的值班、联系、责任、奖励和惩罚,都要一整套的工作,形成了整个农村信息化平台的管理体系(见图 8-10)。

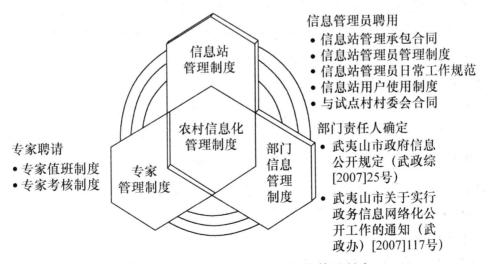

图 8-10 "数字武夷"农村信息化管理制度

（3）四个应用系统

武夷山在农村信息化平台之上建设了四个应用系统：农业科技服务系统、农村村务管理系统、旅游电子商务、农产品电子商务系统。

① 农业科技服务系统

包含农业科技相关的知识的网站，农业生产技能培训系统，以及信息库，知识库，还有农业专家咨询系统。

农业科技知识网站都在武夷山政府门户网站的农村频道里面，还有农业生产技能培训，农民网络图书馆，农民电影院，帮农民生产技能培训的内容。有自己的武夷山数字图书馆内容，还有省图书馆的内容进行对接的人口，国家图书馆也有入口，把账号输入，都可以登录进入国家图书馆，查看相关的信息。

专家咨询系统，有专家工作的职责、制度、值班的安排表，以及农业专家、茶叶专家、音乐专家等，这些专家的名字、联系方式、电话、手机、QQ、邮件等都有。老百姓有问题，可以直接通过这个系统，进行在线或不在线的交流，与专家进行沟通。

农业科技服务平台系统与农产品电子商务平台都是农业产业促进平台的有机组成部分，两者互相支持，各有侧重。两个系统的总体框架也比较类似，其底层框架和数据可以共享（见图8-11）。

② 农产品电子商务系统

第二个就是农产品的电子商务系统，建设了农产品的信息发布，农业短信的服务，以及农产品电子商务网站，还有涉农企业管理这些平台。比如专门做的茶叶的网站，包括政府对茶叶行业的管理进行发布，以及茶叶电子商务这些功能都在这个网站里面（见图8-12）。

农产品电子商务平台同样基于应用支撑平台提供的基础服务和组件来构建，主要包括农产品电子商务网站、农产品信息发布展示系统、农产品网上交易系统、涉农企业管理系统、农业信息短信服务系统等，通过"数字武夷"服务中心、数字武夷统一门户网站、益农信息驿站等展示平台向农民、农产品加工企业、采购商、涉农企业等提供服务。

③ 旅游电子商务系统

第三就是旅游电子商务系统，这个系统包含的旅游的管理内容、旅游的信息发布、旅游场景管理以及预定等内容。导游管理、旅行社管理、酒店管

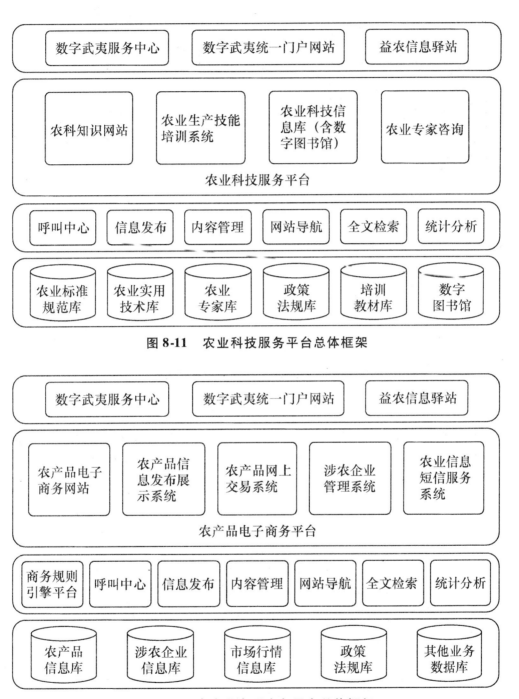

图 8-11 农业科技服务平台总体框架

图 8-12 农产品电子商务平台总体框架

理、行业管理等,旅游预定的内容、线路、景点、娱乐、酒店、租车,等等,都是由旅游电子商务来执行。

在系统框架图中,如图 8-13 所示,下面两层为业务数据库层和旅游应用

```
┌─────────────────────────────────────────────────────────────────┐
│  ┌─────────────────┐              ┌─────────────────────┐        │
│  │  数字武夷服务中心  │              │  数字武夷统一门户网站  │        │
│  └─────────────────┘              └─────────────────────┘        │
└─────────────────────────────────────────────────────────────────┘
┌─────────────────────────────────────────────────────────────────┐
│ ┌──┐┌──┐┌──┐┌──┐┌──┐┌──┐┌──┐┌──┐┌──┐                              │
│ │数││票││酒││旅││目││景││旅││旅││旅│                              │
│ │字││务││店││游││的││区││游││游││游│                              │
│ │武││预││预││产││地││资││服││特││行│                              │
│ │夷││订││订││品││指││源││务││产││业│                              │
│ │旅││管││管││管││南││调││企││销││管│                              │
│ │游││理││理││理││系││度││业││售││理│                              │
│ │网││系││系││系││统││系││管││管││系│                              │
│ │站││统││统││统││  ││统││理││理││统│                              │
│ └──┘└──┘└──┘└──┘└──┘└──┘│系││系│└──┘                              │
│                          │统││统│                                 │
│                          └──┘└──┘                                 │
│                     旅游电子商务平台                                │
└─────────────────────────────────────────────────────────────────┘
┌─────────────────────────────────────────────────────────────────┐
│ ┌────┐┌────┐┌────┐┌────┐┌────┐┌────┐┌────┐                        │
│ │商务 ││呼叫││信息││内容││网站││全文││统计│                        │
│ │规则 ││中心││发布││管理││导航││检索││分析│                        │
│ │引擎 │└────┘└────┘└────┘└────┘└────┘└────┘                        │
│ │平台 │                                                           │
│ └────┘                                                           │
└─────────────────────────────────────────────────────────────────┘
┌─────────────────────────────────────────────────────────────────┐
│  ▢旅游资源   ▢服务企业   ▢旅游产品   ▢政策    ▢其他业务           │
│   信息库      信息库      信息库      法规库    数据库             │
└─────────────────────────────────────────────────────────────────┘
```

图 8-13　旅游电子商务平台系统框架

支撑层,其功能已经在前面做过描述。上面两层为旅游电子商务应用层和旅游信息及服务展现层,包括数字武夷旅游网站、票务销售管理系统、酒店预定管理系统、旅游产品管理系统、目的地指南系统、景区资源调度管理系统、旅游服务企业管理系统、旅游特产销售管理系统、旅游行业管理系统等。

（4）村务管理系统(见图 8-14)

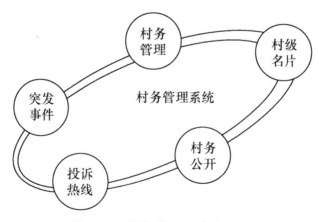

图 8-14　村务管理系统功能图

村务管理平台实现村务管理内容的电子化、网络化,方便记录、管理、查找、统计,也便于公开与随时查证。村委管理平台包括了基层村务管理系统、村级名片系统、村务公开互动系统、投诉热线系统、突发性事件管理系统等。村务管理平台将采用 ASP 模式来进行建设。

115 个行政村,每个村都建设了村级网站,就包含了村务公开,村级名片,以及投诉,建议,咨询等相关的内容,全部寄存在村级网站里面。

(5) 两个体验中心:农村信息服务中心和游客服务中心

两个体验中心:在各行政村建设了为农民朋友免费提供综合信息服务的信息站,在度假区建设了为游客提供免费综合信息服务的游客服务中心。

① 农村信息服务中心

为民提供服务的农村信息服务中心,分两级:一个是乡镇级,主要是发布信息和管理,乡镇没有直接面对农民服务;另一个是村级,直接面对农民服务(见图 8-15)。

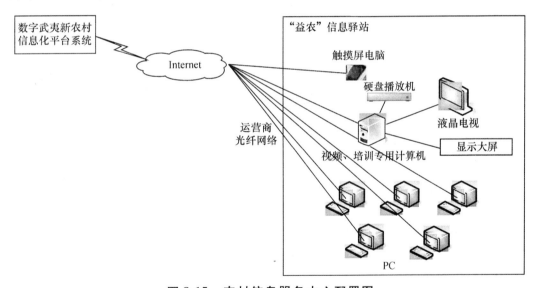

图 8-15 农村信息服务中心配置图

乡级配置了 3 台电脑、1 台触摸屏、1 个 LED 屏、1 个硬盘播放器、一套视频会议系统、一台短信机及一套移动数字电影播放设备。

行政村配置了 6~11 台电脑、1 台触摸屏、1 台液晶电视、1 个 LED 屏、1 个硬盘播放器、一套视频通信系统、一台短信机。

② 武夷山市游客服务中心(见图 8-16)

在度假区,建立了一个游客服务中心,主要是针对一些散客,等于政府为

配置24台电脑、2台触摸屏、2台液晶电视、1个全彩LED

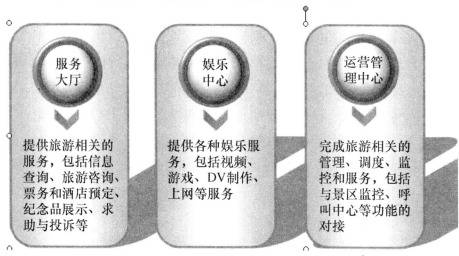

图8-16　武夷山市游客服务中心配置图

他做一个免费服务站。因为如果是旅游团的话,旅行社都会跟踪服务。游客服务中心里面,有电脑触摸屏,液晶电视,LED 等,一个服务大厅,娱乐中心和运营管理中心。

5. 四期工程——旅游综合服务平台(2008—2009 年)

为了进一步提升武夷山的品牌效应,促进武夷山的旅游产业的发展,更好地为游客服务,武夷山市委、市政府提出以地理信息技术等高新技术为手段,建立一个全方位的、立体的宣传展示武夷山自然风貌和历史文化景观,为游客提供便捷的、个性化的全方位旅游综合服务的平台,由"数字武夷"信息中心和福建省基础地理信息中心合作共建"数字武夷"三维旅游服务平台[①]。

旅游综合服务平台是用地理信息技术将三维地理空间平台和旅游专题数据库进行有机集成,以三维地图的方式展现武夷山旅游的相关信息,提供便捷、直观、丰富的地理信息查询功能,为游客提供全方位的旅游信息和在线预订服务。同时建设了手机"随身游"平台,该平台集成武夷概况、吃在武夷、住在武夷、行在武夷、游在武夷、购在武夷、玩在武夷、旅游指南、无线票务等方面的信息和功能,为游客通过手机了解武夷山,得到各方面的旅游服务提供统一通道。

————————

① 课题组依据访谈记录和《"数字武夷"三维旅游服务平台项目设计书》总结。

（1）三维旅游服务平台

项目的主要内容是在互联网上搭建一个基于三维地理信息平台的面向游客的旅游服务平台，具体包括四个方面的内容：三维地理空间框架建设、旅游专题空间数据库建设、旅游综合服务平台建设、软硬件及其网络支撑环境建设。

① 三维地理空间框架建设

使用高分辨率影像和数字地面模型构建三维地形模型、整合境界、道路、水系、地名等矢量数据、构建城市三维建筑模型，从而搭建虚拟的武夷山三维地理空间框架，真实展现武夷山世界文化与自然遗产的魅力，为各类自然景观和人文要素提供定位基准平台。

② 旅游专题空间数据库建设

整合景区（点）、旅游线路以及吃、住、行、游、购、娱等旅游专题要素的文字、图片、视频、声音、三维全景等多媒体专题信息数据，并采集其相关地理点位坐标，建成旅游专题空间数据库，为游客提供真实、详尽的旅游综合相关信息服务。

③ 旅游综合服务平台建设

用地理信息技术将三维地理空间平台和旅游专题数据库进行有机集成，以三维地图的方式展现武夷山旅游的相关信息，提供便捷、直观、丰富的地理信息查询功能，为游客提供全方位的旅游信息和在线预订服务。

④ 软硬件及其网络支撑环境建设

根据平台运行和维护的需要，采购相关软硬件设备，搭建平台运行的软硬件和网络支撑环境，确保平台快速、稳定运行。

（2）手机"随身游"平台

同时我们还做了一个手机随身游平台，我们把旅游相关的要素，通过手机的形式，让游客进行网络了解和预定，商务预定都可以出现，这个是手机随身游，为游客提供旅游综合服务。集成武夷概况、吃在武夷、住在武夷、行在武夷、游在武夷、购在武夷、玩在武夷、旅游指南、无线票务等方面的信息和功能，为游客通过手机了解武夷山，得到各方面的旅游服务提供统一通道。

6. 五期工程——应急管理平台和新 OA 系统平台（2009 年）

武夷山市应急管理平台搭建了一个统一指挥、功能齐全、反应灵敏、协同有序、运转高效、保障有力的全市应急平台①,并实现与上级应急平台的互联互通。建设内容包括内网应急指挥平台、外网应急门户网站和小型移动应急平台三部分。

(1)应急管理平台

武夷山应急管理平台架构见图8-17。应急平台建设内容分三块,一个是指挥中心,武夷山做了综合运用及数据库系统。通过这个平台的建设,实现应急的屏障结合,日常工作,包括应急资源的管理,信息报数,预案管理,应急的宣传,以及应急的余量。综合应用系统,包含了信息报数,应急处置,应急预案管理,以及资源管理,系统配制和维修工具这几块内容。第二个就是移动平台,就是小型移动应急平台,包含了远程系统的应急,和手机的PDA的应急平台。这个是小型移动应急平台,包括了移动式气象站,以及卫星接收机,同传设备,笔记本电脑,摄像机,照相机,在一个小箱子里面,带着就走的,非常方便;不一定要车,人提着走就可以,很方便,应急事件发生以后,你要到现场采集数据就很方便。第三个就是外网的应急门户网站。包括应急工作动态,突发事件报,以及应急的预案,尝试,交流,管理,机构等等,这些工作内容在外网的应急门户网站。

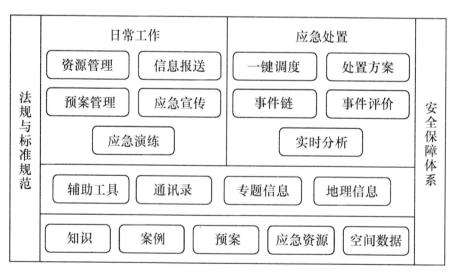

图8-17 武夷山应急管理平台架构

(2)新政务办公系统平台

原来政务办公系统只在内网做,现在新的平台,不仅是从内网上完善,还

---

① 课题组依据访谈记录和《武夷山市应急平台(一期)建设方案》总结。

拓展了外网,增加了手机。共有三个平台,一个是外网 OA,一个是内网 OA,一个是移动 OA。其中,外网 OA 平台和移动 OA 平台数据是共享的,同步的,通过手机也可以处理,通过笔记本电脑,台式机也可以处理,但是处理的结果对数据产生的影响是一样的,都是同步的。

内网相对弱一些,因为内网的平台主要是内部管理,对保密性要求较高,不能在外网发布的东西会在内网上发布,主要的办公应用在外网 OA 上和手机 OA 上。

① 外网 OA

建设一套完整的 OA 集群办公系统,实现多个部门在 OA 集群上有各自的 OA 系统。外网 OA 主要功能:

✓ 公文流转

✓ 简报内刊

领导、普通办公人员均可查看、打印;用户查看简报内刊范围可配置。

✓ 通知公告

分为个人通知和单位通知;每个单位要设立通知管理员,负责接收单位的通知;发通知方可以选择是否要回执及查看通知接收情况;通知业务与短信捆绑,不会因收通知不及时而耽误重要的通知内容。

✓ 考勤管理

上下班考勤记录;记录考勤计算机 IP;请假、离岗等事项登记(需审核);可灵活设置各单位考勤时间规则;考勤结果统计输出。

✓ 邮箱系统

采用 wys. gov. cn 为后缀,用户名为 OA 系统的登录用户名,前面就是自己的名字,也有一个工作人员的统一形象。

✓ 文件库

查询归档后的所有收发公文;灵活的文件查询;用户查看文件的范围可配置。

✓ 政务资源库

包括业务专题、单位信息、重点工作;便于将日常工作的经验、数据、资料存档和共享。

✓ 专送传阅

用户间信息资料的传递;可以查看相关人员的查阅记录和反馈意见。

　　✓ 通信名录

根据单位、姓名、职务等条件选择查看 OA 系统中用户的联系方式。

　　② 内网 OA

建设一套功能相对简单的 OA 公文交换系统，实现市政府和各部门之间重要文件的流转等功能。

　　③ 移动 OA

与互联网 OA 数据同步，实现手机对公文、通知、内刊等信息的查阅处理。移动 OA 系统共有 9 大功能：文件库，公文办理，政务资源，专送传阅，通知管理，信息快报，日程安排，通信录，系统设置。

7. 物联网建设（2010 年及以后）

物联网[①]（The Internet of things）的定义是：通过射频识别（RFID）、红外感应器、全球定位系统、激光扫描器等信息传感设备，按约定的协议，把任何物品与互联网连接起来，进行信息交换和通信，以实现智能化识别、定位、跟踪、监控和管理的一种网络。物联网的概念是在 1999 年提出的。物联网就是"物物相连的互联网"。这有两层意思：第一，物联网的核心和基础仍然是互联网，是在互联网基础上的延伸和扩展的网络；第二，其用户端延伸和扩展到了任何物品与物品之间，进行信息交换和通信。

武夷山的"数字武夷"工程已经进行了五期，在促进武夷山市的发展取得了良好的效果。福建省高度重视物联网发展，并将武夷山划为全省两个示范区域之一。按照规划，武夷山市计划在 2010 和 2011 年，投资 4 800 万建设物联网示范区，由武夷山市政府、福建省信息化局及中国电信股份有限公司福建分公司共同出资，出资比例如下：福建省信息化局出资 35%，中国电信股份有限公司福建分公司出资 35%，武夷山市配套出资 30%。信息中心刘主任如下描述武夷山信息化未来的战略规划[②]：

"一是完成物联网武夷山示范区规划、论证和一期工程建设，重点启动建设智能旅游、智能交通、智能校园、智能治安、智能环保、智能城管等物联网应用系统。

二是完成社区信息化项目建设，以服务民生为重点，建设社区管理系统

---

① http://baike.baidu.com/view/1136308.htm.
② 摘自 2010 年 2 月 4 日课题组对"数字武夷"数字办主任刘德水的访谈。

和公共服务平台。

三是建设武夷山数字营销平台,在"数字武夷"原有平台基础上,采用先进的虚拟现实、动漫、互动多媒体引擎等现代信息技术建设武夷山统一对外宣传和营销的多媒体平台。

四是完成数字茶博馆项目的建设,利用现代多媒体等现代信息、科技技术,展示武夷山茶叶的产品和文化。

五是深化信息站的应用,继续推进"百村万民"电脑培训工程,在全市 115 个行政村完成农民电脑普及培训 10 000 人,继续完善信息站"查、寻、找、问、学、有"的功能,不断挖掘农村信息站的使用价值。

六是认真做好已建平台的推广工作,努力开创电子商务新局面,积极探索新形式下的电子商务运行模式,争取为市民、游客、村民、企业提供便捷、易用、可靠的电子商务服务系统和模式,发挥"数字武夷"已有平台和系统的社会和经济效益,努力实现电子商务反哺电子政务的目标。"

(1) 物联网一期工程——智能旅游

"智能旅游"是福建省武夷山物联网示范区第一期六大智能项目之一,它围绕旅游六要素进行智能化设计,对旅游景区及旅游城市进行智能化资源整合和提升,延伸旅游产业链条,改善旅游环境,并以此提升休闲、度假旅游城市品牌。围绕"安全、效益、效率、秩序"的目标,实现旅游六要素及相关产业、旅游城市、游客、运营商、支撑厂商等多方共赢(见图 8-18)。

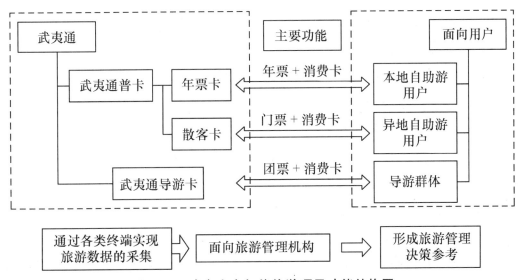

图 8-18　武夷山市智能旅游项目功能结构图

"智能旅游"是围绕游客或市民从到达武夷山开始的出行、游玩、饮食、住宿、购物、娱乐等一系列的需求,基于新型的 RFID/GPS/GIS 等技术实现。一旦游客或市民抵达旅游景点,通过购买并充值获得一张具备 RFID 功能的卡片(武夷通),游客或市民可凭这张卡片直接刷卡进入景区,进行购物、住宿、出行、饮食、娱乐等,享受各种服务和优惠折扣,实现整个旅游区及整个城市旅游服务产业化、规模化、多元化协调发展,全面提升旅游城市品牌及游客、市民的感知度。

信息中心刘主任如下描述武夷山物联网项目中智能旅游前景[①]:

> 物联网想先做智能旅游,因为我们武夷山是旅游城市,所以我们作为物联网示范区来说第一个项目想到智能旅游要做起来。想通过一卡通,把旅游的六个要素:吃、住、行、游、购、娱串起来,进行管理和服务,包括我们的酒店,旅行社,导游以及景区的管理,很方便,用一个卡可以解决整个出行,不要再像传统那样,又要找酒店,又要找景点,又要去找导游。

> 这个卡可以独立刷卡,也可以与手机结合,独立给你一部手机,用完以后还回去。或者是做成 IC 卡这种形式的,以后不还,带回去做纪念品,比如一个卡 10 元钱,可以带回去,也可以退还然后把押金 10 元钱退还,具体操作方法会根据设计方案来。

> 另外可以和企业的诚信系统进行对接,这个卡可以溯源的,比如到某购物点买东西,你说 500 元一斤,到时候人家讲,我卖给你才 350 元,这个说不清楚,有的没有开发票你就搞不懂了。如果有这个卡的话有记录,我们整个系统可以调出来,就可以跟踪。

(2)智能校园、智能政府、智能社区、智能环保、智能城管

武夷山市把武夷山大学作为智能校园物联网示范区的一个案例。智能校园是利用计算机技术、网络技术、通信技术对学校与教学、科研、管理和生活有关的所有信息资源进行全面的数字化,把校园内部学生管理、服务以及消费问题融合到学生的一卡通中。运用科学规范的管理,对这些信息资源进行整合和集成,使这些信息资源能够有序的运转,更好地为教学、科研、管理和生活服务,最终把学校建设成面向校园内,也面向社会的一个超越时间、超

---

① 摘自 2010 年 2 月 4 日课题组采访"数字武夷"数字办主任刘德水。

越空间的虚拟大学。

信息中心刘主任如下描述武夷山物联网项目中智能政府的前景[①]:

> 从我们政府管理角度,比如有了智能卡,我们可以把游客的整体情况做历史记录,我们也可以调查,比如说我们今年来了100万个游客,哪些区域多少游客,哪些区域是什么样的游客,国内国外怎么样,很准确的去进行管理,对游客进行人性化的关怀。比如有的时候可以主动发一些短信去邀请,向原来来过武夷山的游客有针对性地进行宣传和促销,对政府,对景区的管理,我们旅游行业的管理也能够更加强,更方便,更高效,更准确。另外,如旅游企业的纳税,如果我们都用一卡通系统的话,那么偷漏税就很难了。

> 另外结合卫星定位系统,比如向游客提供各种导航功能,到景点之后提供景点的解说,比如我们用二维码的技术,游客到某个景点,不要讲解,不要导游,他自己对照这个卡,或者用手机拍一下这个景点的标志,就可以把景点的信息图片,图像视频,相当于导游的解说词,发到手机上,自己可以去听去看,一能提高管理效率,二能提高服务水平,这个系统能够带动整个武夷山旅游品位和档次。

智能社区,包括智能化地进行社区管理和为市民提供智能化的服务,方便快捷。智能环保,就是水源、气象、污染等的环境检测,比如说污染企业,用这种智能环保的系统,不需要人亲自到现场去看,就通过物联网的技术,就能够自动的反应出问题来,从常规的人工监控变成用网络监控。智能城管,即智能化的城市管理,利用网络化的,智能化的手段,进行城市各个方面的管理,比如通过智能监控系统去发现问题,然后用智能卡去调度,智能地和人联系。

（3）茶叶及相关农副产品溯源

茶叶产业,同旅游业一样,也是武夷山的支柱产业。通过物联网的技术,采用茶叶溯源的办法,在每一个茶叶产品包装里面增加一个RFID卡,如果把卡插到电脑上或者手机上,这个卡可以把关于该茶叶产品的所有信息显示出来,比如茶叶的产地,采摘日期,加工日期,生产日期,茶厂信息,从而帮助消费者辨认茶叶的真伪,让消费者放心买茶叶。另外,农副产品比如蔬菜,也可

---

① 摘自2010年2月4日课题组采访"数字武夷"数字办主任刘德水。

以通过溯源的方式做,作为我们的物联网示范区的一个项目。

第三节　武夷山电子政务的推进机制

1. 电子政务推进组织保障

从组织模式来说,传统模式各单位采用分散管理,每个单位都去做自己的系统,每个单位需 1～2 个管理人员。而武夷山市采用信息中心统一管理模式只需 5～10 人,负责全市的信息化管理工作、建设、维护、管理和推广等工作,大量节省了人员编制和财政支出。

武夷山市数字武夷建设领导小组是武夷山市信息化建设的领导机构,由市长胡书仁担任组长,市各套班子分管领导担任副组长,各相关职能部门一把手为领导小组成员。领导小组下设办公室,办公室依托市人民政府办公室,负责领导小组安排工作的落实。

武夷山市数字武夷建设领导小组办公室是武夷山市委、市政府负责全市信息化("数字武夷")工作的部门,主要负责全市信息化("数字武夷")的规划、组织、实施和建设成果的管理和维护等工作。市数字武夷建设领导小组办公室前称为市数字武夷信息中心,更名为市数字武夷建设领导小组办公室,简称数字办。

武夷山市数字武夷电子商务发展有限公司是按市政府专题会议纪要[2004]69 号和武政办[2004]92 号文件要求组建的国有独资公司,公司依托市数字办,采用两块牌子一套人马的运作模式。公司主要经营业务包括:设计、制作、发布、代理国内各类媒体广告,大型活动策划、宣传、承办,网络规划、建设,网站设计、制作、推广,软件开发,信息技术服务等。

2. 电子政务推进的决策机制

(1) 统一规划,邀请信息化建设顾问,制定总体规划和分步实施方案

统一规划,做好需求调研,明确指导思想、原则、目标,做好整体规划和分步实施方案的编制和专家论证,建立与建设单位的全面合作关系。

不管做什么项目,都由"数字武夷"信息中心规划调度,根据领导小组的意见,明确项目建设的指导思想、原则、目标,把整体的目标确定下来,做好整

体的规划,和分步实施方案的编制。做完以后,请信息化专家来论证,论证完以后,与建设单位建立合作伙伴关系。武夷山经济不是很发达,完全自己投资信息化建设,比较困难,所以都采用了和合作伙伴一起来建设,来启动信息化项目工程。选用相对成熟的技术,与大企业联合实施项目。与英特尔(中国)公司、微软(中国)公司和北京慧点科技公司合作,争取大公司的支持,采用他们的产品或技术。从第一期到第五期,每期建设都是按照这个模式去做的。

(2)统一建设,做好网络环境、中心机房、终端设备设施和应用系统建设

方案出来以后,经过专家论证以后,建立了和合作伙伴合作关系以后,开始建设具体的工程。建设的过程中,无论是网络环境的建设,包括机房的建设,终端设备设施的建设,还是应用系统的建设,都是统一按照规划的要求做的。系统也是这样,原有的系统如果能够一起用,就不要重复建设,如果功能不够,要升级,就统一去建设。

(3)统一管理,统一培训,统一推广,统一运营

项目建设完成后,系统软硬件的维护和管理统一由"数字武夷"信息中心负责,系统的数据维护统一由各使用单位负责。项目建设完成后,统一由项目承建方和"数字武夷"信息中心负责对系统使用单位的人员进行分类、分期培训。这是统一进行的,特别是培训的时候,不是承建方来布置的,而是主要承建方和"数字武夷"信息中心一起做,一起推进。项目建设完成后,统一由"数字武夷"信息中心负责制订系统的推广方案,统一进行系统的推广。不是由项目业主自己去做的,是信息中心统一来做的。项目建设完成后,统一由"数字武夷"电子商务公司负责商务运营。

3. 电子政务推进的战略规划

(1)以核心功能和支柱产业为中心,有计划拓展

武夷山市在推进电子政务建设的过程中充分考虑自身产业结构特点,与武夷山自身的产业结构相吻合,选择支柱产业——旅游业和茶叶及相关的农副产品产业的信息化建设为中心,有计划地拓展,升级改造。

以旅游产业为例。一期、二期工程建设已经搭建了旅游信息的发布平台,实现了武夷山市旅游信息的发布,为游客提供了服务窗口。三期工程中,建设了旅游服务中心。四期工程,利用先进的 GIS 技术和"移动互联网"技

术,建设了三维旅游综合服务平台,以及手机随身游平台。正在规划中的物联网一期工程——智能旅游项目,将要运用物联网技术,围绕游客或市民从到达武夷山开始的出行、游玩、饮食、住宿、购物、娱乐等一系列的需求,基于新型的 RFID/GPS/GIS 等技术实现。

（2）高度关注电子政务服务的使用者和客户导向:游客和农民

课题组采访"数字武夷"领导小组办公室主任刘德水的时候,他提到"要建设老百姓需要的信息化",选择老百姓关注的项目进行建设,比如说基本建设完成的农村信息化,以及规划中的智能校园,智能社区,智能城管等项目,都是做过深入调研,都是"急农民之所需"的,选择老百姓最关注的民生问题作为电子政务的重要目标。

同时,与武夷山自身的产业结构相吻合,开发支柱产业相关的信息化,整合相关产业资源,发挥支柱产业的龙头效应。

（3）"低成本 + 大平台 + 组件式"的平台路径

从技术应用模式来讲,传统模式各单位独立建设信息化系统,各个单位自己去做办公系统,只能看到自己单位的信息资源,无法共享全市其他单位的信息资源,并且无法进行整合。武夷山市采用 ASP 模式,实现了"共性与个性的有机结合",各科局的工作人员不需要专业的技能,也不需要各个单位建设专门的机房和服务器,统一都放在"数字武夷"中心机房。这样使得工作人员既可以看到各自的功能模块,也可以共享信息,这大量节省了技术人员和资金投入,降低了技术门槛,方便广大用户使用。武夷山市胡书仁市长如下描述"数字武夷"的大平台与组件式模式:

> 当你这个平台越整合,越复杂,别人超越你的难度越大,但是资源整合基础上,可以在这里发现很多,无限的组合机会,发现这里很多信息可以做决策,我相信那个时候,政府在管理这个社会的时候是高度智能化,他的资源利用会更加有效。

从应用推广模式来看,武夷山市利用广电原有网络管道建设办公城域网,既节省了政府财政投入,提高网络带宽,还免除用户光纤租借费。通过与国内知名网站进行品牌合作与推广,使政府门户网站点击率大大提高,日平均点击率已超 3 万人次。信息中心刘主任如下描述"数字武夷"的应用模式谈到:

2002 年,很多单位办公经费一年一个人才 800 元,5、6 个人一年的办公经费就几千元钱。如果采用传统的租用电信,移动等运营商的光纤网络,一个月光纤租用费一年就要 4 000～5 000 元,等于单纯的租用光纤每年的财政投入要增加两百万元,一二十年就一两千万元,单位用不起,也就不可能用了。后来政府花了 30 万元,买了广电原有的网络管道,来建设全市政务办公城域网,每年花几万块钱维护费就可以,各个单位在办公城域网就不需要开支。这样子节省了我们政府财政的收入,提高了网络带宽,也免除了单位光纤的租借费。

我们通过与国内知名网站进行品牌合作与推广,每年就花几万块钱,跟新华网,甚至人民网、新浪网合作,能让我们政府的门户网站知名度和点击率,日平均点击率增高 3 万人次。武夷山网站 PR[①] 值是 7,作为一个县市门户网站来说很不容易,像新华网、人民网的 PR 值是 9,像新浪、搜狐的 PR 值就是 8,其他的像阿里巴巴,PR 值也只有 7,我觉得武夷山县级政府 PR 值能够达到 7,说明我们这个网站,从公信力、信息量、网络量各方面的综合质量是很稳定的,这几年始终 PR 值都是 7。

4. 统一和集成化的实施策略

（1）政府-企业互动推进模式

2002 年,武夷山市抓住“惠普电子化政务示范项目”建设的机会,启动“数字武夷”一期工程建设,北京慧点、福建实达和惠普公司与武夷山市政府一起共同投资项目。2009 年,武夷山市被列为“福建省物联网示范区域”后,武夷山市政府抓住中国电信想依托示范项目进入“移动智能城市”领域进行转型的机会,和中国电信达成合作协议。电信通过投资 35% 来获得这个项目的经验,这种政府-企业互动推进的模式十年都是如此,给武夷山电子政务建设提供了可持续发展的动力,同时大大降低了政府的财政投入,也给企业带来了示范效应,达到了“双赢”的局面。

通过注册“数字武夷”电子商务发展有限公司,与信息中心两块牌子,一套人马,公司依托信息中心,主要负责“数字武夷”建设成果的商务推广、运营等工作。实现了电子商务反哺电子政务的目标,确保项目的可持续发展。

---

① PR 值(全称为 PageRank),是 Google 搜索排名算法中的一个组成部分,级别从 1 到 10 级,10 级为满分,PR 值越高说明该网页在搜索排名中的地位越重要。

"数字武夷"电子商务发展有限公司通过运营旅游和茶叶等电子商务平台获取资金,提供项目各体验中心、平台及应用系统的日常管理和维护费用。运营公司前期经费以业主投入为主,不向用户、企业、单位和农民收费,确保系统的推广与普及应用,中后期由公司逐步承担管理和维护费用,不需财政拨款。同时,市政府与商务公司,商务公司与相关责任单位建立长效的绩效考核与激励机制,保证各方投入的积极性,明确各部门和相关机构的职责和任务,保证日常管理和信息提供和更新。

（2）螺旋式上升模式:"电子政务先行,电子商务提升,电子农务深化,电子社区跟上,优化再循环"

武夷山信息化建设采用螺旋式上升模式[①]:"电子政务先行,电子商务提升,电子农务深化,电子社区跟上,优化再循环",促进了四者相互整合、相互补充的长效发展模式的建成。

① 电子政务先行

通过建设"数字武夷"电子政务平台,加强政府及职能部门的内部管理和服务,提高办事效率,降低行政成本,提升政府为公众的服务水平,打造服务型、透明型、节约型政府。电子政务对电子商务、电子农务进行引导、鼓励和环境支持;电子政务对电子商务、电子农务设定规则,进行调整和约束;电子政务主导全社会信息资源的整合,并促进信息化内部结构的优化。

② 电子商务提升

通过建设"数字武夷"电子商务平台,打造武夷山旅游、农产品及茶叶的统一对外宣传促销通道,规范旅游、农产品及茶叶的行业标准,为游客提供方便、快捷、优质、可信的各类旅游产品、农产品及茶叶等产品。"数字武夷"电子商务发展有限公司通过运营旅游和茶叶等电子商务平台获取资金,提供项目各体验中心、平台及应用系统的日常管理和维护费用。运营公司前期经费以业主投入为主,不向用户、企业、单位和农民收费,确保系统的推广与普及应用,中后期由公司逐步承担管理和维护费用。同时,市政府与商务公司,商务公司与相关责任单位建立长效的绩效考核与激励机制,保证各方投入的积极性,明确各部门和相关机构的职责和任务,保证日常管理和信息提供和更新。

---

① 这种螺旋模式,类似信息系统开发过程中的瀑布模型,不断进行迭代,以求更好地适应用户的需求和技术的变化。

③ 电子农务深化

武夷山市本着"急农民之所急"的考虑,从 2005 年开始筹划电子农务建设。2006 年开始,历时四年,到 2009 年底,基本完成农村信息化平台的建设工作,实现 115 个行政村村村都有农村信息服务站,把政府及其职能部门为农村服务、农村村务管理和农业科技、商务服务四大功能整合为一体,建设了为"三农"服务的农村频道,建成为农民和游客服务的体验中心。

以农村综合信息服务站为支点,为农民朋友开展电脑操作和上网培训,让他们会用电脑,爱用电脑,最后离不开电脑。农民网络图书馆等应用系统,为农民朋友及时解决了看书难、看戏难、看电影难和看电视难的"四难"问题,丰富了农民文化生活,提高了农民生活质量,提升了农民综合素质。村民通过信息站的电脑、触摸屏、数字电视等设备,可以学习农科知识、掌握市场供求信息,进行农产品信息发布展示、农产品网上交易,享受到农民生活、教育培训、村务公开等方面数字化、信息化服务。

通过农村综合信息服务站和各应用系统将农业科技信息、市场价格信息、供求信息与农民的农业生产、销售紧密地结合在一起,为农民朋友提供各类信息服务。使农民合理安排生产,减少生产的盲目性,及时指导农户进行科学决策和生产管理,提高农产品产量和品质,降低生产成本,提高了经济效益,实现了产销对接、促进了农产品销售。

通过整合政府及其职能部门为农村、农民服务的政策法规、服务内容、办事指南等,实现政务公开,为农民朋友及时传递党和政府的声音,促进基层"管理民主",增强了公众对政府的信任感。通过农村信息化平台和系统,将城市资源导入农村,让农民体验到信息化给他们带来的好处,拉近农民与政府的距离,消除农村的地域限制,让农民真正参与到全国市场的竞争环境中。初步实现了将城市资源导入农村,旅游反哺农业,城乡信息资源共享,逐步缩小和消除数字鸿沟,提高农民素质,让农民朋友共享信息化发展成果。

电子农务能够解决我国信息化建设的"最后一公里"问题,能够激发农村农民的信息化应用意识,成为电子政务面向农村服务的落脚点,延伸政府服务,拉近政府与农民之间的距离,提升农民素质,增加农民收入。

④ 电子社区跟上

2009 年农村信息化初步建成后,武夷山市准备积极推进十六个社区的信息化建设。主要以服务民生为重点,建设社区管理系统和公共服务平台,包括电子阅览室,服务窗口,社区管理系统。

电子社区有助于全面整合社区资源,改善居民物质生活、文化生活质量,为社区居民参与和决策社区事务提供便捷的手段,为社区居民监督社区事务提供有效的途径,从而保证与经济发展同步,实现社会的不断进步。

⑤ 电子政务再优化

2008 年,武夷山市启动四期工程"三维旅游综合服务平台"的建设,用地理信息技术将三维地理空间平台和旅游专题数据库进行有机集成,以三维地图的方式展现武夷山旅游的相关信息,提供便捷、直观、丰富的地理信息查询功能,为游客提供全方位的旅游信息和在线预订服务。同时建设了手机"随身游"平台,集成武夷概况、吃、住、行、游、购、玩。这期工程是在一、二期政府门户网站中旅游频道的基础上,对支柱产业信息化的再优化,根据"移动互联网"和 GIS 技术的成熟而进行的平台改造,极大地提高了服务水平。

2009 年,武夷山市启动五期工程"应急管理平台和新 OA 系统"的建设,应急管理平台搭建了一个统一指挥、功能齐全、反应灵敏、协同有序、运转高效、保障有力的全市应急平台,并实现与上级应急平台的互联互通。新的政务办公系统平台,不仅是从内网上完善,还拓展了外网,增加了手机平台。这期工程是在一、二期政务办公系统和政务信息发布平台建设的基础上,对电子政务平台的再优化,旨在提高政府的管理水平和执政能力。

信息化的发展应当表现为一种合力的作用,而政府和市场是信息化驱动力量的主要来源,它们之间的和谐配合、合理分工,是保障信息化全面协调可持续发展的基础。武夷山市正是紧紧抓住此项理念,充分发挥政府建设管理同一平台并能整合各种资源的能力,并充分发挥利用市场配置各种资源的能力,使得电子政务、电子商务、电子农务以及在建中的电子社区相互之间协调发展(见图 8-19、图 8-20),并根据服务对象的需求,顺应技术的变革,进行不断地升级改造,最终达到一种合力的效果,相互补充相互配合而向前发展。

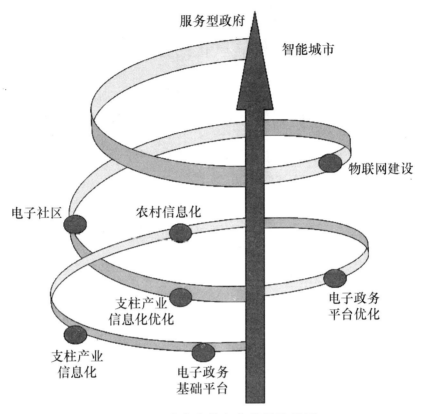

图 8-19　武夷山信息化发展路线图

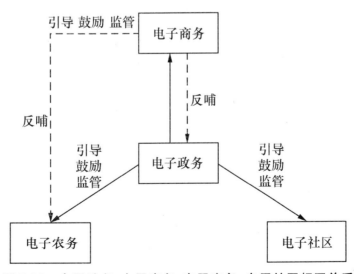

图 8-20　电子政务、电子商务、电子农务、电子社区相互关系

第四节　农村信息化的组织管理体系

1. 组织体系规范合理，跨部门协作坚强有力

"数字武夷"建设领导小组办公室（简称数字办）是武夷山市农村信息化建设的具体实施部门，隶属市政府办公室。数字办直接领导村信息综合服务站，对信息管理员进行选拔、聘用、管理、考核。数字办与涉农部门联系较多，如市农业办公室、农业局、林业局、烟草局、茶叶局、科技局以及经贸局和组织部。组织体系如图8-21。

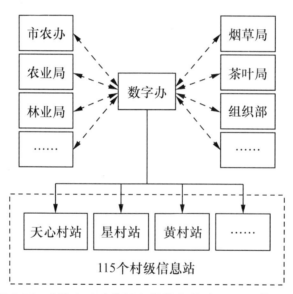

图8-21　"数字武夷"新农村信息化建设组织体系图

武夷山市在新农村信息化建设过程中，开展"百村万民"培训，需要与劳动部门谈劳动力转移的问题，培训农民使用"数字武夷"的技术，要联系民政局、组织部或相关组织的科局共同来完成。相关科局在对员工工作要求时也涉及农村信息化协调的问题。

据数字办副主任胡贤炳介绍，每周四下午都有一个专家值班，需要组织与农民面对面问答。

在与相关科局合作时，并不是所有科局都愿意协同配合。有些科局甚至认为增加自己的麻烦，担心由于电子政务涉及政务公开透明，会加大对某些

部门的监督,缩小其不适当的运作空间。刘德水说:"数字办如果独立出去,跟其他部门协调将会困难。"胡贤炳也说:"如果没有足够的权力要求相关科局进行信息化建设,而是给其提供这种服务,他们通常会选择不要信息化。"由于数字办隶属市政府办公室,有力协调各相关科局,跨部门协作进展顺利。

2. 建立一套科学合理的农村信息化管理体系和工作机制

在农村信息化建设上,武夷山建立了一套科学合理的农村信息化管理体系和工作机制(见图8-22)。

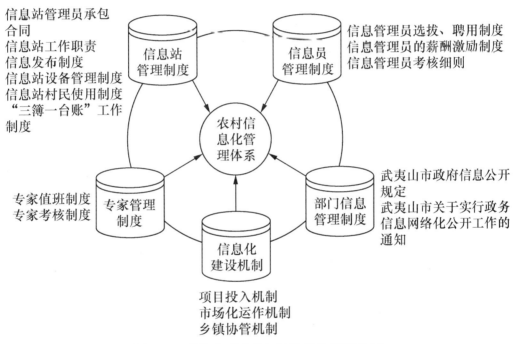

图8-22　"数字武夷"农村信息化管理体系

制定《信息站管理员承包合同》、《试点村合同》、《信息站工作职责》、《管理员守则》、《信息发布制度》、《信息站设备管理制度》、《信息站村民使用制度》等规章制度,明确各部门人员的职责,落实责任,规范管理。在各站内张贴了相关制度、警示标语和监督投诉电话等制度牌匾,通过 OA 系统、视频监控系统、三簿一台账系统,对管理员进行管理。所有的管理员必须戴牌上岗,接受村民监督。

"数字武夷"建设领导小组办公室和信息管理员双方本着双方自愿的原则,从符合条件的应聘人员中择优录取信息管理员,做到持证上岗。村级信息站管理员选聘流程如图8-23所示。

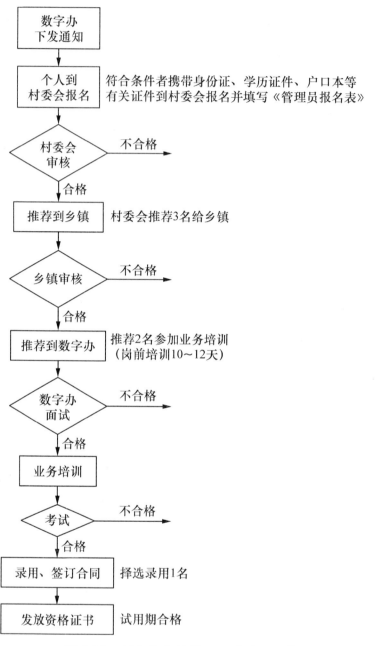

图8-23 村级信息站管理员选聘流程①

管理过程中实施"三簿一台账"工作制度。数字办组织有关技术人员开发了农村信息管理员的"三簿一台账"管理系统（见图8-24）。"三簿一台账"即村民上网登记簿、村级网站和 LED 信息更新登记簿、设备维护登记簿、村民

---

① 本流程根据访谈结果整理。

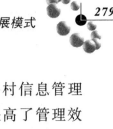

电脑培训台账。数字办采用网上登记和手工登记两种方式对各村信息管理员的日常工作进行实时管理和监督,完善了信息站管理制度,提高了管理效率和可信度。村民电脑培训台账:农民来信息站学习使用电脑,记录农民的基本信息、使用内容,各种情况都要做一个登记,在台账上,从培训开始一直到结束,对农民进行跟踪、考核,对信息站的管理有规划、制度。村民电脑培训台账有两种。一个是实体,记录在纸质账台上,在信息站可以查看。同时要在网络系统中提交,而且两个是同步的,以避免作假。系统中信息统一管理,纸质台账也要说明情况,村领导及其他领导来查看,可以对照,两个同步。信息中心将信息站提交到系统中的台账信息进行整理记录,分析信息站的工作情况,同时监控考核信息员的工作。

图 8-24 电脑培训台账簿

3. 以农民需求为导向的农村信息站服务

调研组首先到星村信息站调研(见图 8-25)。星村信息站建于 2007 年 4 月份,是武夷山市第一批建设的农村信息综合服务站,有 11 台电脑,一个 LED 屏,连通了党员培训系统。信息站墙上贴着“查、寻、找、问、学、有”。“查”,就是查信息:通过信息站查询各类需要的信息。如通过市政府门户网站的武夷新闻、政务公开、办事指南、招聘求职等栏目及时获取武夷山市的各类信息,通过村级网站、LED 屏、触摸屏等查看本村的村务公开、村务管理等方面的信息;“寻”,就是寻市场:通过信息站可以发布和寻找农民朋友需要的各类市场供求信息。如通过供求信息、市场行情、信息库、价格行情等栏目可以寻找或发布各类市场信息;“找”,就是找政府:通过呼叫中心、市长信箱、留言本、政务论坛、办事指南、政务公开等栏目不仅可以获得政府的有关信息,还能实现与政府领导和部门领导的及时沟通;"问",就是问专家:通过专家咨询、专家培训和专家会诊等系统,农民朋友可以实现及时与专家沟通在生产中遇到的各类问题和困难;"学",就是学技术:通过农民图书馆、科技视频、知识库、信息库等系统,可以随时学习各种种植、养殖等方面的实用技术;"有",就是有娱乐:通过市政府门户网站的农民电影院、农民戏曲院、农民游戏等栏目和液晶电视、电信 ITV 机等,为农民朋友提供各类休闲娱乐服务。

图 8-25　课题组考察星村信息站

4. 农村信息管理员的核心纽带作用

(1)信息管理员的工作情况

数字办在选拔信息管理员时,要求应聘者要具有初中以上文化程度、熟悉电脑操作基本知识,了解、认同并严格遵守相关的各项管理规章制度,身体健康、五官端正、作风正派、服务意识强、热爱农村文化体育事业、有一定组织能力。数字办称信息管理员为信息站站长,以提高信息管理员的自豪感。

来到星村信息站,信息管理员吴玉萍正在指导村民学习信息技术。据吴玉萍介绍,信息站的开放时间为每天上午 8:30 时至 11 时,下午 2:30 时至 5 时,晚上 7 时至 9 时 3 个单位时间(上午、下午、晚上为 3 个单位时间)段内开放,管理员根据本村情况,在征得村委会的建议后,可选择上午和晚上或下午和晚上两个上班时间段中的一种。

吴玉萍,土生土长的武夷山人,上午在旅游公司当导筏员,下午和晚上在信息站值班。吴玉萍以前是一个普通的农村妇女,通过当信息管理员,学到很多东西,利用当信息管理员的时间,培训村民之余就查武夷山的人文历史,对人文自然文化的了解逐渐增多,知名度提高,人际关系接触更广,还成为能向游客和村民双向传播信息的"媒人"。吴玉萍获得武夷山市"新农村信息化"工程 2007 年、2008 年度"优秀信息管理员"称号,她所在的星村村信息站也成为全市 115 个信息站的示范站。

武夷山黄村坐落在山区,村民主要种植烟草,来到村口,看到许多居民建起的二层小楼。目前,信息站和烟农文化站整合在一起。在黄村信息站,一位农村妇女,相貌秀丽,正在指导村民在网上查找种烟技术信息,她就是黄村信息管理员李衍芝。李衍芝家里一个小孩,丈夫挣钱也不错,家里没有负担。信息管理员李衍芝没有做信息管理员之前,在家里没有一点事情做,比较无聊,打麻将的时间比较多;现在工作的事情多,也没有时间打麻将了。

有的村民在外面请人或公司发布信息,对方要求其支付好几百的费用;李衍芝对该村民说:"把你的信息给我,我免费给你发布出去,不收你的钱。"李衍芝还教育村民:"不懂电脑就是文盲。"李衍芝经常发布信息、组织培训报名、指导培训(见图 8-26),教村民使用拼音打字、打开网页、申请 QQ、与远方亲戚聊天、查找信息等。李衍芝经常帮助村民发布一些茶、烟的信息,根据上级安排组织村民通过视频听报告。每周六信息站对小朋友开放,李衍芝给小朋友定期播放动画片:奥特曼、机器猫、喜洋洋,教育小孩子通过电脑学习知识。

图 8-26　信息管理员培训村民

（2）信息管理员的薪酬激励

农村村干部工作的时候在办公室,平时要参加生产劳动,信息管理员是目前武夷山市村级唯一一个实行坐班的人员,市政府发工资 400 元/月,工资是村干部中工资最高的。信息管理员同时兼任电信业务代办员,代理电信的业务;还兼任文化协管员。电信补贴 100 元/月的基本工资;文化协管员的基本工资 100 元/月;有的村还给予补贴;代理电信业务,可以提成;信息管理员培训一个村民,通过市里考核的,市里奖励信息管理员 30 元补助;如果还帮助村里面写写材料,打打字,还将得到村里补助。信息管理员可以优先享受数字办举办的各类业务技能培训。2009 年,吴玉萍培训了 150 个村民,培训一个村民政府奖励 30 元;导筏员每个月收入 1 500 元;一年收入 3 万元。2009 年,李衍芝代办了 38 部手机业务、代办 40 部宽带,代办一部宽带补贴 65 元,代办一部手机补贴 40 至 80 元;烟草公司一年给其 5 000 元补贴;共计年收入 2 万多元。武夷山市通过政府补助和市场运作相结合的方式,提升信息管理员的工资,稳定管理员队伍。

胡贤炳介绍,武夷山市 115 个村,其中有 80 多名是女管理员,年龄大都在 30 岁左右,这些人都普及了义务教育;而且,这个年龄的妇女需要照顾小孩,能够在家待住。目前,村信息管理员收入不错,能经常到市里来开会,而且别人称自己为"站长"、"老师",成为村里的名人,比较有成就感,因此对此工作都很满意,也重视这项工作。信息管理员职位也为提升农村妇女的职业生涯提供了范例。

(3)信息管理员的考核

信息站日常管理考核由数字武夷建设领导小组办公室、所在乡镇(街道)分管领导和本村村委会共同负责。考核方依据《武夷山市村级信息站管理员考核细则》对管理员进行考核,考核内容包括信息站日常管理,考核结合村民评价及意见、日常管理统计资料、综合评分,参考管理员自评、村干部测评、乡镇分管领导测评、项目负责人测评,采取常规考核与抽查相结合的方式,每半年考核一次,年终汇总,年度末由市政府办进行综合审评并确定考核结果。年度末考核获得优秀的管理员可以一次性奖励 1 000 元。考核为不合格的管理员责令限期改正,仍不合格者,将取消其管理员资格。

5. "百村万民"培训缩小数字鸿沟

武夷山市实施"百村万民"电脑培训,目标是在全市培训 1 万名能够基本掌握电脑入门知识、能够应用电脑上网查找信息、能够进行网络信息交互的新型农民,并通过他们的带动,使广大农民逐步学会运用电脑网络技术,从互联网获取农业科技知识与市场信息,提高生产技能,改善生活水平,更加科学地组织农业生产,更加轻松地学习和生活。

对农民进行培训很难做,很多地方培训都换方式,把钱规划出来,为鼓励农民参加培训,给农民钱,这简直是花钱买农民来培训。农民也养成习惯,将培训当作出一个工,还学点东西;甚至认为自己来培训耽误干活,政府就应该给误工费。

武夷山市信息化培训改变了这个思路,首先给村民讲清楚,为村民提供信息化培训是为了给他们提供知识,教会他们东西,而不是耽误村民工作。武夷山市对村民进行信息化培训,总共就补贴30块钱,用于让信息管理员教会一个村民学电脑。

在开始对农民进行信息化培训的时候,由于不给钱,农民抵触,没有人来。面对这种局面,采取以下措施开展培训。

第一,将培训纳入对信息管理员的考核。如果某村没有完成任务,信息中心将扣信息管理员的工资,取消其评优评先资格,对村进行通报批评。

第二,奖励先进,示范带动。对一开始做得好的村进行奖励,如奖励一个打印机,再做得好的奖一个数码相机,通过这种带动作用,各个村积极性提高,努力参与这项工作。

第三,利用村民的宣传作用带动培训。培训工作以乡镇为主,如某个乡镇有十五个村,将五六个村组织在一起培训,也就把教师资源集中到一处来。五六个村同时在一起培训,其他村就等着了,争着要培训。有的村也对村民信息化培训进行鼓励,奖励信息化培训积极性高、效果好的村民。农民之间也进行交流,培训出来的农民,得到了实在的好处,就会一带十,十带百,未培训的村民就希望参加培训,有的村民还专门来信息中心咨询下一期培训何时开展。

数字办要求培训教师注重提高农民兴趣,要他们真教农民一些东西,让农民有成就感。比如教农民申请QQ,村里几个人一起加一加,发一发信息。比如教师一来就帮某个农民拍照,将照片放到网上,他就可以看,他就想知道怎样放上去的,就有兴趣了。不同的地方会采取不同的培训方式。经济富裕地方,教师就告诉农民怎样进行网上购物。如在网上商城找到农民想买的衣服,记住价格,然后让农民到本地商店看同样的衣服,进行对比。农民一看,便宜很多,知道学会电脑有这么多的好处,积极性就高了,以后的培训就好开展了。胡贤炳说:"很多人学会电脑,有了钱就想买电脑,电脑的普及就快了。"通过培训,农民学会了使用电脑,与城市居民一起在网上查找技术、找市场,信息化使得农村与城市的数字鸿沟日益缩小。

第九章

关于我国中西部地级市
农业网站研究

第一节 课题研究目的,意义及对象

1. 研究目的

在改革开放三十年的总结和全球金融海啸的冲击下,从中央到地方到学界都达成了一种共识——即把三农问题作为政府工作的重中之重。三农问题不光关系着消除城乡二元结构,推动工业化,城市化的进程;另一方面,解决三农问题也是政府刺激国内消费的重要手段。

但是,地方政府和相关的地方农业部门作为中央政策的实施者,他们的行为是否符合中央的政策指导方向,却很少能够得到独立第三方的研究与评价。当然这也和研究者与政府之间的信息不对称所导致,因此在这次研究中把地方农业部门的网站——统一的公开的信息源,作为研究对象。研究目的包括:

(1)对中西部地级市农业部门网站进行信息采集与评价;

(2)通过政府农业网站分析各地政府对农业的态度;

(3)寻找并分析对影响、决定网站质量差异的制约因素,尤其是激励因素;

（4）针对分析结果提出相应的政策建议。

2. 研究意义

改革开放三十年,中国取得了举世瞩目的成就。回顾历史,农村作为中国改革的发源地,对改革的推动和深化发挥了重要的作用;展望未来,不断加剧的城乡二元结构成为经济发展和经济增长模式转变的重要障碍。在这样的背景下,党的十七大报告中指出,中国的"三农"问题是事关全局的重大问题,也是中国全面建设小康社会的难点、重点问题。十七大报告强调坚持把发展现代农业、繁荣农村经济作为首要任务,加强农村基础设施建设,健全农村市场和农业服务体系。中央政策的执行最终落在于地方相关部门的态度和积极性。农业部门的网站作为当地农业服务和农业建设的展示窗口,是考查当地农业部门进行农村建设和健全农村和农业服务体系的重要手段,也是探寻新农村建设经验的重要资源。

3. 研究对象

首次对我国中西部(含福建)共 141 个地级市政府农业网站进行评测。评测内容包括基本的网站建设,政府政务公开基本信息提供和公共服务体系。在这次评比中,我们着重于政府农业网站对其服务对象——农村居民所提供的网络信息服务质量的分析。网站评测省份为:东北三省,内蒙古,甘肃,宁夏,湖南,湖北,安徽,江西,四川,云南,贵州,广西,福建,陕西。

之所以选择中西部地级市作为研究对象,首先,因为中西部 141 个统计样本较充足,具有统计意义;另外,中西部地区第一产业比重较大,城市化比重低,农业人口多,具有研究的典型性;最后,地级市作为贯彻中央农业政策,指导下级政府政策实施的中枢环节,起着重要的作用。

显然,农业网站不等同于农业建设和农业服务。但是选择政府农业网站作为地级市农业建设和服务对象的原因在于以下方面:

（1）网站是基本的农业建设展示和服务的平台;

（2）只有网站是公开的,可测量的,对研究激励因素、认知态度是一个客观标准;

第二节　研究方法和指标体系

1. 研究方法

设计一套客观测量指标,以人工采集方法,获取网站信息,进行测量与统计,并进行分析,着重分析数据背后的影响因素。并且通过专访和案例研究来补充内部信息获取的不足。

2. 指标体系

如图 9-1 所示,IBM 公司的 Ramsey 于 2002 年提出了政府服务网站的信息服务四阶段模型,被广泛应用于对于政府信息服务的考核中。鉴于中美在信息化建设方面的差异,以及考虑到此次课题主要针对农业部门网站进行考核——农业部门网站建设的平均水平较大幅度低于政府部门网站建设平均水平。因此,基于以上考虑,我们在 Ramsey 的模型基础之上,增加了网站服务最低层的指标——网站基本建设方面的考核指标,并将 Ramsey 服务模型中的内容合并为:信息公开(即信息提供)与信息服务,如图 9-2 所示。信息公开主要考量,农业部门作为公共信息发布者和政策的宣传和推广者,提供的农业信息是否丰富且及时。公共信息服务,则从一个更高的角度,考量农业

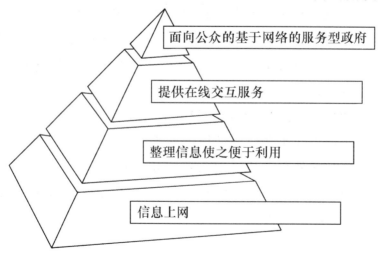

图 9-1　Ramsey 政府服务网站的信息服务的四阶段模型(IBM,2002)

部门从方便和有益于网站信息和服务的使用者的角度出发,提供使用者所需的信息和服务。

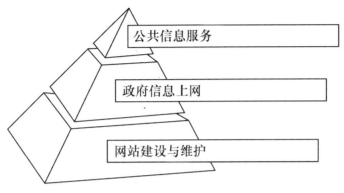

图 9-2　本课题采用的分析模型

3. 评分标准

在我们的评分体系中,三层分析模型中各层单项评分标准的满分为 100分。对于网站建设和政府信息上网两部分权重较低分别给予两者 20%,20%的权重,而分析重点公共信息服务占比 60% 权重。

三大部分单独评分,满分为 100 分。各部分的子指标按重要性赋予相应权重

✓ 第一部分指标——网站建设与维护

● 文本信息总量 20%,视频信息总量 20%,文本信息更新频率 25%,视频信息更新频率 25%,交互性 10%

✓ 第二部分指标——政府信息上网

● 国家法规 20%,省市级法规 20%,农业新闻 20%,新闻重点 20%,部门介绍 10%,相关链接 10%

✓ 第三部分指标——公共信息服务

● 办事项目 8%,办事流程 8%,疾病防控 7%,农产品质量 7%,种植养殖技术 7%,其他农业科技 7%,农业概况 3%,特色产品 3%,供求信息 14%,农业论坛 6%,价格信息 14%,招商项目 8%,涉农企业介绍 8%。

具体评分细则如表 9-1、表 9-2、表 9-3 所示。

表 9-1　网站建设与维护的具体评分细则

	二级指标	三级指标	执行细则
1 网站建设与维护	1.1 信息总量	1.1.1 文本信息	新闻,资讯,政策法规等文本信息总量分为 <300, 300~1 500,1 500~3 000,>3 000 四个等级;分别占权重 0,30%,60%,100%
		1.1.2 视频信息	视频信息总量分 <2　2~10　10~20　>20 四个等级分别占权重 0,30%,60%,100%
	1.2 更新频率	1.2.1 文本信息	近三个月更新文本信息总量分为 <10,10~40,40~60,>60 四个等级;分别占权重 0,30%,60%,100%
		1.2.2 视频信息	近三个月信息更新视频总量分为 0,0~5,5 三个等级分别占权重 0,50%,100%
	1.3 交互性		有或者没有交互性定义为:在线咨询,反馈的功能设置没有 0 有 100%

表 9-2　政务信息上网的具体评分细则

	二级指标	三级指标	执行细则
2 政府信息上网	2.1 政策法规	2.1.1 国家法规	考查存量　总量分为 0,5,10,20 五个等级分别占权重 0,20%,50%,70%,100%
		2.1.2 省市级法规	考查增量　最近三个月内的更新总量分为 0,5,10,20 五个等级分别占权重 0,20%,50%,70%,100%
	2.2 新闻信息	2.2.1 农村新闻	考查增量　最近一个月内的更新总量分为 0,5,10,20 五个等级分别占权重 0,20%,50%,70%,100%
		2.2.2 新闻重点	头十条新闻中,关于领导视察,报告,会议的新闻数量。0~2 条记为 100% 权重,3~5 条记为 50% 权重,5~10 条记为 0 权重
	2.3 机构信息		部门介绍及详细联系信息　有介绍 50%;有效邮箱 10%;有效电话 40%
	2.4 相关链接		农产品　农业部　法律咨询新闻报道等相关网站链接　有记 100%　没有记 0

表 9-3　公共信息服务的具体评分细则

	二级指标	三级指标	执行细则
3 公 共 信 息 服 务	3.1 办事指南	办事项目	网上仅仅提供 0~2 项农业农村政务的办事指南 0，网上提供 3~5 项常用农业农村政务办事指南计 50%，网上提供 6 项以上电子政务办事指南，基本上覆盖到了政府的全部农业农村服务职能计 100%。
		办事流程	办事程序、需有准备的材料、办事机构、办公地点和时间、联系电话等，每一项 20%，加总。
	3.2 农业科技及经验分享	疾病防控（含动植物）	没有此方面信息计 0，有此方面信息计 20%，有单独此方面专栏 +20%，最近半年内更新数量 50 条以上 +20%，此类信息总量在 200 条以上 +20%，网页主页有查询检索功能并能检索此类信息或者此栏中有查询检索功能 +20%。
		农产品质量安全	没有此方面信息计 0，有此方面信息计 20%，有单独此方面专栏 +20%，最近半年内更新数量 50 条以上 +20%，此类信息总量在 200 条以上 +20%，网页主页有查询检索功能并能检索此类信息或者此栏中有查询检索功能 +20%。
		种植养殖技术	没有此方面信息计 0，有此方面信息计 20%，有单独此方面专栏 +20%，最近半年内更新数量 50 条以上 +20%，此类信息总量在 200 条以上 +20%，网页主页有查询检索功能并能检索此类信息或者此栏中有查询检索功能 +20%。
		其他农业科技	没有此方面信息计 0，有此方面信息计 20%，有单独此方面专栏 +20%，最近半年内更新数量 50 条以上 +20%，此类信息总量在 200 条以上 +20%，网页主页有查询检索功能并能检索此类信息或者此栏中有查询检索功能 +20%。
	3.3 本地农业农村信息	农业概况	无概括介绍计 0，有对本市三农情况的详细介绍 +50%，有对本市所辖区县三农情况的详细介绍 +50%。
	3.4 本地农业农村信息	农业概况	无概括介绍计 0，有对本市三农情况的详细介绍 +50%，有对本市所辖区县三农情况的详细介绍 +50%。
		特色产品	没有特色农产品介绍计 0，有 1~5 项农产品介绍 +40%，有 6 项以上农产品介绍 +70%，能辅以图片或视频增强展示效果 +30%。

（续　表）

一级指标	二级指标	三级指标	执行细则
3 公共信息服务	3.5 私人互动平台	供求信息	建有本市农业供求平台,并一直保持使用计40%,最近一周内信息更新 10 条以上 +20%,30 条以上 +40%,有查询检索功能 +20%。如果本市使用全省一站通供求平台则近一周内信息更新 30 条以上 +20%,90 条以上 +40%。
		农业论坛	论坛内容最近两周内有更新计20%,否则计0。近三个月内论坛信息数量 50 条以上 +20%,100 条以上 +40%,普通用户可以发表观点的 +20%,有查询检索功能 +20%。
	3.6 市场信息	价格信息	没有农产品价格信息或价格信息两周之内未更新计0,提供两周之内 10 种以内农产品价格信息 +30%,提供11 或 11 种以上农产品价格信息 +60%,有农产品的价格分析 +100%。
		招商项目	没有招商项目专栏或招商项目为三年以前的抑或对项目介绍过于简略计0,近三年有招商项目计30%,2008 年内有 1～4 项 +30%,2008 年内 5 项以上(含 5 项) +70%。
		涉农企业介绍	有对当地或外地涉农企业详细介绍,企业数目在 1～4 家计50%,5 家以上(含 5 家) +100%。

此指标体系是我们在对农业网站抽样调查和分析农村居民内在的网络信息服务需求基础上制定的。指标体系既涵盖了政府农业网站的几大基本功能,又能对网站的优良中差给予合适的区分度。

指标体系是我们为网站评分的客观标准。但我们承认指标体系并不能尽收所有政府农业网站的服务项目(很多优秀网站提供的服务超出了指标体系范围),这些我们在具体评分都给予了考虑,使这个评分做到了客观性和灵活性的统一。

第三节 统计结果及分析

1. 数据采集

首先,针对上述的评分标准,我们进行了两次数据采集及评比:

(3) 第一次数据采集(2008.11):采集到的有效样本为117

(4) 第二次数据采集(2008.12):采集到的有效样本为121

在141个地级市中,有效样本量两次访问成功的为112个地级市,占总城市的79.4%;两次中只有一次访问成功的为9个地级市,占总城市的6.4%;两次访问都不成功的为20个地级市,占总城市的14.2%,如图9-3所示。

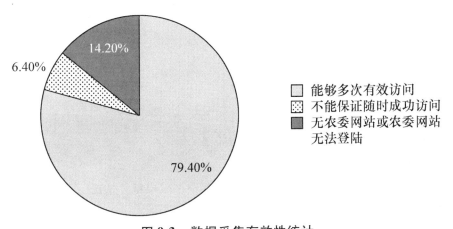

图9-3 数据采集有效性统计

两次访问均不成功即视为无政府农业部门网站,无政府农业部门网站的城市数目为20个,具体名单如下:

- 黑龙江省 　　　齐齐哈尔,鹤岗,七台河,黑河
- 宁夏回族自治区 银川
- 四川省 　　　　攀枝花,广安,达州
- 甘肃省 　　　　白银,武威,酒泉
- 陕西省 　　　　商洛
- 湖南省 　　　　益阳,萍乡
- 安徽省 　　　　蚌埠
- 辽宁省 　　　　双鸭山,朝阳

- 湖北省　　　　黄冈
- 内蒙古　　　　乌海
- 福建省　　　　龙岩

2. 统计结果

（1）总分差异巨大

如图9-4所示,总分评比结果中,得分前十名与最后十名间差异巨大。总分的分布显然不服从正态分布,说明在农业网站的建设及农业信息服务方面个体差异巨大,不存在共性,即可以间接说明农业信息服务的质量主要取决于当地政府部门的主观意愿的差异,而并非能力经费等资源上的差异。

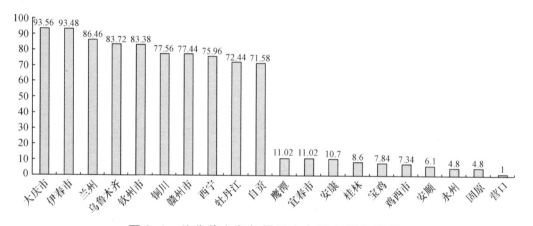

图9-4　总分前十名与最后十名城市得分情况

总分的分布情况如图9-5所示,60~100分段共19个地级市,占15.6%,40~60分段共27个地级市,占22.1%。20~40分段共45个地级市,占36.9%。其余则低于20分。

根据我们的评测,低于40分的农业网站已不能为用户提供具有实效和实用性的信息服务,而这个分数以下的比例超过60%,可见中西部地级市政府农业网站整体质量不高。

（2）第一项——网站建设与维护总体得分总体偏低

在第一项,网站建设与维护中,主要包括文本和视频信息的总量和更新速度的评比指标,其中视频信息的数量和更新频率所占份额较重,但在统计中提供视频信息的网站仅有5个,因此造成第一项得分整体偏低。第一项得分分布如图9-6所示。

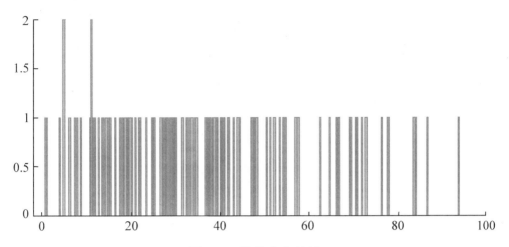

图9-5　总分分布统计

说明:横轴为网站所得具体分数,纵轴为每个分数的频率,即得相应分数的城市数量。

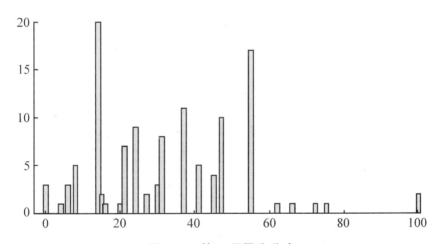

图9-6　第一项得分分布

说明:横轴为网站所得具体分数,纵轴为每个分数的频率,即得相应分数的城市数量。

与多媒体信息相比,大部分网站的文本信息较丰富,能够保持较快更新,但也有相当部分网站的文本信息更新缓慢。温布尔信息更新速度统计如图9-7所示。

(3)第二项——政府信息上网得分呈现出正态分布

第二项指标政府信息上网主要包括政策法规,农业新闻,机构信息等子项。总体得分要优于第一项指标,普遍做的比较突出的部分是国家法规和农业新闻,而且可以发现国家法规的宣传公开程度要好于省市法规,如图9-8所示。

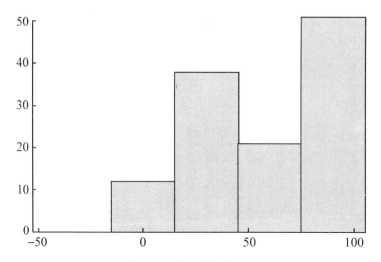

图9-7　文本更新速度

说明:横轴为网站所得具体分数,纵轴为每个分数的频率,即得相应分数的城市数量。

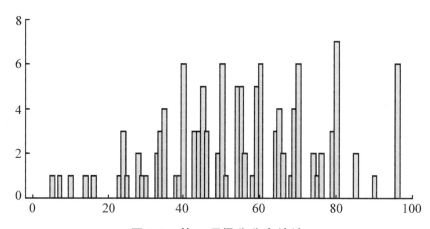

图9-8　第二项得分分布统计

说明:横轴为网站所得具体分数,纵轴为每个分数的频率,即得相应分数的城市数量。

在子项政策法规上网中,国家法规和地方法规提供对比(见图9-9,图9-10),地方法规更新较慢,只有不到20家网站没有提供任何政策法规,但大部分提供国家政策法规的网站没有提供本省,本市的政策法规。说明在法规信息上网方面,农业部门缺乏积极性,只是按照中央政府要求发布相应的法规信息而对本地法规信息不够重视。

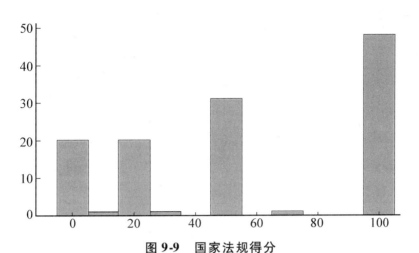

图 9-9　国家法规得分

说明:横轴为网站所得具体分数,纵轴为每个分数的频率。

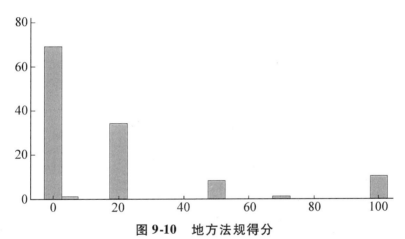

图 9-10　地方法规得分

说明:横轴为网站所得具体分数,纵轴为每个分数的频率。

在子项"部门介绍"中,平均得分较低,在于部门介绍不够详细,多数未提供有效的部门电话信息。说明在部门信息上网中,对于部门信息的更新不够及时。其得分如图 9-11 所示。

在子项"农业新闻更新"指标上,多数得分较高。50% 以上的网站农业新闻更新得分为满分,即近一个月,平均每天更新两条农业新闻。显示出网站在农业新闻上网和更新方便做得较好。一定程度上与农业新闻的发布相对简单和快捷有关。农业新闻得分情况如图 9-12。

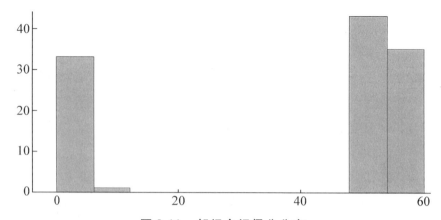

图9-11　部门介绍得分分布

说明:横轴为网站所得具体分数,纵轴为每个分数的频率。

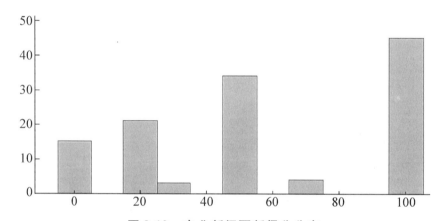

图9-12　农业新闻更新得分分布

说明:横轴为网站所得具体分数,纵轴为每个分数的频率。

　　子项"新闻重点"考查在网站头十条新闻中,关于领导视察,领导讲话类行政新闻的比例,比例越低得分越高。结果现实60%以上网站,头十条新闻中行政讲话视察类新闻小于3条。统计结果显示在头十条新闻中,行政性新闻比例较低。其得分情况如图9-13。

　　(4)公共信息服务质量——信息化服务三农的集中体现

　　公共信息服务是我们此次网站评测的重点,其得分情况如图9-14。我们根据前期网站调研和三农信息化的实际需求设立了六项一级指标,包括办事指南、农业科技及经验分享、本地农村农业信息、私人互动平台和市场信息,每个一级指标下设若干个二级指标,并根据所有二级指标的相对重要性给予适当的权重。这些指标基本涵盖样本网站公共信息服务的种类。虽然,有个别网站还能够提供一些有特色的其他服务项目,但为了保证评分的可比性,

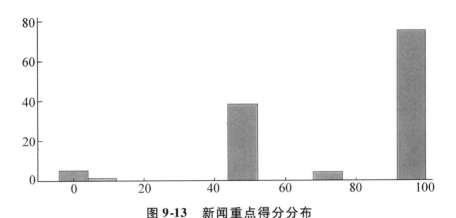

图 9-13　新闻重点得分分布

说明:横轴为网站所得具体分数,纵轴为每个分数的频率。

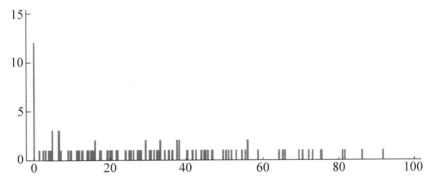

图 9-14　公共信息服务与网站基本建设和政府信息得分比较

说明:横轴为网站所得具体分数,纵轴为每个分数的频率。

没有将这些个别项目列入指标体系。这不会影响网站分数的基本排序,因为我们发现能提供特色服务的网站在我们指标体系中的表现也比较好。

　　这一部分之所以成为我们评测的重点,一方面是因为这些信息对于三农更有直接的价值,另一方面是因为公共信息服务需要政府农业部门更多的财力,精力的投入,信息服务的质量从侧面反映了政府在改善民生方面的努力和效果。

　　上网两项的得分更不具有正态性。分数分布较散,这是因为我们在此项指标中设置了更多的二级指标使得样本网站的分数差异更明显。网站得分集中在 0～40 分数段。有 12 家网站没有提供任何公共信息,得分为 0。仅有 20 家网站得分超过 60 分。80 分以上的更是凤毛麟角。在总体上反映出中西部地级市农业网站公共信息服务比较滞后。在评测时,我们也抽样了东部部分发达城市的农业网站,公共信息服务质量要明显高于中西部的平均水平。

3. 按照一级指标考察农业网站得分情况

（1）大部分网站不能有效提供政府三农政务的办事指南

在办事指南做的比较优秀的农业网站中,用户能在政府农业网站找到诸如:种子经营许可证申请流程、拖拉机驾驶证办理指南、绿色食品初审等农民常见的办事项目,也有农业委员会或农业局各个办公室的职能和联系方式。这些政务的上网使用户不必亲自上门找相关部门咨询就能知道事项的办理流程及要注意的问题,极大地方便了用户,也减少了政府的重复工作。但遗憾的是,即便按照我们制定的比较宽松的标准——6 项以上办事指南即为100,仅有不到 40 家网站合格,有超过 60 家网站没有提供任何办事指南,得分情况见图 9-15。

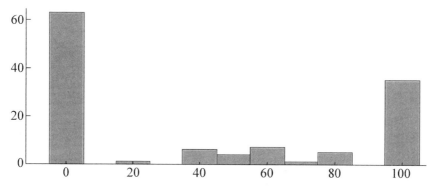

图 9-15　网站提供办事职能情况
说明:横轴为网站所得具体分数,纵轴为每个分数的频率。

（2）农业科技介绍及经验分享有待于丰富

在这一一级指标中我们设置了四个二级指标,分别是疾病防控、种植养殖技术、农产品质量安全和其他科技服务。其中疾病防控和种植养殖技术为政府提供给农村居民的科技服务中最常见的内容。在网络不发达的年代,有些地方政府常向农村居民发放科技宣传小册子内容也多以以上两项为主。近些年来,食品的质量安全受到越来越多人的关注,而农村是食品原料的主要来源地,因此我们将农产品质量安全列入二级指标,目的是检验政府在这方面的关注程度。因为有些地级市还能根据地方农业特色发布一些其他的科技服务信息或开设一些专栏,所以我们把其他科技服务作为一个二级指标,用以涵盖上述内容。四个项目被赋予同样的权重,具体评分标准请参见评分细则。

疾病防控知识是四项中表现最好的一项,近80家网站能够提供疾病防控科普知识专栏,近60家网站提供的信息条目比较多。但在设有公共信息服务项目的网站中仍有40家网站没有此类信息。图9-16是疾病防控的得分情况。

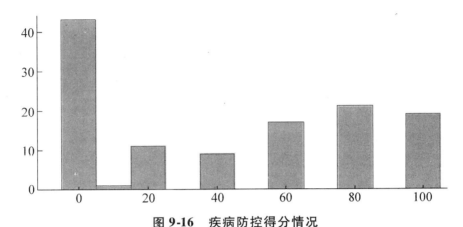

图9-16　疾病防控得分情况

说明:横轴为网站所得具体分数,纵轴为每个分数的频率。

疾病防控信息在各个农业网站中主要是地方常见农作物和家禽家畜的常见疾病处理办法。鲜有关于居民流行病的医疗常识,这是符合我们的预期的,因为医疗常识和居民疾病的医疗处理办法可以在专业的网站或附近的医院获得。疾病防控涉及的信息项目的数量和种类比较多时,将信息归类并提供查询服务就显得比较人性化,但大多数网站没有这种功能。这是一个值得改进的地方。

科技服务的第二项内容是种植养殖技术,得分情况见图9-17,这一部分得分情况和疾病防控很接近,信息数量较疾病防控略多,大多数网站都同时提供或同时不提供这两项内容。

前两个指标是三农信息服务的传统项目,信息上网的时间大部分也比较早,有些条目甚至是2004年,2005年更新的。而第三项农产品质量安全是最近一年社会关注的热点,我们希望通过此项观察地方政府农业主管部门在对社会热点民生问题上反应的速度和力度。

农产品质量安全得分和前两项也比较接近,得分情况见图9-18。前面几幅图没有反映的是每个农业在这几个项目上的得分情况,从统计数据上得到的结果是,每个网站在这三个项目的得分都比较相近。这似乎是比较无聊的结论,但这反映的是大多数农业主管部门并没有对信息化的逐渐普及和农业

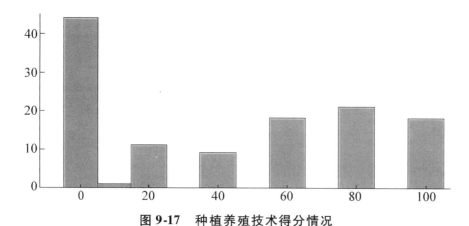

图 9-17   种植养殖技术得分情况

说明:横轴为网站所得具体分数,纵轴为每个分数的频率。

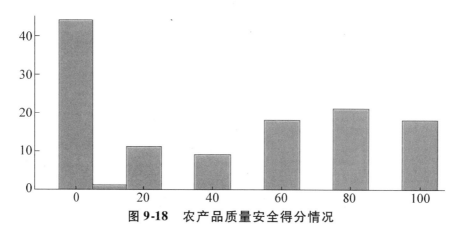

图 9-18   农产品质量安全得分情况

说明:横轴为网站所得具体分数,纵轴为每个分数的频率。

热点问题有足够的重视和应对。

在提供科技服务的网站中相当一部分能够提供我们列举的三项信息服务内容,我们将它们归为其他科技服务,这些信息包括:农村沼气技术、农机具修理和维护常识等等,得分情况见图9-19。

4. 农业概况和特色产品介绍两极分化

地方政府农业网站是人们了解当地三农情况的主窗口,也是政府宣传当地农业发展的主渠道。在本地农业农村概况中我们设置了农业概况和特色产品介绍两个二级指标。我们根据农业概况中提供的信息细致情况和特色产品介绍的信息质量来判断农业网站在宣传当地农业时的力度和效果。中西部幅员辽阔,地级市的面积一般比较大,市所辖的区县的农业农村情况未

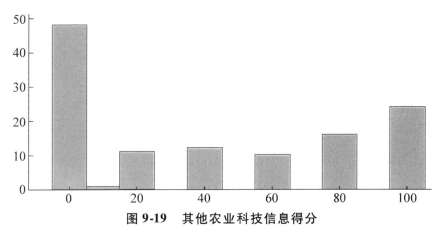

图 9-19　其他农业科技信息得分

说明:横轴为网站所得具体分数,纵轴为每个分数的频率。

必完全相同。在评分时,如果仅提供本市范围内农业农村情况的介绍给一半分数,如果不仅能提供本市还能提供所辖区县三农概况则为满分。在特色产品介绍上我们根据产品的宣传效果和介绍的品种数量评分。图 9-20,图 9-21是两项的得分情况:

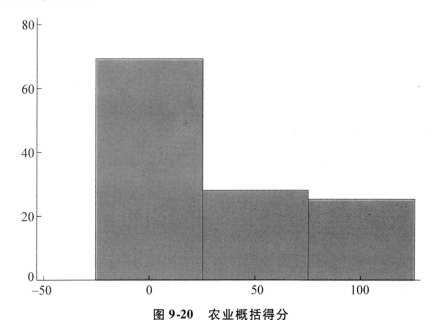

图 9-20　农业概括得分

说明:横轴为网站所得具体分数,纵轴为每个分数的频率。

从得分上来看,一般的网站没有提供当地三农情况的介绍,仅有不到三分之一的全面的提供了当地详细的三农概况。而在特色产品方面,两极分化比较突出,近 40 家网站做得比较好,在宣传当地特色农产品时比较到位。一

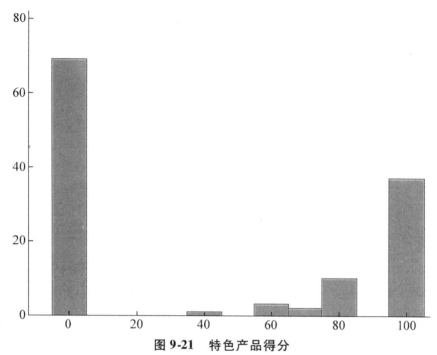

图 9-21 特色产品得分

说明:横轴为网站所得具体分数,纵轴为每个分数的频率。

半以上的网站没有提供当地特色产品的介绍。

从提供信息的难易角度来讲,这两方面信息提供是最容易提供的,不需要频繁更新,几乎可以一劳永逸的宣传当地农业。这清楚的体现了很多地方政府农业主管部门网络信息服务意识不强,非不能为,而是不为也!

5. 私人互动平台建设

随着互联网的普及,电子商务如雨后春笋般成长,各种形式的论坛,BBS也遍地开花。在这些内容丰富的私人交流平台中,却鲜有三农主题的平台。当市场不能自动演化出农民需要的信息服务平台时,政府就要起到扶持协助的作用。我们在前期调研是发现一些政府农业网站设有供求信息平台和农业论坛等实用的栏目。农民和经营农产品的商人可以在供求平台上发布产品的供求信息,寻找买家或卖家,在空间和时间上缩短了农民和市场的距离。农业论坛类似常见的各种网上社区或高校的 BBS,加强农民在涉及三农问题上的交流。这两种栏目是政府在三农信息服务方面非常有益的尝试,也极有可能是未来的发展方向。我们电话采访过供求平台的信息发布者,得到的反馈非常好,供求平台能够帮助他们有效的解决产品销售难的问题。随着时间的推移,尝到网上销售甜头的人越来越多,平台的用户也会越来越多。在一些地级市,例如伊春市,还建有专业的网上农业市场,极大地方便了农民群众。这是值得欣喜和借鉴的一个方面。我们在评分时为这两项赋予较大的权重,一方面就是使在通过网络服务三农问题上下力气较大的农业网站得以凸显,另一方面让他们起到带头和示范的作用,激励那些做得还不够好的网站向优秀的典型学习。

从统计显示,农产品供求信息平台严重困乏,仅有不到10家网站建有标准的并且用户频繁使用的供求信息平台。2/3的网站没有这样的平台,其余的网站虽然有但用户的使用率不高,信息的更新速度较慢,达不到吸引需要者经常浏览的作用。农业论坛方面得分和供求平台相近,得分情况见图9-22,主要存在的问题是论坛建设不标准,大多数论坛互动性不强,信息不丰富。

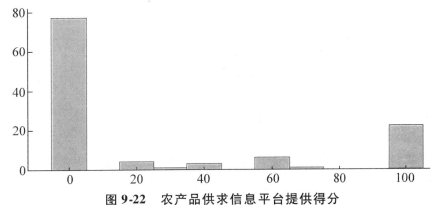

图 9-22　农产品供求信息平台提供得分

说明:横轴为网站所得具体分数,纵轴为每个分数的频率。

6. 市场价格信息

价格是市场上影响供求最重要的因素。在评分体系中,市场价格信息是和供求信息平台一样被赋予较大权重的指标。农业网站定期公布当地农产品价格信息,有助于用户及时了解市场变化,指导生产和经营活动。尤其是像蔬菜、水果等农产品,其价格随季节变化比较大,了解批发和零售的产品价格可以使农产品生产者在和收购商博弈时处在更加有利的位置。在我们看到的产品价格信息做得比较好的优秀网站上,提供的信息包括:一周内当地几个大批发市场多种蔬菜、水果、谷物等价格信息,历史上产品的价格查询服务和未来的价格走势分析。这些网站就像一个价格信息数据库,提供的内容相当的丰富,但这样的网站还是太少了。

近 80 家没有提任何价格信息,只有 21 家网站提供了较全面的价格信息,其余的网站虽然也有提供,但不全面,及时,对生产经营的指导作用不大。价格信息服务需要网站建设和维护者不断的搜集、获取、更新信息,这是对三农信息服务意识和能力更高的要求,得分情况见图 9-23。

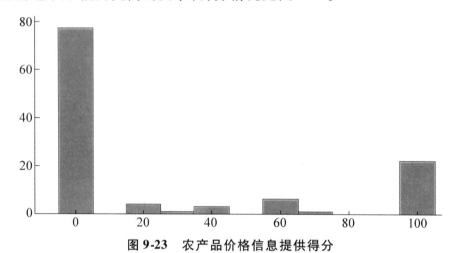

图 9-23 农产品价格信息提供得分

说明:横轴为网站所得具体分数,纵轴为每个分数的频率。

7. 招商项目和涉农企业介绍

近年来,招商引资促进农业产业化,拉动地方经济几乎是所有地方政府都热衷的事情之一,也是主管部门评价官员政绩的主要指标。我们将招商项目和涉农企业介绍列入指标体系目的在于希望评价政府在招商引资和促进地方涉农企业发展的同时是否也有意识的服务客体——农民群众了解到这些信息。了解这方面信息有助于农民主动的利用这些项目或积极地和涉农企业建立联系。将项目具体信息和涉农企业介绍公布在农业网站上市场上的两个主题——农民群众和企业都是非常有意的。在招商信息这个指标上我们将项目公开的数量和对项目介绍的详细程度作为评价标准,对于涉农企业介绍也采用同样的方法。图 9-24 和图 9-25 是这两项得分情况。

从这两项得分来看,基本上是政府农业主管部门服务意识问题,绝大多数网站要么信息公布的很详细,要么就根本没有这些栏目。而我们的评价是基于近三年的项目数量,一个地级市三年内几乎没有任何涉农的招商引资项目,没有这些信息的网站我们可以初步断定是政府农业主管部门没有有意识地这样做的结果。

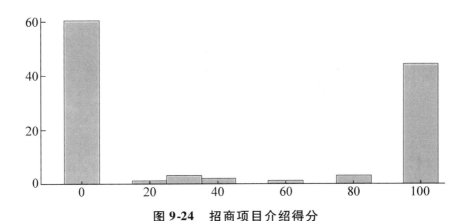

图9-24　招商项目介绍得分

说明:横轴为网站所得具体分数,纵轴为每个分数的频率。

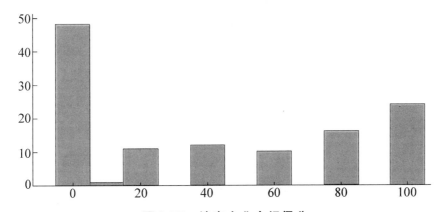

图9-25　涉农企业介绍得分

说明:横轴为网站所得具体分数,纵轴为每个分数的频率。

8. 三大指标体系交叉分析

以上我们报告的是在一个单项中各个网站的得分情况,如果我们将三个指标体系的得分放在一起分析更能发现三个部门内在的联系。

图9-26的横轴是每个网站在网站建设方面的总体得分,纵轴是每个网站在政府信息上网方面的总体得分。散点基本都落在图的左上方,也就是说大部分网站的政府信息上网得分高于网站基本建设得分。出现这一结果的原因在于,网站建设评价的是网站总体的文本信息和多媒体信息数量和更新频率,是第二部分政府信息上网和第三部分公共信息服务两者总和的体现。由于大部分网站公共信息服务方面欠缺,使得政府信息上网成了网站信息的主要部分,因此政府信息上网的得分要高与网站建设得分。那些散点落在右半部的网站是三部分做的都比较好的网站,它们的各项得分比较均衡。

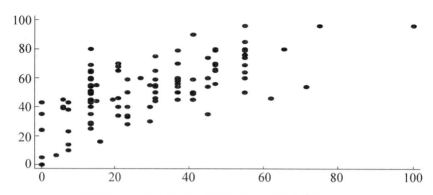

图 9-26　网站建设和政府信息上网交叉散点图

说明:横轴为网站所得具体分数,纵轴为每个分数的频率。

　　图 9-27 是网站基本建设和公共信息服务交叉散点图。这幅图与上幅图恰恰相反,散点基本落在图的右下方。这反映的是各个网站在公共信息服务建设方面时间先后的差异。第一项网站基本建设我们侧重于信息的总量和更新频率。公共信息服务我们侧重于服务项目的设置。一些的公共信息服务起步比较晚,没有积累足够多的信息,导致网站基本建设得分不高。

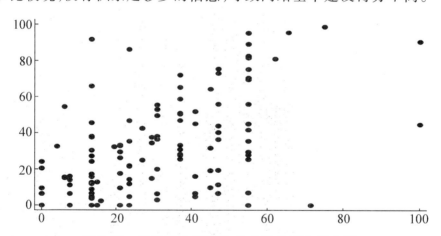

图 9-27　网站基本建设和公共信息服务散点图

说明:横轴为网站所得具体分数,纵轴为每个分数的频率。

　　图 9-28 的横轴表示政府信息上网得分情况,纵轴表示公共信息服务得分情况。散点大多数处在图的右下方,说明公共信息服务总体上落后与政府信息上网。这符合我们的预期,因为公共信息服务处在农业网站建设的高级阶段,需要的投入和服务意识要高于政府信息上网。大多数网站在能基本上做到政府信息上网的同时未能向更好的层级发展。反映的是中西部政府农业网站总体服务能力不强。

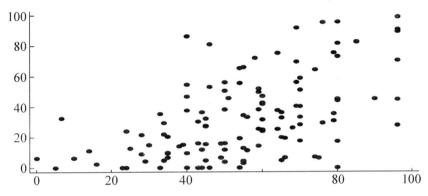

图 9-28　政府信息上网和公共信息服务交叉散点图
说明：横轴为网站所得具体分数，纵轴为每个分数的频率。

第四节　地级市政府农业网站建设的基本评价及政策建议

基本评价

（1）建设规模较小，文本信息较丰富，但缺乏更为直观的多媒体信息；

（2）网站普遍缺乏维护管理，表现为分类不清晰，布局不合理，网站内容偏差等；

（3）政府信息上网率较高，但更新较慢；

（4）公共信息服务在各网站间差距较大。大部分网站建设处于初级阶段，尚不能提供有效的公共信息服务。

网站建设和维护

结论一：网站建设投入较小。普遍规模小，多媒体信息极其贫乏，在 141 个有效样本中，仅 5 个含多媒体视频信息。

结论二：网站普遍缺乏维护。体现在两个方面，一是 40% 的网站最近两个月内平均每天的文本信息更新量小于 0.6；二是网站信息分类不明晰，网站内容偏差。如多数信息没有每类标注，部分信息没有时间标签，以及部分农业视频中出现电视剧信息。

结论三：存在基本服务与信息缺失。如多语言服务。在 141 个样本中均未提供多语言服务（英语或少数民族）语言。另外无农民工相关问题的关注。

政府信息上网

结论一：政府信息上网率普遍较高，但是存在的最大问题是，更新频率低。例如部门介绍中的电话,邮件信息90%以上的最近更新时间在2007年6月前。

结论二:农业文本新闻更新快,新闻重点得分总体偏高。即头十条新闻中,领导视察讲话类新闻数量偏低。一方面说明农业新闻呈现多样化,另一方面原因可能在于农业网站不同于政府政务网站,关注度较低,形象工程价值不大。

公共信息服务

结论一:从前面相关关系散点图中可以看出,第三部分——公共信息服务得分与第一部分,第二部分存在明显的正相关关系。第三部分得分高的城市在第一部分和第二部分得分相对也较高,所以散点基本处于坐标系的下半部。原因有几点:

第一,网站建设是网站信息服务的载体,只有优秀的网站建设才能提供大量有价值的便农信息。

第二,三部分建设的难度存在递增的关系,网站建设和政府信息上网相对容易,而公共信息服务需要投入大量的时间和精力维护因而较难。

第三,公共信息服务的提供对应于政府在农业方面的大量实际工作。也就是说,网站公共信息服务是政府在农业方面大量具体工作的展示平台,公共服务信息可能是因为地方政府没有足够的利民工作,因而无从展示。譬如说,招商项目就需要地方政府的大量招商引资工作。

第四,地方政府的公共服务意识不强,不能从农村居民和农业网站使用者的需求出发提供有针对性的信息。

结论二:公共信息服务的互动性不强。农村居民没有途径或没有意识主动索取公共信息或服务。譬如说在供求平台建设方面各网站普遍表现较差。

原因不是单方面的,一方面政府没有提供互动交流的平台,这更大程度上是政府的服务意识不强,或者说根本没有意识到农业网站在服务农村居民方面的作用或潜在作用。事实上,平台建设之后只需要很小的维护成本,而对于农村居民的帮助却是巨大的长远的。另一方面,农村居民还没有形成利用政府网络信息的习惯。农村生活水平较低,客观上限制了网络信息服务的利用。而且网络信息对于农村居民属于非传统的服务方式,需要一定的适应过程。这似乎是先有鸡和先有蛋的问题。但主要问题还在于地方政府。因为政府不但有义务提供这方面的平台,而且有义务引导民众利用建设好的平台。

结论三:公共信息服务的信息质量不高,更新普遍缓慢。比如在市场价格信息方面,一些网站只给出几种农产品的价格信息,且不及时。

结论四:各地提供的信息类别差别较大,但要注意到中国农业的地区差别还没有大到需要的信息会差别到如此的程度。差别大的原因在于政府在公共信息提供方面的盲目性和随意性。

结论五:很多重要领域,政府农业网站根本没有涉及。比如说,农民维权和农民工问题。我们这些领域无论是否在农业局行政管辖领域内,以广大农村居民为主要用户群体的农业网站都应该给予适当关注。

结论六:各地公共信息服务质量的高低与农业在当地经济中的比重和当地的总体经济实力有一定关系。但最终反映的还是政府服务意识的强弱问题。

总体结论

(1)网站作为我们分析研究地方政府三农服务的载体虽然不能作为三农服务的全部,但是极具代表性,原因是农业网站是地方农业部门对外的重要窗口,是地方政府进行农业介绍,新闻宣传,信息发布,招商引资等的最便捷,成本最低的一种方式。

(2)我国地级市农业部门网站大部分处于第一阶段,个别开始向第二、第三阶段发展,处在"正在起步、开始重视、问题很多"的初级阶段。

(3)各农业网站差异巨大。总分满门100分,平均分50.44,最高分93.56。得分最高的大庆,伊春农业网站均连续五年获得中国农业网站100强。

(4)农业网站建设不仅仅反映的是网站建设问题,更折射出地方农业部门对三农的服务态度。

(5)网站视频信息少,无多语言服务。说明网站的信息提供还是以"发布"作为其宗旨,并未更多的考虑信息获取者便捷与可理解性。另一方面,更新频率低也说明了同样的问题。

(6)公共信息服务是网站建设的薄弱环节,也是最有提升潜力的部分。各地可以互相学习,尤其是借鉴优秀网站的经验。而且,各地农业部门也应该不断创新,提高公共信息服务的质量。

政策建议

（1）发展电子农业网站必须与当地的农村经济发展和信息化水平相适应，避免把农业网站仅仅当作形象工程；

（2）加大农村信息化的投入，激励地方农业部门利用网络平台进行新农村建设的探索；日益普遍的网络 B2B，B2C 交易利用网络平台极大地降低了交易成本；农业网站建设多种模式可供探索，以省为单位统一构建大平台，可能更有利于信息共享，降低建设成本，提高关注度和访问量。

结　语

　　近年来,随着电子政务建设的不断推进,电子政务的深度和广度都发生了较大的变化。在我们针对工商部门电子政务的调查研究中我们可以看到,在物理层面上信息的电子化,办公的系统化平台化已取得了不小的成绩,电子政务不光给政府行政人员的办公效率带来了巨大的提升,并且降低了公众的使用成本,已经成为了不可逆的发展趋势。电子政务系统中新上线的业务不断丰富,功能不断完善,用户的使用率也不断扩展,促进了电子政务的良性循环发展。

1. 电子政务与服务型政府的关系

　　伴随着物理层面的变化,制度层面的探索也开始涌现,在某些领域一些新的服务开始被提供,政府的服务意识和角色也渐渐发生了变化。电子政务的发展与服务型政府的建设有着密切的关系,两者相互作用相互影响。同时,电子政务与服务型政府的建设也是近年来学界和政界讨论和研究的重要热点问题之一。通过我们针对电子政务与服务型政府建设的系统研究,结合此次调研的案例分析,我们将电子政务与服务型政府建设的关系大致分为三个阶段:映射复制阶段,集成优化阶段和协同变革阶段,分别由图1、图2、图3表示。

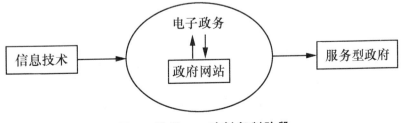

图1　阶段一:映射复制阶段

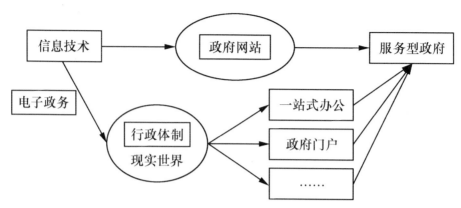

图 2　阶段二：集成优化阶段

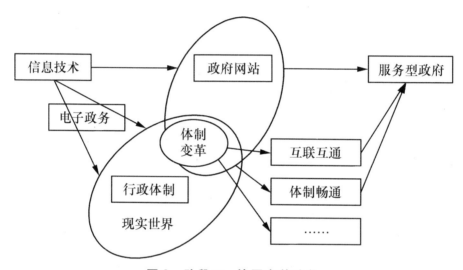

图 3　阶段三：协同变革阶段

在映射复制阶段,信息技术的发展导致政府网站的建立,网站只是现实世界的简单映射复制。信息技术作为一种新的服务手段提供了服务型政府公共服务的方式,但电子政务仅仅发挥了数字化的作用,即数据和业务的数字化。

处于集成优化阶段时,信息网站集成度已大幅提高,政务平台中的多个网站逐渐减少为几个门户网站,且电子政务的发展对行政体制产生的影响逐渐加深,信息技术作为更成熟的服务手段渗入到服务型政府公共服务的诸多方面,直接提高了服务效率。电子政务中政府的作用加入,产生渐进性变化。

当电子政府发展进入协同变革阶段后,电子政务的发展对行政体制产生变革性影响。信息网站互联互通能力提高,行政体制变得更加顺畅,且提高服务型政府公共服务的用户导向成为推动电子政务进一步发展的主旋律。

另外,电子政务作为变革性力量的一个组成部门使行政体制发生结构性变化。

政府机构信息化建设的三个发展阶段具有如图4所示的演化关系。从网站、在线服务的前后台建设深入到横向联通、纵向联通的后台变革,以及从单纯的业务驱动建设模式到以需求为导向的跨部门协同与共享政务平台。

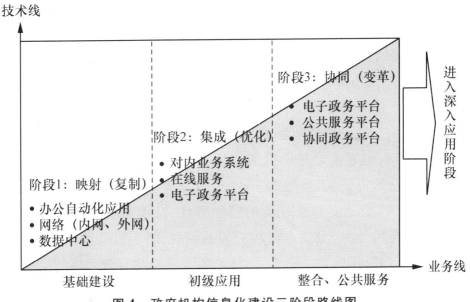

图4　政府机构信息化建设三阶段路线图

2. 电子政务与行政体制改革的关系

在电子政务与服务型政府建设相互作用的同时,更为深层次的制度层面也在潜移默化中发生着变化,在我们的案例分析中,发现电子政务的发展不仅推动着服务型政府的建设,并且对行政体制的改革起到了重要的推动和促进作用。我们将电子政务对行政体制改革的影响归纳为以下三个方面:

(1) 电子政务的发展固化了行政体制的改革

电子政务的发展往往是以电子政务平台的建设为基础。电子政务平台可分为对外的服务提供子系统和内部办公的子系统。一旦电子政务系统的建设后并推广使用,对内部的政务公务人员而言往往会产生使用的依赖性。在我们的调查中几乎所有的已实施电子政务办公的公务人员,虽然电子政务的推行还面临种种技术上,使用上或者制度上的难题,但是一旦踏上了这条道路已经不能回头了,因为如果政务人员脱离电子政务他们就无法正常办公了。同样的,对于外部公众使用者而言,享受到了电子化网络化的快捷简单后,也难以再适应以往费时费力的人工柜台办理模式。因此,电子政务的发展从用户习惯的角度来说,无论对内还是对外都是一个难以逆转的过程。另外,电子政务的发展隐含着的是政府职能的转变或者政府的变革或者承诺,通过电子政务来表现和传承是相对稳定和不可逆的,政务的职能转变通过电子政务给系统化网络化和平台化了,已经远远不是传统的写在纸上的政务文件那样单薄。更换几份制度文件容易,但是若想颠覆一套制度化和系统化的政务平台则困难了很多。因此,如果只是个别领导的个别政策承诺,通过文件的方式去保存和传递,可逆风险很高,而电子政务已经成为引导政府职能和工作方式转变的载体。

政府的组织结构、管理制度、行政文化都在影响或者决定政府职能的转变方向,从而影响到电子政务的发展进程。因此,要从行政体制改革的大背景出发逐步转变政府职能,发展电子政务,彼此互相促进,借此巩固政府在信息时代的存在基础,建立信息社会的服务型政府,增强政府在信息社会里继续提供公共服务的能力,为政府创造更多的税收,增加财政收入,强化政府的全球竞争力,提高公民的生活舒适感,从而实现政府与行政环境的历史均衡。

（2）电子政务的发展深化了行政体制改革

根据电子政府结构扁平化、网状化的技术逻辑要求,深入推广和全面推进电子政务,就必然需要调整政府的业务流程,重新明确行政职能权限,划清财权和事权的边界,利用统一的电子硬约束系统来控制政府部门预算管理和行政程序;推行电子政务,也要求实现公共管理机构的法治化和多中心化,这就必然要求重新调整政府和社会的关系,转变政府职能,建立多元化的电子政务公共服务体系。逐步深化电子政务的发展,加快政府业务流程再造,不仅可以为政府行政管理体制创造有利的条件,而且也推动政府职能转变的进程。

电子政务促进政府职能到位,梳理权责明细和流程到位。例如,北京市工商系统通过企业信用体系建立风险预警制度:对不合格或经营不正常企业进行电子提示,提醒与其有业务往来关系的经营者采取自我保护措施;法人不良记录制度将公司董事、监事、经理以及企业法人违法行为进行记录,对列入"黑名单"的人员限制其在公司担任董事、监事和经理以及企业的法定代表人,提高此类人员的市场准入"门槛",使得监管执法更加准确化,专业化。另外,2005年1月全区35个委办局1578项业务的海淀区对外网上交互式办公系统上线,把各委办局系统搬到同一个网上办公。在对外网上交互系统基础上,区政府对业务进一步梳理,将各部门原有业务职能以服务对象的需求为核心,划分成多个业务功能群,如企业设立、房地产开发、招商引资、城市管理、劳动就业等;在各业务群内按部门业务逻辑梳理出合作流程,通过政府统一信息交换共享平台,与部门间业务流程组合,将政府按部门业务提升为面向公众服务的协同功能群。从最初最低端的网上申办大厅,到集中办公,到按需服务、关联应用,一直到真正意义的协同办公,离开电子政务根本无法深化服务型政府的建立。

(3)电子政务的发展催化了行政体制的下一步改革

电子政务为政府职能转变提供了难得的契机。在信息时代,政府的组织结构与传统政府的金字塔式层级结构有着根本性的区别:中间层的上传下达作用将被信息网络替换,垂直性行政权力将与扁平化网状的行政权力相互结构,行政责任由行政个体向行政全体转变;政府职能日益分散和下沉,政府和社会边界重新调整。信息时代政府特征的变化要求转变政府职能,精简政府机构,加强顶层协调能力,扩大政府层级之间的协力合作能力,强化垂直管理方式,大量裁减中间行政层级。在信息社会中,公民、企业和整个社会都已向信息时代发生转变,互联网世界迅猛崛起,公民自治能力有效提升,原有的行政环境在增加网络要素之后就发展成为网络行政环境,政府的公共管理环境也发生了变化(它不单纯是一种新型的技术环境),整个政治生态都已有所变化。因此,原有的官僚行政体制必须与网络行政环境和公共管理环境相适应,随之要求进行结构变革和功能调整,政府职能转变也要同步进行。如此,则可借力电子政务的深入发展来推动政府职能转变。

信息技术的发展改变了政府办公方式和行政运行方式。通过加快电子政务建设,创新行政管理方式,提供网上公共服务,可以密切政府与企业、市民之间的公共关系,解决政府与企业、市民之间由于信息不对称所造成的矛盾摩擦,更有效地实现公共服务,转变政府职能。电子政务能够增强政府的应急响应能力和危机处置能力,实现政府对社会的良好管理。通过建立政务信息公开和官民网上互动机制,可提高政府对信息的主导能力,保持主动权,控制互联网上海量信息的随意泛滥,提高网络舆论的政府影响力和控制力,改善行政效果。通过电子政务还可以实现政务公开,阳光行政,协助人民群众在网上参政议政,提高政府吸纳民智能力,加强社会对政府的外部监督。

政府能力在信息时代不但没有减少,反而在电子政务建设中得到了有效的巩固和提高;政府也在电子政务建设中强化了信息社会的合法性基础,这样,通过推行电子政务加强政府能力,扩大行政支持基础,也就大大提高了政府职能转变过程中的权威和推动力。

海淀区的经验表明,利用电子政务自下而上重组业务流程,在虚拟空间实现政府机构扁平化,完全可以做到网上先行。虽然现实状况不允许大规模推进政府机构改革,但是海淀区政府绕过机构改革的现实障碍,通过梳理业务流程,先把各部门业务集合起来,在网上组成一个矩阵式、群组式政府。在为百姓服务的前提下,把各部门的功能集合起来组成一个个群组,组成一个矩阵,从而在虚拟空间把金字塔式政府组织结构变成扁平化结构。随着网上协同办公业务的深入,政府组织机构变革将不可避免,那些没有业务或者业务很少的部门很自然就会被撤并,对于那些效率低下不能满足公众服务需求的也将被撤并。海淀区政府走出了一条自下而上、从软到硬、从基层到高层的信息化发展路径,如果把机构改革放在前面,很可能难以完成使命。

3. 未来电子政务的发展趋势

从此次调研和案例分析中我们看到电子政务经过十来年的发展已经取得了一定的成绩,并且电子政务的发展推动服务型政府建设和行政体制改革的作用也渐渐开始显现。我们几乎可以肯定地说,未来电子政务的高速发展还将持续,大规模的电子政务建设也仍在不断进行之中。展望未来电子政务的发展,我们认为有以下发展趋势和主线。

（1）电子政务与经济社会的广泛融合

电子政务要以公共服务为重点,支持服务型政府的建设,以服务为重点,把监管运用于服务之中;电子政务要以业务联动为方向,支持精细化管理。例如工商部门食品安全生产的从田头到餐桌管理,如何实现业务联动,理清整个管理链条,精细化是关键;形成跨部门、跨地区的系统互操作和资源共享的长效机制;电子政务受益面要向基层扩展,让社会上更多的百姓能感受、享用政府的优质服务和管理,充分接触与互动,才能营造一个良好经营的发展大环境,是电子政务的主导方向。

另外,信息化也有利于提高政府宏观调控的能力。运用现代信息网络技术能够更好地发挥政府的宏观经济调控职能。日益复杂的经济活动给政府宏观调控提出了挑战。信息社会中,宏观经济规模巨大,宏观经济运行复杂。互联网和浏览器的普及,为经济全球化和市场一体化提供了坚实的技术基础。各国投资者可以在全球范围内直接配置各种资源,而且基于网络的金融产品的数量和种类变化迅速,金融衍生工具飞速创新。此外,随着贸易自由化和金融自由化进程的加快,跨省界和跨国界的要素流动和财富分配导致世界范围内的分工变革,产业结构全面调整。信息扩散和知识传递成本的降低,促使产业转移速度加快,其深度、广度和模式表现出巨大的溢出效应。宏观经济不但规模日益扩大,而且其运行日益复杂。现代市场经济活动方式更加复杂多变。一方面,经济信息浩如烟海,分散在国内外互相联系的各类经济活动主体中;另一方面,经济信息杂乱无章,恰似世界范围内的信息泥潭。信息资源的采集、加工、存储、传输、接收、处理和发布等过程,也变得更加复杂。政府在进行宏观经济决策时,常常因为信息面广泛且分散,信息持有者多元化,信息采集不易,信息数量不足,信息质量不高,信息分析难度高,信息深度加工和挖掘困难,大大影响宏观决策效果,难以进行有效的经济监测和预警,无法切实保障宏观调节的有效性,最终无法创造和维护一个有竞争力的宏观经济运行环境。因此,市场活动方式与过去相比,已经大不相同,政府宏观调节方式需要随之而变。电子政务恰是宏观经济调节管理方式的创新。

其一,利用信息网络技术建设电子政务系统,就可以在政府部门之间、政府和企业之间、政府与社会之间建立起畅通的信息沟通渠道和快捷的响应机制,为政府进行宏观经济调节提供新型的管理方式。通过电子政务信息系统充分挖掘、利用和开发隐藏在社会、企业和政府内部丰富的信息资源,利用市场机制和其他机制实现信息共享,及时发布经济运行信息、社会服务信息、政府决策信息、企业反馈信息。通过发挥电子政务的宏观调控工具功能,进行科学的宏观调控,维护有效率的经济环境,引导市场竞争方向,提升政府的宏观经济调节能力,提高资源配置效率。在信息社会中,政府的宏观调节职能通过电子政务就可以得到具体实现。

其二,利用信息网络技术,可以为政府履行经济调节职能提供现实的、及时的电子政务数据支撑工具。在全国范围内通过建立人口基础信息库、法人单位基础信息库、自然资源和空间地理基础信息库、宏观经济数据库等基础类信息库,面向政府内部各部门和全社会公众开放,利用公共财政为社会力量的深度开发利用提供支持,可以充分掌握社会经济基础信息,及时处理经济运行中的突发问题,适时把握经济运行情况,提高经济调节水平和经济管理能力,还可以主动引导社会和企业的微观经济活动,促进政府资源的社会利用,全面发挥电子政务的经济效益和社会效益。通过建立遍布全国乃至全球的经济信息系统,为政府的经济调节和宏观调控提供决策支持,维护规范、透明的市场监管体系,增强国家对外经贸谈判的技术资本,维护国际经济的平稳运行,实现全国乃至全世界范围内的社会公正和公平正义。通过建立政府门户网站,实现政务公开和在线行政审批,建设良好的外部经济环境,创造有效率的市场运行环境,这也是电子政务的经济调节功能的重要内容。

其三,基于信息网络技术建设电子政务系统,可以为宏观经济决策提供必要且充分的决策信息,提高政府的经济调节决策水平。借助于电子政务系统,可以实现经济信息及时准确的获取、反馈信息的顺利传递和决策信息的适时发布,避免经验决策失误和信息不完全导致的盲目决策,促进政府的科学决策。我国从1986年开始了宏观经济数据库和金宏工程的建设,其任务是:根据政府职能转变的要求,发挥电子政务的宏观调节工具作用,为宏观调控和经济预测建立全面可靠的信息基础采集、收集、处理和发布平台,通过预测分析和深入研究将结果反馈给政府和社会,调整经济运行方向。宏观经济数据库和金宏工程的建设,将有利于提高经济宏观决策的快速反应能力和分散决策能力,充分实现经济信息的社会共享,更好地发挥政府的宏观调节职能。

(2)电子政务与服务型政府的关系更加明确

在电子政务职能定位上,强调以服务型政府为驱动,注重成效和对传统政务流程的改造与整合。电子政府不是把大量的政府信息表格和纸张搬到网上,更确切地说,它是关于政府更好地利用技术来更好地服务于市民和提高政府效率,缩减政府决策的时间,从数周或者数月缩减为几小时或者几天。在电子政务方向选择中,强调对公众的政府服务性业务,利用网络与数据库技术提高规范的监管效率。

另外,电子政务系统的推广有利于提高政府的服务意识和服务能力。实行电子政务能够促进社会管理体制创新和社会协调发展。结合社会管理规律和时代特色,在社会管理领域推行电子政务,可以更新管理理念,创新管理方式,拓宽服务领域,服务群众,凝聚人心。借助于电子政务应用系统,可以发挥城乡基层自治组织协调利益、化解矛盾、排忧解难的作用,发挥社团、行业组织和社会中介组织的专业服务、反映诉求、规范行为的作用,形成社会管理和社会服务的合力。在社会管理领域发展电子政务,还可以帮助政府构建新型的社会治理模式,实现政府和社会的良性互动,建立公正、文明的社会发展环境,促进各项社会公共事业的发展。

电子政务建设对提高政府的社会管理水平具有积极的意义。目前,我国各地区社会经济发展不平衡,农村和城市的发展水平整体上不均衡,各社会阶层信息能力不对称。东部沿海地区经济发展较快,西部仍处于大开发的初级阶段,东北等老工业基地有待振兴,中部地区需要由塌陷走向崛起,城市困难群众和农村贫困人口数量总体上仍然较大,弱势阶层信息获取能力严重不足,区域经济需要全面协调发展,城市和乡村都有待全面发展。因此,要在鼓励率先发展的同时,实现相互促进、协调发展,就需要挖掘电子政务在建设和谐社会中的作用,发挥电子政务的技术优势、成本优势和边际效应,改进社会管理手段,提高社会综合管理能力,促进区域经济与社会的协调发展,各社会阶层实现共同进步。中部、西部、东北地区和广大农村应该加快电子政务的发展步伐,借助于中央政府和发达地区的技术优势和经济优势,通过有效的、可行的建设方式来推进电子政务的发展,推动全社会的信息化建设,提高政府的社会管理能力,把信息变成生产力和领导力,弥补人才、资金、技术等方面的弱势,把电子政务工程建成"送温暖"工程、"送就业"工程、"弱势群体关怀"工程,缩小东西差距和"信息鸿沟",提高弱势阶层的生活满意度,实现社会各阶层的信息共存,有效提高政府的社会管理能力。

电子政务可以加强政府和社会的沟通。通过政府门户网站实现政务信息公开,推动政府和社会的双向互动,可以改善政府的社会管理水平,改进社会管理效果。政府门户网站或其他信息终端可以利用信息网络技术主动发布政务信息,自觉提高政府工作的透明度,方便公众办事,同时也便于公众行使对政府工作的监督权利,提高参政议政的机会。国家和地区各项重大决策,如社会公共事业收费变动、公务员薪资重大改革、重大工程的预算监督、交通发展规划、公共卫生事件等公众关心的信息,整个决策过程都能够通过政务网络在政府门户网站及时发布,或者在第一时间内直接传送到公众的信息终端,满足公众的知情权,听取公众意见,征求公众建议,便于公众协同政府一起参与社会管理,也便于政府决策的有效执行。公众通过政府门户网站等电子政务应用系统有序地参与公共事业管理乃至政府重大决策过程,可以有效地监督政府工作过程，了解政府的实际工作进程和真实工作业绩，进行准确的政策评价，可以防止部分政府工作人员利用信息垄断权和率先知情权变相牟利，或者扭曲上级政策精神而强制推行部门意志，谋取部门利益和个人利益。政府还可以通过门户网站充分吸纳社会公众的聪明才智，为社会管理决策服务，为社会管理政策的有效实施服务，为社会管理监督服务。

电子政务可以强化政府对信息社会的管理能力。政府部门办事所需的各种流程规范、信息表格都可以直接发布在政府门户网站或者其他信息网络终端，公民一旦需要就可以自行下载，减轻了政府部门的工作量，也方便了群众。政府门户网站将不同职能部门统一整合起来，后台业务系统互相贯通，对外提供"一站式"行政服务，可以减少政府层级之间的阻耗，提高政府的社会整体管理能力和组织协调效率。在全社会范围内建立起电子政务应用系统，可以全面适时收集社会运行信息，有效监测和管理整个社会，改进政府的管理效果。通过电子政务，公众与政府由过去的"迂回式沟通"转变为"面对面式沟通"，减少了信息传递失真的可能性，便于政府直接了解社会的方方面面，为政府的社会管理决策提供充分的依据。

近年来，电子政务已经协助政府在信息社会中重新获得舆论主导权，开始积极有效地管理整个社会，确保信息社会的有序和可控。信息社会的显著特征就是信息与媒体传播速度异常迅速，信息传播手段种类繁多。"深圳孙志刚事件"、"湖南嘉禾拆迁事件"、"陕西煤矿矿难事件"等等，都是通过信息网络瞬间传遍全国，波及各种大众媒体，形成重大的舆论影响力，引起社会和政府的普遍关注，最终得到有效解决的。浏览器、新闻组、网络论坛、短消息、彩信、交通电视、机顶盒、智能家电、电话、信息亭乃至第三代移动通信系统即将推出商用的手机电视，这些新型的信息传播手段，已经大大提升了社会公众的发言权和舆论影响力，这对政府主导和掌控信息、有效管理信息社会提出了新的要求。电子政务就是政府在信息社会中重新获得舆论主导权、积极影响社会的重要技术手段。在各地发生重大事件或者进行重大公共决策时，政府利用信息网络技术，通过各种电子政务应用系统，在第一时间迅速将政府的声音传达给互联网世界和社会公众，让网民和社会公众了解政府的态度和相应措施，主动影响和有意识地引导社会网络舆论导向，并利用网络媒体和社会公众进行充分沟通，给群众以信任感和安全感，提高政府的社会威信，掌握信息主动权。政府还可以主动出击，利用电子政务依法管理重要网络媒体的舆论版面和其他信息传播方式,通过社会责任约束机制管理网络舆论,通过技术手段有效过滤各种有害信息,限制非法信息的传播范围,维护社会正常秩序,有效地管理信息社会。

（3）电子政务的发展与行政体制改革的不断融合

实现电子政务与行政体制改革的融合:行政体制改革应该运用电子政务发展中摸索的规律和经验,以及暴露出来的问题作为蓝本,在组织上、机构上进行改革。它的战略意义不是简单的办公自动化,一个改进管理和服务的战术工具,更重要的是一项促进政府转型的战略举措,能够自动高效地实现政府服务管理的创新。加快推进电子政务建设是当前我国政府行政管理体制改革的内在要求。随着社会主义市场经济的发展,电子政务为行政效率的提高提供了新的契机。信息时代的电子政务发展是现代政府管理创新不可或缺的工具,这就要求各级政府不断提高其各个机构、部门之间的业务流程的集成化,使传统垂直型的模式转变为现代扁平服务型、透明度高的新型模式,最大限度地提升公共管理与服务的绩效。尤其是在我国已进入全面建设小康社会的新阶段,我们更需要通过积极推动电子政务发展,利用电子政务的成果推进行政管理体制改革的深化,运用现代信息技术促进政府管理创新,逐步形成新型政府管理模式,增强公共管理与服务功能,全面提升行政能力。

4. 云计算与电子政务

随着针对电子政务建设的效率的关注日益加强,人们开始更多的将新兴的 IT 技术融入电子政务建设中,云计算就是其中被人们讨论最多的一个话题。按照原 Google 的定义,所谓"云计算",就是要以公开的标准和服务为基础,以互联网为中心,提供安全、快速、便捷的数据存储和网络计算服务,让互联网这片"云"成为每一个网民的数据中心和计算中心。

（1）云计算的特点与分类

从本质上讲云计算是一种基于互联网的技术模式与商业模式。狭义云计算是指 IT 基础设施的交付和使用模式,指通过网络以按需、易扩展的方式获得所需的资源;广义云计算是指服务的交付和使用模式,指通过网络以按需、易扩展的方式获得所需的服务。这种服务可以是 IT 和软件、互联网相关的,也可以是任意其他的服务,它具有超大规模、虚拟化、可靠安全等独特功能。

云计算日益成为当前计算机应用领域和技术领域的热门话题,其具有如下特点:

① 超大规模

"云"具有相当的规模,Google 云计算已经拥有 100 多万台服务器,Amazon、IBM、微软、Yahoo 等的"云"均拥有几十万台服务器。企业私有云一般拥有数百上千台服务器。"云"能赋予用户前所未有的计算能力。

② 虚拟化

云计算支持用户在任意位置、使用各种终端获取应用服务。所请求的资源来自"云",而不是固定的有形的实体。应用在"云"中某处运行,但实际上用户无需了解、也不用担心应用运行的具体位置。只需要一台笔记本或者一部手机,就可以通过网络服务来实现我们需要的一切,甚至包括超级计算这样的任务。

③ 高可靠性

"云"使用了数据多副本容错、计算节点同构可互换等措施来保障服务的高可靠性,使用云计算比使用本地计算机可靠。

④ 通用性

云计算不针对特定的应用,在"云"的支撑下可以构造出千变万化的应用,同一个"云"可以同时支撑不同的应用运行。

⑤ 高可扩展性

"云"的规模可以动态伸缩,满足应用和用户规模增长的需要。

⑥ 按需服务

"云"是一个庞大的资源池,你按需购买;云可以像自来水、电、煤气那样计费。

⑦ 廉价

由于"云"的特殊容错措施可以采用极其廉价的节点来构成云,"云"的自动化集中式管理使大量企业无需负担日益高昂的数据中心管理成本,"云"的通用性使资源的利用率较之传统系统大幅提升,因此用户可以充分享受"云"的低成本优势,经常只要花费几百美元、几天时间就能完成以前需要数万美元、数月时间才能完成的任务。

另外,云计算也可根据其表现形式分为多种类型。

① SAAS(软件即服务)

这种类型的云计算通过浏览器把程序传给成千上万的用户。在用户眼中看来,这样会省去在服务器和软件授权上的开支;从供应商角度来看,这样只需要维持一个程序就够了,这样能够减少成本。

② 实用计算

实用计算最近才在 Amazon.com、Sun、IBM 和其他提供存储服务和虚拟服务器的公司中新生。这种云计算是为 IT 行业创造虚拟的数据中心使得其能够把内存、I/O 设备、存储和计算能力集中起来成为一个虚拟的资源池来为整个网络提供服务。

③ 网络服务

同 SAAS 关系密切,网络服务提供者们能够提供 API 让开发者能够开发更多基于互联网的应用,而不是提供单机程序。

① 平台即服务

另一种 SAAS,这种形式的云计算把开发环境作为一种服务来提供。你可以使用中间商的设备来开发自己的程序并通过互联网和其服务器传到用户手中。

② MSP(管理服务提供商)

最古老的云计算运用之一。这种应用更多的是面向 IT 行业而不是终端用户,常用于邮件病毒扫描、程序监控等等。

③ 商业服务平台

SAAS 和 MSP 的混合应用,该类云计算为用户和提供商之间的互动提供了一个平台。比如用户个人开支管理系统,能够根据用户的设置来管理其开支并协调其订购的各种服务。

④ 互联网整合

将互联网上提供类似服务的公司整合起来,以便用户能够更方便的比较和选择自己的服务供应商。

云计算是继个人计算机、互联网之后的第三次变革。第一次变革是个人计算机的出现,计算机摆脱了昂贵、大型的形象,真正成为个人用品,极大地提高了工作效率与生活水平;第二次变革是互联网的出现,个人计算机不再是一个个信息孤岛,网络成为工作方式、生活方式,进而成为一种社会文化;第三次变革是云计算的出现,IT 基础设施与计算能力将成为类似于水、电的公共设施以及能够按需取用的社会资源。信息化将成为社会、个人的基本属性,人们的工作和生活将永远在线。

另外,云计算运用其天然的规模效应和辐射效应,大幅降低应用服务和信息化的边际成本,能够协助实现节能减排,提高资源利用效率,提高社会信息化水平的目标。并且云计算的概念恰恰不是将运算集中在超级计算机中,而是将计算分布于简单的 PC 中,让这些 PC 协同工作完成运算任务,这样可以降低能耗,增加效率。由于巨型机能源的消耗,和热量的散发得不到有效的解决,而普通的 PC 机的利用率又很低,所以就想到了利用普通 PC 机来协同完成巨大的运算任务。这是一种新的理念,并且利用这种新的模式现在已经有很多产品出现。比如 Google 初步的一些在线办公产品。云计算的理念,除了分布式的网格计算机以外,还包括分布式存储。也就是用户不知道自己的东西存储在哪,但是用起来像是在本地一样,也叫透明化存储方式。

（2）云计算发展对政府电子政府服务的启示

启示 1:政府的过度服务与政府资源的浪费

政府提供电子政务的方式,最常见的就是通过硬件系统的搭建和软件系统开发,以网站的形式将电子政务提供给用户。当前电子政务的发展大多是是沿着网站的不断建设和完善这条主线进行的。网站界面不断美化和功能信息的不断完善,从简单文本信息发布到多媒体信息的融合,使电子政务网站与传统的门户类网站间的距离逐渐缩小。但在发展的过程中也面临着一系列的问题。一方面,电子政务网站的受众主要是需要通过政府部门办理相关业务的个人或者企业,其核心的需求是业务办理而非针对新闻网站的信息浏览,简单的网站建设投入和信息发布可能对用户而言效果有限;另一方面,作为政府本身,其职能也是为公众提供公共服务,而非简单的提供新闻和信息。政府以建设新闻网站的形式建设电子政务平台,只是简单的实现了信息整合和发布。实质上反而造成了政府资源的过度供应,不仅增加了运营成本,还为核心信息的传递增加了噪音,影响了信息获取的容易程度与效率。两方面的因素使得目前多数电子政务网站内容不断丰富的同时,用户的关注度和访问量并未发生较大的改变。

如图 5,北京市政府门户网站的嵌入式功能页面所示,通过门户网站的访问便直接访问了相关部门的最核心服务内容,很多用户上政府网站希望获得的核心信息就是这些服务,而不是需要访问整个网站(购买整个软件)、了解网站的结构(掌握软件的功能)、在浩如烟海的无效信息中寻找最需要的服务。很多情况下,用户要获取有效的信息的前提是用户必须了解政府的职能设置,甚至要精确到部门内部的细化分支机构,同时,又能够有良好的互联网使用经验,具备能够通过多层链接寻找信息的能力。而对于这种嵌入式的服务方式,则更有效率,用户不再需要浏览并熟悉公安局的网页,只需要通过工具框的表单,执行数据检索的需要。如果各职能部门都能够专注的提供这种服务,就能够带来较好的效果,并具有很好的现实意义:

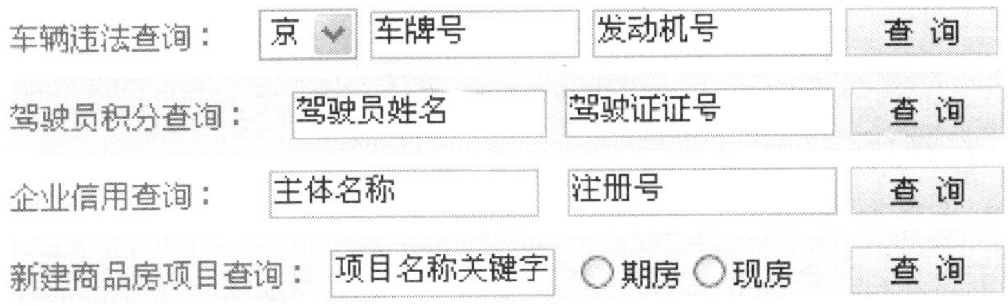

图 5　嵌入式功能页面

注:截图自 beijing. gov. cn 首页。

① 节省资源投入,避免过度包装与维护;

② 有利于专心提供最有用的资源,从而有精力改善信息质量,提升服务水平;

③ 能够与多种模式相结合,如嵌入政府门户网站、嵌入路边综合信息查询点终端、接入短信等查询方式、利用 widget 技术、web2.0 技术、软件、插件等途径提供更加灵活的信息查询服务;

④ 有利于政府了解自身定位,要从用户的真正需要、从用户的能用、好用出发,自身角色的明确,从而加快从管制型政府向服务型政府的转型步伐,加快从信息发布类电子政务向办事服务类电子政务发展的进程。

云计算技术的应用可能为政府的服务的提供方式带来了新的契机。类比于云计算中的 SaaS,实际上是可以将政府的核心资源与信息以某种服务的方式提供给用户。就好比用户需要的是在墙上挂画,而不是需要保有一个锤子和钉子。同样的,用户使用电子政务也只是使用一些与政府核心职能相关的服务。使得政府的投入更具有针对性。具体而言,云计算的设计与实施需要利用云计算资源,架构政府的公共服务,政府无需再进行单独的网站的架构和设计,只需要利用已有的云计算资源(包括硬件和软件资源)按业务逻辑进行部署,避免政府陷入一味地追求网站建设的怪圈,而将资源集中在用户最核心的需求上。

启示2:政府资源的整合与互联互通的契机

近年来,随着电子政务的快速发展,越来越多的政务服务实现了电子化和网络化,实现了单业务效率的大幅提升。但是对于用户而言,业务办理流程的时间效率才是最有价值的,单个政府机构的办事效率提高往往不足以提升全业务流程的效率。而全流程的效率的提高往往需要不同政府机构间的相互协作,流程优化等。而政府机构间的互联互通是相互协作和流程重组的基础。但是目前而言,互联互通问题已成为电子政务发展过程中重要的障碍,部门之间的壁垒造成了信息孤岛:一方面影响了办事能力,另一方面带来了社会资源的巨大浪费。

从技术层面上看,互联互通问题主要涉及不同数据库格式的转换和统一,实现互联互通技术上的成本和难度有限。相反,互联互通更多的是一个体制性问题,在目前的体系下,没有相关的政府机构出面负责政府间互联互通的实施,政府机构没有动机主动去调整自己与其他政府机构间的业务流程和权责分配,以至于互联互通的推行进展缓慢。

随着云计算技术的发展为体制突破提供了契机。一方面,电子政务云的搭建可以以现有的硬件为基础,对现有政府机构的电子政务平台实现全量的更新和整合。云计算本身并未脱离硬件和软件,而是以硬件和软件的配置为基础搭建一个具有"计算能力"的应用资源储备库,从而实现将用户的应用服务需求转化为计算处理流程,交由云架构进行相关处理再返回相关的应用处理结果。另一方面,随着信息平台和信息存储的共享,为政府机构间划分权责实现流程优化提供了有利的条件。随着电子政务云的搭建,信息的统一存储也容易一次性完成整合,相当于将整个政府机构融为一个"电子政务云",通过事先的流程逻辑设计和相互间的协作,成为真正提供公共服务的载体。对用户而言,他们无需知道自己面对的具体政府机构是谁,而只需要以业务为导向,进行相关的操作,交由电子政务云负责将业务流程按之前的设计分摊到不同机构并行处理,并将最终结果汇总后反馈给用户。

(3)云计算在电子政务中的实践初现端倪

日前有外电报道称,印度可能将很快成为全球首个使用基于云计算技术的IT服务向市民提供电子政务服务的国家。目前,印度政府正与印度最具影响力的软件行业组织 Nasscom 就如何使用这种新兴技术推出电子政务服务进行磋商。云计算技术因其处理大量交易的能力而得到企业的广泛采用,其优点是 IT 基础设施不需要由政府建设,另外由于这项技术具备处理大量交易的能力,市民有望减少拥堵时间。例如,像网上预订火车票这样的简单工作,如果是在现在的高峰时间将相当慢,而将来就不会出现这种拥堵现象。政府推出使用云计算的电子政务和市民服务将为 IBM、Salesforce.com、微软等外国公司,以及 TCS、Infosys、Wipro 等印度公司打开一个新的市场。印度信息技术和通信部负责信息技术事务的副部长 RChandrashekhar 在接受印度《经济时报》专访时表示:"通过云技术实现电子政务协作将覆盖 90% 的市民服务,目前仅有 10% 的服务能够全方位展开。此外,它还将使项目的网上运作更加迅速。"

在国内,无锡市滨湖新区与 IBM 联合建立了云计算中心,通过虚拟化技术,可以为进入园区的企业提供信息化租用服务,可以实现 IT 系统完全租用。据称该中心即将承担整个滨湖新区各部门政府电子政务的计算资源提供,未来滨湖新区的各部门电子政务都不再自建服务器,而是统一运行在这个云计算中心里。Radhat 也在佛山有了类似的尝试。

云计算本身不能解决制度问题,但云计算是一个契机。代表了 IT 演进的最新潮流,能够解决节能减排的问题,提高资源利用效率,符合政府推崇的科学发展理念。同时云计算带来的计算能力提供服务也可以作为地区软实力,甚至有利于招商引资。政府可以借发展云计算之机,实现电子政务的集约化与统一,将分散于各部门的孤岛统一到一个资源池内,云计算服务又可以提供标准的数据接口,统一的数据存储格式,从而在现实上扫清互联互通的障碍。